ISABELLE BROOM

Wintersterne

ISABELLE BROOM

Winter-sterne

ROMAN

Aus dem Englischen
von Uta Rupprecht

DIANA

Von Isabelle Broom sind im Diana Verlag erschienen:
Olivensommer
Wintersterne

MIX
Papier aus verantwortungsvollen Quellen
FSC® C014496

Verlagsgruppe Random House FSC® N001967

4. Auflage
Deutsche Erstausgabe 11/2017

Die Originalausgabe erschien 2016 unter dem Titel
A Year and a Day bei Penguin Random House UK

Redaktion: Dr. Katja Bendels
Umschlaggestaltung: FAVORITBUERO, München
Covermotiv: © GooDween123/shutterstock.com,
smirart/shutterstock.com
Satz: Leingärtner, Nabburg
Druck und Bindung: GGP Media GmbH, Pößneck

Printed in Germany
ISBN 978-3-453-35910-9

www.diana-verlag.de
Besuchen Sie uns auch auf www.herzenszeilen.de

Dieses Buch ist auch als E-Book lieferbar

Für Sadie

Prolog

Als die Nacht hereinbrach, begann es zu schneien, und mit dem Schnee kam die Stille. Diese magische, beinahe ätherische Ruhe, wenn die Schneeflocken sanft fallen und es scheint, als würde die Welt mit all ihren Bewohnern innehalten, um diese Schönheit zu bewundern.

Nur einer Frau waren die Schneeflocken gleichgültig, sie nahm sie nicht einmal wahr. Angezogen von den dunklen Wassermassen, die unter ihr dahinflossen, stand sie neben der Steinmauer am Rand der Brücke auf dem nassen Kopfsteinpflaster und atmete helle Wölkchen in die kalte, unbewegte Luft.

Was wäre es wohl für ein Gefühl, dort hineinzuspringen?, fragte sie sich. Würde der Fluss sie mit seinen eisigen Fingern durchbohren, würde sie husten und spucken und panisch die Arme nach oben reißen? Oder würde sie nichts weiter spüren als unendliche Erleichterung? Dieser zweite Gedanke war auf köstliche Weise verlockend. Die letzten Tage waren so anstrengend gewesen, und sie war so müde. Erschöpft von der Verwirrung, der Unsicherheit, dem Schmerz.

Als sie die ersten Uhren schlagen hörte, schloss sie die Augen. Jeder einzelne Ton, der unabsichtlich einen Schlusspunkt markierte, erschütterte sie bis ins Mark: ein Countdown der verlorenen Hoffnung, eine Sinfonie der Verzweiflung. Der Schnee fiel jetzt noch dichter, und durch ihre Tränen hindurch konnte sie kaum noch etwas sehen.

Nur ein Schritt hinauf aufs Geländer, ein Bein hinübergeschwungen, ein letztes Luftholen und dann der Sprung. In einer Minute könnte alles vorbei sein.

Hoch über der Brücke hing zwischen dicken Schneewolken der stolze Mond. Von dort oben war die Welt nur ein buntes Pennystück in einem schwarzen Ozean, ein leuchtender Kieselstein voller Leben und Liebe, Traurigkeit und Freude. Das Mondlicht beleuchtete die Statuen auf der Brücke und ließ das Blattgold auf ihnen in der nächtlichen Dunkelheit blau erstrahlen. Es schneite immer noch.

Der letzte Uhrenschlag war verklungen, und nun war es so weit. Sie atmete tief ein und drückte die Hände fest auf die Steinmauer, um sich beim Hinaufklettern abzustützen. Aber als sie den Fuß hob, hörte sie jemanden rufen.

Er war es. Er war gekommen.

1

Megan knüllte ihre Jeans zusammen und schleuderte sie durchs Zimmer, so fest sie konnte. Mit einem enttäuschend leisen Aufprall traf die Hose die Wand und rutschte hinunter auf den Haufen aus drei T-Shirts und fünf Unterhosen, die sie bereits in dieselbe Richtung geworfen hatte.

Im Packen war sie immer gut gewesen, worauf sie ziemlich stolz war. Die Kleidungsstücke ordentlich zusammengerollt, die Socken in die Schuhe gestopft, Duschlotion, Shampoo und Ähnliches in kleine Fläschchen abgefüllt, und immer noch genug Platz im Koffer für Mitbringsel und Einkäufe unterwegs.

Dieses Mal war das Packen eine einzige Katastrophe.

Was sollte man denn mitnehmen auf eine Reise mit einem Mann, der ein guter Freund war, aber mehr ganz sicher nicht? Einem Mann, den man vor Ewigkeiten mal in betrunkenem Zustand geküsst hatte, aber nie wieder küssten wollte. Einem Mann, der die Einladung zu dieser Reise nach Prag ausgesprochen hatte, alles ganz platonisch natürlich, der aber mit Sicherheit keine Freundin hatte. Einem Mann, mit dem man in den nächsten fünf Tagen jede Menge Zeit allein verbringen würde. Einem Mann, mit dem man sogar das Bett teilen musste.

Es war ziemlich absurd.

Megan hatte nicht auf ihre Freundinnen hören wollen, die prophezeiten, dass diese Reise in Tränen enden würde.

Verdammt, sogar ihre Mutter hatte ein paar warnende Worte verloren.

»Ich fände es schlimm, wenn dem armen Jungen wehgetan wird«, hatte sie gesagt. Typisch Mum.

Megan hatte alle Bedenken beiseitegewischt und erklärt, das gehe schon in Ordnung. Ollie wisse doch, dass dieser dumme Kuss damals eine einmalige Sache gewesen sei. Sie seien einfach gute Freunde.

Trotzdem – alles ganz schön absurd.

Sollte sie das schwarze Kleid mit dem tollen Ausschnitt einpacken? Es stand ihr gut, und sie zog es gerne an, aber musste Ollie dann nicht annehmen, sie wollte seine Aufmerksamkeit erregen? Würde sie ihn damit ungewollt anmachen? Und was war mit dem Schlafanzug? Wenn sie den neuen aus Satin mit Spitzenverzierung mitnahm, würde er es dann als Einladung für ein wenig freundschaftliches Gefummel unter der Bettdecke verstehen? Aber die einzige Alternative war die ausgeleierte Kombi aus T-Shirt und Shorts, die seit der Uni in ihrer Kommodenschublade herumgammelte. Und sie wollte ja nicht wie eine totale Schlampe wirken. Ein echtes Problem.

Gerade noch völlig unschuldig wirkende Trägerhemdchen rochen auf einmal nach Verführung, Jeans, die am Hintern perfekt saßen, kamen ihr geradezu nuttig vor, und was die Unterwäsche anging ... da wusste sie überhaupt nicht, wo sie anfangen sollte. Ein einziger Haufen roter Fähnchen für einen sexverrückten Stier. So hatte das alles keinen Sinn. Sie würde doch noch in den allerlangweiligsten Londoner Kleiderladen gehen und sich dort eine Grundausstattung aus den fadesten und am wenigsten verführerischen Teilen zusammenstellen müssen. Na super.

Megans Telefon vibrierte in ihrer Hosentasche. Eine Nachricht von Ollie:

Hast du schon alles gepackt?
Ich freu mich auf morgen.
Bier um 6 Uhr früh am
Flughafen, okay? Du zahlst x

O Gott, er hatte einen Kuss angehängt. Es fing schon an.

Megan kaute auf ihrer Unterlippe, während sie überlegte, was sie antworten sollte. Schließlich entschied sie sich für:

Seit Stunden fertig mit Packen, du Niete.
Und DU zahlst.

Kein Kuss für ihn, auf keinen Fall.

Seufzend wandte sie sich von der vollkommen hoffnungslosen Packerei ab und griff stattdessen nach ihrer Kamera. Sie liebte das Gefühl, sie in den Händen zu halten, das Gewicht und die Oberfläche des Gehäuses unter ihren geübten Fingern zu spüren, das leise Klicken, wenn das Objektiv einrastete, und die Freude, wenn sie schließlich den Auslöser drückte, um ihr Bild zu machen. Ein Schnappschuss, der einen einzelnen Moment für immer bewahrte, den Blick auf die Welt durch ihre Augen.

Nichts machte Megan glücklicher als das Fotografieren, es würde für sie immer an erster Stelle stehen. Kein Mann, keine Freundin, nicht einmal – kurz runzelte sie innerlich die Stirn – ihre Familie konnte da mithalten. Diese Kamera war genauso ein Teil von Megan wie Arme und Beine, Haut, Haare und Seele, und allein schon sie anzufassen, war mitten in diesem Haufen aussortierter Kleider ein Trost für sie.

Ollie hatte Megan erzählt, dass sein Unterricht in einer Klasse Achtjähriger sich in den nächsten Monaten ganz um die Stadt Prag drehen werde, und sie gefragt, ob sie ihn während seiner Studienwoche auf eine Exkursion dorthin begleiten würde, quasi als seine inoffizielle Fotografin. Megan hatte gründlich über Prag recherchiert, ehe sie ihre Entscheidung traf – und die Stadt sah einfach zauberhaft aus. Die kopfsteingepflasterten Straßen, die vielen Statuen, ganz zu schweigen von der wunderschönen Moldau, die mitten durch die Innenstadt floss. Prag war voll mit architektonischen Leckerbissen, teilweise aus einer Zeit noch vor dem 13. Jahrhundert, und Megan war so gespannt, dass sie eine Gänsehaut bekam, wenn sie daran dachte.

Diese Reise würde sie inspirieren, da war sie sich ganz sicher. So sicher, dass sie all ihren Mut zusammengenommen und hier in London für Mai einen Ausstellungsraum an der South Bank gemietet hatte. Das würde ihre erste große Präsentation in der Hauptstadt werden. Da in ein paar Wochen schon Weihnachten vor der Tür stand, war das zeitlich ziemlich knapp, aber so arbeitete sie am liebsten. Sich Termine setzen, Aufgabenlisten schreiben, sich antreiben, um endlich den Hintern hochzubekommen und die Zeit sinnvoll zu nutzen, etwas zu erreichen, irgendetwas – da war Megan in ihrem Element.

Ihr Telefon vibrierte erneut.

Dachte gerade – sollen wir
zusammen zum Flughafen fahren?
Taxi bei mir? x

Megan legte die Kamera weg und stöhnte. Sie war ja selbst schuld, dass sie zugestimmt hatte, einen Flug zu dieser unchristlich frühen Zeit zu buchen. Aber sie hatte keine Lust, nach einer viel zu kurzen Nacht auch noch um fünf Uhr früh den weiten Weg bis zu Ollie zu fahren. Und er hatte schon wieder einen Kuss angehängt.

Komm zu mir – ist einfacher.

Megan drückte auf »Senden« und sah, wie die Nachricht nach wenigen Augenblicken als empfangen gemeldet wurde. Wie sie vermutet hatte, antwortete Ollie umgehend.

O. k. Boss xx

ZWEI KÜSSE?

Den Rest des Nachmittags verbrachte Megan mit Aufschieben. Nachdem sie entschieden hatte, dass es lächerlich war, langweilige Kleidung zu kaufen, die sie nie wieder anziehen würde, packte sie ihre Sachen schließlich in den Koffer. Dann packte sie ihn noch einmal um und überlegte volle zwanzig Minuten lang, ob sie sich die Mühe machen sollte, ihre Beine zu rasieren. Als sie sich endlich sauber, enthaart und mit gepacktem Koffer vor dem Fernseher niederließ, ein Glas Rotwein in der Hand, war es fast zehn Uhr abends. Wenn Ollie um fünf Uhr am nächsten Morgen hier aufschlug, sollte sie jetzt besser ins Bett gehen. Aber es war noch fast eine halbe Flasche Wein übrig, und wenn sie für fünf Tage wegfuhr, wollte sie keine Reste hinterlassen – das wäre Verschwendung.

Als es an der Tür klingelte, hätte sie beinahe den Rest aus ihrem Glas verschüttet.

»Mist«, murmelte sie, griff nach dem Baseballschläger, der oben an der Treppe stand, und wickelte sich ihre Oversize-Jacke fester um den Körper. Inzwischen wohnte Megan seit mehr als zehn Jahren in Nord-London und war in all dieser Zeit noch nie überfallen, angegriffen oder auch nur bestohlen worden, aber eine allein lebende junge Frau konnte nie vorsichtig genug sein.

»Wer ist da?«, rief sie durch die geschlossene Tür.

Jemand kicherte leise, dann vernahm sie Ollies vertraute Stimme: »Der Mann aus deinen wildesten Träumen.«

Megan ließ den Schläger sinken, zog die Tür einen Spaltbreit auf und spähte hinaus auf ihren bebrillten Freund.

»Bist du nicht ein bisschen früh dran?«

»Wie meinst du das?« Ollie hatte wenigstens den Anstand, einen Moment lang irritiert dreinzuschauen. Dann bemerkte Megan den Koffer zu seinen Füßen.

»Ich dachte, du kommst morgen früh.«

»Was, um fünf Uhr morgens den ganzen Weg von Putney hierher? Das hätte ich nie gemacht. Ich dachte, du meinst, ich soll heute Abend noch kommen.«

Er sah nicht aus, als würde er lügen, und Megan zog die Tür noch ein Stückchen weiter auf.

»Du musst auf dem Sofa schlafen«, sagte sie und bemühte sich, nicht daran zu denken, dass sie Wuschelhundpantoffeln und keine Spur von Make-up trug.

Ollie hievte seinen Koffer über die Schwelle, und Megan ließ ihn vor sich die Treppe hinaufsteigen unter dem Vorwand, erst noch die Tür ordentlich verschließen zu müssen. In Wirklichkeit wollte sie nur verhindern, dass er ihr beim Hinaufgehen auf den Hintern starrte. Sie hatte ihn schon einmal dabei erwischt, als sie bedauerlicherweise eine sehr enge Jeans getragen hatte, aber ihr war schleierhaft, was er an ihrem Hinterteil so anziehend fand. Wenn sie es mit einem Wort beschreiben sollte, fiele ihr nur »monströs« ein.

»Nimm dir was von dem Wein«, forderte sie ihn auf, als sie oben im Wohnzimmer waren, obwohl sie wenig begeistert war, dass sie den Rest der Flasche nun teilen musste. Andererseits konnten sie beide in den nächsten Tagen so viel trinken können, wie sie wollten – Prag war berühmt für seine Bierlokale.

Als könnte er Gedanken lesen, sprach Ollie beim Anstoßen einen Toast auf »das erste von vielen weiteren Gläsern« aus, und sie gestattete sich zum ersten Mal ein Lächeln. Es gab vieles, was sie an Ollie mochte: Er war groß und hatte dichtes kastanienbraunes Haar, das er sogar regelmäßig wusch. Er hatte einen guten Job, der ihn beinahe täglich mit amüsanten Anekdoten versorgte, und einen engen Kontakt zu seinen Eltern, nicht nur wenn es unbedingt sein musste. Und er war witzig. Und außerdem – einen besseren und treueren Freund hatte sie noch nie gehabt.

»Meinst du nicht, dass es seltsam werden wird?«

Eigentlich hatte sie das gar nicht aussprechen wollen, aber sie war froh, als Ollie sie lediglich angrinste und ihr beruhigend die Hand auf den Arm legte.

»Nein.« Er schüttelte den Kopf. »Es wird bestimmt lustig.«

Er hatte seine Brille abgenommen, die in der tropischen Hitze von Megans Wohnzimmer wie immer angelaufen war. Das Thermostat der Heizung war schon seit Jahren kaputt und stand dauerhaft auf der höchsten Stufe, aber Megan hatte sich, im Gegensatz zu ihren armen Gästen, längst daran gewöhnt.

Ollies leuchtend haselnussbraune Augen waren vielleicht das Schönste an ihm, dachte sie. Und sie wurden meistens von seiner Brille noch vergrößert. Sie selbst hingegen hatte winzige Augen, in einem ziemlich langweiligen Grauton.

Die unerklärliche Stille zwischen ihnen wurde allmählich unangenehm, daher begann Megan, von ihrer geplanten Ausstellung zu erzählen. Das Thema habe sie noch nicht genau festgelegt, sagte sie, aber sie hoffe, in Prag die nötige Inspiration finden. Was sie allerdings nicht dazu sagte, war, warum ihr diese Ausstellung so viel bedeutete. Das würde sie ihm zu einem anderen Zeitpunkt verraten.

»Das klingt toll«, sagte Ollie, trank seinen Wein aus und

teilte den mageren Rest aus der Flasche auf ihre beiden Gläser auf. Er war immer sehr an ihrer Arbeit interessiert und bestärkte sie darin – ein weiterer Grund, weshalb sie ihn so mochte.

»Meinen Geburtstag feiern wir aber schon noch nach, oder?« Ollie sah sie fragend an.

»Äh ...«

»Vor einem Monat bin ich fünfunddreißig geworden, und ich habe von dir nicht einmal eine Geburtstagskarte bekommen. Dabei ist fünfunddreißig ein Meilenstein! Ich bestehe darauf, dass du mich in die beste Gulaschkneipe von ganz Prag zum Abendessen ausführst.«

»Du bist ein Idiot«, erwiderte sie, überlegte aber insgeheim, ob sie vor dem Abflug noch Zeit finden würde, heimlich im Internet ein Restaurant in Prag herauszusuchen und einen Tisch für sie beide zu reservieren. Vermutlich nicht.

»War nur ein Witz.« Er stupste ihr Bein mit dem Fuß an, und sie bestaunte seine leuchtend pinkfarbenen Socken. »Wie wär's stattdessen mit einem Quickie?«

Megan konnte sich nicht zurückhalten, sie verzog das Gesicht zu einer Grimasse.

»Ollie ...«, setze sie an, aber er hob die Hand.

»Ich weiß, ich weiß – wir sind Freunde, und da verstehst du überhaupt keinen Spaß. Ich schwöre, ich hab es nicht so gemeint.«

Sein Gesicht bekam einen träumerischen Ausdruck, und sie warf ihm einen scharfen Blick zu.

»Dich kann man wirklich leicht verarschen«, erklärte Ollie und hob sein Glas an den Mund.

Megan musste plötzlich daran denken, wie sie das erste Mal nebeneinander auf diesem Sofa gesessen hatten. Damals hatten sie sich erst seit ein paar Stunden gekannt und waren ebenfalls leicht angeschickert gewesen, aber das Ergebnis war ein völlig anderes gewesen als jetzt.

»Ist es hier so heiß, oder bilde ich mir das nur ein?«, murmelte sie. Als sie den Kopf hob, bemerkte sie Ollies amüsierten Gesichtsausdruck.

»Du bist ja ganz rot im Gesicht, meine Liebe«, sagte er, nahm ihr das Glas aus der Hand und trank es aus. »Komm, es wird Zeit fürs Bett. Wir haben morgen einen langen Tag vor uns.«

Megan zwang sich, das zweite Bettzeug aus dem Schrank zu holen, und warf es neben ihm aufs Sofa. Dann wartete sie draußen im Flur, bis sie hörte, dass er sich auszog.

Diese Reise würde mit Sicherheit seltsam werden. Aber Megan Spencer liebte Herausforderungen.

2

Noch lange nachdem ihre Tochter aufgelegt hatte, saß Hope nur da und starrte vor sich hin. Vermutlich hätte sie dankbar sein sollen, dass Annette nicht gleich den Hörer auf die Gabel geworfen hatte, aber eigentlich konnte man das ja ohnehin nicht mehr, oder? Schließlich hatte inzwischen jeder ein Handy. Wenn man mit dem Finger auf einen Bildschirm tippte, wirkte das einfach längst nicht so dramatisch, als wenn Plastik auf Plastik knallte und man befriedigt der wütenden Stille lauschen konnte. Das Ergebnis war allerdings das Gleiche: herzzerreißend.

Auf dem Tisch vor Hope stand eine Schale mit Obst, und sie nahm sich eine Mandarine. Es war eine von der Sorte, die man vor Weihnachten in jedem Supermarkt bekam, und ließ sich leicht schälen, aber diese hier war längst überfällig. Die Schale wurde schon hart, und als Hope sie drückte, spürte sie, dass das überreife Fruchtfleisch bereits unangenehm musig war.

Genau wie ich, dachte sie, äußerlich stark und entschlossen, aber innerlich weich wie Brei. Ihre Tochter allerdings teilte diese Meinung nicht, wie sie Hope vor wenigen Minuten am Telefon klargemacht hatte. Annette hatte ihrer Mutter Herzlosigkeit und Selbstsucht vorgeworfen und sie beschuldigt, ihr das Leben zu ruinieren.

Hope stand auf und brachte die Mandarine in die Küche, wo sie sie in den Mülleimer warf. Dann streckte sie in dem engen Raum den Arm aus, schaltete den Wasserkocher an und stellte eine Tasse mit Tee bereit, eher aus Gewohnheit als mit dem Wunsch, tatsächlich etwas zu trinken.

In dieser Wohnung kam sie sich immer noch ein wenig fehl am Platz vor. Zu Hause – also in dem anderen Haus – hatte sie immer etwas zu tun gehabt. Betten mussten gemacht, das Abendessen vorbereitet, die Wäsche gewaschen werden. Aber hier? Hier waren sie nur zu zweit auf sehr beschränktem Raum.

Du hast es dir so ausgesucht, rief sie sich in Erinnerung und drückte den Teebeutel an der Innenseite der Tasse aus. So, wie es vorher gewesen war, hatte es einfach nicht mehr weitergehen können.

Hope nahm ihren Tee mit zum Fenster und sah hinaus. Eine Frau, etwa so alt wie sie, hatte gerade vor dem Postamt auf der anderen Straßenseite eingeparkt und kämpfte jetzt mit einem Stapel Pakete, die in braunes Papier eingewickelt waren. Hope fielen ihre ordentliche Lockenfrisur und ihr hübscher Mantel auf, der in der kalten Dezemberluft bis oben hin zugeknöpft war.

Sie überlegte, ob sich die Frau wohl für diese eine Erledigung so sorgfältig angezogen hatte, genau wie sie selbst damals. Eine Weile lang hatte sie all ihre Energie darauf verwendet, für zwei Stunden in der Woche so gut wie möglich auszusehen. Dann wurden es allmählich fünf Stunden, später sechs. Inzwischen stand sie jeden Morgen auf, bürstete sich die Haare und legte Make-up auf. Heute trug sie ein wunderschönes grünes Kleid mit einem tiefen Ausschnitt. Früher hätte sie so etwas nur zu besonderen Gelegenheiten angezogen, aber jetzt konnte sie es tragen, wann immer sie wollte.

Heute sollte sie wirklich das Haus verlassen, zum Arndale Centre fahren und ein paar Weihnachtsgeschenke besorgen.

Vielleicht würde sie sich auch noch die Nägel machen lassen und sich auf dem Weihnachtsmarkt einen Glühwein gönnen. Mit einer Freundin hätte das viel mehr Spaß gemacht, aber sie war sich nicht sicher, ob überhaupt noch eine ihrer Freundinnen etwas mit ihr zu tun haben wollte. Es war einfach zu peinlich, wenn so etwas geschah, und Hope machte ihnen keine Vorwürfe. Aber bei dem Gefühl der Einsamkeit, das sie plötzlich erfasste, wurde ihr innerlich ganz kalt.

Hope goss den mittlerweile nur noch lauwarmen Tee ins Spülbecken, wusch und trocknete die Tasse ab und stellte sie wieder ins Regal. Die Uhr über dem Abtropfbrett sprang auf elf Uhr, und Hope hörte, wie unten die Haustür geöffnet und wieder geschlossen wurde. Schritte ertönten auf der Treppe.

Wenn er kam, hatte sie noch immer Schmetterlinge im Bauch.

»Hallo, meine Schöne.«

Charlie ging durchs Wohnzimmer und zog Hope an sich. Dann küsste er sie auf die Nase und sah ihr ins Gesicht.

»Ich kann immer noch nicht ganz glauben, dass du wirklich da bist«, sagte er, ohne den Blick von ihr zu wenden.

Hope spürte die herrliche Wärme, die sie wie eine Droge durchströmte. Es war, als wären Charlies Finger Wasserhähne, die ihren gesamten Körper mit Liebe und Zuneigung füllten. Wenn er sie so im Arm hielt, dann verflogen auf wundersame Weise all die Verletzungen und Verwirrungen, die sie ständig quälten – kein Wunder, dass sie nicht genug von ihm bekam.

»Tja, das bin ich.« Sie lächelte ihn von unten herauf an.

Charlie küsste sie erneut, diesmal auf die Lippen. Die Farbe seiner hellroten Wollmütze passte nicht zu seinen rosafarbenen Wangen.

Hope senkte den Kopf und lehnte sich scheu an seine Brust. Es war wirklich lächerlich, wenn eine Frau ihres Alters rot wurde wie ein Teenager.

Jetzt sah Charlie sie an wie ein kleiner Junge, der gerade ein Jahresabo für den *Playboy* zusammen mit einem Saisonticket für Manchester United geschenkt bekommen hat. Immer, wenn er diesen Gesichtsausdruck zeigte, verflogen Hopes Zweifel vollständig. Wenn Charlie sagte, alles würde gut werden, dann glaubte sie ihm, das war vom ersten Tag an so gewesen. Ihre Begegnung hatte sich angefühlt, als würde jemand in einem stickigen Zimmer plötzlich ein Fenster öffnen. Als hätte ihr das Wasser bis zum Hals gestanden, und nun trugen die Wellen sie mühelos.

»Ich dachte, du hast den ganzen Tag Unterricht?«, fragte sie jetzt und zog die Vorderseite ihres Kleides glatt, das sich in seinen Mantelknöpfen verhakt hatte. Charlie war Fahrlehrer – und ein sehr gefragter dazu.

»Mr. Ahmed hat in letzter Minute abgesagt. Aber ich wollte ohnehin vorbeikommen«, sagte er. »Ich habe eine Überraschung für dich.«

Sie verzog unwillig das Gesicht.

»Schau nicht so misstrauisch.« Er folgte ihr in die Küche, wo sie erneut den Wasserkocher einschaltete. »Wir haben deinen Geburtstag überhaupt nicht richtig gefeiert, und ich dachte, eine nette Abwechslung könnte dir guttun.«

Hope dachte zurück an ihre Geburtstagsfeier vor zwei Monaten, als sie noch in dem anderen Haus gelebt hatte. Ein grauenvoll steifes Abendessen, das weitgehend schweigend und ohne jede Fröhlichkeit verlaufen war. Selbst der Torte schien das Ganze unangenehm zu sein.

»Von was für einer Abwechslung reden wir denn?«, fragte sie.

»Rühr dich nicht von der Stelle!«

Die Wohnung war so klein, dass Charlie nur wenige Sekunden brauchte, um durch den Flur ins Schlafzimmer zu springen und mit einem Umschlag in der Hand wieder zurückzukommen. Seine Mütze, die er immer noch nicht abgenommen hatte, war verrutscht und saß nun schräg auf seinem Kopf.

»Mach ihn auf.«

Hope legte den Teelöffel weg, mit dem sie Zucker in Charlies Kaffee geschaufelt hatte – drei gehäufte Löffel pro Tasse, ein Wunder, dass der Mann noch Zähne im Mund hatte –, und schob zögernd einen Finger unter die Klappe des Umschlags. Darin befanden sich zwei gefaltete Blätter, eines mit Flugdaten und ein anderes mit einer Hotelbuchung.

»Prag?«, sagte sie atemlos und schaute von den Papieren in ihrer Hand zu ihm und wieder zurück.

»Bitte sag mir, dass du noch nicht dort warst!« Er legte die Hände in einer ironischen Gebetsgeste aneinander.

Sie schüttelte den Kopf. Der einzige Ort außerhalb Großbritanniens, den Hope schon einmal gesehen hatte, war Mallorca. Jedes Jahr waren sie dorthin geflogen – immer in die gleiche Ferienanlage und das gleiche Hotel mit dem gleichen unappetitlichen Büfett.

»Ich war vor ein paar Jahren mal dort, zum Junggesellenabschied von Alans Sohn«, erzählte Charlie. »Wir waren natürlich die meiste Zeit besoffen, aber es sah wirklich toll aus. Ich wollte immer mal wieder hinfahren und es zusammen mit einem ganz besonderen Menschen entdecken.«

»Du bist so lieb.« Holly lächelte überwältigt.

Charlie trat vor und nahm ihre Hände. Das Papier knitterte leicht unter seinen Fingern.

»Ich weiß, die vergangenen Wochen waren schwer für

dich«, sagte er und schüttelte den Kopf, als wollte sie ihm widersprechen. »Es ist völlig normal, wenn du traurig bist, weißt du. Ich kann nachvollziehen, was für ein enormer Umbruch das für dich ist. Und diese ganze Aufregung mit Annette ...« Seine Stimme verklang, denn bei der Erwähnung dieses Namens sank Hope in sich zusammen.

»Ich dachte einfach, es würde dir guttun, ein paar Tage aus Manchester herauszukommen. Uns beiden.«

Hope nickte stumm, denn sie war nicht in der Lage, das Durcheinander von Gefühlen in ihrem Inneren zu fassen.

»Das ist einfach sagenhaft«, brachte sie schließlich heraus und ließ zu, dass er sie an seine Brust zog. »Danke.«

Über ihre Schulter hinweg streckte Charlie die Hand aus, nahm seinen Kaffee und trank einen Schluck. Dabei grinste er sie über den Rand der Tasse hinweg an.

»Ich liebe es, wenn du lächelst«, sagte er. »Das ist jetzt mein Job – ich will dafür sorgen, dass du lächelst, jeden einzelnen Tag.«

So viele Jahre lang hatte Hope kaum gelächelt, so kam es ihr zumindest vor. Lediglich wenn Annette aus der Schule und später von der Arbeit gekommen war, hatte sie ein wenig den Mund verzogen. Ihre Freundinnen hatten ihr zugeredet, sich mehr Mühe zu geben und positiv zu denken. Es sei besser, jeden Tag wieder neu anzufangen und die Kränkungen, mit denen sie am Abend ins Bett gegangen war, hinter sich zu lassen. Und Hope bemühte sich wirklich, glücklich zu sein – sie stand vor dem winzigen Spiegel im Badezimmer und lächelte, bis ihr der Mund wehtat –, aber es ging nicht. Am Ende war es leichter, die Dinge einfach zu akzeptieren. Sich zu verstellen erschöpfte sie nur, und sie hatte nicht genug Energie, immer so zu tun, als wäre alles in Ordnung. Sie hatte sich damit abgefunden, dass sie nie wieder so etwas wie Glück empfinden würde. Und dann lernte sie Charlie kennen.

»Ich bin glücklich«, sagte sie jetzt zu ihm und zwang sich zu einem warmen Tonfall.

Sie lächelten einander zu, während Charlie den Rest des Kaffees in sich hineinschüttete und nach seinem Schlüsselbund griff.

»Was hast du heute vor?«, erkundigte er sich, als er in seine Jacke schlüpfte.

Hope erzählte ihm von ihrem Plan, einzukaufen, ins Nagelstudio zu gehen und einen Glühwein zu trinken, und er hob bestätigend die Daumen.

»Kauf dir auch etwas Schönes zum Anziehen für Prag«, sagte er. »Etwas Warmes - ich habe gehört, es soll dort eiskalt sein.«

Hope wartete, bis er gegangen war, ehe sie sich gestattete, die aufregenden Papiere auf der Küchentheke noch einmal genau anzusehen. Prag - das war eine Stadt, an die sie eigentlich noch nie gedacht hatte. Aber jetzt würde sie sie plötzlich kennenlernen, mit dem Mann, den sie liebte - dem Mann, der sie liebte.

Sie würde dafür sorgen, dass sie beide diese Reise niemals vergessen würden.

3

»Hallo, hier ist Robin – entweder kann ich gerade nicht ans Telefon gehen, oder ich habe Ihre Nummer gesehen und befürchte, Sie wollen mir eine Versicherung andrehen. Falls Letzteres der Fall ist, dann gewöhnen Sie sich besser an diese Mitteilung, denn näher kommen Sie nicht an mich ran!«

Sophie beendete den Anruf und lächelte. Beim Klang der Stimme ihres Verlobten waren ihre Ohren warm geworden. Typisch Robin, immer ein Witzchen parat. Fast explosionsartig war ihr Inneres randvoll mit Liebe und einem herrlichen Gefühl von Zuneigung. Sogar nach zehn Jahren hatte sie noch Schmetterlinge im Bauch, wenn sie an ihn dachte.

Aber damit durfte sie sich jetzt nicht aufhalten. Ihr Zug nach London fuhr in ein paar Stunden, und sie hatte noch nicht einmal angefangen zu packen. Morgen um diese Zeit würde sie in Prag sein. Der Gedanke zauberte erneut ein Lächeln auf ihr Gesicht. Das war ihre Stadt, ihre und Robins – der Ort, an dem alles begonnen hatte und an den sie immer wieder zurückkehrten. Und es gab keine bessere Zeit für einen Besuch als jetzt, in den Wochen vor Weihnachten, wenn der frisch gefallene Schnee die Stadt in ein Wintermärchen verwandelte. Alle Dächer und Kuppeln waren weiß gepudert, das Kopfsteinpflaster glitzerte und es war knackig kalt. Da konnte man von einer warmen Kneipe zur nächsten wandern, an heißem Honigmet nippen und jede Menge Gulasch und Knödel in sich hineinstopfen. Das war genau das, was sie jetzt brauchten, und Sophie konnte es kaum erwarten, wieder dort zu sein.

Als sie den Schrank öffnete, um ihr Lieblingskleid herauszuholen, fiel ihr Blick auf ihren abgewetzten alten Rucksack, der in einer hinteren Ecke lag. Er war schon seit vielen Jahren in Auflösung begriffen – kein Wunder angesichts der Strecken, die sie mit ihm zurückgelegt hatte –, aber Sophie hatte es nie über sich gebracht, ihn wegzuwerfen. Auf der Vorderseite befanden sich kleine Stoffflaggen der vielen Länder, die sie besucht hatte, von Sophie selbst angenäht während langer Bus- oder Zugfahrten. Da waren Deutschland, Frankreich, Italien, Spanien, Russland, Chile, Australien, Kanada, Indonesien, Thailand und viele andere, und jede dieser Flaggen stand für viele herrliche Erinnerungen. Sie und Robin waren fast drei Jahre lang durch die Welt gereist und hatten nur so viel gearbeitet, wie nötig war, um sich immer etwas zu essen und ein Dach über dem Kopf leisten zu können. Manche Nacht hatten sie nicht gewusst, wo sie schlafen sollten, aber das waren oft die besten gewesen, denn damit hatte unausweichlich ein neues Abenteuer begonnen.

In Marokko waren sie einmal gezwungen gewesen, drei Tage lang auf dem Hausdach eines freundlichen Unbekannten zu nächtigen. Ein anderes Mal, auf der griechischen Insel Kos, hatten sie ein geliehenes Zelt an einer Stelle aufgebaut, die sie für ausgetrocknetes Brachland gehalten hatten, nur um mitten in der Nacht von einem wütenden Olivenbauer mit der Mistgabel vertrieben zu werden. Ja, sie und Robin hatten ein paar ereignisreiche Jahre miteinander erlebt.

Da war es schon etwas Besonderes, dass die osteuropäische Stadt Prag der einzige Ort war, an den sie immer wieder zurückkehrten, zuverlässig Jahr für Jahr, und auch dann noch, nachdem sie beide ihre abgewetzten Rucksäcke längst an den Nagel gehängt und sich in Devon niedergelassen hatten. Robins Familie lebte in Cornwall, aber nach ein paar Monaten Pendelei die Küste entlang, um einander sehen zu können, hatte Robin den Sprung gewagt. Nachdem er seinen Traumjob als Lehrer an der örtlichen Surfschule bekommen hatte, war er zu Sophie auf den großen Bauernhof ihrer Eltern gezogen. Sophie wusste, dass es nicht gerade prickelnd war, wenn man mit achtundzwanzig noch bei Mama und Papa zu Hause lebte, aber das Haus war so riesig, dass es niemals zu eng wurde. Wenn sie und Robin einen Abend allein verbringen wollten, blieben sie einfach auf ihrer Seite des Gebäudes. Außerdem mochten ihre Eltern Robin sehr und hatten ihn von Anfang an als Schwiegersohn akzeptiert. Daher standen sie einander niemals auf den Zehen.

Langsam zog Sophie den Reißverschluss ihres Koffers zu und lauschte befriedigt, wie sich die Metallzähne säuberlich ineinanderschoben. Eine Reise bedeutete immer ein Abenteuer, was für Sophie gleichbedeutend war mit Glück. Sie war in ihrem Leben schon so viel unterwegs gewesen und bekam doch nie genug davon, genoss selbst das öde Anstehen am Flughafen und das Warten an der Gepäckausgabe.

Es musste schrecklich sein, wenn Reisen zum Job gehörten, dachte sie. Dann wurde man diesen ganzen Abläufen gegenüber so gleichgültig – und war oft sogar genervt und lustlos. Eine schreckliche Vorstellung, in ein Flugzeug zu steigen und beim Festklicken des Sicherheitsgurts nicht dieses Kribbeln in den Fingerspitzen zu spüren. Oder in einer so aufregenden Stadt wie New York oder Schanghai oder Moskau zu landen und an nichts anderes zu denken als an das Meeting, das man vor sich hatte, und die Verkaufszahlen, die es zu erfüllen galt. Wie deprimierend.

Nein, im Hofladen der Eltern zu arbeiten, war zwar bestimmt nicht der tollste Job, aber wenigstens hockte sie ständig in den Startlöchern für ein neues Abenteuer, war bereit, jede Minute aufzubrechen.

Robin konnte im Flugzeug ausgezeichnet schlafen, eine Fähigkeit, die er in den Jahren, die sie unterwegs gewesen waren, perfektioniert hatte. In den herrlichen ersten Monaten, nachdem sie sich kennengelernt und begonnen hatten, miteinander zu reisen, hatte Sophie es genossen, ihn beim Schlafen zu betrachten. Sie liebte es, wenn seine vollen Lippen sich entspannt öffneten und auf eine Gesichtsseite sanken und seine langen blonden Wimpern fast die Wangen berührten. Manchmal zuckte er ein bisschen oder ließ ein leises Schnauben hören, dann warf sie ihm einen liebevollen Blick zu und fragte sich, was er wohl träumte und ob sie darin vorkam. Sie wollte nicht nur alle seine wachen Gedanken kennen, sondern auch das, was er träumte, während er schlief. Dabei war sie weder ein Kontrollfreak noch von ihm besessen, sie liebte ihn nur so sehr, dass ihr die wache Version nicht genügte, um ihre Lust auf ihn zu befriedigen. Sie wollte immer noch mehr von ihm, und das hatte sich nie geändert.

Sophie griff nach ihrem Handy und rief die Wetter-App auf. Wie sie gehofft hatte, war für Prag in der nächsten Woche eisige Kälte angesagt, in ein paar Tagen sollte es sogar schneien. Es war ein bisschen ärgerlich, dass Robin nicht mit ihr zusammen fliegen konnte, aber er würde in einigen Tagen nachkommen, und dann würden sie ihr Jubiläum stilvoll feiern.

Es wurde schon fast Zeit, zum Bahnhof aufzubrechen. Sophie betrachtete sich im Spiegel, während sie in den Mantel schlüpfte. Ihr Haar war so kurz, dass sie aus der Ferne wie ein Junge wirkte – wie der junge Prinz Harry, behauptete ihre

Mutter. Unter den rötlichen Stachelhaaren wirkten Sophies ungewöhnlich große und weit auseinanderliegende Augen noch auffälliger als sonst. Sie waren das, was Robin an ihr am meisten mochte, und er sagte ihr gern, wie sehr sie ihn an ein Insekt erinnere. Schon kurz nach ihrem Kennenlernen hatte er ihr den Spitznamen »Käferchen« gegeben, und seitdem weigerte er sich, damit aufzuhören. Eigentlich machte es Sophie gar nicht viel aus, aber sie freute sich darauf, wenn sie ihre Augen wieder hinter einem Pony verstecken konnte. Dabei hatte sie die Idee, sich die Haare kurz zu schneiden, anfangs so toll gefunden.

Sophie verzog das Gesicht und wandte sich vom Spiegel ab. Dann griff sie nach der weichen Pudelmütze, die sie vor Jahren für Robin gestrickt hatte, und zog sie sich über die kurzen Haare. Für ihren kleinen Kopf war die Mütze viel zu groß, sie sah eher aus wie ein Teewärmer als wie ein schickes winterliches Accessoire, aber das war Sophie egal. Sie reiste heute in ein eiskaltes Land, daher brauchte sie die Mütze doch wohl eher als Robin. Ihm würde das ohnehin nichts ausmachen – er sagte immer, alles, was ihm gehöre, gehöre auch ihr.

Die Fahrt nach London verlief reibungslos. Auch wenn es Sophie seltsam vorkam, zum ersten Mal seit unendlich langer Zeit ohne ihren Verlobten unterwegs zu sein, war sie doch stolz darauf, dass sie sich in dem Londoner U-Bahn-System zurechtfand, ohne einen Wutausbruch zu bekommen. Dabei war es gar nicht so verwirrend – eigentlich ganz im Gegenteil. Was sie störte, war die schiere Masse der Leute, die sich um sie herum drängten, als gehörte ihnen das alles. Sophie hatte London nie gemocht – in dieser Stadt wollte sie einfach keine Zeit verbringen, und sie war froh, dass Robin das genauso sah. Wie sie selbst war er leidenschaftlich gern draußen und – als Surfer – möglichst immer am Meer. Würde man Robin das Meer wegnehmen, entfiele für ihn der wesentliche Grund, jeden Morgen aufzustehen. Na ja, das Meer und natürlich Sophie.

Als sie in dem billigen Hotel in der Nähe des Flughafens Heathrow eingecheckt hatte und auf dem harten, schmalen Bett saß, von dem aus sie auf den von endlos vielen Lichtern durchsetzten Horizont blicken konnte, rief Sophie erneut bei Robin an und musste wieder über seine Mailboxnachricht lachen.

Ihr Flug ging sehr früh am Morgen, aber an diesem Abend wollte der Schlaf einfach nicht kommen. Während sie in den ausgewaschenen Laken lag und das dünne Kopfkissen unter dem Kopf unangenehm knisterte, ließ Sophie die Gedanken wandern. Und wie derzeit immer, wenn sie nicht einschlafen konnte, wanderten sie zu ihrer bevorstehenden Hochzeit.

Sie feierten auf dem Hof, so viel stand fest. Es wäre ja dumm, für viel Geld einen Saal zu mieten, wenn man selbst ausreichend Platz hatte. Ihr Vater baute mit seinen Dart-Freunden aus dem Pub das Partyzelt auf, dann trommelten Sophie und ihre Mutter alle Freundinnen und weiblichen Verwandten zusammen, um das Innere mit Lichterketten, Blumen und bunten Fähnchen zu schmücken. Sie könnten auch Fotos von Sophie und Robin aufhängen, und die Leute sollten etwas in ein Gästebuch schreiben. Das wirkte einladend, hübsch und freundlich.

Am Abend würden sie dann rund um die Tanzfläche Kerzen anzünden, und dann würden sie und Robin einen Walzer tanzen, zum ersten Mal als Mann und Frau. Die Gäste würden nasse Augen bekommen und ihr Vater vor Stolz fast platzen. Dann würde ihre Mutter mit Robins Vater tanzen, und alle würden fröhlich und ausgelassen feiern, bis die Sonne über den fernen Hügeln aufgehen würde.

Irgendwann würden sie und Robin sich dann davonschleichen und an den Strand hinuntergehen, wo er sie in ihrem Hochzeitskleid hochheben und herumwirbeln würde. Und er würde sie wieder und wieder küssen und sie mit »Mrs. Palmer«, ihrem neuen Namen, ansprechen. Dann würden sie im nassen Sand sitzen, ohne auf ihr Kleid und seinen Anzug zu achten, und mit einem Stöckchen ihre Namen in den Sand schreiben. Sophie würde noch Herzen dazu malen, und Robin würde sie scherzhaft eine sentimentale Idiotin nennen, und dann würden sie sich küssen, wieder, wieder und immer wieder, bis sie vor Liebe ganz atemlos waren.

Als Sophie endlich einschlummerte, hatte sie ein zufriedenes Lächeln auf den Lippen. Neben ihr auf dem Nachtisch leuchtete ihr Telefon auf. Ein von blonden Haaren umrahmtes Gesicht erschien auf dem Bildschirm, während das Handy leise vibrierte, aber sie war versunken in ihre Zukunftsträume und rührte sich nicht. Als schließlich draußen der Regen gegen das Fenster prasselte, erlosch das Leuchten des Telefons.

4

»Ganz schön groß, das Bett.«

Megan warf Ollie einen Seitenblick zu.

»Vermutlich kriegt Sherlock Holmes jetzt Angst um seinen Titel als Meister aller Detektive«, bemerkte sie. Aber er hatte recht, es war ein riesiges Bett. Und noch dazu ein Himmelbett, mit extravaganten rot-golden gestreiften Vorhängen und einer ebensolchen Tagesdecke. Es pompös zu nennen, wäre noch untertrieben gewesen. Megan fluchte innerlich, weil sie zugelassen hatte, dass Ollie das Hotel aussuchte. Sie hatte es sich noch nicht einmal im Internet angesehen, obwohl Ollie ihr den Link geschickt hatte. In den vergangenen sechs Monaten, seit sie sich kannten, hatten sie zwar schon ein paarmal zusammen übernachtet, etwa nach einer Party oder wenn es abends zu spät geworden war, aber ein gemeinsames Bett in einem gemeinsamen Hotelzimmer war doch anders. Irgendwie intimer.

Am Fußende des Bettes, unmittelbar dort, wo Megan und Ollie etwas verlegen herumstanden, befand sich eine gepolsterte, mit cremefarbenem und goldenem Satin überzogene Bank. Sie passte zu den beiden Stühlen, die ordentlich unter das kleine Holztischchen in der Nische am Fenster geschoben waren. Ihr Zimmer lag im obersten Stockwerk des Hotels und reichte bis hinauf in den Dachstuhl des alten Gebäudes, wo in der weiß gestrichenen Zimmerdecke die Dachbalken sichtbar waren. Es sah beeindruckend, aber auch ein bisschen kitschig aus. Megan hätte am liebsten gleich ihre Kamera gezückt.

Ollie war ins Badezimmer weitergeschlendert, und sie hörte, wie er laut auflachte.

»Hier gibt es eine Doppelbadewanne!«, rief er. »Mit goldenen Wasserhähnen.«

Megan verdrehte die Augen. Wenigstens fand er es lustig. Ihre Fahrt zum Flughafen am Morgen war völlig unspektakulär verlaufen, der einzig peinliche Moment war die erste Begegnung im Flur gewesen, als er ihr in Boxershorts und mit einem verschlafenen Grinsen entgegengekommen war. Ihm schien es nichts auszumachen, dass er beinahe nackt war, aber sein bloßer Anblick hatte Megan wie ein aufgescheuchtes Kaninchen in ihr Schlafzimmer zurückgetrieben.

Sobald sie die Sicherheitskontrollen hinter sich gelassen hatten, bestand Ollie darauf, mit ihr zum Frühstück ein Bier trinken zu gehen. Die Tatsache, dass es gerade mal sieben Uhr morgens war, schien für ihn keine Rolle zu spielen – jetzt seien sie offiziell im Urlaub, erklärte er, und die Alltagsregeln hätten keinerlei Gültigkeit mehr.

Mit einem »Also, Spencer!« hatte er sie aus dem Studium der laminierten Speisekarte gerissen. Er holte ein Kartenspiel aus seiner Tasche und begann, die Karten zu mischen. »Wir haben noch eine Stunde bis zum Abflug, und bis dahin will ich dich mindestens zwölfmal beim Rummy geschlagen haben.«

Und das gelang ihm dann auch. Ollie war gut im Kartenspielen, so gut wie in fast allem, was er tat.

Auch darin, die Verlegenheit zwischen ihnen zu vertreiben, die sich in ihr aufbäumte wie ein schlecht gelauntes Pferd, seit sie vor dieses alberne Bett getreten waren. Jetzt ließ er sich fröhlich ein Bad einlaufen und rief zu ihr heraus, sie solle doch mal nachschauen, was so in der Minibar sei.

Es ist doch bloß ein Bett, ermahnte sie sich streng, während sie ein Wodka-Fläschchen aus dem Kühlschrank holte und auf zwei Plastikbecher verteilte. Mit einer Freundin wäre es jetzt auch nicht anders, fügte sie entschlossen hinzu und goss mit Orangensaft auf.

Grinsend holte sich Ollie seinen Drink an der Badezimmertür ab, wieder bloß in seinen Boxershorts.

»Ich geh mal runter an die Bar«, kiekste Megan, kippte ihren Wodka-Orange hinunter und stürzte auf die andere Seite des Zimmers, wo ihre Handtasche lag.

Ollie lachte. »Ich komm gleich nach. Wenn ich eine Hotelbadewanne sehe, muss ich rein, das ist einfach so. Wir treffen uns unten, und dann schauen wir uns mal ein bisschen um, ja?«

»Okay!«

Sie warf die Tür hinter sich zu und lehnte sich ein paar Sekunden lang dagegen. Das war ja noch schlimmer, als sie befürchtet hatte. Was dachte sich Ollie eigentlich dabei, ständig in Unterhosen vor ihr herumzuspazieren? Sie war doch nicht einer seiner blöden Kumpel!

Erst als sie bereits im Lift nach unten fuhr, fiel Megan auf, dass sie ihre Kamera vergessen hatte. Sie stieß einen hörbaren Seufzer aus. Solange ihr vermutlich inzwischen nackter Freund wie ein beschwipster Pfau durchs Zimmer stolzierte, konnte sie schlecht zurückgehen, um sie zu holen. Eigentlich hatte sie vorgehabt, sich schon mal in der Umgebung des Hotels umzusehen, während er in der Wanne lag, aber das hatte wohl nicht viel Sinn, wenn sie keine Fotos machen konnte. Die kurzen Blicke auf Prag, die sie auf der Taxifahrt vom Flughafen hierher erhaschen konnte, hatten bereits eine fast unerträgliche Lust auf mehr in ihr hervorgerufen. Hoffentlich beeilte sich Ollie ein bisschen mit seiner Baderei!

Als Megan ein paar Minuten später mit festen Schritten in die Hotelbar marschierte, fiel ihr sofort ein knutschendes Pärchen an einem Tisch in der Ecke auf.

O Mann, die sollten sich wirklich ein Zimmer nehmen.

Sie bestellte sich einen Kaffee, den sie nach einem Bier in aller Frühe und dem Wodka, den sie gerade gekippt hatte, auch dringend brauchte, und verzog sich in die entgegengesetzte Ecke des Raumes, wo sie sich einen Platz am Fenster suchte. Das Dekor der Bar war nicht ganz so protzig wie oben im Zimmer, aber es gab genügend polierte Goldarmaturen, einen überdimensionalen Kronleuchter und jede Menge Kissen mit goldenen Troddeln am Reißverschluss. Ein Summen in ihrer Hosentasche machte sie auf das kostenlose WLAN aufmerksam, aber sie hatte jetzt keine Lust, ihre Zeit im Internet zu verschwenden - schon gar nicht mit so einem Ausblick vor dem Fenster. Der Innenhof des Hotels war mit einer dicken Schicht Frost überzogen, aber das machte ihn nur noch zauberhafter. Der Boden glitzerte wie mit Goldflitter bestäubt, und Megan bemerkte die hübschen Beete mit eingesunkenen Winterblumen entlang der schmalen Wege. Das Ganze war mit roten und grauen Steinen gepflastert, und in der Mitte der Anlage stand ein altertümlicher Brunnen, aus dem stoßweise ein kraftloser Wasserstrahl rann.

Wenn sie doch bloß ihre Kamera griffbereit hätte! Dann könnte sie das blasse Sonnenlicht einfangen, das durch die Bäume fiel, die gezackte Rinne, die das schwach fließende Wasser des Brunnens ins Eis gegraben hatte, und den betörenden Anblick von Prags berühmten roten Dächern, die über der Mauer zur Straße hin zu sehen waren. Es war jetzt schon alles wunderschön, und sie hatten das Hotel noch nicht einmal verlassen.

»Entschuldigen Sie, sind Sie allein hier?«

Erschrocken schaute Megan auf. Die Frau von dem anderen Tisch stand vor ihr, mit leicht verschmiertem Lippenstift von den Küssen ihres glatzköpfigen Begleiters. Aber ihre Augen leuchteten freundlich.

»Nein, ich, äh ...« Megan zögerte einen Moment, weil sie auf einmal nicht wusste, wie sie Ollie bezeichnen sollte. »Ich bin mit einem Freund hier. Er badet gerade, der Spinner.«

Die Frau kicherte. »Charlie, das ist mein Freund, ist gerade hochgegangen, um zu duschen. Männer! Dabei möchte ich bloß raus und mir die Stadt ansehen. Geht es Ihnen nicht auch so?«

»Ja, absolut! Da haben Sie vollkommen recht. Haben Sie da schon hinausgeschaut? Das ist sagenhaft!« Megan schob ihren Stuhl zur Seite, sodass die ältere Frau neben sie treten konnte. Es dauerte eine ganze Minute, bis sie wieder etwas sagte.

»Das sieht aus wie eine richtige Feengrotte«, sagte die Frau. Ihr warmer Atem hinterließ einen feuchten Fleck auf der kalten Fensterscheibe.

Aus der Nähe sah Megan, dass sie sehr sorgfältig zurechtgemacht war, mit gut frisierten aschblonden Locken, einem ausgezeichnet geschnittenen schwarzen Kleid und perfekt gepflegten Nägeln. Die Frau war vermutlich in etwa so alt wie ihre Mutter, aber von Weitem wirkte sie viel jünger. Nur ein zartes Netz aus feinen Fältchen um Augen und Mund verrieten sie, und das war so gut es ging mit Grundierung abgedeckt.

»Waren Sie schon einmal in Prag?«, fragte die Frau jetzt und wandte sich wieder Megan zu.

»Noch nie.« Mit einer Geste lud Megan sie ein, sich zu ihr zu setzen. »Mein Freund ist Lehrer, und er plant für das nächste Jahr mit seinen Schülern ein Projekt über Prag, das er hier vorbereiten möchte. Ich bin nur dabei, um Fotos zu machen. Und Sie?«

»Ich war noch nie hier, nein – und ich habe es mir nicht ausgesucht. Es war eine Überraschung von Charlie. Er hat im Internet ein gutes Angebot entdeckt, aber fragen Sie nicht, wann wir heute Morgen in Manchester losmussten.«

»So sind Männer eben«, bemerkte Megan. »Grandios, wenn es um romantische Gesten geht, aber nicht ganz so grandios bei den durchaus nicht unwichtigen Details. Sind Sie schon lange zusammen?«

Die Frage war ganz unschuldig gemeint, aber die Frau wirkte einen Moment lang angespannt und spielte verlegen mit dem Stiel ihres Weinglases, ehe sie antwortete.

»Noch nicht so lange, nein.« Sie warf Megan einen Seitenblick zu. »Man könnte wohl sagen, wir sind noch recht frisch verliebt.«

»Das habe ich bemerkt«, erwiderte Megan grinsend. »Ich habe Sie beide drüben an dem Ecktisch gesehen.«

»Ach du meine Güte!« Die Frau wurde rot, aber sie lachte ebenfalls. »Ich bin Hope«, sagte sie dann und reichte Megan ihre manikürte Hand.

»Megan.«

Sie plauderten eine Weile über das Hotel – auch Hope fand die Ausstattung ihres Zimmers rettungslos überladen – und über Megans Fotografie. Hope gestand, dass sie derzeit keine Arbeit hatte, sich aber unbedingt eine Teilzeitstelle suchen wollte, sobald sie wieder in Manchester war.

»Ich langweile mich, wenn ich nur den ganzen Tag in Charlies Wohnung herumpussele«, erklärte sie. Megan staunte zwar, dass sie bereits bei ihm wohnte, obwohl sie sich erst kurze Zeit kannten, war aber schlau genug, nicht nachzufragen. Ollie ließ sich ganz schön viel Zeit, aber als sie gerade überlegte hinaufzugehen, um nachzusehen, ob er vielleicht ertrunken war, lud Hope sie auf ein weiteres Glas ein.

»Wir dürfen das. Schließlich sind wir im Urlaub«, versicherte ihr die Ältere, als sie von der Theke zurückkehrte. Megan nickte zustimmend. Eigentlich war es gar nicht ihre Art, sich so umstandslos mit Fremden in einer Hotelbar anzufreunden, aber Hope hatte etwas unwiderstehlich Fröhliches und zugleich Mütterliches an sich. Sie wirkte warmherzig und erinnerte Megan an ihre eigene Mutter, wenn auch in einer sehr viel eleganteren Version. Megans Mutter war das Stereotyp einer Künstlerin - sie steckte ihre drahtigen Haare in der Regel mit einem Pinsel fest und kleidete sich oft wie ein viktorianisches Waisenkind -, aber dennoch strahlte auch sie etwas Mütterliches aus. Sie sollte sich wirklich bemühen, ihre Mutter öfter zu besuchen - und auch ihren Vater, dachte Megan. Beide waren eigentlich großartig, auch wenn sie sich in den Kopf gesetzt hatten, Megan zu einer Heirat mit Ollie zu überreden.

»Er würde so gut zu dir passen. Ein richtig netter Kerl, und so groß!«, hatte ihre Mutter gesagt und war sich dabei verzweifelt mit der Hand durch die Haare gefahren - und prompt darin hängen geblieben. »Du willst doch nicht am Ende mit einem mürrischen Hobbit dasitzen, so wie ich.«

»Das habe ich gehört!«, hatte sich Megans Vater zu Wort gemeldet und mit gerunzelter Stirn über die aufgeschlagene Sonntagszeitung gespäht. So recht widersprechen konnte er nicht, denn barfuß maß er gerade mal einen Meter siebzig. Megan, die sowohl seine geringe Größe als auch seine Fähigkeit, auf überzeugende Weise finster dreinzublicken, geerbt hatte, hatte ihrem Vater anerkennend den hochgereckten

Daumen gezeigt, sobald ihre Mutter sich wieder der neuesten hingekleckten Landschaft zugewandt hatte.

Hope erzählte gerade von ihrer Tochter. Offensichtlich war sie vor Kurzem von zu Hause aus- und mit ihrem Freund zusammengezogen. Und sie war fünfundzwanzig. Megan hatte noch nie mit einem Mann zusammengelebt und hatte auch nicht vor, das in nächster Zeit zu tun, sehr zum Kummer ihrer diversen Freunde und Verwandten. Aber schließlich war sie erst dreißig, das hatte wirklich keine Eile.

Während sie noch plauderten, öffnete sich die Tür, und ein Mädchen kam herein. Sowohl Megan als auch Hope blickten auf, weil jede von ihnen ihren männlichen Begleiter erwartete. Daher sahen sie der kleinen Person zu, wie sie mit leisen Schritten zur Bar ging und sich einen Tee bestellte. Der freundliche Barmann begann ein Gespräch mit ihr. Er stellte harmlose Fragen, wie lange sie bleibe und ob sie schon einmal in Prag gewesen sei. Megan spitzte die Ohren, um die Antworten zu verstehen, aber die Stimme war offenbar so zart wie die ganze Erscheinung, sie verstand kaum ein Wort.

Sobald das Mädchen die Tasse in der Hand hielt, drehte es sich um und schenkte Hope und Megan ein kurzes Lächeln. Dann suchte es sich einen Platz an einem anderen Tisch und zog sein Handy hervor.

»Was meinen Sie, sollen wir sie fragen, ob sie sich zu uns setzen möchte?«, sagte Hope. Das zweite Glas Wein hatte ihr eine attraktive Röte auf die Wangen gezaubert.

»Ich weiß nicht recht«, murmelte Megan. »Sie sieht aus, als würde sie auf einen Anruf warten.«

Das stimmte – das Mädchen hatte das Handy auf den Tisch gelegt, behielt es aber ständig im Blick. Nach einer Weile nahm sie ihre große, weiche Beanie-Mütze ab und warf sie neben das Telefon.

»Was für ein mutiger Haarschnitt«, sagte Hope leise. »Heutzutage haben das viele junge Mädchen. Als ich so alt war, hatte ich die Haare bis zur Taille.«

»Das ist wirklich raspelkurz«, flüsterte Megan zurück und schämte sich ein bisschen über diesen Klatsch. »Mir würde das überhaupt nicht stehen, aber bei ihr sieht es toll aus, weil sie so hübsch ist.«

Während sie beide das Mädchen beobachteten, das auf sein Telefon starrte, summte Megans eigenes Handy auf dem Tisch. Es war eine Nachricht von Ollie:

Ich wollte dir deine
Kamera mitbringen, aber
das sind ungefähr eine Million
Einzelteile. Komm rauf und
hilf mir! x

Megan lachte laut auf. »Ich muss gehen«, sagte sie zu Hope, trank das Bier aus und griff nach ihrer Tasche.

Schwungvoll lief sie zurück in den vierten Stock. In ihrem Inneren brodelte die Begeisterung wie kochendes Wasser, und sie nahm immer gleich zwei der mit dickem Teppich bezogenen Stufen auf einmal. Auch wenn das eine seltsame Situation war, sie befand sich in einer der schönsten Städte der Welt, hatte ihre Kamera und einen ihrer Lieblingsmenschen dabei. Manchmal war das Leben einfach wunderbar.

5

Sophie tippte mit einem Finger auf ihr Handy und schob es in die Manteltasche. Ihre Stiefel knirschten auf dem frostigen Kopfsteinpflaster, jedoch nicht laut genug, um sie von den Tränen in ihren Augen abzulenken. Sie blieb stehen, holte tief Luft und ging mit gesenktem Blick weiter.

Es war nicht Robins Schuld, dass er nicht kommen konnte. Aber das tröstete sie nicht. Sie hatte geglaubt, sich auch ohne ihn hier wohlzufühlen. Hatte geglaubt, die Stadt gut genug zu kennen, dass die vertrauten Prachtbauten mit ihren vielfarbigen Fassaden so beschützend wirkten wie eine Gruppe freundlicher Tanten.

Es sind doch nur ein paar Tage, versuchte sie sich zu beruhigen. Ehe sie sichs versah, würde er bei ihr sein.

Als sie den Blick hob, bemerkte sie, dass sich im Osten schwere, dunkle Wolken zusammenballten. Verstohlen kreuzte sie die Finger und flehte den Himmel um Schnee an. Prag war immer wunderschön, das wusste sie, denn sie und Robin waren schon zu jeder Jahreszeit hier gewesen, aber nie sah die Stadt so zauberhaft aus wie unter einer dicken weißen Decke. Schnee war ja an sich schon ein Wunder, jede Flocke auf einzigartige Weise hochkompliziert zusammengesetzt. Wenn es Engel wirklich gab, dann waren sie es, so stellte Sophie es sich gern vor, die im Himmel zusammensaßen und diese zarten, frostigen Gebilde häkelten, um sie auf die Erde schneien zu lassen. Als Kind hatte sie oft einzelne Flocken auf ihrer Handfläche gefangen und versucht, sich ihr Muster einzuprägen, ehe sie dahinschmolzen.

Sophies warme Wolke der Erinnerung platzte, als jemand plötzlich laut und hell auflachte. Suchend sah sie sich unter den Leuten um, die in Gruppen zum Prager Weihnachtsmarkt gingen, und erkannte die Frau, die ihr am Morgen in der Bar des Hotels so freundlich zugelächelt hatte. Sie war in Begleitung eines groß gewachsenen Mannes, der eine rote Wollmütze trug, und lachte über etwas, das er ihr ins Ohr flüsterte. Wie viele andere hatten sie sich durch den Duft von Zimt, Brandy und Rosinen zu einem improvisierten Stand locken lassen, und aus den großen Tassen mit Glühwein in ihren behandschuhten Händen schlängelten sich feine Dampffahnen in die eisige Luft.

Einen Moment lang war Sophie versucht, zu ihnen hinüberzugehen. Sie sahen so unwiderstehlich glücklich aus, dass sie nur zu gerne ein Stück davon abbekommen hätte. Doch als sie gerade den ersten zögernden Schritt tat, beugte sich der Mann vor und küsste die Frau auf den Mund, und Sophie, die sich schon bei diesem Anblick wie ein Eindringling vorkam, ging mit schnellen Schritten weiter.

Die Mittagszeit war schon vorüber, aber sie hatte keinen Hunger. Nicht einmal die Stände mit riesigen, brodelnden Töpfen voll Kartoffeln, Sauerkraut, Käse und gebratenem Schweinefleisch oder die dicken *Klobásy*-Würste machten ihr Appetit. Eines ihrer Lieblingsfotos von Robin zeigte ihn, wie er sich eine dieser riesigen Köstlichkeiten so vor den Mund hielt, dass die beiden Enden wie ein breites Grinsen nach oben gebogen zeigten, wobei fette Tropfen der würzigen Soße auf seinem Schal landeten. Manchmal war er ein richtiger Trampel, aber er war ihr Trampel.

Von fern ertönte Musik, und Sophie blieb stehen und versuchte herauszufinden, woher sie kam. In Prag hörte man immer irgendwo Musik, ob aus einer der vielen Bars oder von einer der lokalen Musikgruppen, die sich auf dem Kopfsteinpflaster aufgestellt und eine Mütze vor sich auf den Boden gelegt hatten, um großzügige Passanten zu einem kleinen Trinkgeld zu ermutigen. Sophie fragte sich, ob diese Musiker wussten, wie viel sie zur Schönheit dieser Stadt beitrugen und dass sie, indem sie jeden Tag eine andere Ecke von Prag verwandelten, in den Erinnerungen vieler Menschen einen wichtigen Platz einnahmen.

Die feste, wärmende Umarmung ihrer Umgebung vertrieb Sophies Melancholie, und mit neuer Entschlossenheit machte sie sich wieder auf den Weg zu ihrem Ziel. Sie hatte gewusst, dass Prag sie nicht im Stich lassen würde. Wie albern von ihr, überhaupt den Schatten dieses dunklen, buckligen Zweifels in ihr Bewusstsein eindringen zu lassen. Alles würde sich aufs Beste fügen – und jetzt war sie genau dort, wo sie und Robin einander zum ersten Mal erblickt hatten: an der Karlsbrücke.

Damals hatte es heftig geschneit, und Sophie hatte mit dem Rücken zu den vorbeilaufenden Passanten am Geländer gestanden und über die Moldau nach Malá Strana hinübergesehen, zur Kleinseite, dem südwestlichen Teil der Altstadt. Die Wasseroberfläche war grau gewesen wie Granit, und die fallenden Flocken hatten den Anblick des gegenüberliegenden Ufers verschwimmen lassen. Sophie war so fasziniert gewesen, dass sie den Mann neben sich eine ganze Weile lang nicht bemerkte.

»Ich finde es toll, den Schneeflocken zuzusehen. Geht es Ihnen auch so?«

Sie hatte sich umgedreht und ein Paar blauer Augen

erblickt, eine große, von der Kälte gerötete Nase und einen breiten, lächelnden Mund. Das alles wurde umrahmt von wirren blonden Haaren, die aus einer gestreiften Bommelmütze hervorschauten.

»Das geht doch allen so«, hatte sie erwidert, und bei diesen Worten festgestellt, wie ansteckend die gute Laune des jungen Mannes war.

»Meine Eltern hassen Schnee«, erklärte er und hielt den Blick aufs Wasser gerichtet. »Am liebsten würde meine Mutter nach Australien ziehen – sie ist geradezu süchtig nach Sonne.«

Er war Engländer, so viel war Sophie bereits klar, und sie spürte ein leises Flattern in der Brust. Der Typ gefiel ihr.

»Australien steht auch auf meiner Wunschliste«, sagte sie und wagte einen erneuten Blick zu ihm hinüber. »Erst kommt Europa, dann hoffentlich der Rest der Welt.«

»Ein Mädchen ganz nach meinem Herzen«, erwiderte er mit einem Grinsen, bei dem ihr Magen einen Hüpfer wie in der Achterbahn machte.

»Reisen Sie auch so gern?«, fragte sie mutig, und ihr Gesicht wurde heiß, als er sie ansah und nickte.

»Klar. Immer im Alleingang. Wie ist das bei Ihnen?«

Sollte sie einem Mann, den sie gerade erst kennengelernt hatte, wirklich gestehen, dass sie immer allein unterwegs war?

»Ohne jede Begleitung.«

Ein kurzes Schweigen entstand, während sie einander ansahen und sich beide fragten, ob das, was sie da fühlten, wirklich wahr sein konnte. Robin hatte ihr später erzählt, in diesem Moment habe er bereits gewusst, dass sie für den Rest seines Lebens bei ihm sein würde. Er konnte nicht erklären, woher er das wusste – es war eben so. Sophie hingegen konnte an nichts anderes denken als an den überwältigenden Wunsch, diesen Mann zu küssen. Ob sie genau das Gleiche empfand wie er, konnte sie nicht sagen, aber die Anziehung zwischen ihnen war unbestreitbar. Sie war so deutlich wie die Umrisse der Statuen auf der Karlsbrücke, die sich vor dem weißen Himmel abzeichneten, und sie wussten es beide.

»Ich bin Robin.« Er reichte ihr eine Hand, die in einem gestreiften Handschuh steckte, passend zu seiner Mütze.

»Sophie.« Sie ergriff die Hand, drückte sie und spürte seine warme Haut durch die gestrickte Wolle hindurch.

Dann standen sie eine gefühlte Ewigkeit da und plauderten darüber, wo sie bereits gewesen waren und wohin sie gerne noch reisen würden. Voller Begeisterung stellte sie fest, dass seine geplante Reiseroute durch Europa fast genau ihrem vorgesehenen Reiseweg entsprach, und dass sie beide dieselben Städte sehen wollten.

»Ich will Venedig sehen, aber nicht unbedingt Florenz«, sagte er. »Was mich anzieht, sind die magischen Orte, und ich glaube, Venedig hat jede Menge Magie.«

Er hatte natürlich recht, wie sie beide ein paar Wochen später feststellen sollten.

»Ich glaube, jede Stadt hat zauberhafte Ecken«, sagte sie zu ihm. »Du musst nur bereit sein, nach ihnen zu suchen.«

»Da hast du vermutlich recht«, meinte er schulterzuckend, ohne den Blick von ihr zu wenden. »Es ist sehr gut, dass ich dich so früh auf meiner Reise gefunden habe. Nun kannst du mir überall die Augen öffnen.«

Er war direkt, frech und anmaßend, und das war ihm absolut bewusst. Dennoch wurde Sophie von einer Woge des Glücks und der Aufregung erfasst. Dieser Mann wollte mit ihr zusammen sein, und sie wusste bereits, dass sie nie genug von ihm bekommen würde. Am liebsten hätte sie die Zeit zurückgedreht, dann hätte sie ihm schon Jahre zuvor begegnen können. Jetzt kannten sie einander gerade mal eine halbe Stunde, aber es kam ihr bereits so vor, als wäre sie um die Zeit, die sie schon miteinander hätten verbringen können, betrogen worden. Hätte sie in diesem Moment einfach nur einen Knopf drücken können, der sie beide in ihre Kindheit zurückbrachte, sie hätte es ohne zu zögern getan. Natürlich wusste sie sehr gut, dass diese Gedanken absolut unsinnig waren, aber ihr wurde schwindlig bei dem, was er ihr versprach. Oder bei der Vorstellung, mit ihm zusammen zu sein.

»Hast du Lust, was trinken zu gehen?«, fragte er schließlich.

Der Schnee fiel immer noch unablässig, und die Brücke war nun fast menschenleer. Mittlerweile konnte man den Fluss darunter oder gar die umgebende Landschaft fast nicht mehr erkennen.

Sophie lachte, als ihr klar wurde, wie das aussehen musste: Sie beide da auf der Brücke, mit Schnee auf den Mützen und Schultern, als wären sie die einzigen Menschen auf dieser Welt. Seit wohl gut zwanzig Minuten konnte sie weder ihre Finger noch ihre Zehen spüren, aber sie hatte sich in ihrem ganzen Leben noch nie so wach gefühlt. Als hätte Robin einen Schalter in ihr umgelegt, den noch nie zuvor jemand berührt hatte, war sie sich auf einmal ihres Körpers und jeder einzelnen Bewegung vollkommen bewusst. Zum allerersten Mal in ihrem gesamten Dasein fühlte sie sich wirklich lebendig.

Langsam, um auf dem glitschigen, unebenen Pflaster nicht auszurutschen, tappten sie durch den Schnee, und Robin erzählte ihr dabei von seiner Liebe zum Surfen.

»Dass du ein Surfer bist, hätte ich schon an deinen Haaren

erkennen sollen«, bemerkte sie, als sie einen gemütlichen Irish Pub betreten hatten und er sich die schneebedeckte Mütze vom Kopf zog.

»Dann bist du vermutlich ein Kobold, stimmt's?«, witzelte er. »Klein und rothaarig!«

»He!« Sie versetzte ihm einen spielerischen Klaps. Sophie hatte zwar das Glück gehabt, eine Schule zu besuchen, in der rote Haare nicht automatisch rücksichtslosen Spott zur Folge hatten, aber dennoch machte ihre Haarfarbe sie immer wieder verlegen. Als Rothaarige fiel man immer auf, man verschwand nicht in der Menge wie jemand, der unauffällige braune Haare hatte. Sophie hatte sich nur mühsam daran gewöhnt, ständig angestarrt zu werden.

»Lieber eine fröhliche kleine Irin als ein australischer Soap-Star-Verschnitt.«

Das brachte ihn zum Lachen, und es war ein schönes Lachen, das tief aus dem Bauch heraus kam.

»Treffer, Miss Sophie.« Er stupste sie beiläufig an. »Diesmal hast du gewonnen, aber ich warne dich, das nächste Mal bist du dran. Ich werde mir sofort einen ganzen Berg an schlagfertigen Antworten ausdenken und sie für den Fall der Fälle in meinem Hirn bereithalten.«

»Gib dein Schlechtestes!«, forderte sie ihn heraus und warf ihm einen amüsierten Seitenblick zu.

Riesige Krüge voll Bier wurden vor ihnen abgestellt, jeder davon mit einer Schaumkrone in der Größe eines Kleinstaats. Sie stießen an und beglückwünschten sich, dass sie einander begegnet waren.

»Mir ist so, als würde ich dich schon seit Jahren kennen«, erklärte Robin eine Stunde später. Sie saßen Seite an Seite an der Bar, und sein Oberschenkel drückte sich warm an ihren. »Hört sich das verrückt an? Bestimmt, oder? Aber ich bin kein durchgeknallter Stalker oder so, das schwöre ich dir.«

»Ach, hör doch auf.« Sie kicherte. »Du kommst mir überhaupt nicht verrückt vor. Tatsächlich hatte ich gerade den gleichen Gedanken. Und macht mich das vielleicht zu einer gefährlichen Irren?«

»Ja«, spottete er und wich schnell zur Seite aus, um einen weiteren Klaps zu vermeiden.

Mit gespielter Empörung sah Sophie ihn finster an und griff nach ihrem Bier. Es war bereits das dritte, und mit jedem Schluck wurde sie mutiger. Am liebsten wäre sie sofort von ihrem Barhocker auf seinen Schoß geklettert, hätte ihm die Beine um die Taille gelegt und ihm befohlen, sie augenblicklich zu küssen. Aber natürlich tat sie es nicht.

Sie hatte den Ausdruck »mit den Augen ausgezogen werden« schon in Büchern gelesen, es aber noch nie selbst erlebt. Als Robin sie nun mit einer solch raubtierhaften Gier ansah, fühlte sie sich jedoch keineswegs verlegen, sondern so zufrieden, als wäre dieser Moment genau das, worauf sie immer schon hingelebt hätte. Monate später, als sie mit verschwitzen, ineinander verschlungenen Gliedern auf dem schmalen obersten Stockbett eines Hostels lagen, hatte sie versucht, ihm das Gefühl zu beschreiben. Er hatte ihr aufmerksam zugehört und dabei genickt. Dann sagte er, er wisse genau, was sie meine: Mit ihr zusammen zu sein habe sich immer richtig angefühlt. Wie nach Hause zu kommen.

An diesem allerersten Abend hatte sich Robin als Gentleman erwiesen und sie zu ihrer Unterkunft begleitet, ehe er sich zu seinem eigenen Hostel begab. Als er sich zum Gehen wandte, konnte Sophie sich nicht zurückhalten und griff in der plötzlichen Angst, ihn nie mehr wiederzusehen, nach seiner Hand. Sie befürchtete, aufzuwachen und festzustellen, dass alles nur ein Traum gewesen war.

Robin sah hinab auf ihre Hände und lächelte. Es hatte endlich aufgehört zu schneien, aber die Luft war immer noch so schneidend kalt, dass sie beide unter normalen Umständen am ganzen Körper gezittert hätten. Sophie überlief tatsächlich ein Schauder, doch das hatte nichts mit der Temperatur zu tun.

»Lass uns morgen zusammen frühstücken«, sagte er schließlich. Dann hob er ihre Hand und zog ihr dabei langsam den Handschuh aus.

»Natürlich, gerne«, murmelte sie, während er ihre nackte Haut enthüllte. Mit großen Augen und weichen Knien sah sie zu, wie er ihre Fingerspitzen an seine Lippen hob. Einen Moment lang blies er sie nur an, um sie zu wärmen und sicherzustellen, dass sie jede noch so winzige Berührung spüren konnte, und dann küsste er die Finger, so schnell, dass sie sich hinterher nicht mehr ganz sicher war, ob er es überhaupt getan hatte.

»Ich weiß ein Café, in dem es einen sagenhaften Apfelstrudel gibt«, sagte er, ließ ihre erschlaffte Hand sinken und trat einen Schritt zurück. »Um neun Uhr, genau hier?«

»Ich werde da sein«, brachte sie heraus. Er lächelte sie noch ein letztes Mal an und ging davon. Es war für Monate das letzte Mal gewesen, dass sie eine Nacht getrennt verbracht hatten.

Sophie senkte den Blick und sah auf ihre Hände, die die Brückenbrüstung fest umklammerten. Ihre Fingernägel waren weiß auf dem kalten Stein. Inzwischen waren sie schon so oft wieder hier gewesen, Robin und sie. Bei ihrer ersten Rückkehr hatte er sich sogar hingekniet und den Boden geküsst, um an der Stelle, wo er sie gefunden, wo sie einander gefunden hatten, einen Dank auszusprechen. Sophie musste lachen bei der Erinnerung daran. Manchmal war er ein richtiger Temperamentsbolzen, aber genau diesen Überschwang liebte sie so an ihm.

Die Glocken der Stadt begannen eine nach der anderen die Stunde zu schlagen, doch zum ersten Mal empfand sie das Läuten nicht als tröstlich. Sie schüttelte den Kopf, um ihn klar zu bekommen, dann ließ sie den Blick unwillkürlich nach oben zur Prager Burg wandern, die den Horizont aus Gebäuden und Dächern dominierte. Die Architektur dieser Stadt begeisterte sie noch immer. Sie beschloss, sich einen Glühwein zu gönnen und einen Spaziergang durch die Straßen der Kleinseite zu machen.

Dieses Vorhaben stimmte sie fröhlich. Erfüllt mit vielen glücklichen Erinnerungen ging sie über das Kopfsteinpflaster der Brücke davon und tauchte ein in die Menschenmassen, die sich dort drängten.

6

»So ein dickes Ding habe ich im Leben noch nicht gesehen!«

»Wow, du kannst einen Mann wirklich fertigmachen.«

Hope lachte und pikste Charlie in die Rippen. Hoffentlich sprach der Wurstverkäufer kein Englisch, doch Hope bemerkte ein Funkeln in seinen Augen und befürchtete, dass er sie doch verstanden hatte.

»Also *das* habe ich gar nicht gemeint«, erwiderte sie tadelnd und grinste, als Charlie sie um die Taille fasste. Er hatte sie seit ihrer Ankunft kaum losgelassen, und es hatte Hopes ganzer Überredungskunst bedurft, ihn aus dem Hotelzimmer zu locken.

»Wir könnten doch einfach den ganzen Tag hierbleiben«, hatte er vorgeschlagen, als er sich, nur mit einem Handtuch bekleidet, auf dem Bettrand niedergelassen und sie zu sich gewinkt hatte. Hope war immer noch beeindruckt von seiner unermüdlichen Energie – meine Güte, er war achtundvierzig und sie fünfzig! –, aber gleichzeitig auch freudig überrascht, als sie spürte, wie ihre eigene Lust wieder erwachte. Sie hatte geglaubt, diese Zeit wäre längst vorbei, doch sie hatte sich geirrt.

»Könnten wir«, hatte sie gesagt und der Aufforderung widerstanden, sich in seine Arme zu schmiegen. »Aber wir sind in einer wunderschönen Stadt, mein Liebster. Und ich will unbedingt auf den Weihnachtsmarkt. Megan, die junge Frau, die ich gerade unten kennengelernt habe, hat mir erzählt, dass er weltberühmt ist.«

»Na, wenn er so berühmt ist ...« Mit einem Grinsen stand Charlie auf und ging ins Bad. Hope hatte ihm liebevoll nachgesehen.

Die Planung ihrer Prag-Reise war so kurzfristig gewesen, dass Hope keine Zeit gehabt hatte, vorher etwas über die Stadt zu lesen. Beim Blättern im Reiseführer, den sie am Flughafen noch erstanden hatte, hatte sie ihr Hotel auf dem ausklappbaren Stadtplan gefunden und wusste daher, dass sie nur einige Querstraßen von dem berühmten Altstädter Ring entfernt waren.

»Auf dem Marktplatz gibt es eine Uhr aus dem Jahr 1410«, hatte sie Charlie erzählt, als sie in der Eingangshalle vor dem Hotelausgang innehielten, damit er sich noch den Mantel zuknöpfen konnte. »Sie ist also ungefähr so alt wie ich.«

»Red keinen Unsinn.« Er beugte sich zu ihr und gab ihr einen liebevollen Kuss. »Du bist in der Blüte deiner Jahre – und ich auch.«

Sie ließ sich von ihm an der Hand nehmen, und die beiden traten hinaus auf das vereiste Pflaster. Unterwegs spähte Hope zu den Häuserreihen hinauf und wäre beinahe staunend und mit offenem Mund stehen geblieben. Aus dem Reiseführer wusste sie, dass die Bauwerke in Prag bis zu tausend Jahre alt waren und aus jeder Epoche stammen konnten, von der Gotik über Renaissance und Barock bis zum Jugendstil. An jeder Ecke war die Historie zu spüren, und fasziniert betrachtete sie die stolzen hohen Bürgerhäuser mit ihren geschwungenen Balkonen. In der Luft lag ein Hauch von Musik, und Hope bemühte sich, die einzelnen Töne herauszuhören.

Als sie um eine Ecke bogen und den Altstädter Ring erreichten, standen sie plötzlich vor einer wahren Farbenpracht.

Da strahlte nicht nur der lebhafte Weihnachtsmarkt, der sich über die Mitte des Platzes ausbreitete, sondern auch die Gebäude auf der anderen Seite in Cremeweiß, Rot, Pink und Blau. Das leuchtende Hellrot der Budendächer war noch nicht völlig von weißem Frost überzogen, und Hopes Augen wurden groß, während sie sich langsam um sich selbst drehte, um alles in sich aufzunehmen.

»O Charlie«, murmelte sie und lehnte sich an ihn. »Das ist so wunderschön.«

»Ja, nicht wahr?« Er sah sie stolz an. »Und das ist erst der Anfang. Es gibt noch sehr viel mehr zu entdecken. Gefällt es dir wirklich?«

Er klang beinahe etwas nervös, und Hope schlang die Arme um seine Taille, ehe sie erwiderte: »Ich finde es großartig.«

»Na dann«, sagte er und zog seine Wollmütze zurecht. »Ich weiß nicht, ob du es riechen kannst, aber ich glaube, es duftet nach Glühwein. Magst du einen?«

Sie nickte. »Ja, bitte.«

Doch als sie über den Markt gingen, verflog Hopes euphorische Stimmung. Annette wäre begeistert gewesen, dachte sie und bekam plötzlich Schuldgefühle, weil sie das alles ohne ihre Tochter erlebte. In der Vergangenheit hatten sie alles gemeinsam gemacht: Shoppingtouren, Ausflüge zum Pferderennen, abendliches Ausgehen. Und jetzt konnte Annette es kaum ertragen, ihr ins Gesicht zu sehen.

Sie blieben an einem Stand mit Christbaumschmuck stehen, und Hope nahm einen Engel in die Hand. Er war holzgeschnitzt und mit einer schönen weißen und goldenen Tunika bekleidet, das lächelnde Gesicht sorgfältig aufgemalt. Sie griff nach einem zweiten Engel und hielt die beiden nebeneinander, dabei fiel ihr auf, dass jedes Gesicht anders war, jeder Engel ein Einzelstück. Aus irgendeinem Grund trieb ihr das die Tränen in die Augen.

»Geht es dir gut?«, fragte Charlie besorgt. Er sah von ihrem Gesicht zu den Engeln, die sie in den Händen hielt. »Sollen wir die kaufen?«

»Nein, darum geht es nicht.« Sie stellte die Figuren wieder zurück. »Ich dachte nur gerade, wie sehr es Annette hier gefallen würde ...« Ihre Stimme verklang. Natürlich wusste er, worum es ging, das war ihr völlig klar – aber was konnte er dagegen unternehmen?

»Ich will nicht undankbar sein«, sagte sie schnell. »Das ist so eine Mutter-Sache. Ich bin einfach dumm.«

»Du bist überhaupt nicht dumm.« Er legte ihr tröstend den Arm um die Schultern. »Was hältst du davon, wenn wir erst einmal etwas trinken. Wenn du dich besser fühlst, dann können wir ja zurückkommen und für Annette einen dieser Engel kaufen. Er könnte ihr gefallen.«

Insgeheim dachte Hope, dass die handgeschnitzten Engel viel zu schön waren, um von Annette vielleicht bloß an die nächste Wand geschleudert zu werden, aber sie nickte. Charlie gab sich solche Mühe, sie glücklich zu machen, da sollte sie wenigstens versuchen, etwas fröhlicher zu sein.

Sie spazierten weiter über den Markt, entdeckten den Stand, an dem die Riesenwürste verkauft wurden, und gingen mit frostknirschenden Schritten auf dem Kopfsteinpflaster zwischen den hölzernen Karren hindurch, die jede Art von Schmuck und Kinkerlitzchen anboten. Hopes Blicke wanderten immer wieder zu dem riesigen Weihnachtsbaum in der Mitte des Platzes. Er war mit blauen und weißen Lichtern geschmückt, und die Äste hingen tief vom Gewicht Hunderter Glaskugeln.

»Wir sollten noch einmal herkommen, wenn es dunkel

ist«, sagte sie zu Charlie, während sie auf den Stand zugingen, wo es nach Glühwein duftete. »Bestimmt sieht er mit den vielen Lichtern sagenhaft aus.«

»Dein Wunsch ist mir Befehl«, sagte er, packte sie am Arm und wirbelte sie in einer unbeholfenen Pirouette herum.

»Vorsicht!«, schnaufte sie und konnte gerade noch einer Gruppe japanischer Touristen ausweichen.

»Komm, wir tanzen!«, verkündete er und hielt ihr die Hand hin.

Sie verschränkte die Arme.

Charlies Energie und sein Humor waren die beiden Dinge, die sie an ihm besonders mochte. Was ihn am meisten von Dave unterschied, war seine ständige Bereitschaft, jederzeit loszulegen. Hope konnte sich nicht erinnern, dass ihr Ex-Ehemann jemals getanzt hätte, außer auf ihrer Hochzeit, und da war er dazu gezwungen worden. Früher hatte ihr seine abgeklärte Art gefallen und auch, dass er lieber auf dem Sofa kuschelte, als mit seinen Kumpeln in die Kneipe zu ziehen, aber im Lauf der Zeit hatte ihr das nicht mehr genügt. Als Annette achtzehn geworden war und ihre Eltern immer weniger brauchte, hatte Hope den Wunsch verspürt, wieder mehr auszugehen, Freunde zu besuchen oder zum Essen einzuladen, aber Dave hatte kein Interesse gehabt.

Hope war noch vor Charlie am Glühweinstand und bestellte zwei Becher. Lächelnd reichte sie dem rotwangigen Verkäufer ihre tschechischen Kronen. Die Leute hier waren alle so freundlich und jederzeit bereit, einem behilflich zu sein, als wäre das gar keine Mühe. Das unterschied diese Stadt so sehr von anderen.

»Alles in Ordnung?«

Charlie hatte sie eingeholt, und in seinem hübschen Gesicht standen Sorgenfalten. Plötzlich hatte sie ein schlechtes Gewissen, weil sie sich geweigert hatte, mit ihm zu tanzen.

»Ich tanze später mit dir, versprochen«, sagte sie.

Charlie trank einen großen Schluck von seinem Glühwein und lächelte.

Im Lauf der letzten Monate war Hope bewusst geworden, dass sie zu dem Zeitpunkt, als sie Charlie kennenlernte, tief geschlafen hatte. Natürlich nicht im wörtlichen Sinne, das wäre auch absurd gewesen, zumal er ihr damals gerade Fahrunterricht gab, aber in jeder anderen Beziehung. Sie hatte keine Wünsche gehabt, nur selten Freude verspürt und auch jede Art von Widerstand längst aufgegeben. Jahrelang hatte sie darum gekämpft, den passenden Funken zu finden, um das Feuer in ihre Ehe zurückzubringen, bis sie sich schließlich fragte, ob sie überhaupt jemals füreinander gebrannt hatten. Inzwischen jedenfalls herrschten nur noch Routine, Gewohnheit und Bequemlichkeit. Hope hatte den Eindruck gehabt, als würde ihre bloße Anwesenheit Dave schon genügen. In der Nacht hatte er sogar gelegentlich den Arm nach ihr ausgestreckt und beim Umarmen seinen zunehmend größer werdenden Bauch an sie gedrückt. Aber wie schrecklich war es gewesen, so eine Frau zu sein – eine Frau, deren Mann sie nur berühren wollte, wenn er mehr oder weniger bewusstlos war. Sie wusste nicht, wer an dieser Situation eigentlich die Schuld getragen hatte, sie wusste nur, dass es keinen Weg zurück gab.

Als ihre Ehe schließlich am Ende gewesen war und sie Dave gestehen musste, dass sie ihn verlassen würde, hatte er nicht allzu überrascht ausgesehen. Vielleicht war er sogar erleichtert gewesen, dass sie endlich ging? Sie wusste es nicht, denn er wollte nicht darüber sprechen. Dave war immer ein Schweiger gewesen, er hatte sich von der Welt abgewandt wie eine fest geschlossene Muschel, die an einem Felsen hing. So sehr sie auch schimpfte und ihn anschrie, nichts konnte ihn dazu bringen, sich zu öffnen. Um Dave machte sie sich allerdings auch keine Sorgen, aber um Annette.

Hope hatte nachdenklich vor sich hingestarrt, während Charlie damit beschäftigt gewesen war, im Reiseführer zu lesen. Nun blickte er über ihren Kopf hinweg, als versuchte er, etwas zu finden.

»Wonach suchst du?«, fragte sie. Ihre Stimme klang heiser, weil sie so viele Gefühle hinunterschlucken musste.

»Nach dieser Uhr, von der du vorhin gesprochen hast«, erwiderte er und bemühte sich immer noch, etwas in der Ferne zu erspähen. »Hier steht, dass man sie sich zur vollen Stunde anschauen soll, und das ist es jetzt bald. Wollen wir gehen?«

»Ja!«, rief Hope mit weit mehr Begeisterung, als eigentlich nötig war, in der Hoffnung, so die bedrückenden Gedanken an ihre gescheiterte Ehe zu vertreiben.

Sie warf ihren Glühweinbecher in den nächsten Papierkorb und nahm Charlies Hand.

»Dann komm, du wunderbarer Mann, und lass uns dort tanzen.«

7

»An dem Turm da krabbeln riesige Babys rauf und runter.«

»Was?« Ollie spähte in den Sucher von Megans Kamera und lachte.

»Stimmt. Das ist ja seltsam.«

Sie standen auf dem Turm des historischen Rathauses am Eck des Altstädter Rings. Megan war als Erste oben gewesen, weil sie sich geweigert hatte, wie Ollie die steile, schiefe Treppe hinaufzusteigen. Jetzt stand er keuchend und schwitzend neben ihr, während die vernünftige und – wenn sie ehrlich war – auch etwas faule Megan den Aufzug nach oben genommen hatte.

Das merkwürdige Bauwerk, das sie gerade betrachteten, wirkte aus der Ferne wie eine Art Raketenabschussstation. Drei runde Türme ragten in den Himmel, und man sah nicht nur die ziemlich unheimlichen krabbelnden Babys, sondern auch mehrere Kapseln, die als unregelmäßige Stockwerke dazwischengeschoben waren. Es war sehr futuristisch gestaltet und passte nicht so recht zu den uralten Kirchen und Klöstern, die neben ihm den Horizont füllten.

»Das ist der Žižkov-Fernsehturm«, sagte Megan und ließ ihre wertvolle Kamera am Riemen vor ihrer Brust baumeln, während sie im Reiseführer blätterte.

»Und warum die Babys?«, wollte Ollie wissen.

»Also, dafür können wir uns bei David Čzerný bedanken, einem ziemlich bekannten tschechischen Bildhauer. Ich habe mal von ihm gehört, in meinem Kunst-Grundkurs.

Hier steht, dass die Installation im Jahr 2000 eigentlich nur für eine gewisse Zeit dort bleiben sollte, aber ein Jahr später hat man sie auf Wunsch der Bürger dauerhaft dort angebracht.«

»Wir sollten hingehen!« Ollie war voller Enthusiasmus. »Ich will mir dieses Baby – und die anderen Babys – mal aus der Nähe ansehen.«

»Da könnte ich vielleicht ein paar tolle Fotos machen«, stimmte Megan zu, aber sie war längst nicht so begeistert wie er. So etwas wie den Turm hatte sie sich für ihre Ausstellung eigentlich nicht vorgestellt. Megans Arbeit drehte sich um den Versuch, eine Verbindung zwischen einem Bild und einem Gefühl herzustellen, und an den kalten, klaren Linien dieses Turms fand sie überhaupt nichts Anziehendes. Allerdings hatte sie bereits mehr als hundert Fotos gemacht, allein auf dem Weg vom Hotel und auf dem Altstädter Ring. Die lebhaften Farben des Weihnachtsmarkts faszinierten sie ungemein. Weil Ollie immer wieder auf sie warten musste, bis sie die bunten Lichter vor dem grauen Abendhimmel eingefangen hatte, hatte er vor lauter Langeweile zwei dicke Würste vertilgt.

»Diese zweite Wurst hätte ich nicht essen sollen«, sagte er jetzt mit schmerzlich verzogenem Gesicht. »Mich so vollzustopfen und dann so schnell diese hohe Treppe hinaufzusteigen war nicht die allerbeste Idee.«

»Ich habe dir doch gesagt, du sollst mit dem Aufzug fahren«, sagte sie und bohrte ihm spielerisch den Finger in den vollen Bauch.

»Vorsicht, Weib!«

Sie schnitt eine Grimasse. »Und was jetzt?«

»Nun ...« Ollie deutete nach Süden. »Dort sind der Wenzelsplatz und das Nationalmuseum, oder wir könnten auch über die Karlsbrücke gehen ...«, damit schwenkte er den Arm in Richtung Westen, »und die Burg oder die Parks besuchen.«

Megan wackelte mit ihren eingefrorenen Zehen in den Stiefeln und sah nach unten. Die roten Dächer der Weihnachtsstände leuchteten wie glühende Scheite, und die Wärme, die sie versprachen, war unwiderstehlich.

»Oder wir könnten uns einen Glühwein besorgen und einfach ein bisschen herumspazieren«, schlug sie vor. Megan war immer schon der Ansicht gewesen, dass man am meisten von Städten sah, wenn man einfach ziellos durch die Gegend wanderte, denn ihr wahres Gesicht zeigten sie meistens gerade in den Straßen, die sonst niemanden interessierten. Sie fand Prags historisches Zentrum bezaubernd, aber was sie auch kennenlernen wollte, war die nicht so öffentliche Seite der Stadt, die Viertel, in denen die Bewohner lieber unter sich blieben.

»Wie du möchtest.« Ollie lächelte auf sie herab. »Du bist die Chefin.«

Wie gut, dass sie sich in diesem Punkt einig waren.

Als sie wieder unten waren und einen warmen, köstlich gewürzten Glühwein in der Hand hielten, schlenderten sie langsam am Rande des Marktes entlang. Ab und zu blieben sie stehen, um sich einen der vielen Stände genauer anzusehen. Megan machte Ollie auf eine Bude aufmerksam, wo eine ganze Reihe von Ziergegenständen mit dem Bild der berühmten astronomischen Uhr darauf verkauft wurden. Über diese Uhr hatte sie während des Fluges gelesen, und sie wollte sie unbedingt in Aktion sehen.

»Weißt du noch, wann das immer ist?«, fragte Ollie zehn Minuten später. Sie standen wieder vor dem Altstädter Rathaus, dessen Turm hoch vor ihnen aufragte. Von allen Seiten drängten Mengen von Touristen heran. Direkt über ihnen befand sich die astronomische Uhr, die in der Dämmerung golden, blau und leuchtend orangefarben glänzte.

»Unmittelbar vor der vollen Stunde zieht das kleine Skelett da oben«, Megan deutete auf die rechte Seite des großen Zifferblattes, »an einem Seil und dreht sein Stundenglas um. Dann kommen dort oben«, jetzt zeigte sie auf ein schmales Tor über der Uhr, »die elf Apostel – plus der heilige Paulus – in einer kleinen Prozession heraus.«

Ollie spähte hinauf.

»Wenn das vorbei ist, kräht ein Hahn, und dann wird die Stunde geschlagen«, fuhr sie fort und warf noch einen Blick in den Reiseführer, um sicher zu sein, dass sie alles richtig erklärte.

»Und was ist mit der anderen Uhr, die sich darunter befindet?«, wollte Ollie wissen.

»Die zeigt die Bewegung der Sonne durch die Tierkreiszeichen an«, sagte sie, zog ihre Kamera aus der Tasche und richtete sie nach oben. Das Zifferblatt der zweiten Uhr war vorwiegend in Gold gehalten und wies zwei konzentrische Ringe auf, die jeweils zwölf Zeichen zeigten, jedes von einem runden Rahmen eingefasst. Die äußeren Bilder symbolisierten die jeweiligen Monate und der innere Bereich das entsprechende Tierkreiszeichen.

»Das ist dein Tierkreiszeichen«, sagte sie zu Ollie und zeigte ihm das Foto, das sie gerade von dem goldenen Symbol gemacht hatte. Es war wie ein M geformt und hatte einen winzigen Schwanz.

»Das sieht einem Skorpion aber nicht sonderlich ähnlich«, bemerkte Ollie.

Megan war bereits wieder in den Reiseführer vertieft. »Die andere Figur dort oben, die neben dem Tod, ist der Türke. Er steht für die Lust«, sagte sie und wurde rot bei diesen Worten.

»Den mag ich«, sagte Ollie. Damit hatte sie gerechnet.

»Und die beiden auf der anderen Seite«, fuhr sie fort, ohne auf seine Bemerkung einzugehen, »das sind Eitelkeit und Gier.«

»Nach diesen Würsten weiß ich über Gier Bescheid«, stellte er fest. Megan verbiss sich das Lachen.

»Du bist so ein Trottel«, meinte sie grinsend.

»Ja. Und gierig noch dazu.« Ollie grinste ebenfalls und gab ihr einen Stups. Sie war nicht gewohnt, dass er sie so oft berührte. Sonst saßen sie einander meistens am Kneipentisch gegenüber oder an den jeweiligen Enden ihres Sofas, aber hier in Prag standen sie irgendwie ständig nebeneinander.

»Und jetzt sei still«, mahnte sie und stieß leicht mit dem Kopf gegen seinen Oberarm. »Die Glocke fängt gleich an.«

Es wurde ruhig auf dem Platz, als der Tod langsam in Bewegung kam und sein Stundenglas umdrehte. Ein leises Quietschen ertönte, und dann erschienen die Apostel. Einer nach dem anderen zeigte in Megans Sucher sein bärtiges Gesicht. Erstaunt stellte sie fest, wie unterschiedlich sie aussahen, offenbar waren sie mit großer Sorgfalt hergestellt worden und wurden mit viel Mühe erhalten. In der ganzen Stadt war ihr schon aufgefallen, wie sauber und gepflegt alles aussah. London konnte von Prag noch viel lernen.

Die Glocke schlug nun die Stunde, und um sich herum hörte Megan das wunderbare Geräusch klickender Kameras. Ein paar Idioten hatten sogar das Blitzlicht eingeschaltet. Dabei war es noch immer hell genug – und das Gold der Uhr war so glänzend, dass es beinahe leuchtete. Wenn die Leute beim Fotografieren nur etwas mehr tun würden, als die Kamera auf Automatik zu schalten und einfach abzudrücken. Damit entging ihnen so viel Schönes, das sie mit ein paar geänderten Einstellungen ohne Weiteres einfangen könnten. Ollie, der eifrig mit seinem Handy Fotos machte – mit dem Handy! –, war ihr in dieser Hinsicht allerdings wirklich keine Hilfe.

»Ich bin froh, dass wir das erlebt haben«, sagte er, als die Glockenschläge endeten. »So etwas habe ich noch nie gesehen. Ich muss unbedingt den Kindern davon erzählen – vielleicht könnten wir ein Projekt zu den Tierkreiszeichen machen.«

Er sprach eher zu sich selbst als zu Megan, aber sie nickte ermutigend. Sie wäre froh gewesen, wenn sie in der Grundschule Lehrer wie Ollie gehabt hätte. Ihre Klassenlehrerin Mrs. Benstead war so alt gewesen, dass sie jeden Vormittag gegen elf an ihrem Pult eingeschlafen und erst um halb drei, wenn der Gong zum Schulende ertönte, wieder aufgewacht war. Als Megan auf die weiterführende Schule wechselte, hatte sie eine miserable Handschrift und keinerlei Respekt vor irgendeiner Autorität. Wenn sie ehrlich war, kam sie mit Vorgesetzten bis heute nicht zurecht. Sie konnte es nicht ertragen, wenn jemand ihr sagte, was sie tun sollte, nicht einmal bei Sally, ihrer Chefin in der Galerie, und die war wirklich sehr nett. Erst letzte Woche war es zu Spannungen zwischen ihnen gekommen, als Sally Megan gebeten hatte, einen Berg Verpackungsmaterial zur Recyclingtonne an der nächsten Straßenecke zu bringen. Megan, die gerade dabei gewesen war, die neueste Serie von Aquarellen einer ihrer besten Klientinnen aufzuhängen, hatte aufgebracht zurückgegeben, Sally solle es doch selbst tun. Daraufhin hatten Chefin und Angestellte sich bei einer Tasse Tee zu einem ernsten Gespräch zusammengesetzt, und seitdem entschuldigte sich Megan ständig bei Sally.

»He, Kleines, schau nicht so betrübt«, riss Ollie sie aus

ihren unangenehmen Erinnerungen. »Sollen wir irgendwo ein Bier trinken gehen?«

Megan dachte an die Karlsbrücke mit ihrer Armee von Statuen, an die Burg und die jahrhundertealte Geschichte, die sie barg, und an die vielen schmalen Kopfsteinpflaster-Gassen, die auf ihre Entdeckung warteten. Aber sie hatten ja noch vier weitere Tage. Die Stadt lief ihnen nicht davon. Außerdem spürte sie ihre Zehen inzwischen gar nicht mehr.

»Es macht keinen Spaß, immer nur Chefin zu sein«, sagte sie und schob die Hände in die Taschen ihrer Jacke. »Geh du voran.«

8

Sophie durchstieß mit dem Löffelrand die Ecke des Apfelstrudels und hörte entzückt das Knacken, als der dünne, knusprige Teig unter dem rostfreien Stahl nachgab.

Nach einem Spaziergang durch die Kleinseite bis hinauf zum Tor der Burg hatte sie sich auf einer niedrigen Mauer niedergelassen und die vorbeiziehenden Touristenhorden beobachtet, bis sie ihre Hände und Füße nicht mehr spüren konnte. An einem Stand in der Nähe wurden Faltpläne und heiße Getränke verkauft, und der Verkäufer lächelte ihr unter seiner Mütze hervor immer wieder zu. Er hatte freundliche blaue Augen und einen dichten weißen Bart, und seine Haut war braun vom Alter. Auch wenn die Prager nicht sehr gesprächig waren, so hatten sie doch immer ein Lächeln übrig. In den ganzen zehn Jahren hatte Sophie nicht einmal einen Funken von Grobheit in dieser Stadt erlebt – das war einer der vielen Gründe, weshalb Robin und sie sich hier so wohlfühlten.

Der Spaziergang von der Burg hinab bis zum Café Cukr hatte nicht lange gedauert. Es war dasselbe Café, in das Robin sie vor so vielen Jahren zu diesem ersten zauberhaften Frühstück eingeladen hatte, und sie war begeistert, dass es sich überhaupt nicht verändert hatte.

Die Einrichtung war einfach, aber geschmackvoll, mit viel dunklem Holz, gemütlichen Nischen und einem großen Deckengemälde, auf dem Menschen bei einem fröhlichen Abendessen zu sehen waren. Auf jedem Tisch lag eine gelbe

Tischdecke, und darauf stand das traditionelle Holzgestell mit den in Prag üblichen großen, weichen Brezen. Sophie mochte sie nicht besonders, aber Robin liebte sie. Bei ihrem letzten Besuch hatte er Stücke davon abgebrochen und sie in sein Bierglas getunkt. Sie lächelte liebevoll, als sie daran dachte.

Unterdessen hatte sie ihren Strudel aufgegessen; auf ihrem Teller lagen nur noch ein kleiner Rest gebackener Äpfel und eine Sahnepfütze. Nirgendwo auf der Welt hatte sie bisher so köstliche Strudel gegessen wie hier. Der Geschmack rief immer wieder die Erinnerung an dieses Frühstück in ihr wach, und damit an jenen Tag, als ihr klar geworden war, dass sie der Liebe ihres Lebens begegnet war.

»Wie hast du dieses Café bloß entdeckt?«, hatte sie ihn gefragt, während sie in kleinen Schlucken ihren Kaffee trank und ihn über den Rand der Tasse hinweg ansah. Robin trug einen dunkelblauen Kapuzenpullover, der seine Augen leuchten ließ, und sein kinnlanges blondes Haar war von der Mütze ganz platt gedrückt.

Das Café Cukr befand sich versteckt in Malá Strana, dem Kleinseiten-Viertel, in der Mitte einer winzigen, kopfsteingepflasterten Straße. Von außen war lediglich eine unauffällige glatte Holztür zu sehen. Als Robin sie öffnete, sah man eine Wendeltreppe, die nach unten führte, und der Duft von langsam gebratenem Rindfleisch, Äpfeln und Kaffee wehte zur Begrüßung herauf. Sophie war beeindruckt.

»Ach, weißt du, ich bin einfach darüber gestolpert.«

Robin hatte eine etwas unverschämte und zugleich eindringliche Art, ihr in die Augen zu blicken.

»Ich wette, du bringst alle fremden Mädchen, die du auf verschneiten Brücken triffst, hierher«, spottete sie.

»Na ja ...« Er grinste sie an und biss herzhaft in eine Breze. »Du bist besonders fremdartig, das muss ich schon sagen.«

»He!«

»Das meine ich nicht böse, ich finde nur, dass jedes Mädchen, das bereit ist, seine Freizeit mit mir zu verbringen, seltsam ist. Vermutlich könntest du jeden jungen Mann in ganz Prag haben, aber stattdessen sitzt du hier mit mir.«

Ich würde dich jederzeit jedem anderen Menschen vorziehen, und das nicht nur in Prag, dachte sie, aber sie erwiderte nichts.

»Ich würde so gerne wissen, was du jetzt denkst«, sagte er und streckte die Hand aus, als wollte er ihr die Wange streicheln, schien es sich aber im letzten Moment anders zu überlegen. Sophie musste immer wieder daran denken, wie er am Abend zuvor ihre Fingerspitzen geküsst hatte. Sie wünschte sich so sehr, dass er es noch einmal tun würde, ohne jedoch bei ihren Händen aufzuhören.

»Ich finde, das ist das beste Frühstück, das ich jemals gegessen habe«, sagte sie, lud etwas Sahne auf ihren Löffel und hielt sie ihm hin.

»Mmmmh!« Er grinste und ließ absichtlich einen großen Klecks über sein Kinn laufen. »Was denn?«, fragte er, als sie zu lachen begann. »Habe ich etwas im Gesicht?«

Er fuhr sich mit der Zunge über den Mund, verfehlte bewusst den Sahneklecks und sah sie in gespielter Panik an. »Rette mich!«, flehte er. »Rette mich vor dieser Sahne!«

Ehe sie überlegen konnte, was sie da tat oder wie er darauf reagieren würde, beugte sich Sophie über den Tisch und küsste ihn mitten auf den Mund. Dabei leckte sie die Sahne ab.

Einen Moment lang war Robin wie erstarrt, dann erwiderte er den Kuss und legte ihr die Hände ungeschickt an den Rücken. Erst als ein Gast an einem nahen Tisch laut hüstelte und seinen Stuhl betont auffällig über den Holzboden schob, holten sie wieder Luft und setzten sich zurück auf ihre Stühle. Sie starrten einander über die Reste ihres Frühstücks hinweg ehrfürchtig an.

Robin fasste sich als Erster.

»Ist sie weg – die Sahne, meine ich?«

Und dann lachten sie, und es war einfach perfekt.

Von dieser Erinnerung inspiriert, holte Sophie ihr Handy heraus und knipste ein Foto ihres leeren Tellers. Dabei achtete sie darauf, dass die baumelnden Brezen im Hintergrund gut zu sehen waren. Hoffentlich war Robin nicht sauer, dass sie ohne ihn hergekommen war. Manchmal konnte er aufbrausend sein, weil er eher dem Herzen als dem Kopf folgte, aber Sophie konnte ihre größeren Streitigkeiten immer noch an einer einzigen Hand abzählen. Während sie darüber nachdachte, legte sich plötzlich ein dunkler Schatten über ihre Erinnerungen. Unwillig schüttelte Sophie den Kopf und vertrieb den Gedanken, ehe er sich einnisten konnte.

Aus dem Inneren des warmen Cafés war schwer zu erkennen, wie dunkel es draußen inzwischen war. Sie wusste, dass die Sonne um diese Jahreszeit schon gegen vier Uhr nachmittags unterging, aber der Rückweg zum Hotel machte ihr keine Angst. Ihren Verwandten und Freunden hatte sie oft erklärt, dass man sich in Prag eigentlich nicht verlaufen konnte. Man sah so viele bekannte Gebäude und Denkmäler, und außerdem war alles zu Fuß zu erreichen – selbst die Außenbezirke lagen lediglich eine Dreiviertelstunde vom Zentrum entfernt. Es gab kaum eine Ecke von Prag, die sie und Robin noch nicht erforscht hatten, und dabei hatten sie wahre Schätze entdeckt: Gut besuchte Biergärten in abgelegenen Parks, Cocktailbars in Kellern von versteckt liegenden Nebenstraßen, Restaurants, in denen man ganze Menüs für weniger als zehn Pfund bekam – einschließlich der nötigen Biermenge, um alles hinunterzuspülen.

Sophie freute sich, dass sie und Robin ihr eigenes Prag gefunden hatten und eine Seite der Stadt kannten, die die meisten Leute nie zu sehen bekamen. Das machte den Ort für sie erst recht zu etwas Besonderem.

»Darf ich Ihnen noch etwas bringen?«

Eine Kellnerin war an ihren Tisch getreten, um den Teller abzuräumen, und Sophie blickte lächelnd auf.

»Nein, danke – *děkuji.*«

Sie sollte wirklich mehr Tschechisch lernen, dachte Sophie. Beinahe hätte sie Robin vor ein paar Jahren einen dieser Online-Sprachkurse zum Geburtstag geschenkt, aber dann hatte sie sich in letzter Minute doch für eine Armbanduhr entschieden. Sie hatte das Datum ihres Kennenlernens eingravieren lassen.

Er wiederum hatte ihr nur wenige Wochen später einen hübschen goldenen Anhänger gekauft, mit einem Foto von sich, auf dem er optimistisch einen Daumen hob. Auf der Rückseite waren ihre ineinander verschlungenen Initialen zu sehen. Sophie trug ihn ständig. Auch jetzt konnte sie ihn an ihrer Brust spüren, immer noch ein bisschen kalt vom langen Sitzen vor der Burgmauer. Er wirkte beruhigend. Auch wenn Robin selbst nicht bei ihr sein konnte, war er doch stets nahe an ihrem Herzen. Wenn sie die nächsten paar Tage, bis er endlich kam, doch bloß wegwünschen könnte!

Als Sophie mit fest zugeknöpftem Mantel, Robins alte, abgetragene Mütze tief über die Ohren gezogen, aufbrach, um die Treppe zur Burg wieder hinaufzusteigen, spürte sie ihr Telefon in der Manteltasche vibrieren. Trotz der eisigen

Kälte zog sie die Handschuhe aus und tippte auf das Display, um die Nachricht lesen zu können. Das Licht über dem Eingang zum Café warf einen verzerrten menschlichen Schatten auf die frostigen Pflastersteine.

Ein paar Sekunden lang rührte sie sich nicht. Dann schlang sie sich so langsam und still wie der Schneeregen, der gerade eingesetzt hatte, die Arme um die Schultern und machte sich auf den Rückweg.

9

»Bist du sicher, dass wir hier essen gehen sollen?«

Sie standen vor dem Eingang zum Restaurant, und Hope legte Charlie die Hand auf den Arm.

»Ich habe dir doch gesagt, dass diese Reise ein Geschenk ist«, erinnerte er sie. »Und ich habe vor, dich zu verwöhnen.«

Auf dem Weg hierher hatten sie die Karlsbrücke überquert, doch Charlie hatte sie eilig an den vielen Statuen vorbeigeführt und ihr dabei hoch und heilig versprochen, sie würden die Brücke am nächsten Tag in aller Ruhe besichtigen. Hope war vom ersten Schritt an von dem Bauwerk fasziniert und ein wenig enttäuscht gewesen, als sie die andere Seite erreichten und nach rechts hinunter ans Wasser gingen. Der Pfad, der zum Eingang des Restaurants führte, war mit Laternen bestückt, die goldene Lichtstrahlen auf das regennasse Pflaster warfen. Der Schneeregen hatte am späten Nachmittag eingesetzt, und sie waren völlig durchgefroren ins Hotel zurückgekehrt. Aber wenigstens war es nicht mehr so glatt, und so konnte Hope ihre hochhackigen Schuhe ausführen, die sie eigens mitgebracht hatte.

»Du sieht wunderschön aus«, sagte Charlie zum vielleicht zehnten Mal, seit sie in ihr eng anliegendes schwarzes Kleid mit der durchbrochenen Spitze auf der Rückseite geschlüpft war. An seine ständigen Komplimente musste sie sich erst noch gewöhnen, daher wurde sie rot vor Verlegenheit. Die Empfangsdame des Restaurants war gerade von der Garderobe zurückgekehrt und reichte Charlie die zwei Marken für ihre Mäntel, ehe sie die beiden bat, ihr zu folgen.

»Wow!«, sagte Hope etwas später, als sie an einen Tisch mit Ausblick auf die Moldau traten. Blaue und bernsteinfarbene Lichter an der Karlsbrücke und den umstehenden Gebäuden glitzerten auf der welligen Wasseroberfläche, und der Schneeregen, der noch immer gegen die Scheiben schlug, ließ die Szenerie zu einem fleckigen Traumbild verschwimmen. Hope konnte die Augen kaum lange genug abwenden, um sich auf ihrem Stuhl niederzulassen.

»Wie schon gesagt«, erklärte Charlie und schlug die Weinkarte auf, »ich will dich verwöhnen.«

»Da hast du dich wirklich selbst übertroffen.« Sie löste die Augen endlich von dem Ausblick und sah ihn an. »Erst dieses sagenhafte Hotel und jetzt das hier – das ist doch viel zu viel für mich.«

»Unsinn.« Charlie machte eine abwehrende Geste. »Du sollst das und noch viel mehr bekommen. Ich meine es ernst, wenn ich sage, ich will dich glücklich machen. Nichts wünsche ich mir mehr.«

»Ich habe einfach noch nicht begriffen, dass das hier wirklich mein Leben ist«, gestand sie und sah sich in dem Restaurant um. Kerzen leuchteten auf den Tischen, und überall standen Vasen mit ausgefallenen Blumenarrangements. »Wenn du mir vor ein paar Monaten ein Bild von diesem Raum gezeigt und mir gesagt hättest, dass ich hier sitzen würde, zusammen mit dir – dann hätte ich wohl so laut gelacht, dass es dich fortgeblasen hätte.«

»Bist du wirklich glücklich?«, fragte Charlie jetzt und ließ die Speisekarte sinken. Sein Gesicht war ernst, und Hope überkam erneut ein nur allzu vertrautes Schuldgefühl. Sie dachte an Annette daheim in Manchester, die sich die Augen ausheulte, weil ihre Mutter ihren Vater verlassen hatte. Wie konnte sie glücklich sein, wenn ihr kleines Mädchen traurig war?

»Natürlich bin ich glücklich.« Sie fasste seine Hand. »Ich könnte es mir nicht besser wünschen.«

Das war das erste Mal, dass sie ihn wirklich anlog, und diese Tatsache saß ihr so unangenehm in der Kehle wie eine nicht ganz hinuntergeschluckte Schmerztablette - bitter, aber doch notwendig. Charlie konnte nichts dafür, dass Annette so reagierte. Und es wäre nicht richtig gewesen, dieses Thema weiter zu vertiefen - besonders nicht an diesem schönen Tisch mit einem solch atemberaubenden Ausblick.

Charlie ließ sich ganz offensichtlich von der opulenten Umgebung mitreißen und wählte einen Rotwein aus, der auf der Speisekarte mit einer erschreckenden Anzahl von Nullen versehen war. Hope, die in den letzten Wochen von ihren mageren Ersparnissen und von Charlies Großzügigkeit gelebt hatte, fühlte sich angesichts dieser Extravaganz äußerst unbehaglich. Aber wenn Charlie das genoss, sollte sie wohl besser nichts dagegen sagen.

»Auf uns«, sagte er, hob das Glas und stieß mit ihr an.

Sie bestellten jeder eine Vorspeise, dann entschied sich Charlie für ein viel zu teures Steak, während Hope das günstigere Fischgericht nahm. Es fiel ihr schwer, etwas anderes zu tun, als einfach nur dazusitzen und auf die Brücke hinauszusehen, aber sie riss sich los und wandte sich Charlie zu. Der schwieg, was ungewöhnlich für ihn war, und sie wurde unruhig. Solche plötzlichen Momente verlegener Unsicherheit kamen ihr merkwürdig vor, aber sie waren ja noch nicht lange zusammen. Sie kannte Charlie gerade einmal fünf Monate - da war es sicher verständlich, wenn man noch nicht immer völlig entspannt miteinander umging.

»Was würdest du denn morgen gerne unternehmen?«, fragte sie mit ungewöhnlich hoher Stimme, weil sie das Schweigen nicht länger ertragen konnte.

Er zuckte mit den Achseln, und ein Lächeln umspielte seinen Mund. Vielleicht spürte er noch die Nachwirkungen des anstrengenden Tages. Sie selbst wäre vor dem Abendessen beinahe in der Badewanne eingeschlafen.

»Vielleicht erst einmal zur Brücke gehen, und dann sehen, was wir weiter machen?«, schlug er vor.

Ihrer beider Atem ließ die Kerze in der Mitte ihres Tisches flackern, und Lichtflecken spielten auf Charlies Gesicht. Er hatte so freundliche Augen, dachte Hope, und eine schöne, kräftige Mundpartie. Außerdem achtete er auf seinen Körper; am Wochenende spielte er Fußball, und er ging ins Fitnessstudio. Ganz im Gegensatz zu Dave, der sich in den letzten Jahren zunehmend vernachlässigt hatte. Dabei hatte sie nichts gegen einen kleinen Bauch, es kam ihr nur so vor, als hätte ihr Ehemann jeglichen Versuch aufgegeben, gut auszusehen. Bestimmt würde er sich doch besser pflegen, wenn ihm auch nur ein bisschen etwas an ihr läge? Für Hope war das der Grund gewesen, zum Spinning und in den Zumba-Kurs zu gehen, aber Dave schien gar nicht zu bemerken, wie sie aussah. Charlie war das vollständige Gegenteil – er liebte jeden Zentimeter ihres Körpers. Wenn sie mit ihm zusammen war, fühlte sie sich ein gutes Stück größer als sonst.

»Warum siehst du mich so an?«, fragte Charlie. Er hatte sein erstes Glas Wein ausgetrunken und goss ihr nach, ehe er sein eigenes Glas wieder füllte.

»Ich dachte nur gerade, wie gut du doch aussiehst.« Sie strahlte ihn an. »Du bist wirklich attraktiv. Ich bin die glücklichste Frau in ganz Prag.«

»Wer weiß?« Charlie hob die Augenbrauen. »Vielleicht wirst du bald noch glücklicher sein, weil ich ...«

»Jakobsmuscheln?«

Die Kellnerin stellte Hopes Vorspeise auf den Tisch und servierte mit großer Geste Charlies Thunfisch-Carpaccio.

»Was wolltest du gerade sagen?«, fragte Hope, als die Kellnerin wieder verschwunden war, und griff nach ihrem Besteck. Ihr lief bereits das Wasser im Mund zusammen.

»Ach, war nicht so wichtig.« Charlie schüttelte seine Serviette aus und legte sie sich auf den Schoß. »Das hat Zeit.«

10

»Warum gibt es bloß bei uns zu Hause kein solches Bier?« Ollie hob sein übergroßes Glas hoch und sah es bewundernd an.

»Gibt es doch, du Riesenaffe – es sieht nur anders aus.«

Ollie verzog das Gesicht. »Und es schmeckt anders.«

Megan nickte. »Und der Preis ist auch ein völlig anderer.«

»Kürzlich habe ich in diesem Pub in der Nähe von King's Cross ein Pint bestellt, das hat fünf Pfund gekostet!«, rief Ollie. »Ich hab den Typen hinter der Theke gefragt, ob da unten im Glas vielleicht ein Goldklumpen liegt.«

»Hast du nicht!«

»Nein, aber ich hätte es tun sollen. Ein ganzer Fünfer – das ist echt Raub.«

Megan trank einen Schluck von ihrem Bier und hielt inne, um dem reichhaltigen, fast honigartigen Aroma nachzuschmecken, während es durch ihre Kehle floss.

»Findest du es nicht komisch, dass wir ohne Weiteres einen Fünfer für ein Glas Bier ausgeben, uns aber aufregen, wenn wir für einen ganzen Laib Brot gerade mal ein Pfund zahlen?«, meinte sie nachdenklich.

»Doch.« Ollie nickte so heftig, dass ihm die Brille über die Nase rutschte. »Und gleichzeitig zahle ich gern mehr als ein Pfund für die zwei Scheiben Toast im Café gegenüber der Schule. Warum ist das bloß so?«

»Wir werden über den Tisch gezogen, und zwar jeden einzelnen Tag unseres Lebens«, konstatierte Megan mit bewusst ernster Stimme.

»Noch eins?« Ollie hielt sein bereits geleertes Glas in die Höhe.

So komisch war das gar nicht, dachte Megan und sah zu, wie der Mann hinter der Theke zwei frische Gläser nahm und sie unter den Bierhahn stellte. Auf seinem Unterarm hatte er ein Tattoo, das aussah wie ein Paar Anführungszeichen, von denen eines auf dem Kopf stand, und sie erkannte sofort das Symbol für den Krebs, ihr eigenes Sternzeichen. Nicht lange nachdem sie Ollie kennengelernt hatte, hatte Megan aus Spaß nachgeschlagen, ob ihre Sternzeichen harmonierten. Dem Internet zufolge passten Skorpion und Krebs beinahe perfekt zusammen, sie waren quasi seelenverwandt. Natürlich glaubte sie eigentlich nicht an solchen Unsinn, aber sie konnte nicht leugnen, dass Ollie ihr ein sehr guter Freund geworden war.

Ollie verschwand zur Toilette, und Megan starrte gedankenverloren auf die Abdrücke, die sein Hintern auf dem Stuhlkissen hinterlassen hatte. Und wenn ihre Mum und das Internet recht hatten? Vielleicht wäre Ollie ja doch der Richtige für sie? Sie runzelte die Stirn, als sie unwillkürlich den Mann vor sich sah, den sie zuletzt für den Richtigen gehalten hatte. Er hatte sich alle Mühe gegeben, Hackfleisch aus ihr zu machen, nur dass sie, ehe es ihm gelungen war, noch rechtzeitig die Kurve gekratzt hatte.

»Alles okay bei dir?«

Ollie war wieder da, und seine Brille war erneut beschlagen.

»Du bist schon wieder zugedampft«, stellte sie fest und vertrieb die scheußliche Erinnerung aus ihrem Kopf.

»Ich habe an dieser ansonsten perfekten Kneipe doch

noch einen Makel gefunden«, verkündete er und schob aus Effektgründen einen übertriebenen Seufzer ein. »Auf dem Klo ist es arschkalt. Ich musste meine Hände eine Ewigkeit unter den Heißwasserhahn halten, bis ich wieder etwas spüren konnte.«

»Na ja, ich wollte ja noch weitersuchen, aber du warst dir so sicher, dass ein Irish Pub mit einem mexikanischen Namen genau das Richtige ist«, sagte sie und sah ihn tadelnd an, während er seine Brille am Saum seines Hemdes trockenrieb.

»Mich begeistert die himmelschreiende Exzentrik dieses Lokals«, erklärte er.

Da hatte er nicht unrecht - exzentrisch war Don Pisto's auf jeden Fall. Sombreros in allen möglichen Farbschattierungen drängten sich neben witzigen Guinness-Hüten an der Wand, ein Regalbrett bog sich unter der wahrlich spektakulären Auswahl an Tequilas, und aus den Lautsprechern schallte ein eklektischer Mix aus U2 versetzt mit etwas, das sehr nach Mariachi-Band klang. Es war grauenvoll, aber auch absolut großartig.

»Ich stimme dir zu.« Sie stieß schwungvoll mit ihm an. »Sollen wir jetzt zu den Tequilas übergehen?«

»Eins, zwei, drei ... und runter damit!«

Megan kippte ihren zweiten Tequila und knallte das leere Glas auf den Tisch. Sie hatten sich von der Theke in eine Ecke zurückgezogen, wo sie ihre kitschigen Achtzigerjahre-Lieder weitergrölen konnten, ohne den verwunderten Blicken der anderen Gäste ausgesetzt zu sein.

»Dassis da besche Ullaub meines Lebns!«, erklärte Ollie. Er beugte sich vor und gab ihr einen herzhaften und sehr nassen Kuss auf die Wange. Inzwischen hatte er bereits doppelt so viele Tequilas intus wie sie und war ihr außerdem um ein Bier voraus.

»Bäh!«, schimpfte Megan leise, wischte sich mit dem Ärmel seine Spucke ab und schnitt eine nicht ganz ernstgemeinte Grimasse des Ekels.

Sie betrank sich nicht zum ersten Mal mit Ollie. Tatsächlich hatte auch ihre erste Begegnung ganz ähnlich geendet. Wenn das Pub-Quiz stattfand, war ihre Stammkneipe nicht unbedingt der aufregendste Ort, aber an diesem Abend war der Nag's Head gesteckt voll gewesen. Megan war mit ihrer polnischen Freundin Magda gekommen, die an den Wochenenden mit ihr in der Galerie arbeitete und deren Allgemeinwissen nicht der Rede wert war, und mit Magdas Freund Neil. Er glich mit seiner spitzen Nase und den spindeldürren Fingern so sehr einem Vogel, dass Megan immer wieder überrascht war, wenn er am Ende des Abends nicht davonflatterte.

Ollie hatte am Nebentisch gesessen. Sein Team aus sechs Lehrern war, o Wunder, sehr viel stärker gewesen und hatte jede Menge Allgemeinwissen aufzuweisen gehabt. Normalerweise hätte Megan sie als Streber beschimpft, aber sie fand es so lustig, ihnen zuzusehen, weil sie jedes Mal, wenn sie die richtige Antwort wussten, brav den Finger hoben. Dabei hätten sie die Lösung nur auf das Formular schreiben müssen. Ollie war der Auffälligste unter ihnen gewesen, einfach deshalb, weil er der Größte war. Man konnte ihn nicht übersehen, wenn sein Arm alle drei oder vier Minuten in die Höhe schoss.

Später behauptete er, sie bis zu dem Vorfall überhaupt nicht bemerkt zu haben, aber Megan wusste, dass das Blödsinn war. Sie hatte genau gemerkt, wie er sie gemustert hatte, wenn er glaubte, sie wäre mit dem Quizformular beschäftigt.

»Und nun, Jungs und Mädels, kommt der Teil des Abends, der mir am besten gefällt – die Runde mit den freien Getränken!«

Jeder war auf seinem Stuhl herumgefahren und hatte den Quizmaster angesehen, der mit seinem silbern glitzernden Jackett ohnehin nicht zu übersehen war. »Apropos übertrieben«, hatte Megan Magda zugeflüstert, aber ihre Freundin verstand sie nicht und fragte laut: »Was?«

Die Regeln bei dieser Runde waren einfach: Der Lackaffe stellte eine Frage, und anstatt die Antwort aufzuschreiben, musste man aufspringen und sie laut herausbrüllen. Wer am schnellsten und oft auch am lautesten schrie, bekam ein Freigetränk. Ein ganzes Pint Wodka fiel allerdings nicht darunter, wie Megan zu ihrem Leidwesen am vorhergehenden Sonntag festgestellt hatte.

»Seid ihr bereit? Wer ist der oder die Durstigste von euch? Ich will eure Vorfreude spüren, hört ihr, ich will sie spüren, dass es mich am ganzen Körper kribbelt!«

»Dieser Typ ist echt ein Idiot«, sagte Magda und kritzelte ein Herz in die Zeile, in die Neil seinen Namen geschrieben hatte.

Megan holte tief Luft.

»Welcher männliche britische Sänger hat die meisten Brit Awa...«

»ROBBIE WILLIAMS!«

Sie hatten es beide richtig, sie waren beide schnell, sie waren beide laut und sie waren beide aufgesprungen.

»Ich war die Erste!«, schrie Megan so laut, dass der Lackaffe tatsächlich einen Schritt zurück machte.

»Ich hatte als Erster die Hand oben«, sagte Ollie sehr viel gelassener, was Megan umso mehr ärgerte.

»Gibt es eigentlich keine Kavaliere mehr? Ts, ts, ts!«,

machte Megan. Sie stemmte die Hand in die Hüften und sah ihn, soweit ihr das bei seiner Körpergröße von über eins achtzig möglich war, von oben herab an.

»Vermutlich soll ich jetzt meinen Mantel ausziehen und ihn draußen vor dir über die Pfütze legen, ja?«, erwiderte Ollie, aber der herausfordernde Tonfall in seiner Stimme war verschwunden. Es war noch viel schlimmer, jetzt schien er über sie zu lachen.

»Mach dich nicht lustig über mich«, sagte sie und nahm die Hand von der Hüfte, um drohend mit dem Finger zu wedeln. »Du weißt genau, dass ich zuerst aufgesprungen bin. Ich stand schon, bevor er die Frage überhaupt ausgesprochen hatte.«

»Okay, okay.« Ollie hielt beide Hände hoch und lachte. »Du kannst das Freigetränk haben, wenn du es so unbedingt willst.«

»Danke.«

»Und weil ich ein Gentleman bin, obwohl es längst keine Kavaliere mehr gibt.«

»Vorsicht!«

»Und weil ich weiß, dass es ohnehin scheußlich schmecken wird, weil du es nur durch Schummeln bekommen hast.«

»Das reicht!«

Gerade wollte Megan hinübermarschieren und ihm die Meinung geigen, da trat der Lackaffe zwischen sie und legte beiden eine Hand vor die Brust.

»Na, was soll das denn!«, sagte er, aber seine Warnung klang so piepsig wie von einem Kleinkind. »Bleibt fair, ihr zwei. Wisst ihr was – weil ich heute meinen großzügigen Tag habe, sage ich, es war Gleichstand, und ihr bekommt beide das Freigetränk.«

Megan wollte schon widersprechen, aber dann machte sie den Mund wieder zu.

»Danke«, sagte Ollie in ihrer beider Namen und ging um Megan herum auf die Bar zu. Sein Gesichtsausdruck verriet, wie viel Spaß ihm das Ganze machte. Der ganze Pub starrte zu ihr herüber, und Megan kam sich auf einmal vor wie die größte Idiotin von ganz London.

»Geh und red mit ihm«, flüsterte Magda, als Megan sich hinsetzte und versuchte, hinter ihrem Weinglas zu verschwinden.

»Reden? Mit wem?«

Magdas Blick hätte Steine erweicht.

»Tu doch nicht so dumm. Du weißt, wen ich meine. Diesen Mann mit den langen Armen.«

Megan fühlte, wie ihre Wangen rot wurden, und schüttelte den Kopf.

»Mit dem? Nein.«

»Er sieht nicht schlecht aus.« Magda warf Neil einen entschuldigenden Blick zu. »Wann hast du zum letzten Mal mit jemandem geschlafen? Da gab es noch Dinosaurier, oder?«

»Autsch!« Megan bemühte sich, verletzt auszusehen.

»In diesem elenden Land ist es nicht leicht, einen netten Mann zu finden«, fuhr Magda fort. »Ich hatte großes Glück, auf meinen Neil zu stoßen.« Sie drückte die Vogelkralle ihres Freundes. »Aber vielleicht ist dir das Glück nicht so hold. Man muss das Eisen schmieden, solange es noch brennt – das sagt man doch so, oder?«

»Ja, so ähnlich.«

Ollie hatte sein Freibier bekommen und lachte über eine Äußerung des Mädchens, das hinter der Bar stand.

»Er scheint mehr auf die Barfrau zu stehen«, zischte Megan. »Und außerdem ist er ein Riese. Womöglich raubt er nachts Kinder und frisst sie.«

Magda blinzelte verwirrt. »Was redest du da über Kinder fressen? Spinnst du?«

Magda hatte doch bestimmt *Sophiechen und der Riese* gelesen? Das kannte doch jeder. Die Polen auch? Na ja, vielleicht nicht.

»Na, geh schon!« Diesmal stieß Magda sie regelrecht in die Rippen, und Megan sprang von ihrem Stuhl auf. Prompt verschüttete sie den Rest Wein aus ihrem Glas über den ganzen Tisch.

»Siehst du«, piepste Neil. »Jetzt brauchst du tatsächlich noch etwas zu trinken.«

»Ihr seid schrecklich, alle beide!«, erklärte sie und ging hinüber zu Ollie.

»Ich hätte gerne einen Rotwein, bitte.«

»Ach, da ist ja Mrs. Pankhurst, die große Frauenrechtlerin.« Ollie grinste.

»Ich heiße Megan.«

»Viel besser. Ich bin Ollie.« Sie schüttelten sich die Hände. Die ihre war winzig in seiner riesigen Pranke, und Megan taute etwas auf. So ganz aus der Nähe fiel ihr auf, dass er freundliche Augen hatte. Sie sah auch seine dicken Lippen, die Brille, die er alle paar Sekunden auf der Nase nach oben schob, und wie er sich mit der Hand durchs Haar fuhr.

»Tut mir leid, dass ich dich so angegangen bin«, sagte sie. »Wenn es ums Gewinnen geht, übertreibe ich es manchmal ein bisschen.«

»Keine Ursache.« Ollie zuckte die Achseln. »Ich bin froh, dass du so reagiert hast. Auf diese Weise habe ich ein Freigetränk bekommen.«

»Wenn das so ist«, erwiderte sie und zuckte angesichts ihrer Kühnheit innerlich zusammen, »dann geht das nächste Glas auf dich.«

Er begann zu lachen, und Megan entspannte sich noch ein bisschen mehr. Sie sah, dass Magda übertrieben deutlich die Daumen in die Höhe reckte, und lenkte Ollie schnell ab, indem sie ihn auf die ausgestopfte Eule hinwies, die aus irgendeinem Grund hinter der Bar an die Wand genagelt war.

»Ganz schön komisch, findest du nicht?« Etwas Gescheiteres fiel ihr auf die Schnelle nicht ein.

Er betrachtete das Tier einen Moment, dann drehte er sich zu ihr um.

»Ach, ich weiß nicht, mir gefällt sie irgendwie. Ich fand immer schon, es wäre echt nett, eine Eule zu sein.«

»Weil du dann fliegen könntest?«

»Nein, das nicht.« Ollie hielt inne, und ein Glitzern trat in seine schmalen Augen. »Weil ich dann meinen Kopf einmal ganz herumdrehen könnte.«

Megan wusste, dass sie etwas irritiert dreinschaute, und nahm schnell ihr Glas von der Theke.

»Menschen sind in dieser Hinsicht eher eingeschränkt«, fuhr Ollie in gespielt ernsthaftem Ton fort. »Ich mag die Vorstellung, alles sehen zu können. Aus jedem möglichen Winkel.«

Megan musste so lachen, dass sie sich beinahe an ihrem Wein verschluckt hätte.

»Du bist unglaublich!«, sagte sie.

»Das kann schon sein.« Er sah sie von der Seite her an. »Aber du findest mich toll, das sehe ich.«

»Tatsächlich?«

In diesem Moment stimmte es – sie wusste es, er wusste es, jeder hier im Pub wusste es. Es machte ihr nicht einmal etwas aus, dass sie die letzten zehn Quizfragen verpasste – und dabei ging es um Populärkultur.

»Sag du es mir.« Er sah sie herausfordernd an, und sie

schaute ein paar Sekunden zurück, während ihr die Hitze in die Wangen stieg. Der Lärm im Pub um sie herum schien abzuebben, als hätten sie beide den Kopf in einen Eimer gesteckt und würden versuchen, unter Wasser zu hören. Ganz kurz gab es für Megan nur sie und ihn, und es war großartig.

Noch lange nachdem die letzte Runde ausgerufen worden war, lehnten sie an der Bar. Megan hatte nicht mitbekommen, wer das Pub-Quiz gewonnen hatte, wann Magda gegangen war oder was Ollies Freunde über sie dachten – und es war ihr auch völlig egal. Sehr lange hatte sie keinen Mann mehr kennengelernt, der sie so zum Lachen brachte. In den letzten drei Jahren als Single hatte sie jede Menge Verabredungen gehabt, aber das hier war das erste Mal, dass sie einfach nur sie selbst sein konnte. Am Ende des Abends, nach einer ganzen Menge weiterer Gläser Wein, war sie es, die ihm vorschlug, noch auf einen Kaffee mit in ihre Wohnung zu kommen.

Ollie hatte keinen Moment gezögert, sondern sein Bierglas ausgetrunken und den Mantel angezogen. Doch kaum waren sie draußen, änderte sich Megans Stimmung. Im hellen Licht des gemütlichen Lokals und unter den aufmerksamen Blicken der Bedienungen war sie selbstbewusst gewesen, hatte sich geradezu unbesiegbar gefühlt. Ollie hatte über ihre Witze gelacht und gegrinst, wenn sie eine ihrer vielen Anekdoten erzählte, und seine Wangen röteten sich, weil er, wie sie sehr wohl spürte, das Zusammensein mit ihr genoss. Aber so allein mit ihm auf der Straße, da war er auf einmal doch wieder ein Fremder, und die Leichtherzigkeit, die sie empfunden hatte, löste sich nach und nach auf.

Als Ollie nach ihrer Hand griff, entriss sie sie ihm sogar und wich zurück, bis sie seitlich in eine wuchernde Konifere stolperte.

»Ich beiße nicht«, sagte Ollie, eher erstaunt als erschrocken über ihr seltsames Verhalten.

»Ich weiß. Es ist nur ...« Sie schwieg.

Ollie wurde langsamer, blieb stehen und sah sie an. Sein Lächeln begann, sich an den Rändern aufzulösen.

»Ich muss nicht mit dir nach oben kommen, wenn du es dir anders überlegt hast.«

Sie trat von einem Fuß auf den anderen.

»Das ist es nicht.«

Inzwischen waren sie an ihrer Ecke angekommen, und Megan zwang sich, weiterzulaufen und Ollie aufzufordern, ihr zu folgen. Sie würde das schaffen, sagte sie sich. Er war ein Lehrer, kein durchgeknallter Killer. Zwischen ihnen stimmte die Chemie, und er war an ihr interessiert, an ihr und ihrer Arbeit. Er war doch ein wirklich netter Mann, was war denn bloß los mit ihr?

»Klein, aber mein«, rief sie aus, drehte den Schlüssel um und stieß die Tür auf, die seit Wochen schon klemmte, aber irgendwie war Megan nie dazu gekommen, etwas dagegen zu unternehmen.

»Sind das deine?«, fragte Ollie und pfiff bewundernd durch die Zähne, während er das Mosaik aus gerahmten Fotos an der Wand zur Küche betrachtete.

»Ich bekenne mich schuldig«, antwortete sie und nahm die Cafetière aus dem Schrank. Es erschien ihr auf einmal sehr wichtig, dass sie den versprochenen Kaffee auch tatsächlich zubereitete.

»Kann ich irgendwie helfen?« Ollie stand auf der Schwelle.

»Nein, es geht schon. Mach es dir ... mach es dir einfach gemütlich.« Der Löffel fiel klirrend ins Spülbecken, und Megan fluchte viel lauter und giftiger, als es nötig gewesen wäre.

Als sie ein paar Minuten später zu Ollie ins Wohnzimmer kam, stellte sie fest, dass er sie beim Wort genommen hatte und im Schneidersitz auf ihrem Sofa saß. Seine farbigen, nicht zueinanderpassenden Socken passten auch in keiner Weise zu ihrem Patchwork-Überwurf.

»Hübsche Wohnung«, sagte er, während sie die Tassen auf den Tisch stellte und sich verlegen neben ihm niederließ.

»Klein, aber mein. Meine Eltern haben mir die Anzahlung geliehen«, murmelte sie peinlich berührt.

Ollie öffnete den Mund, um etwas zu sagen, schloss ihn jedoch wieder. Sie wusste genau, was er dachte: Warum hielten sie sich jetzt, nachdem sie hier waren, mit Geplauder auf? Da gab es eine Linie, die noch überschritten werden musste, und sie balancierten beide ganz kurz davor und warteten jeder auf ein Zeichen des anderen. Schließlich war es Ollie, der den ersten Schritt machte. Er streckte die Beine aus und rutschte ein Stück näher an sie heran. Sein Blick erregte und ängstigte sie zugleich.

Lass dich einfach von ihm küssen, sagte sie sich und hielt die Augen auf die tanzenden Kaffeekörnchen in der gläsernen Kanne gerichtet. Was kann denn schon passieren?

»Megan?«

Sie drehte sich um und sah ganz dicht vor sich sein Gesicht, lächelnd und mit erwartungsvoll feuchten Lippen. Ein paar Sekunden lang war die Intensität beinahe unerträglich, dann schloss sie die Augen.

Es war ein weicher Kuss, zart und schüchtern. Megan konnte das Bier auf Ollies Zunge schmecken. Sie wartete auf eine Reaktion ihres Körpers, wartete, dass die Erregung sie überkam und ihre Hände zwang, ihn anzufassen, zu umarmen. Es geschah nicht. Stattdessen fielen ihr zahlreiche

Gründe ein, warum dieser Kuss eine miserable Idee gewesen war. Hatte sie sich nicht fest vorgenommen, erst dann wieder eine Beziehung einzugehen, wenn sie selbst alles erreicht hatte, was sie erreichen wollte? War das jetzt nicht der allerdümmste Zeitpunkt, wo sie doch gerade dabei war, sich das Leben zurückzuholen, das ihr von dem letzten Mann, den sie geküsst hatte, gestohlen worden war?

Sie öffnete vorsichtig ein Auge. Ollie hielt seine geschlossen und runzelte konzentriert die Stirn. Nein, das war falsch. Das war nicht das, was sie wollte.

»Es tut mir leid.« Sie wich zurück und senkte den Blick.

Ollie holte tief Luft, ehe er antwortete. Offensichtlich hatte er bei diesem Kuss sehr viel mehr gespürt als sie.

»Rieche ich so sehr nach Bier?«, fragte er, aber der Witz versandete.

»Ich weiß nicht recht, ob ich das kann«, murmelte sie. »Es liegt nicht an dir, es liegt an ...«

»Mir?« Er rückte ein kleines Stück ab.

»Nein, nein, es liegt an mir«, versicherte sie ihm. »Definitiv an mir.«

Ollie betrachtete sie ein paar Sekunden lang, ohne etwas zu sagen. An dieser Stelle hätte er aufstehen und gehen, ihr höflich erklären können, es sei nett gewesen, sie kennenzulernen, um sich dann zu verziehen, aber das tat er nicht. Stattdessen lächelte er, schenkte ihnen beiden Kaffee ein und bat sie, ihr noch mehr über ihre Fotoarbeiten zu erzählen.

Sie hätten die üblichen Fremden sein können, die aus einer Laune heraus miteinander ins Bett gingen in dem Glauben, dass die Lust, die sie empfanden, mehr bedeutete. Und am nächsten Tag wären sie unter einer belastenden Decke aus Verlegenheit und Bedauern aufgewacht. Aber so kam es nicht. Indem Megan beschloss, nicht mit Ollie zu schlafen, legte sie unbeabsichtigt das Fundament zu etwas viel Größerem: einer echten Freundschaft.

Megan fuhr aus ihrer Trance hoch und musste feststellen, dass Ollie tatsächlich mit dem Kopf auf dem Tisch eingeschlafen war, ein leeres Schnapsglas noch in der Hand.

»Na komm!« Sie stieß mit dem Finger fest an seinen Oberschenkel, bis er grunzte. »Dann bringen wir dich mal ins Hotel, du Leichtgewicht.«

Der abendliche Schneeregen war auf dem Kopfsteinpflaster zu Eis gefroren, und Megan hätte beinahe das Gleichgewicht verloren, als sie auf den Altstädter Ring einbogen. Die Straßen waren voll mit Gruppen feiernder Junggesellen und Junggesellinnen, die sich alle in einem noch viel schlimmeren Zustand befanden als sie und Ollie. Er war jetzt halb wach, stützte sich aber noch immer mit einem großen Teil seines Gewichts auf ihre Schultern.

»De Uuuhr isch voll hübsch«, lallte er ihr ins Ohr und schwang den Arm in die Höhe, als sie schwankend an der Astronomischen Uhr vorbeigingen. Sie war mit Lichtern geschmückt, und Ollie hatte ganz recht, sie war hübsch. Es gab auf dem ganzen Platz kaum eine Ecke, die nicht wirklich schön beleuchtet war.

»Isch libbe disch.«

»Was?«

Megans spontane Erwiderung tönte laut durch die stille Gasse, die zu ihrem Hotel führte. Sie hatte geantwortet, ehe sie die Worte richtig verstanden hatte, und jetzt war sie starr vor Schreck.

Ich liebe dich, hatte er gesagt. Na gut, er war so besoffen wie damals der Typ auf dem Camden Market, der sich ein

Brot an den Kopf gebunden hatte und in einen Abfalleimer gestiegen war, aber er hatte es gesagt.

Entweder hatte Ollie ihre Antwort nicht mitbekommen, oder die Schärfe ihrer Erwiderung ließ ihn erschrocken schweigen. Bei den letzten knirschenden Schritten über das frostige Pflaster und auf dem Weg die Treppe hinauf in die Wärme und Fast-Normalität der Hotelrezeption sagte er kein Wort. Dann murmelte er etwas von Toilette und stolperte davon, in die Bar und auf geradem Weg weiter zum Männerklo.

Ollie war verliebt in sie? Nein, er war nur betrunken. Aber er hatte es doch gesagt? Stand er denn immer noch auf sie?

»Megan?«

Sie drehte sich um und sah Hope, die Frau, die sie am Morgen in der Hotelbar kennenlernt hatte, bei einer Art Absacker sitzen. Neben ihr befand sich das zierliche Mädchen mit den kurzen Haaren, das sie beide am Morgen beobachtet hatten. Der Promillegehalt des Cocktails in ihrer Hand schien sich ebenfalls im zweistelligen Bereich zu bewegen. Megan winkte den beiden zu und setzte eine möglichst freundliche Miene auf.

»Haben Sie Lust, sich noch auf einen schnellen Drink zu uns zu setzen?«, fragte Hope und machte Anstalten aufzustehen.

»O nein!« Megan schüttelte den Kopf. »Ich hatte heute schon viel zu viele schnelle Drinks, glauben Sie mir. Und ich muss den hier«, sie deutete auf Ollie, der gerade mit der Schulter voran aus der Tür zur Toilette polterte, »ins Bett bringen, bevor er umkippt.«

»Vielleicht sehen wir uns dann beim Frühstück?«, zwitscherte Hope.

»Auf jeden Fall.«

Ollie stolperte vor ihr her, sie winkte den Frauen zu und schnitt noch eine betonte Grimasse in seine Richtung. Hoffentlich hatten die beiden nicht bemerkt, wie verwirrt sie eigentlich war.

Jegliche Peinlichkeit, die Megan vielleicht sonst empfunden hätte, verflüchtigte sich, als Ollie, sobald sie im Zimmer waren, umstandslos mit dem Gesicht nach unten aufs gemeinsame Bett fiel und sofort einschlief. Megan überlegte noch, ob sie ihm die Schuhe ausziehen sollte, tat es dann aber nicht, weil sie sich bei der Vorstellung, ihn anzufassen, unbehaglich fühlte.

Warum hatte er plötzlich so etwas von sich gegeben? Jetzt wusste sie gar nicht mehr, was er eigentlich dachte, und auch nicht – und das war noch schlimmer –, was sie selbst für ihn empfand. Als sie zwanzig Minuten später im Bett lag und auf Ollies leises Schnarchen in der Dunkelheit horchte, musste sie sich eingestehen, dass sich ein ganz kleiner Teil von ihr über diese Äußerung gefreut hatte.

11

Sophie beugte die Knie und ließ den Kopf unter das Wasser gleiten. Als die Wärme sie überflutete, schloss sie die Augen. Sie hatte das Bad so heiß einlaufen lassen, dass ihr Herz heftig pochte. Unter Wasser klang es wie Hammerschläge oder wie ein Trommelwirbel zwischen ihren Ohren. Sie streckte sich ein wenig, damit ihre Nase und der Mund über der Wasseroberfläche lagen, und holte tief Luft.

Die Kälte an diesem Nachmittag war ihr bis in die Knochen gedrungen, und als sie von ihrem langen Spaziergang voller Umwege ins Hotel zurückgekehrt war, hatten ihre Zähne geklappert wie das Gebiss eines alten Klatschweibs.

Die St.-Nikolaus-Kirche, die Sophie von den vielen Prager Kirchen schon immer am liebsten gemocht hatte, war bei ihrem Eintreten fast wie ausgestorben gewesen. Aber sie war froh, endlich etwas wie Stille um sich zu haben. Die bloße Größe und Pracht dieser Kirche traf sie jedes Mal wieder bis ins Mark, und als sie vor dem Altar stand und in die weite, reich verzierte Kuppel hinaufblickte, kam sie sich ganz winzig und unbedeutend vor.

Robin musste immer kichern, wenn sie ihn dorthin mitschleppte. Da er selbst eher ein rastloser und geselliger Mensch war, fühlte er sich in stillen Räume meist nicht wohl - mehr noch, er verspürte den kindlichen Drang, sich irgendwie danebenzubenehmen.

Es war seltsam, nun allein dort zu sein, und Sophie stellte

fest, dass sie weit mehr sah und wahrnahm, als wenn sie gemeinsam mit Robin hergekommen war. Sie ließ sich in einer der dunklen Holzbänke im vorderen Teil nieder und spähte hinauf zu den goldenen Engelchen an der Kanzel, deren feingearbeitete Gesichter in der Düsternis leuchteten. Wenn man in Begleitung ist, dachte sie, dann meint man immer, man muss dem anderen etwas zeigen oder erklären, anstatt es ganz eigennützig mit allen Sinnen aufzunehmen. So lange Zeit war Robin ihr ständiger Begleiter gewesen, und sie hatte immer überlegt, was ihm wohl gefallen oder ihn interessieren könnte. Das war eine sehr simple Einsicht, aber Sophie hatte nie darüber nachgedacht, wie anders es hier ohne ihn sein würde.

Ehe sie Robin kennenlernte, hatte sie alles allein unternommen – oft zum Kummer ihrer Eltern, die sich beschwerten, sie bekämen ihre Tochter nie zu Gesicht. Aber anstatt in der Beziehung zu Robin ihre Selbstständigkeit aufzugeben, war er einfach zu einem Mitverschwörer geworden – wie eine natürliche Erweiterung ihrer selbst. Nun allein hier in Prag zu sein, fühlte sich für Sophie sehr ungewohnt an, und sie zwang sich, Trost in der vertrauten Umgebung zu suchen. In dieser Kirche gab es kaum einen Vorsprung, der nicht in irgendeiner Weise verziert war, und das Licht, das durch die farbigen Glasfenster hereinfiel, ließ die Wände und sogar die Luft in einem staubigen Rosa erstrahlen. Sie fühlte sich, als würde sie mitten in einem Sonnenuntergang schweben, und das Glühen war so stark, dass Sophie dabei sogar warm wurde.

Sie lehnte sich in der harten Bank zurück und ließ den Kopf in den Nacken sinken, bis sie das Fresko betrachten konnte, das die Decke und einen Gutteil der Wände bedeckte. Ihr wurde ganz schwindlig bei der Vorstellung, wie die Maler dort oben auf ihren wackeligen Gerüsten gesessen und bloß mit einem Pinsel und viel Willenskraft ausgestattet solche Meisterwerke geschaffen hatten. Ob sie wohl auch dort gesessen hatten, wo sie jetzt saß, um ihrer Hände Arbeit zu bewundern? Hatten sie sich gefragt, ob das Werk noch Jahrhunderte später von Menschen ehrfürchtig betrachtet werden würde? Das war wohl einer der großartigsten Aspekte daran, ein Künstler zu sein - die Tatsache, dass man der Welt etwas hinterließ, das den Menschen Freude bereitete und über das sie reden konnten. Darin lag eine ganz besondere Magie.

Unglücklicherweise besaß Sophie überhaupt kein künstlerisches Talent. Sie brachte gerade mal ein paar Strichmännchen zustande, hätte aber überhaupt nicht gewusst, wie sie es anstellen sollte, den Blick aus ihrem Fenster zu Hause oder die Gesichter ihrer Lieben auf die Leinwand zu bekommen. Sie und Robin hatten im Lauf der Jahre mehrmals überlegt, ob sie sich porträtieren lassen sollten, aber irgendwie hatten sie nie die Zeit dazu gefunden. Wenn er kam, musste sie ihn unbedingt noch einmal fragen. Die Vorstellung, dass ein Bild von ihnen beiden sie überleben würde und dass fremde Menschen irgendwann in der Zukunft das Porträt entdecken und sich fragen würden, wer das wohl sei, gefiel ihr. Wenn sie mit Robin zusammen fotografiert wurde, nahm Sophie immer die gleiche Pose ein: Sie schaute auf ihn anstatt auf die Kamera, mit einem breiten, bewundernden Lächeln im Gesicht. So stellte sie sich auch das Porträtgemälde vor.

Nach der Wärme im Café war die Kirche kalt und zugig, und Sophie spürte, wie sich ihr Po auf der Bank allmählich in einen Eisklotz verwandelte. Sie rappelte sich auf und stieg über die steinerne Wendeltreppe hinauf auf die Galerie.

Oben angekommen, war sie ganz schön außer Atem und wäre beinahe über einen Holzbalken gestolpert, der mitten auf dem Fußboden befestigt war. In Prag entdeckte man ständig solche Anomalien - einen zufälligen Holzklotz hier oder einen Haufen Steine dort -, aber das gehörte zum Charme dieser Stadt. Als Sophie sich aufrichtete, bemerkte sie einen kleinen alten Mann, der die Kunstwerke auf der Galerie bewachte. Der Anblick, wie sie beinahe einen Purzelbaum geschlagen hätte, amüsierte ihn offensichtlich sehr, und erneut dachte sie, wie sehr sie die Menschen hier wegen ihrer Fröhlichkeit mochte.

Ein Schild, das an einer der steinernen Säulen hing, warnte die Besucher, sich nicht über das Geländer zu beugen, und Sophie bekam weiche Knie. Eigentlich hatte sie keine Höhenangst, aber gelegentlich spielte ihr Körper ihr einen Streich, und bei dem Gedanken an einen Sturz schlotterten ihr plötzlich die Glieder. Robin war das genaue Gegenteil. Wenn er jetzt hier gewesen wäre, hätte er sich absichtlich über das Geländer gebeugt, um ihr Angst einzujagen. Als sie vor vielen Jahren das erste Mal in Australien gewesen waren, hatte er darauf bestanden, sofort zu erfragen, wo man in der Nähe Fallschirmspringen konnte. Sophie konnte sich noch gut erinnern, wie sie mitten in einem staubigen Feld gestanden und bange zwischen den Fingern ihrer über die Augen gelegten Hände hindurchgespäht hatte bei der angstvollen Vorstellung, dass ihr frischgebackener Freund gerade durch die Luft flog. Robin wusste wirklich genau, wie man Spannung in eine Beziehung brachte.

Der alte Mann, der über sie geschmunzelt hatte, räusperte sich, und Sophie schob mehrere Lagen Ärmel zurück, um auf ihre Armbanduhr zu schauen. Es war fast sechs Uhr, und die Kirche würde gleich ihre Pforten schließen. Sie musste gehen. Sie warf dem Mann noch ein Lächeln zu, dann stieg sie vorsichtig wieder hinunter und machte sich auf den Weg hinaus in die Kälte.

Jetzt in der Wanne klopfte ihr Herz immer noch heftig. Sophie hob einen Fuß und drehte mit den Zehen den Heißwasserhahn auf. Sie saß schon so lange im Wasser, dass die Haut an ihren Fingern ganz runzelig geworden war, aber sie hatte noch keine Lust, das Bad zu beenden. Ihr Zimmer war kühl und einsam ohne Robin. Orte, an denen sie sich normalerweise aneinandergekuschelt hätten, fühlten sich allein irgendwie falsch an. Das Bett war zu groß, die Decken zu schwer und die Stille bedrückend. Nun drehte sie den Hahn ab und lauschte ins Leere, spitzte die Ohren, um jedes noch so feine Geräusch wahrzunehmen. Sie hörte etwas tropfen, den fernen Klang blechern tönender Stimmen - vielleicht von einem Fernseher -, das leise Rumpeln einer vorüberfahrenden Straßenbahn und hinter all dem das beunruhigende Summen völliger Stille.

Als sie eine Gänsehaut auf der Brust und den Armen bekam, seufzte Sophie tief, stand schwankend auf und kletterte aus der Wanne. Die nagende Düsternis, die sie schon den ganzen Tag untergründig gespürt hatte, war jetzt vollends wieder da, klopfte an wie ein dämonischer Waldspecht. Auf einmal überkam Sophie das dringende Bedürfnis, das Zimmer zu verlassen, und sie schlüpfte so eilig in ihre Jeans, dass sie stolperte und sich am Schreibtisch stieß.

Das würde einen weiteren blauen Fleck geben. Zur Zeit tauchten sie überall an ihrem Körper auf, als hätte sie die Haut einer weichen Frucht. Sophie drückte mit einem Finger auf die schmerzende Stelle und zuckte zusammen. Sie fluchte leise. Was sie jetzt unbedingt brauchte, war Ablenkung. Vielleicht waren unten in der Bar andere Gäste, mit denen sie ins Gespräch kommen konnte. Alles war besser, als hier noch länger allein herumzusitzen.

Entschlossen nahm sie ihre Handtasche und den Schlüssel, schlug die Tür hinter sich zu und ging zur Treppe.

12

»Ich bin mir nicht sicher, ob die Trüffelravioli als zweiter Gang eine so gute Idee waren.«

Hope drehte sich zu Charlie um, als sie über die Brücke gingen, und legte ihm die Hand auf den Bauch.

»Ach je, sind sie dir nicht bekommen?«

»Jedenfalls ist mir irgendetwas nicht bekommen.« Charlie verzog das Gesicht und ging langsamer.

Hope hätte gerne angemerkt, dass er selbst schuld war, wenn er unbedingt zwei Hauptgerichte essen musste, aber sie ahnte, dass er das nicht gut aufnehmen würde.

»Vielleicht hast du heute etwas zu viel getrunken?«, überlegte sie stattdessen.

»Vielleicht.« Charlie sah nicht sehr überzeugt aus.

»Es war auch ein langer Tag«, sagte sie und blieb stehen, als er sich krümmte. Sein Unbehagen war ihm deutlich anzusehen.

»Mein armer Hase.« Umstandslos schlüpfte Hope in die Mutterrolle, zeigte ihre Besorgnis und legte ihm die Hand auf die Stirn, um seine Temperatur zu prüfen. »Fieber scheinst du nicht zu haben.«

»Es ist mir wirklich peinlich.« Charlie wurde rot. »Das sollte doch eine romantische Reise werden.«

»Sieht die Burg nicht herrlich aus mit dieser Beleuchtung?«, sagte sie, um ihn abzulenken, und deutete hinter ihn, wo oben auf dem Hügel die Prager Burg vor dem dunkelblauen Nachthimmel erstrahlte.

»Sehr hübsch.« Charlie drehte sich nicht einmal um. »Liebste, es tut mir leid – aber ich muss einfach nur zurück ins Hotel.«

»Natürlich.« Hope hakte sich bei ihm ein, und sie gingen schweigend weiter.

Sie hatten einen sehr angenehmen Abend im Restaurant verbracht, die Atmosphäre und den köstlichen Wein genossen, und Hope hatte über ihre Zukunftspläne geplaudert. Sie sei fest entschlossen, sich eine Arbeit zu suchen, hatte sie ihm erklärt, selbst wenn es nur eine Teilzeitstelle in einem Laden war. Sie wolle ihm nicht zur Last fallen.

Bei diesen Worten hatte Charlie erwartungsgemäß das Gesicht verzogen und ihr versichert, sie brauche sich keine Sorgen zu machen. Er sei mehr als glücklich, für sie beide zu sorgen, und zwar so lange, wie Hope wolle. Sie hätte selig sein sollen, aber stattdessen stellten sich ihr die Nackenhaare auf, und sie aß konzentriert weiter, bis das Gefühl abebbte. Konnte er nicht verstehen, dass sie arbeiten musste? Das brauchte sie für sich selbst, nicht seinetwegen. So viele Jahre hatte sie mit einem Mann verbracht, der das Geld unter Kontrolle gehalten hatte, jahrelang hatte sie, wenn ihr das Haushaltsgeld ausging, allen Mut zusammennehmen müssen, um Dave um zehn Pfund extra zu bitten. Auf keinen Fall wollte sie noch einmal so leben, selbst wenn Charlie nur die besten Absichten hegte.

Während sie am Rand des Altstädter Rings entlanggingen und schließlich in die Straße einbogen, die zum Hotel führte, überlegte Hope, wie es Dave wohl in Prag gefallen hätte. Sie bezweifelte sehr, dass die Schönheit und der Charme dieser Stadt ihn so angerührt hätten wie sie – aber so empfindungslos war er nicht immer gewesen. Sie versuchte sich zu erinnern, wann er sich so verändert hatte, wann er aufgehört hatte, ihr auch ein Freund zu sein, aber der schwere Vorhang der Zeit blieb undurchdringlich.

In der Empfangshalle des Hotels hielt Charlie sie zurück. Seine Wangen waren gerötet, und auf seiner Oberlippe stand Schweiß.

»Macht es dir etwas aus, wenn ich ... Ich meine, würdest du warten, bis ich ...?«

»Du willst, dass ich hier unten noch ein bisschen warte?«, sagte sie, und als er erleichtert nickte, verspürte sie Mitleid. Der Ärmste.

»Ich gönne mir noch einen Absacker in der Bar«, erklärte sie beruhigend und legte ihm einen Moment lang die Hand auf den Arm. »Geh du nur nach oben.«

Er nickte wieder, und Hope sah ihm nach, während er langsam davonhumpelte wie ein verletzter Soldat. Männer und ihre Wehwehchen – in dieser Hinsicht waren sie wirklich albern. Sie lächelte in sich hinein und stieß die Tür zur Hotelbar auf.

»Ach, hallo!«

Das zierliche Mädchen mit den kurzen Haaren, das sie am Morgen gesehen hatte, saß allein und mit einem geistesabwesenden Gesichtsausdruck an einem Fenstertisch, ein halb volles Glas Weißwein vor sich.

»Hallo«, erwiderte es mit ausdrucksloser Stimme.

»Geht es Ihnen gut?« Hope bemerkte die dunklen Schatten unter den großen Rehaugen. »Sie sehen aus, als wären Sie mit den Gedanken völlig woanders.«

Die junge Frau schüttelte den Kopf und lächelte. »War ich auch. Es war ein langer Tag.«

Der Kellner trat neben sie und erkundigte sich nach Hopes Getränkewünschen.

»Darf ich?« Hope deutete auf den Stuhl neben dem Mädchen, und es nickte.

»In diesem Fall hätte ich bitte einen großen Gin Tonic.« Sie strahlte den Kellner an.

»Sehr gern.« Er ging gemächlichen Schrittes davon.

»Meine bessere Hälfte ist schon nach oben gegangen«, sagte Hope und schlüpfte aus ihrem Mantel. »Ich glaube, er hat beim Abendessen zu viel gegessen.«

»Wo waren Sie denn?«, wollte das Mädchen wissen. Ihre Worte hatten eine leise Dialektfärbung, aber Hope konnte den Akzent nicht zuordnen. Aus der Nähe sah sie sagenhaft hübsch aus. Sie glich so sehr einer Elfe, dass Hope sich gut zwei winzige Flügelchen zwischen ihren Schulterblättern vorstellen konnte.

»Ach du meine Güte, der Name fällt mir jetzt nicht ein. Ich verdrehe ständig diese tschechischen Wörter, aber es war auf der anderen Seite des Flusses, unten am Ufer.«

Das Mädchen riss die Augen auf. »Ach, das kenne ich. Das Kampa – das ist ganz schön edel, oder?«

Hope wurde rot. »O ja, das war es. Aber Charlie – das ist der Mann, mit dem ich hier bin – wollte mich verwöhnen.«

»Das ist auch ganz richtig so.« Die junge Frau machte ein fröhliches Gesicht und trank einen Schluck Wein. Sie trug einen Strickpullover mit Zopfmuster, der an den Unterarmen umgeschlagen war und dünne Handgelenke sehen ließ. »Hat das Essen etwas getaugt?«

»Wissen Sie«, Hope warf einen Blick zur Tür, »das kann ich Ihnen sagen, wenn ich herausgefunden habe, was in unserem Zimmer gerade passiert.«

Das Mädchen musste lachen und streckte die Hände in die Höhe. »Ehrlich gesagt – auf Details kann ich verzichten!«

»Ich bin übrigens Hope.«

»Sophie.« Sie schenkte ihr ein Lächeln.

»Freut mich, Sie kennenzulernen. Sind Sie allein hier?« Einen Sekundenbruchteil zu spät wurde Hope klar, dass diese Frage vielleicht etwas zu aufdringlich gewesen war.

»Nur ein paar Tage lang.« Sophie nahm einen Schluck von ihrem Wein. »Mein Freund – eigentlich ist er jetzt mein Verlobter, das vergesse ich immer – kommt nach.«

»Herzlichen Glückwunsch!« Hope hob ihr Glas zu einem Toast auf die Verlobung. »Dann hat er vermutlich gerade erst seinen Antrag gemacht?«

»Letzten Monat.« Sophie sah wieder so abwesend aus. »Es kam völlig überraschend, vielleicht muss ich mich deshalb immer noch daran gewöhnen.«

»War es sehr romantisch?«, wollte Hope wissen. Sie liebte Anekdoten über Heiratsanträge.

Sophie lächelte. »Eigentlich nicht, wenn ich ehrlich bin. Ich habe mir gerade die Haare geföhnt, und er lag noch im Bett. Er hat mich tatsächlich mit dem Kopfkissen beworfen, damit ich ihm zuhöre, und ich habe mich umgedreht, um ihm eine passende Antwort zu geben, und da hatte er auf einmal so einen ernsten Gesichtsausdruck.«

»Ach, das ist doch sehr romantisch«, meinte Hope. »Ich hatte Sekt und Blumen und Musik und alles Mögliche bei meinem Antrag, und die Ehe war eine absolute Katastrophe.«

»Ach, das tut mir wirklich leid.« Sophie sah sehr betrübt aus. »Dann ist der Mann oben im Zimmer nicht Ihr Ehemann?«

»Charlie? O nein! Er ist die verbesserte Version.« Sie lachte, und Sophie lachte höflich mit, aber ihre Augen blickten weiterhin ernst.

»Mein Mann und ich … wir hatten schon seit Jahren Probleme. Ach, vielleicht immer schon.« Hope nahm einen tiefen Schluck von ihrem Gin. »Ich habe Fahrstunden genommen, weil ich nie den Führerschein gemacht hatte, und da war Charlie – mein strahlender Ritter in einem Vauxhall Corsa.«

Was Hope nicht erwähnte, war die Tatsache, dass ihre Affäre mit Charlie schon eine Weile lief, bevor ihre Ehe zerbrach. So etwas konnte man jemandem, den man gerade erst kennengelernt hatte, nur schwer anvertrauen. Außerdem hatte Sophie sich gerade verlobt, und Hope wollte ihr nicht die Laune vermiesen, indem sie sie daran erinnerte, dass Menschen einander gelegentlich betrogen.

Wenn Sophie vermutete, dass hinter dieser Geschichte noch mehr steckte, so sagte sie es nicht. Sie lächelte Hope lediglich an und fragte: »Lieben Sie einander?«

Hope nickte.

»Das ist doch alles, was zählt.«

War das so? Hope war sich nicht sicher, aber Sophie wirkte so ehrlich und unvoreingenommen. Sie musste an Annette denken, die sie mit solcher Abscheu im Blick angesehen und voller Hass und Zorn als Hure bezeichnet hatte. Und sie hatte ja auch recht gehabt. Hope konnte ihr nur zustimmen, dass ihr Verhalten unverzeihlich gewesen war. Sie hätte sich nie vorstellen können, dass sie ein Versprechen, das ihr einst so viel bedeutet hatte, einfach missachten würde, dass sie einen feigen Ausweg wählen und lieber untreu sein würde, anstatt anständig mit der Situation umzugehen.

Sich mit Charlie einzulassen, war die totale Rebellion gewesen und das erste wirklich Egoistische, das Hope in ihrem ganzen Leben getan hatte. Natürlich hätte sie, ehe sie eine neue Beziehung begann, erst mit ihrer Ehe abschließen sollen. Aber sie hatte sich eingeredet, dass Dave ihre Affäre egal sein würde, selbst wenn er es herausfand. Es gab ja viele Paare, die in einer offenen Beziehung lebten. Aber das war eine Lüge. Auch wenn Hope keinen Zweifel daran hegte, dass Dave sie nicht mehr so liebte wie früher, so war das doch keine Entschuldigung für einen Seitensprung. Sie stellte sich vor, wie es gewesen wäre, wenn statt ihrer er jemand anderen gefunden hätte. Hätte sie das verletzt? Inzwischen war so viel geschehen, dass sie es nicht mehr richtig einschätzen konnte. Aber sie wusste, dass sie selbst Dave schon seit sehr langer Zeit nicht mehr liebte – und sie hatte auch sich selbst nicht mehr geliebt. Aber wie sollte sie das alles Annette erklären? Sie hatte ein fürchterliches Chaos angerichtet, und jetzt musste sie dafür bezahlen.

»Hoffentlich haben Sie recht.« Sie lächelte Sophie ebenfalls an und nahm wieder einen Schluck von ihrem Gin-Tonic.

»Ich glaube einfach, dass man es eindeutig merkt, wenn es so ist.« Sophie hatte ausgetrunken und dankte dem Barmann, als er herbeieilte, um eine neue Bestellung aufzunehmen.

»Ja, vermutlich.« Hope war sich vollkommen bewusst, dass sie sich von dem vielen Alkohol der letzten Stunden hatte verführen lassen, viel zu viel und zu unzusammenhängend über sich zu erzählen, aber irgendwie konnte sie nicht aufhören. Es war nett, sich einmal mit jemandem zu unterhalten, der nicht zu ihren besten Freundinnen zählte. Ihre Mutter war entsetzt gewesen, als sie Dave verlassen hatte, obwohl sie sehr gut wusste, wie unglücklich Hope lange Zeit gewesen war, und auch ihre Freundinnen konnten sie nicht verstehen.

»Ich habe immer nur einen einzigen Jungen geliebt«,

sagte Sophie jetzt, und ein träumerischer Ausdruck trat in ihre großen Rehaugen.

»Sind Sie beide schon lange zusammen?«, fragte Hope, die spürte, dass nun Sophie an der Reihe war, ihre Geschichte zu erzählen.

»Zehn Jahre.«

»O Mann!« Hope hätte sich beinahe verschluckt. »Haben Sie sich im Kindergarten kennengelernt?«

Sophie lachte. »Ich bin achtundzwanzig!«

Ungläubig schüttelte Hope den Kopf. »Das meinen Sie jetzt nicht ernst.«

»Doch.« Sophie sah amüsiert aus. »Ich bin wirklich achtundzwanzig, ehrlich. Und wir haben uns hier in Prag kennengelernt, Robin und ich. Wir waren beide mit dem Rucksack in Europa unterwegs, wie man das in dem Alter halt so macht, und da ist er mir einfach begegnet.«

»Sind Sie deshalb hier? Weil das Ihr Zehnjähriges ist?«

Sophie nickte.

»Ach, das ist ja herrlich!« Hope streckte einen Arm aus und umarmte Sophie ungelenk. »Was für eine tolle Stadt, um sich kennenzulernen.«

»Sie ist etwas ganz Besonderes«, stimmte Sophie ihr zu und spielte mit dem Stiel ihres Weinglases. »Robin und ich, wir fahren jedes Jahr hierher.«

»Und wann kommt er nach?«, wollte Hope wissen.

»Er sollte in ein paar Tagen da sein«, erwiderte Sophie mit bedeckter Stimme. »Vielleicht am Sonntag.«

»Ich bin noch bis Montag da.« Hope klatschte vor Begeisterung in die Hände. »Ich würde ihm gerne die Hand schütteln und ihm sagen, was für ein Glück er hat, Sie gefunden zu haben.«

Sophie wurde rot.

»Nein, das meine ich ernst – Sie sind eine schöne junge Frau mit einem freundlichen Herzen und einer guten Seele. Wenn man über fünfzig ist, hat man im Lauf der Zeit schon das eine oder andere gelernt, glauben Sie mir – und ich erkenne einen guten Menschen, wenn ich ihn sehe.«

Ein lautes Geräusch ließ sie beide erschrocken aufblicken. Megan stand an der Tür, das Gesicht von der Kälte gerötet. Der Mann in ihrer Begleitung war entsetzlich betrunken, und Hope konnte kaum einen Blick auf ihn erhaschen, ehe er stolpernd in der Herrentoilette verschwand. Sie war nicht sonderlich überrascht, als Megan ihre Einladung zu einem Absacker ausschlug – es war für sie alle ein langer Tag gewesen.

»Das war Megan«, erklärte sie Sophie, als die beiden verschwunden waren. »Ich habe sie heute Morgen kennengelernt. Sie ist sehr nett.«

»Ihr Freund war ganz schön betrunken.« Sophie kicherte.

»Wo wir gerade davon reden ...« Hope hob ihr leeres Glas an die Lippen und klopfte gegen den Boden, um noch den letzten Tropfen herauszuholen. »Ich muss nach oben und nach Charlie sehen – aber wir sollten das hier definitiv wiederholen.«

»Das wäre schön.« Sophie lächelte ihr zu. Der Wein hatte ihren Wangen ein bisschen Farbe gegeben, und Hope fühlte sich erneut zu der jungen Frau hingezogen. Mutterinstinkt ließ sich nur schwer abschütteln, sagte sie sich, während sie die Treppe hinaufstieg. Sie hatte das Bedürfnis, Sophie zu beschützen, aber wohl nur deshalb, weil sie Annette so lange nicht gesehen hatte.

Trotzdem, dachte sie, sperrte die Zimmertür auf und stöhnte, als sie den Lichtstreifen unter der Badezimmertür sah, Sophie hatte etwas an sich, das in ihr den Wunsch weckte, das Mädchen in Watte zu packen und an einen sicheren Ort zu bringen.

13

Es war noch nicht hell, als Megan durch den menschenleeren Hotelflur zur Treppe schlich. Ein Albtraum hatte sie vor einer Stunde geweckt und so sehr erschüttert, dass an Schlaf nicht mehr zu denken war. Ollie neben ihr war noch immer vollständig weggetreten gewesen, sein Mund stand weit offen, und sein Atem roch nach dem vielen Tequila leicht metallisch.

Wenn Megan liegen geblieben wäre, hätte sie nur nervös herumgezappelt, bis sie ihn aufweckte. Daher war sie vorsichtig unter der Bettdecke hervorgeschlüpft und hatte sich leise angezogen. Dann hatte sie sich bei Handybeleuchtung die Zähne geputzt und war wie eine Zeichentrickfigur auf Zehenspitzen durchs Zimmer geschlichen, um ihre Kleider einzusammeln. Ihr Plan war einfach: Sie wollte zur Karlsbrücke, um bei Sonnenaufgang ein paar Fotos zu machen. Zwar verspürte sie ein ganz leises Schuldgefühl, weil sie die Brücke zum ersten Mal allein, ohne Ollie sehen würde, aber sie brauchte etwas Abstand. Außerdem dachte sie an ihre bevorstehende Ausstellung und verspürte den Drang, sich an die Arbeit zu machen. Diese Ausstellung war so wichtig, ein Gutteil ihrer Zukunft hing davon ab, sodass sie sich enorm unter Druck fühlte. Aber glücklicherweise konnte sie sich erinnern, dass sie beruflich schon häufiger an einem solchen Punkt gewesen war. Sie musste sich einfach nehmen, was sie haben wollte, ehe jemand anders alles für sich beanspruchte.

Sobald sie in die eiskalte Morgenluft hinaustrat, war jegliche Müdigkeit verflogen. Der Himmel war nicht schwarz, sondern dunkelgrau, und an den Rändern ahnte man bereits die Dämmerung. Megan schlang ihren Schal zu einem Knoten, zog die Mütze fest über die Ohren und machte sich durch den klirrenden Frost entschlossen auf den Weg.

Sie versuchte, nicht an das zu denken, was Ollie gestern Abend zu ihr gesagt hatte, weil es gar nicht so gemeint gewesen sein konnte. Selbst wenn er hatte sagen wollen, dass er sie liebe, so war das bloß freundschaftliche Zuneigung gewesen oder Dankbarkeit, weil sie ihm in seinem Suff zurück ins Hotel geholfen hatte. Wenn er heute noch einmal darauf zurückkam, würde sie lachend darüber hinweggehen und behaupten, das habe er nie gesagt, wahrscheinlich habe er Halluzinationen gehabt und müsse erst mal seinen Kater loswerden. Allmählich kam ihr der Verdacht, dass Ollies Worte ihren Albtraum ausgelöst hatten, und wenn das der Fall war, musste sie ihn davon abhalten, so etwas noch einmal zu sagen. Megan war noch nie ein besonders offener und herzlicher Mensch gewesen, sie hatte schon Probleme, ihrer eigenen Mutter zu sagen, dass sie sie lieb habe, von ihren Freunden ganz zu schweigen. Sie war immer davon ausgegangen, dass Ollie ihr darin ähnlich war, aber vielleicht stimmte das nicht.

Der Altstädter Ring war menschenleer. Die Abfälle der gestrigen Nachtschwärmer lagen hässlich neben den überquellenden Abfalleimern. Der Schönheit des Platzes tat dies keinen Abbruch – das üppige Gold der astronomischen Uhr glänzte im Licht der Scheinwerfer, und die stolzen gotischen Turmspitzen der Teynkirche blickten aus ihrer luftigen Höhe weit über dem Kopfsteinpflaster auf sie herab. Erneut fühlte sich Megan vom Geist der Historie durchdrungen. An diesem Ort war so viel geschehen, und jetzt war sie es, die hier einen Fußabdruck hinterließ, sich ihren eigenen Weg durch die Geschichte suchte. Angesichts dieser Überlegungen kam sie sich völlig unbedeutend und doch gleichzeitig wichtig vor.

Obwohl sie erst einen einzigen Tag in Prag verbracht hatte, fühlte sich Megan in der Stadt sehr wohl. Sie kam ihr bereits vertraut vor, selbst so früh am Morgen, obwohl sie praktisch der einzige Mensch weit und breit war. Es war so leicht, sich zurechtzufinden, sie musste nur einen kurzen Blick in den Stadtplan werfen, um im Gewirr der gewundenen Gassen den Weg zum breiten und mächtigen Altstädter Brückenturm zu finden, der das Tor zur Karlsbrücke bildete. Als Megan dann auf der Schwelle zur Brücke stand, war der Anblick so gewaltig, so berauschend, dass sie nicht mehr weitergehen konnte. Sie griff nicht einmal nach ihrer Kamera, sondern ließ die Szenerie einfach nur auf sich wirken und wartete auf die Flut der unausweichlich aufsteigenden Gefühle.

Die ersten Lichtstrahlen krochen vom Wasser aus über das Brückengeländer und ließen den dichten Nebel aufleuchten. In der Dämmerung schnitten die schwarzen Umrisse der vielen Brückenfiguren unheimliche Löcher in den schwebenden Dunst. Megan kauerte sich auf die glatten, abgerundeten Pflastersteine und fing an, diesen Anblick auf Fotos zu bannen. Zärtlich strich sie mit geübten Fingern über den rauen Rand des Objektivs, wenn sie näher heranzoomte und dann wieder in die Totale ging, um die Brücke in ihrer gesamten Schönheit zu erfassen.

Es war schon eine Weile her, seit sie zuletzt einen solchen Lauf gehabt hatte, bei dem sich die Bilder wie von selbst zu einem Erzählbogen formten und sie nur noch das Werkzeug war, das es ihnen ermöglichte. Die Geschichte war bereits geschrieben, sie musste sie nur noch enthüllen. Es waren Momente wie dieser, in denen Megan ganz bei sich war, so als wäre der einzige Sinn ihrer Existenz, diese Fotos zu machen, ein Ereignis einzufangen, um es anderen Menschen – womöglich der ganzen Welt – zu zeigen, damit sie ihre Faszination teilten.

War das so? Hatte die Inspiration so lange auf dieser Brücke auf sie gewartet? Je mehr Fotos sie machte, desto wahrhaftiger erschien ihr diese Vorstellung, und als nun die unaufhaltsame Kraft der aufgehenden Sonne den Nebel allmählich auflöste, erschienen immer mehr Umrisse am Horizont. Da war die Prager Burg ganz weit zur Rechten in ihrer unverkennbar stolzen Gestalt, und daneben die dunklen Turmspitzen der St.-Veits-Kathedrale. Sie ging noch ein Stück auf der Brücke entlang, und jetzt konnte sie sogar das grüne Kuppeldach der St.-Nikolaus-Kirche auf der Kleinseite ausmachen, von der sie im Reiseführer gelesen hatte und die sie unbedingt sehen wollte.

Megans Herz klopfte heftig, und in der kalten Luft glitzerte ihr aufsteigender Atem wie ein Halo. Sie wusste, dass sie hier etwas ganz Besonderes einfing, so wie es ihr noch nie zuvor gelungen war, und vor Aufregung wurde ihr ganz schwindelig. Sie fühlte sich so beschwingt, als müsse sie gleich abheben, vom Rand der Brücke hinabschweben und sich zu den Schwänen unten auf der Moldau gesellen. Es war ein Gefühl, das sie noch nie empfunden hatte.

Das Läuten der Glocken holte sie wieder auf den Boden zurück, und sie nahm ihr Handy heraus, um auf die Uhr zu sehen. Es war bereits acht – sie war seit eineinhalb Stunden hier und hatte gar nicht gemerkt, wie die Zeit vergangen war. Die Kälte stach ihr in den Fingern, aber sie nahm es kaum wahr. Am liebsten hätte sie immer weitergemacht, sich immer tiefer hineinbegeben in diese Stadt, wo, wie sie nun wusste, eine Menge kostbarer Anblicke auf sie warteten. Aber sie zögerte. Sie konnte nicht einfach den ganzen Tag herumwandern und Ollie allein lassen.

Wie unfair das war! Megan stöhnte auf und sah sehnsüchtig hinüber zum linken Flussufer. Genau aus diesem Grund hatte sie Ollie in all diesen Monaten nie geküsst – ein fester Freund passte einfach nicht in ihre Pläne. Wenn Pflicht und Verantwortung sie fesselten, wie konnte sie sich dann den Schwingen ihrer Inspiration überlassen? Schon einmal hatte sie geglaubt, dass beides zugleich möglich wäre, und wie hatte das geendet? Mit Tränen, Eifersucht und einer schmerzhaften Trennung. Nein, wenn sie wirklich ernsthaft eine Karriere als Berufsfotografin anstrebte, dann musste sie bereit sein, sich diesem Ziel ganz und gar zu verschreiben. Alles andere wäre halbherzig und ohne Aussicht auf Erfolg. Außerdem hatten die gerade erlebten Stunden Megan eines gelehrt: Das Gefühl, das sie beim ersten Anblick der Karlsbrücke erlebt hatte, wollte sie in Zukunft jeden Tag haben. Eine Beziehung konnte da nicht mithalten, so viel stand fest.

Die Glocken hatten aufgehört zu läuten, aber in der hallenden Stille, die darauf folgte, hörte Megan, wie das Leben in der Stadt einsetzte. Autotüren wurden zugeschlagen, Rollläden hochgezogen und Radios angeschaltet. Prag erwachte, und das magische Gefühl, ganz allein in der Stadt zu sein, verlor sich allmählich. Megan ging zurück, um Ollie gegenüberzutreten.

»Warum hast du mich Tequila bestellen lassen? Warum?«

Ollie redete mit ihr durch die Tür des Badezimmers, das

er nicht verlassen hatte, seit sie von ihrem morgendlichen Abenteuer zurückgekehrt war.

»Mir geht es prima«, sagte sie fröhlich zu ihm. Das war nicht ganz wahr – tatsächlich war sie mit heftigen Kopfschmerzen aufgewacht. Aber die hatte die kalte Luft bald vertrieben.

»Ich hasse dich«, stöhnte er, und sie lachte. Sie war unendlich erleichtert, dass er scherzte und nicht in Tränen aufgelöst war.

»Ich finde, wir sollten heute die Burg besichtigen«, rief sie, während sie ihre Strickjacke auszog und in eine wärmere Jacke schlüpfte. »Wir könnten durch den Park gehen – der Spaziergang wird dir guttun.«

»Pah!«

»Na, ich habe das jedenfalls vor. Du kannst selbst entscheiden, ob du mitkommst oder nicht.«

Eine Pause trat ein, und Megan überlegte, ob sie zu weit gegangen war.

»Hatten wir nicht ausgemacht, dass ich bestimme, was wir machen?«, sagte er schließlich, auch wenn seine Stimme nicht ganz überzeugt klang.

»Das hast du gestern weidlich ausgenutzt«, teilte sie ihm mit. »Schon um sieben Uhr morgens Bier am Flughafen, Tequila in der Bar ...«

»Sprich das Wort nicht aus!«

»Tequila, Tequila, Tequiiiilaaa«, sang sie, den Mund an die Tür gelegt.

Ollie stöhnte und trat gegen das Holz.

»Ich geh runter zum Frühstück«, sagte sie, schob ihre Kamera in die Tasche und zog den Reißverschluss sorgfältig zu. »Kommst du dann nach?«

»Ja, meinetwegen.«

Sie seufzte. »Sei doch nicht so ein Miesepeter – ich versprech dir, sobald wir draußen sind, wirst du dich besser fühlen.«

Sie verstand seine Antwort nicht, aber es klang wie eine Kreuzung aus einem Fluch und einem weiteren Stöhnen. Der Arme, es ging ihm wirklich schlecht. Sie würde ihn heute aufmuntern müssen.

»Guten Morgen!«

Das war Hope, diesmal in Begleitung ihres Freundes. Auch er sah etwas grün im Gesicht aus, wie Megan bemerkte, als sie ihm die Hand schüttelte und sich zu den beiden setzte.

»Sophie holt sich gerade einen Strudel«, erklärte Hope und zeigte zum Büffet, wo das schmale Mädchen stand, das Megan gestern Abend in der Bar gesehen hatte.

»Ich glaube, ich werde mich ihr anschließen«, erwiderte Megan und sog genießerisch die Luft ein. »Ich bin am Verhungern.«

Charlie ließ ein leises Stöhnen hören und legte die Hand auf seinen Bauch.

»Der arme Charlie hatte gestern Abend einen Anflug von Lebensmittelvergiftung«, erläuterte Hope und warf Megan einen schnellen Blick zu. ›Du weißt ja, wie Männer sind‹, sollte das wohl heißen. Megan wusste es, und sie erzählte den beiden alles über Ollie und sein Tequila-Missgeschick.

»Ich hätte besser Tequila trinken sollen.« Charlie verzog das Gesicht. »Mit Alkohol kann ich umgehen, aber mit schwerem Essen nicht so recht.«

Sophie kam mit ihrem Strudel zurück und warf Megan ein schüchternes Hallo zu, ehe sie sich setzte. Das Besteck sah in ihren kleinen Händen riesig aus, sodass Megan beinahe befürchtete, die Gabel mit dem warmen Apfel und knusprigen Teig könnte ihr auf dem Weg vom Teller zum Mund zu schwer werden.

»Das schmeckt gut«, sagte Sophie, nachdem sie den ersten Bissen unfallfrei gegessen hatte. Zuckerguss vom Strudel klebte an ihrer Oberlippe, und Megan sah, wie Hope instinktiv nach einer Serviette griff, um ihr den Mund abzuwischen, sich aber im letzten Moment bremste.

»Sie haben Zucker im Gesicht«, sagte Megan stattdessen und lachte, als Sophie entsetzt dreinblickte und den Zucker eilig ableckte.

»Ist er weg? Du meine Güte – ich bin ein solches Ferkel. Robin sagt immer, man kann mich nirgendwohin mitnehmen. Er findet, ich schlabbere wie ein Hund.«

»Robin?«, fragte Megan höflich nach und bedankte sich bei der Kellnerin, die gerade frischen Kaffee auf den Tisch gestellt hatte.

»Ihr Verlobter«, erklärte Hope wie eine stolze Mutter.

»Ach.« Megan unterdrückte ein Gähnen. »Glückwunsch zur Verlobung. Tut mir leid, ich habe schlecht geschlafen.«

»Ich auch«, knurrte Charlie, und Hope und Megan warfen sich über den Tisch hinweg einen Blick zu. Megan überlegte, ob sie von ihrem frühmorgendlichen Ausflug zur Karlsbrücke erzählen sollte, zögerte dann aber. Sie wollte dieses Erlebnis gerne noch für sich behalten.

»Ist Robin mit Ihnen in Prag?«, fragte sie stattdessen an Sophie gewandt. Das Lächeln verschwand augenblicklich aus dem Gesicht der jungen Frau.

»Er hatte zu Hause noch zu tun«, erwiderte sie und schob ihr Messer durch die Sahnepfütze auf ihrem Teller. »In ein paar Tagen kommt er nach.«

Während sie das sagte, leuchtete das Telefon vor ihr auf

dem Tisch auf, und Megan sah das Foto eines Mannes mit einem wirren blonden Haarschopf und einem breiten Grinsen.

Sophie griff sofort danach und sprang auf. »Da muss ich rangehen«, erklärte sie und schlüpfte durch die Glastür in den Innenhof.

Megan ging zum Büfett, um sich einen Teller zu füllen. Es gab so ziemlich alles, was man sich zum Frühstück nur wünschen konnte, darunter auch Delikatessen, auf die sie so früh am Morgen ganz bestimmt noch keinen Appetit verspürte. Radieschen? Wirklich? Und die Berge von Essiggurken und Krautsalat? Es gab auch dicke Stücke pikanter Würste und einen sehr zweifelhaft aussehenden Nudelsalat. Offensichtlich wollten die Tschechen sicherstellen, dass es für jeden Geschmack etwas gab, auch wenn man einiges davon normalerweise eher später am Tag zu sich nahm. Zum Glück gab es auch Eier, Toast und eine großzügige Auswahl an Strudelsorten.

»Ich möchte nur sterben.«

Megan drehte sich um und sah Ollie, der auf einen Teller mit gehackten hart gekochten Eiern starrte und sich an der hölzernen Theke festhielt.

»Iss etwas«, ermahnte sie ihn. »Dann fühlst du dich gleich besser.«

Ollie verzog das Gesicht und griff kraftlos nach einem Stück Brot.

»Warum bist du bloß schon so munter?«, fragte er. »Du hast ungefähr so viel getrunken wie ich, und man merkt dir gar nichts an.«

»Das ist die Frische der Jugend«, erklärte sie. »Vergiss nicht, du bist schon ein alter Mann.«

»Fünfunddreißig ist nicht alt«, murmelte er und legte Schinken auf seine Rühreier.

Sie gingen zu den anderen, und Megan stellte Ollie Hope und Charlie vor. Die beiden Männer kamen sofort miteinander ins Gespräch, sie redeten über ihre jeweiligen Wehwehchen und badeten in Selbstmitleid. Sophie war noch immer draußen im Hof, das Telefon ans Ohr gedrückt und die Arme fest um den Körper geschlungen.

»Sie wird noch erfrieren da draußen«, sagte Hope mit sorgenvoller Miene.

»Ich bin sicher, wenn es ihr zu kalt wird, kommt sie wieder rein«, erwiderte Megan und lächelte ihr beruhigend zu.

Ollie erzählte Charlie von seiner Arbeit, und Hope wandte ihre Aufmerksamkeit den beiden Männern zu, während Megan mit großem Appetit frühstückte.

»Ich weiß gar nicht, wie Sie das machen«, sagte Charlie gerade. »In meinen Stunden muss ich immer nur eine Person unterrichten, und das ist schon anstrengend genug. Wie kommen Sie bloß mit einem ganzen Klassenzimmer voll junger Menschen zurecht?«

»Daran gewöhnt man sich.« Ollie zuckte die Achseln. Er hatte jetzt, nachdem er etwas gegessen hatte, wieder mehr Farbe im Gesicht, und Megan beobachtete ihn, als er den beiden anderen eine Geschichte aus seiner Zeit als Referendar erzählte. Er hatte es in der Mittelschule mit einer 10. Klasse zu tun gehabt, und die hatte es doch tatsächlich geschafft, ihn in den Materialschrank zu sperren.

»Dort saß ich fest, bis mich um sechs Uhr abends der Hausmeister gefunden hat«, berichtete Ollie, und Charlie platzte beinahe vor Lachen. »Ich habe ihnen sogar Geld angeboten, damit sie mich rauslassen, aber sie wollten nichts davon wissen. In gewisser Weise war ich beeindruckt, aber gleichzeitig musste ich wahnsinnig dringend pinkeln, und das war nicht so gut. Nach diesem Vorfall habe ich beschlossen, dass meine Karrierechancen wohl doch eher in der Grundschule liegen.«

»Ich finde es erstaunlich, dass Sie überhaupt weiterhin unterrichtet haben«, bemerkte Hope und wischte sich mit der Serviette die Lachtränen ab.

»Nun, ich unterrichte einfach gern«, stellte er trocken fest. »Kinder sind unsere Zukunft, und daran teilzuhaben und in der Lage zu sein, diesen Kindern durch ein paar knifflige Jahre zu helfen ... na ja, das hält mich wohl bei der Stange. Sogar wenn sie mich mit Schimpfwörtern traktieren.«

»Ich wünschte nur, meine Annette hätte so einen Lehrer gehabt«, sagte Hope zu ihm. »Sie hatte immer nur schreckliche Lehrer, die ganzen Jahre hindurch. Mit der Schule ist sie nie zurechtgekommen; sie hat schon immer lieber mit Leuten geredet als Bücher gelesen, wissen Sie. Kein Wunder, dass sie Friseurin geworden ist. Aber sie ist glücklich damit, und das ist alles, was für mich zählt.«

Megan musste an ihre eigenen Eltern denken, die dasselbe gesagt hatten, als sie ihnen eröffnete, sie wolle auf die Kunstakademie gehen, und wurde von tiefer Zuneigung zu ihnen erfasst. Glücklicherweise kam Sophie in diesem Moment zitternd an den Tisch zurück. Hope stand auf und legte vorsichtig den Arm um sie.

»Ach je, Sie sind ja völlig durchgefroren – wollen Sie meine Jacke?«

Sophie schüttelte den Kopf, obwohl sie mit den Zähnen klapperte und ihre Finger fast blau waren.

»Hier.« Ollie reichte ihr eine Tasse heiße Schokolade, die er auf wundersame Weise irgendwo aufgetrieben hatte.

»Danke.« Sie lächelte ihn an, und Megan beeilte sich, die beiden einander vorzustellen.

»War das Ihr Freund am Telefon?«, fragte Charlie.

Sophie nickte und lächelte, während sie kleine Schlucke von der heißen Schokolade nahm.

»Hat er gesagt, wann er kommt?«, wollte Hope aufgeregt wissen.

»In ein paar Tagen«, sagte Sophie und ließ die Schultern sinken, weil ihr allmählich etwas wärmer wurde. »Ich habe ihm von Ihnen allen erzählt – er ist schon ganz gespannt darauf, Sie kennenzulernen.«

»Und wir sind auf ihn gespannt«, rief Hope. Megan war immer noch damit beschäftigt herauszufinden, wie sich das mit Sophie und ihrem Verlobten verhielt, und lächelte der jungen Frau aufmunternd zu. Unterdessen fragte sie sich, was die Gruppe wohl über sie dachte und über Ollie, der weder ihr Freund noch ihr Verlobter war. Megan war noch nie mit einem männlichen Freund verreist, andererseits hatte es auch noch nie einen Mann in ihrem Leben gegeben, der ihr so nahegestanden hatte. Eigentlich hätte sie sich nicht unbehaglicher fühlen sollen, als wenn sie mit einer Freundin unterwegs gewesen wäre, aber es war dennoch anders. Als sie Magda erzählt hatte, dass sie mit Ollie nach Prag fahren würde, hatte ihre polnische Freundin sofort vielsagend die Augenbrauen hochgezogen. Dachten Sophie, Hope und Charlie das Gleiche über sie? Nahmen sie an, dass zwischen ihr und Ollie mehr war als bloße Freundschaft?

»Wir sollten allmählich aufbrechen«, sagte sie zu Ollie. Der trank seinen Kaffee aus und nickte. »Vielleicht sehen wir euch irgendwann später in der Bar?«

»Auf ein alkoholfreies Getränk«, fügte Ollie schnell hinzu und schnitt eine Grimasse, was Charlie zum Kichern brachte.

Megan fing Hopes fragenden Blick auf. Bei der Erinnerung an Ollies Worte am Abend zuvor wurde ihr beinahe übel – der arme Kerl musste wirklich ernsthaft betrunken gewesen sein, um mit so etwas einfach herauszuplatzen. Angesichts dessen war es wohl höchste Zeit, ihm alles über ihre Vergangenheit zu gestehen und damit die Unsicherheit, die sie schon wieder verspürte, ein für alle Mal zu vertreiben.

Das einzige Problem war, dass sie gar nicht wusste, wo sie anfangen sollte.

14

Nach dem Frühstück bestand Charlie darauf, sich noch einmal hinzulegen, um sicherzustellen, dass sein Magen wieder völlig in Ordnung war. Hope nutzte die Zeit, um sich die Nägel zu lackieren und ihr Handy auf Nachrichten durchzusehen – natürlich nicht nur wegen einer eventuellen Mitteilung von Annette. Sie hatte ihr gestern vor dem Zubettgehen noch eine SMS geschickt, und jede Minute, die verging, ohne dass wenigstens eine knappe, unfreundliche Antwort kam, schnitt Hope tiefer ins Herz. Es war einfach hoffnungslos.

Sie warf einen Blick auf Charlie, der angezogen auf dem Bett lag, die Augen geschlossen, der Atem langsam und regelmäßig. Er schlief nicht, das wusste sie, weil er im Tiefschlaf immer so niedliche Schniefgeräusche machte. Aber er war ungewöhnlich schweigsam, und das fand sie beunruhigend. Sollte sie etwas sagen? Versuchen, ihn aufzuheitern? Wenn Dave sich krank fühlte, hatte er von ihr versorgt werden wollen, sie hatte ihm Tee bringen oder ein kaltes Handtuch auf die Stirn legen müssen. Ein schwächelnder Charlie war neu für sie – was ihr wieder einmal bewusst machte, wie wenig sie ihn eigentlich kannte.

In gewisser Weise war es leichter gewesen, als sie ihre Beziehung noch geheim halten mussten. Hope hatte immer darauf gewartet, dass ihr Schuldgefühl so überwältigend wurde, dass sie gezwungen war, alles zu beichten, aber das war nie geschehen. Jetzt bereute sie nur eines, und zwar die

Art und Weise, wie ihre Affäre ans Licht gekommen war. Es hätte schlimmer nicht sein können, daher war das wohl ihre verdiente Strafe. Wenn man den Ehemann betrog, war das immer gemein, selbst wenn die Ehe so tot war wie eine platt gefahrene Katze. Aber besonders gemein war es, wenn man sich von der eigenen Tochter dabei erwischen ließ. Damit hatte Hope das Schicksal einmal zu viel herausgefordert. Und sie wusste beim besten Willen nicht, wie sie sich bei Annette dafür entschuldigen sollte.

Für Charlie war es genauso peinlich gewesen wie für Hope, weil sie zu diesem Zeitpunkt auf dem Rücksitz seines Wagens gesessen und sich inbrünstig geküsst hatten. So etwas nur ein paar Straßen von zu Hause entfernt zu tun, war wirklich unvorsichtig gewesen, aber Hope war Charlie mit Haut und Haaren verfallen. Wenn sie mit ihm zusammen war, vergaß sie jegliche Rücksicht und alle Zweifel. Es war purer Zufall gewesen, dass Annette sie beim Vorbeigehen durch die Scheibe des Autos gesehen hatte, und eine Ironie des Schicksals, dass sich ihre Tochter gerade auf dem Nachhauseweg befand, nachdem sie sich mit ihrem Freund Patrick gestritten hatte. Sie hatte gehofft, bei ihrer Mutter Trost und Zuspruch zu finden.

Wenn sie daran zurückdachte, zuckte Hope immer noch zusammen, und sie konnte nur zu gut verstehen, wie schwer es ihrer Tochter fiel, ihre Wut zu überwinden. Annette war nicht einmal stehen geblieben, obwohl sie Hope durch das Autofenster direkt in die Augen geblickt hatte; sie war schnurstracks nach Hause gelaufen und hatte ihrem Vater erzählt, was sie gesehen hatte. Im ersten Moment war Hope wie erstarrt gewesen. Sie hatte ihre Tochter erst eingeholt, als diese Dave bereits alles erzählt hatte. Er hatte Hope nur angesehen und langsam den Kopf geschüttelt, während er versucht hatte, die inzwischen hysterische Annette zu trösten. Es war entsetzlich gewesen.

»Sollen wir dann mal gehen, Liebes?«

Charlie hatte sich aufgesetzt. Trotz des verrutschten Lächelns war sein Gesicht voller Bewunderung und Liebe.

»Ja, natürlich.« Hope rieb sich über die Augen. »Tut mir leid, Schatz, ich war mit den Gedanken gerade ganz woanders.«

»Zum Glück nur mit den Gedanken.« Charlie schwang die Beine über den Bettrand und kam mit großen Schritten auf sie zu. »Ich bin froh, dass du hier bist, wo ich dich küssen kann, wann immer ich möchte.«

»Fühlst du dich besser?«

»Ein bisschen.« Er sah sie an. »Aber du darfst mich gerne weiterhin verwöhnen – ich liebe das.«

Sie gingen direkt zur Karlsbrücke, und Hope wäre vor Aufregung am liebsten gehüpft. Sie war dabei, sich in Prag zu verlieben, die Schönheit der Stadt und der Zauber, den sie ausstrahlte, hoben ihr Laune. Immer wieder stockte ihr beim Anblick der prachtvollen Gebäude der Atem, brachte ein Straßenkünstler sie zum Kichern oder auch ein junges Pärchen, das gemeinsam unter eine warme Decke gekuschelt die Welt an sich vorüberziehen ließ. Prag machte glücklich, und sie genoss es, sich von der Stadt verzaubern zu lassen.

»Da ist sie«, verkündete Charlie, als sie die Straße überquerten und unter dem großen Bogen des Altstädter Brückenturms hindurchgingen. »Willkommen auf meiner Brücke!«

Der Witz war miserabel, aber der Spaziergang hatte Hope so sehr aufgemuntert, dass sie mitlachte.

Verlockend lag die breite, kopfsteingepflasterte Brücke

vor ihnen. An beiden Seiten reihten sich Unterhaltungskünstler, Straßenverkäufer und Künstler. Man konnte Porträts malen oder eine Karikatur von sich selbst zeichnen lassen, und auf kleinen Tischen wurden Schmuck, Ziergegenstände und Fotografien angeboten. Auf dem äußeren Brückengeländer ragten in regelmäßigen Abständen Statuen empor und blickten gemessen auf den brodelnden Strom der Touristen herab.

Hope wühlte in ihrer Handtasche nach dem Reiseführer, aber Charlie legte ihr eine Hand auf den Arm. »Mach dir doch keine Mühe«, zischte er leise, »wir hängen uns einfach an eine dieser Führungen an.«

»Ist das nicht ein bisschen unfair?«

»Ein bisschen.« Er zwinkerte ihr zu. »Aber ich bin zu jeder Schandtat bereit, wenn du mitmachst.«

So beiläufig wie möglich spazierten sie zur anderen Seite der Brücke, wo eine Touristengruppe gerade vor einer großen Statue angehalten hatte. Die Figur zeigte eine Frau, die einen Säugling im Arm hielt und von zwei ehrfürchtigen Männern umgeben war.

»Das ist die Statue der Jungfrau Maria mit den beiden Heiligen Dominik und Thomas«, tönte der Fremdenführer. »Sie wurde 1708 hier aufgestellt und zeigt die Dominikaner und die Heilige Jungfrau, und wenn Sie hierher sehen, dann ist da auch ihr Emblem, der Hund.«

»Die sehen alle ein bisschen stoned aus«, flüsterte Charlie, was ihm ein amüsiertes Quietschen von Hope einbrachte. Der Fremdenführer drehte sich zu ihnen um und runzelte die Stirn, und Hope machte sich eilig davon.

»Wo gehst du hin?« Charlie stapfte ihr nach. »Du hast uns verraten – jetzt müssen wir uns eine andere Reisegruppe suchen, bei der wir uns einschleichen können.«

»Du bist wirklich ein böser Junge«, tadelte sie und nahm ihn an der Hand.

Sie gingen weiter über die Brücke. Alle paar Meter blieben sie stehen, um den Ausblick zu genießen oder eine vorwitzige Taube zu bewundern, die sich auf dem Geländer putzte. Hope amüsierte sich darüber, wie ungeniert die Vögel auf den Schultern und Köpfen der Heiligenstatuen hockten.

»Wäre es nicht toll, wenn wir auch fliegen könnten?«, meinte sie und sah nach oben, wo sich zwei Möwen im Flug um die Reste eines Hotdogs balgten.

»Da stehe ich lieber mit dir zusammen hier unten auf festem Boden.«

Charlie zog sie an sich, und eine Weile lehnten sie einfach an der Mauer am Rand der Brücke. Hope hätte den ganzen Tag hier verbringen können, während ihre Blicke über das endlose Mosaik aus roten Dächern, Turmuhren und die Turmspitzen jahrhundertealter Kirchen wanderten. Es war, als hätten sie ein Märchenbuch aufgeschlagen und wären in die Bilder eingetreten, und mit jeder weiteren Minute spürte Hope, wie sich ihre Sinne entfalteten, als würde sie aus dem Winterschlaf erwachen. In der Luft lag eine anregende Mischung von Gerüchen, und ihre Ohren lauschten den fernen metallischen Geräuschen vorbeifahrender Straßenbahnen und dem Rauschen der Moldau unter ihnen.

Nach einer Weile fiel Hopes Blick auf eine Statue weiter vorne, an deren Sockel sich eine große Gruppe Menschen versammelt hatte. Sie nahm Charlie an der Hand, ging hinüber und fand einen Platz nicht weit von der Touristenführerin, die es sichtlich genoss, so ein fasziniert lauschendes Publikum zu haben.

»Das ist die Statue des heiligen Johannes Nepomuk«, verkündete die Frau und wartete, bis jeder seine Kamera gehoben und einen Schnappschuss von der Figur über ihnen gemacht hatte. Der heilige Nepomuk trug Mantel und Hut, in einer Hand hielt er ein kleines Kruzifix mit einer Christusfigur und in der anderen eine große goldene Feder. Hinter seinem Kopf war ein Heiligenschein mit fünf goldenen Sternen befestigt. Sein Gesicht war traurig, aber auch weise, und Hope überlief ein Schauder, der nichts mit der Kälte zu tun hatte.

»Es war die erste Statue, die im Jahr 1683 auf der Karlsbrücke aufgestellt wurde«, fuhr die Frau fort. »Der heilige Johannes Nepomuk ist hier in Prag sehr berühmt, sein Grab befindet sich in der St.-Veits-Kathedrale.« Alle Zuhörer drehten den Hals in die Richtung, wo die gotischen Türme der Kathedrale am Hügel aufragten.

»Der heilige Nepomuk wurde 1393 von König Wenzel gefangen genommen und gefoltert«, erzählte sie weiter, und viele der Umstehenden machten große Augen.

»Später wurde behauptet, er sei der Beichtvater der Königin gewesen und habe dem König nicht erzählen wollen, was sie ihm gebeichtet hatte. Nachdem man ihn gefoltert hatte, wurde der heilige Nepomuk auf die Brücke gebracht. Man fesselte ihm die Arme und band ein Stück Holz in seinem Mund fest. Dann warf man ihn übers Geländer.«

»Verdammt«, flüsterte Charlie, »das ist ja schon ein bisschen barbarisch.«

»Die Legende besagt, dass in dem Moment, als der heilige Nepomuk unterging, fünf Sterne erschienen. Seine Anhänger bargen später die Leiche. Es bringt angeblich Glück, wenn man seine Statue berührt«, fügte sie hinzu und trat zur Seite, sodass der untere Teil des Sockels zu sehen war. Rechts befand sich eine Plakette, die den Moment zeigte, als der heilige Nepomuk ins Wasser geworfen wurde. Seine kleine Gestalt glänzte von den vielen Berührungen schon ganz golden. Auf der anderen Seite des Sockels befand sich eine weitere Plakette, auf der ein Soldat einen strahlend goldenen Hund streichelte.

Die Touristenführerin lächelte leise, als die Menge vordrängte und einer nach dem anderen mit den Fingern über die kleine Figur strich. Hope konnte den Blick nicht vom Gesicht des heiligen Johannes Nepomuk abwenden.

»Möchten Sie ihn nicht auch anfassen?«, fragte die Frau. Sie war einen Schritt von der Gruppe zurückgetreten und sprach so leise, dass nur Hope und Charlie sie verstehen konnten. »Man sagt zwar, es würde Glück bringen, den fallenden Heiligen zu berühren, und zudem sicherstellen, dass man eines Tages nach Prag zurückkehrt, aber es gibt noch etwas Besseres, um auf der Brücke für sein Glück zu sorgen.«

»Tatsächlich?« Jetzt hatte sie Hopes ganze Aufmerksamkeit.

Sie flüsterte verschwörerisch: »Wenn Sie auf dieser Seite der Brücke wieder zurückgehen, sehen Sie ein weiteres kleines Monument, aber keine Statue, sondern ein Relief, das ebenfalls den heiligen Nepomuk im Wasser zeigt. Davor ist im Stein ein goldenes Kreuz eingelassen. Wenn Sie das Kreuz berühren und sich etwas wünschen, dann wird sich der Wunsch in einem Jahr und einem Tag erfüllen.«

»Einem Jahr und einem Tag?«, wiederholte Hope.

Die Touristenführerin nickte und wirkte sehr zufrieden mit sich.

»Dieses Geheimnis kennt nicht jeder«, sagte sie und drehte dem Rest der Gruppe den Rücken zu, damit niemand sie hörte. »Das erzähle ich nur ausgewählten Leuten.«

»Wir gehen auf jeden Fall und suchen das Kreuz.« Hope spürte, wie sie erneut Aufregung erfasste. Sie wusste, dass an dieser Brücke etwas Besonderes war, etwas, das ihr unter die Haut ging, seit sie die Karlsbrücke betreten hatte.

»Komm!« Hope fasste Charlie am Arm. »Danke noch einmal«, sagte sie über ihre Schulter hinweg, ehe sie eilig in die Richtung ging, aus der sie gerade gekommen waren.

Es dauerte nicht lange, bis Hope das Kreuz entdeckte. Das rechteckige Denkmal war deutlich kleiner als die Statuen, und sein Ziergitter bestand aus gedrehten Bronzestäben. In der Mitte befand sich ein abgeteilter glatter Bereich, auf dem die Karlsbrücke und darunter im Wasser der heilige Johannes Nepomuk abgebildet waren. Die Augen des Heiligen waren geschlossen, und die fünf Sterne um seinen Kopf bildeten einen Heiligenschein. Vor dem Relief befand sich, eingelassen ins Mauerwerk der Brücke, ein goldenes Kreuz, das in der Mitte einen zusätzlichen Balken hatte. Die jeweiligen Enden des Kreuzes erweiterten sich zu einem Stern.

»Das muss es sein!« Hope klatschte entzückt in die Hände. »Es hat eine magische Ausstrahlung, findest du nicht?«

Charlie verzog das Gesicht. »Ich halte nicht viel von solchem Hokuspokus.«

Hope war, als würde ihr die Luft abgelassen. Zum ersten Mal, seit sie sich kennengelernt hatten, schien er Dave zum Verwechseln ähnlich, und das war keine angenehme Feststellung. Bisher hatte sie in Charlie immer das genaue Gegenteil von Dave gesehen, und zwar in jeder Beziehung, aber vielleicht hatte sie sich geirrt?

»Aber was, wenn es doch stimmt?«, beharrte sie. »Ein Versuch könnte sich lohnen.«

Charlie zuckte erneut mit den Achseln. »Ich habe schon alles, was ich mir wünschen könnte. Mehr brauche ich nicht.«

»Du bist so süß«, sagte sie und streckte die Hand aus, um ihm die Wange zu streicheln.

Als er sich vorbeugte, um sie zu küssen, und sie seinen warmen, festen Körper an ihrem spürte, tastete Hope mit der anderen Hand hinter sich und sprach in Gedanken einen heimlichen Wunsch.

15

Heute kam ihr Prag irgendwie kleiner vor.

Vielleicht lag es daran, dass es kaum noch eine Ecke der Stadt gab, die sie und Robin nicht schon entdeckt hatten, oder dass Prag ihr so überwältigend vertraut erschien. So fühlte Sophie sich auch, wenn sie in ihrem Schlafzimmer auf dem elterlichen Hof am Fenster stand und auf die Hügellandschaft hinaussah. Sie wusste genau, wie viele Meilen es von ihr bis zum Horizont waren und wie viele Hektar grün und braun geflecktes Land sich vom Rand des Hofes bis dorthin erstreckten, wo die fernen Wolken den Boden berührten, und dennoch hatte sie jedes Mal das Gefühl, es mühelos mit ihren Armen umschließen zu können.

Hope und Charlie hatten sie gefragt, ob sie mit ihnen auf die Karlsbrücke gehen wollte. Das war sehr nett von ihnen gewesen, aber Sophie hatte höflich abgelehnt. Sie hatte vor, in den Letná-Park hinaufzugehen. Von dort aus konnte sie die ganze Stadt überblicken, ohne dass ihr Horden von Touristen den Platz streitig machten.

Der Letná-Park lag im Norden von Prag, oberhalb der Moldauschleife, die das jüdische Viertel umrundete, und hierhin verirrte sich kaum ein auswärtiger Besucher – vor allem nicht in dieser Jahreszeit und angesichts der Überbleibsel der jüngsten Schneefälle, die noch in dicken weißen Verwehungen auf den Wiesen lagen. Abgeschreckt wurden die Urlauber zusätzlich von den zahlreichen Stufen, die man erklimmen musste, um ganz nach oben zu gelangen. Sophie spürte das Prickeln in ihren erschöpften Wadenmuskeln.

Sie hatte die Straße unterhalb des Hügels überquert und war die Treppe auf der rechten Parkseite hinaufgestiegen. Deren oberes Ende befand sich nicht weit vom großen rotschwarzen Metronom entfernt, einer Skulptur, an der sich alle Wege trafen. Das Kunstwerk selbst gefiel Sophie nicht besonders, ihr war der Stil zu industriell, aber es gab einen bestimmten Grund, der sie hier heraufgeführt hatte. Als sie und Robin zum letzten Mal im Sommer in Prag gewesen waren, vor nunmehr zwei Jahren, waren sie an einem Sonntagnachmittag in den Letná-Park gegangen, zum Biergarten auf der Ostseite. Damals hatten sie denselben Weg genommen wie Sophie heute. Oben am Hügel hatten sie eine Gruppe junger Tschechen getroffen, die ihre Turnschuhe in die Luft schleuderten. Das Ziel war, sie über ein dünnes Seil zu werfen, das vom Metronom zu einem nahen Baum gespannt war. Dort sollten sie sich verhaken und hängen bleiben.

Robin hatte sich fast kaputtgelacht, als Paar um Paar durch die Luft segelte, nur um kurz darauf wieder auf dem Boden aufzuschlagen und dabei nur knapp die Köpfe der übermütigen Besitzer zu verfehlen. Jemand hatte ein Radio mitgebracht, und die Atmosphäre war so überschäumend, dass es unmöglich gewesen war, nicht davon mitgerissen zu werden. Wie bei Tschechen üblich, dauerte es nicht lange, bis einer der Jugendlichen auf Sophie und Robin zukam und sie zum Mitmachen aufforderte.

»Ich finde, wir sollten unsere Schuhe auch hinaufwerfen«, erklärte Robin und fasste sie an den Händen. »Komm schon, das macht doch Spaß!«

»Bist du verrückt geworden?«, schimpfte Sophie und zeigte

auf ihre Sportschuhe. »Ich habe nur dieses eine Paar dabei. Soll ich vier Tage lang auf Socken herumlaufen?«

»Du kannst dir doch neue kaufen.«

»Wir müssen doch ohnehin schon sparen, du Holzkopf. Außerdem sind das nagelneue Converse, die werde ich ganz bestimmt nicht auf irgendein Seil werfen, für niemanden. Nicht mal für dich«, fügte sie hinzu, als sie sah, dass er die alberne Grimasse schnitt, mit der er sie immer herumkriegen wollte.

»Spielverderberin!«, rief er lachend und gab ihr einen Kuss, ehe er aufsprang. »Dann bleib halt sitzen, du Langweilerin. Ich mache jedenfalls mit!«

Und das tat er. Er zog seine schmutzigen alten Turnschuhe aus und band mit konzentriertem Stirnrunzeln die Schnürsenkel zusammen. Dann prüfte er den Knoten und stellte sich direkt unter das Seil.

»Glaubst du, ich schaffe es, dass sie beim ersten Wurf hängen bleiben?«

Sophie nickte. »Da bin ich mir ganz sicher.«

Die tschechischen Teenager klatschten und johlten, als Robin sich in Position brachte, die Beine breit und die jetzt nackten Füße fest auf dem Steinboden.

»Bei drei!«, rief er, und alle begannen zu zählen.

»Eins ... zwei ... drei ... Wirf!«, brüllte Sophie. Völlig gebannt hielt sie den Blick auf das Gesicht ihres Freundes gerichtet, der erneut die Stirn runzelte, die Augen zusammenkniff und in die Knie ging. Dann riss er die Arme nach oben und schleuderte die Schuhe hoch in die Luft. Ein paar Sekunden lang hielten alle den Atem an, und dann ertönte donnernder Applaus. Robin hatte es geschafft: Er hatte sein einziges Paar Schuhe über ein Seil geworfen, und es war beim ersten Versuch hängen geblieben.

Er ließ sich neben Sophie ins Gras fallen, um den Siegerkuss entgegenzunehmen, und lachte in ihren Mund hinein, weil die Jugendlichen einer nach dem anderen zu ihm kamen, um ihm auf den Rücken zu klopfen.

»Mein Freund, der Held«, sagte sie spöttisch.

»Da soll mal jemand sagen, dass ich kein exzellenter Werfer bin. Wenn die Werfer dieser Welt einen König hätten, wäre ich die perfekte Besetzung.«

»Idiot!« Sophie stupste ihn an, aber Robin war noch nicht fertig.

»Wenn ich mal nicht ans Handy gehe, kannst du davon ausgehen, dass ich gerade meine Werfkunst perfektioniere«, erklärte er. »Manche Menschen sind einfach zum Werfen geboren, und ich bin stolz darauf, einer von ihnen zu sein.«

»Jetzt hör doch auf!« Sophie warf sich auf ihn und versuchte, ihm den Mund zuzuhalten, aber Robin biss sie in die Hand.

»Aua!« Sie lachte. »Versprich, dass du aufhörst, ›werfen‹ zu sagen, dann lasse ich dich los.«

»Aber Loslassen ist doch eines der Ziele beim Werfen!« Er grinste sie verschmitzt an.

»Robin Palmer, du bist ein wirklich frecher Junge!«, schimpfte sie, ohne von ihm herabzusteigen. Sie lag gerne so auf ihm, seinen Körper fest zwischen ihren Schenkeln und die Lippen genau in Kusshöhe. Robin spürte den leisen Stimmungswandel. Er fuhr ihr mit den Händen über die Taille und umfasste ihr Hinterteil.

»Bei diesem ganzen Gerede vom Werfen kriege ich Durst«, murmelte er.

»Ich auch. Wollten wir nicht in den Biergarten gehen?«

»Das wollten wir.« Er sah hinab auf seine Shorts und blickte ihr dann ins Gesicht. »Wenn du nicht bald von mir heruntergehst, verliere ich den letzten Rest an Selbstkontrolle – und es sind Kinder in der Nähe.«

Kichernd rutschte sie über seine Knie von ihm runter. Sie wandte den Blick ab, als er seine Shorts zurechtzog und aufstand.

Dann winkten sie den jungen Tschechen zu, die immer noch versuchten, ihre Schuhe über das Seil zu werfen, und schlenderten tiefer in den Park hinein. Robin legte Sophie den Arm über die Schulter, beugte sich zu ihr und sagte: »Meinst du, dass es hier im Park irgendwo ein Schuhgeschäft gibt?«

Es war ein herrlicher Tag gewesen. Nachdem sie sich jeder ein Bier besorgt hatten, saßen sie stundenlang nebeneinander im Gras und plauderten über alles Mögliche, ihre Zukunftspläne und die gemeinsamen Abenteuer in der Vergangenheit. Sophie bastelte aus Gänseblümchen eine Kette und arrangierte sie sorgsam auf Robins blondem Haarschopf, und er brachte sie zum Quieken, indem er Anstalten machte, ihr seine schmutzige große Zehe in den Mund zu stecken. An diesem vollkommenen Tag hatte es nur sie beide, den Park und den Sonnenschein gegeben.

Am heutigen Tag allerdings sah der Letná-Park völlig anders aus. Die unbarmherzigen Eisfinger des Winters hatten die Bäume entlaubt, und die Wiesenhänge waren mit Schnee überzogen. Robins Schuhe hingen immer noch über dem Seil, schwarz vom Alter und der Witterung, aber eindeutig als die seinen erkennbar. Na ja, dachte Sophie und lächelte, während sie hinaufschaute. Welcher andere Mann würde schon geblümte Turnschuhe tragen?

Sie wandte dem Metronom und den hängenden Schuhen den Rücken zu und ging den Pfad am Hügelkamm entlang zum Pavillon. Auf der Vorderseite gab es ein Café mit einer

Terrasse, von der aus man die ganze Stadt überblicken konnte, aber als sie näher kam, war im Innenraum kein Lebenszeichen zu erkennen. Sophie störte das nicht, sie war sogar dankbar, dass sie das Panorama ganz für sich allein genießen konnte.

Das Wetter war heute wirklich nicht besonders. Dicke weiße und graue Wolken verdeckten die Sonne, und ein ständiger Nieselregen ließ alles feucht und muffig riechen. Aber die Schönheit des Ausblicks wurde davon nicht beeinträchtigt, und Sophie stand eine Weile nur da und nahm jedes Detail in sich auf. Unter den sechs Brücken eindeutig zu erkennen war die Karlsbrücke mit ihren Statuen, deren Umrisse vor dem grauen Himmel wie Schachfiguren aussahen. Auch die Burg konnte sie von hier oben sehen, genau wie den Turm des Observatoriums auf dem Petřín-Hügel. Im Osten erkannte sie die futuristische Silhouette des Žižkov-Fernsehturms, und auf der anderen Seite der Moldau ragten direkt ihr gegenüber die verschiedenen Türme am Altstädter Ring empor. Erneut hatte sie den Eindruck, als würde die Stadt um sie herum schrumpfen.

Das Gefühl, hier oben inmitten von so viel weitem Raum keine Luft mehr zu bekommen, erschien unsinnig, aber während Sophie die vertrauten Gebäude und Landschaftsformen betrachtete, war ihr, als lastete etwas Schweres auf ihrer Brust, als hätte jemand ihr Herz mit festem Griff umfasst. Sie schloss die Augen und rang nach Luft, bis sich ihr Herzschlag allmählich beruhigte. Ungeachtet der Nässe sank Sophie in die Knie, setzte sich auf den kalten Boden und lehnte den Kopf an die Metallstreben des Geländers. Vor ihren Augen tanzten schwarze Punkte. Ihr Hirn war auf einmal wie eine düstere Lavalampe, ihr Herz ein zerbrochener Stein. Das Gefühl hätte ausgereicht, um in Panik zu geraten, aber Sophie blieb merkwürdig ruhig. Sie konzentrierte sich auf ihren Atem, zählte bei jedem Einatmen bis vier und betrachtete die Schmelzwassertropfen, die von den Zweigen der Bäume auf den Boden fielen.

»Nur noch ein paar Tage«, flüsterte sie. »Nicht mehr lange.«

Sie spürte, wie ihr der Schnee allmählich die Jeans durchnässte, und zwang sich aufzustehen. Mit zitternden Beinen verließ sie langsam den Aussichtspunkt und stieg die Treppe hinab in den Park.

16

»Kannst du mir noch mal sagen, warum wir nicht mit der Drahtseilbahn fahren?«

Megan seufzte. »Weil das langweilig ist.«

Ollie verdrehte die Augen. »Woher willst du das wissen? Du bist doch noch nie mit einer gefahren.«

»Das stimmt nicht, ich bin mal mit der Docklands Light Railway gefahren, und das war langweilig«, erklärte sie. »Außerdem dachte ich, dein Kater könnte einen Spaziergang gebrauchen.«

»Und?« Ollie war stehen geblieben, und sie drehte sich zu ihm um.

»Was und?«

»Bei Ihnen, Ms. Spencer, gibt es doch immer noch ein ›und‹. Heraus damit.«

»Okay, okay – und ich will Fotos machen, für meine Ausstellung. Zufrieden?«

»Ja. Aber ich habe immer noch kalte Füße. Und ich glaube, in einem meiner Schuhe ist ein Loch.«

Megan warf einen Blick auf Ollies durchnässte Turnschuhe und lachte. »Warum hast du denn keine Stiefel mitgenommen, du Dummkopf? Ich habe dir doch gesagt, dass es schneien wird.«

»Aber da unten in der Stadt bleibt der Schnee nicht liegen«, knurrte Ollie und betrachtete die schneebedeckten Wiesen des Petřín um sie herum. »Ich wusste nicht, dass du mich zwingst, knietief hinzudurchstapfen.«

Megan, deren Füße gemütlich warm in fellgefütterten Stiefeln steckten, sprang vom Weg auf die Wiese und schleuderte mit dem Fuß einen dicken Schneebatzen auf Ollie.

»Na, das war ja sehr erwachsen«, bemerkte er trocken, wischte sich mit dem Handschuh über die Nasenspitze und nahm die Brille ab. »Du weißt aber schon, was dir jetzt blüht, oder?«

Megan lachte und hüpfte durch den Schnee. Sie holte mit dem Bein aus, als wollte sie einen weiteren Klumpen auf ihn schießen, hielt aber im letzten Moment inne. Ollie war bereits zusammengezuckt und hatte die Hände gehoben, um sein Gesicht zu schützen.

»Was ist denn?«, fragte sie spöttisch. »Haben Sie Angst vor ein bisschen Schnee, Mr. Morris?«

Ein oder zwei Sekunden lang stand Ollie völlig regungslos da und sah sie mit einem Blick an, den er vermutlich für die frechsten Kinder in seiner Klasse reserviert hatte. Dann sprang er plötzlich vor und griff sich zwei große Handvoll Schnee. Ehe sie richtig begriff, was geschah, hatte er den hinteren Teil ihres Mantels und ihren Schal nach unten gezogen und ihr die gesamte Masse den Rücken hinabgeschoben.

»Iiiiih!«, kreischte sie und tanzte im Kreis herum. »Das ist in meiner Unterhose!« Sie hob die Faust, schlug aber weit vorbei. Ollie hatte beide Hände auf die Knie gestützt und brüllte vor Lachen, mit fröhlich rot glänzenden Wangen.

»Ich bring dich um!«, tobte sie, griff sich selbst einen Schneeball und rannte hinter ihm her den Weg entlang. Unglücklicherweise übersah sie dabei eine große dunkle Eisplatte, und im nächsten Moment lag sie flach auf dem Rücken und bekam keine Luft mehr. Der Schneeball für Ollie, den sie in der Hand gehalten hatte, war über ihr ganzes Gesicht verteilt.

»Verdammt!« Ollie kam zurückgerannt und kniete sich neben sie. »Alles in Ordnung, Meg?«

»Nein!«, fuhr sie ihn an, aber dann brach sie in hilfloses Lachen aus, obwohl sie kaum genug Luft bekam.

»Du bist umgefallen wie ein Sack Kart...«

»Sei still!«, knurrte sie. »Hilf mir lieber hoch.«

Er tat es und zog sie auf die Füße, wobei er ihre Hand einen Sekundenbruchteil länger festhielt als unbedingt nötig.

»Hier.« Er nahm erneut eine Handvoll Schnee. »Du darfst dich bei mir rächen. Komm schon, bis hinein in die Unterhose – ich wehre mich auch nicht.«

»Dann macht es doch keinen Spaß«, murmelte sie, nahm den Schnee aber dennoch und warf ihm den ganzen Klumpen ins Gesicht.

»Und ich habe mich wegen eines einzigen kalten, nassen Fußes aufgeregt«, sagte Ollie und blinzelte, als ihm der halb geschmolzene Schnee über das Gesicht und über die Brille lief.

»Ich glaube, du hattest recht«, stöhnte Megan und rieb sich den Rücken. Sie sandte ein Dankgebet zum Himmel, dass Ollie sich angeboten hatte, auf dem Weg nach oben ihre Kamera zu tragen. Wenn Megan auf den Rücken gefallen wäre und die Kamera samt aller Bilder kaputt gemacht hätte ... Nicht auszudenken. »Wir hätten doch diese blöde Drahtseilbahn nehmen sollen.«

Ollie verzog das Gesicht. »Sei nicht gleich sauer«, sagte er und zog den Reißverschluss ihrer Fototasche auf. »Komm, mach ein paar Fotos, das muntert dich immer auf.«

Wie meistens hatte er recht. Er sprang sogar durch den Schnee und schnitt alberne Gesichter, um sie zum Lachen zu bringen.

»Die sind übrigens alle NFF«, bemerkte er in warnendem

Tonfall, als er den Kopf hinter einem Baum hervorschob und eine Grimasse wie ein Wasserspeier machte.

»NF was?« Megan zoomte ganz nah an sein Gesicht heran.

»NFF: Nicht für Facebook. Das sagen die coolen Kids immer.«

»Coole Kids sind vermutlich gar nicht auf Facebook«, erklärte sie. Das musste stimmen, denn sie selbst trieb sich die ganze Zeit dort herum, und sie war bestimmt der uncoolste Mensch auf diesem Planeten.

»Dieser komische Eiffelturm ist immer noch ganz schön weit weg«, wechselte Ollie das Thema und spähte durch Lücken im Gewirr der Baumkronen nach oben, wo der Turm des Observatoriums den Hügelkamm überragte.

»Es ist ziemlich steil«, bestätigte Megan. Ihre Beinmuskeln brannten, und von dem Sturz tat ihr immer noch der Rücken weh, aber das würde sie Ollie gewiss nicht erzählen. Er hatte seit ihrem Aufbruch am Morgen noch keinen einzigen Schweißtropfen vergossen.

Eine Weile lang folgten sie dem sanft ansteigenden Pfad, und Megan ließ sich gelegentlich zurückfallen, um Fotos zu machen. Es war so toll, endlich mal echten Schnee zu sehen. In London hatte es seit Ewigkeiten nicht mehr geschneit, und Megan liebte es, wie der Schnee alles wie mit einer neuen Leinwand überzog. Nichtssagenden braunen Wäldern schenkte er umgehend einen märchenhaften Zauber, tropfende Dachrinnen verzierte er mit glitzernden Eiszapfen, und der Himmel wirkte so sauber und leuchtend weiß, als hätte jemand eine Staubhülle über die Sonne geworfen.

Allerdings machte sie nicht nur Landschaftsfotos, sondern auch jede Menge Bilder von Ollie, wenn er sich nicht in Pose warf. Viel besser als in seiner besten Golem-Darstellung sah er aus, wenn er sich vorbeugte, um einen abgestellten Brunnen oder ein überschwemmtes Blumenbeet zu betrachten. In manchen ihrer Fotos war er wirklich attraktiv, auch wenn sie ihm das natürlich niemals sagen würde.

Nach einer Weile standen sie vor einer sehr langen und sehr steilen Treppe. Sämtliche Stufen waren mit einer gefrorenen Schneeschicht bedeckt, die gefährlich rutschig aussah. Megan und Ollie sahen einander an.

»Meinst du, das ist der einzige Weg nach oben?«, fragte er und hielt den Blick auf das kleine braune Schild gerichtet, auf dem eindeutig stand, dass sich der Turm des Observatoriums am Ende dieser Todesfalle befand.

»Nun …«, überlegte Megan. »Wir könnten natürlich wieder zurückgehen und doch noch mit der Drahtseilbahn fahren, aber das würde ewig dauern.«

»Nein.« Ollie schüttelte den Kopf. »Das schaffen wir schon. Es gibt ja ein Geländer. Du gehst voraus, und wenn du hinfällst, fange ich dich auf.«

»Mein Held!«, hauchte sie und warf ihm einen Luftkuss zu.

Entschlossen machten sie sich an den Aufstieg. Allerdings war ihre Konzentration bald dahin, weil sie wie zwei Betrunkene über die eisigen Stufen schlitterten und ihnen beiden vor Kichern die Tränen über die Wangen liefen. Auf halbem Weg verloren sich die Stufen, und vor ihnen lag nur noch ein glatter, steiler Abhang. Ollie und Megan mussten ihr Gelächter kurz unterbrechen, als ein junges italienisches Paar auf dem Hintern an ihnen vorbeirutschte. Die beiden giggelten hysterisch und hielten sich an den Händen, um nicht vom Weg abzukommen.

»Wenn man lacht, ist es noch viel schwieriger, das Gleichgewicht zu halten!«, rief Ollie und drehte sich um, als Megan gerade mit wedelnden Armen in einem Baum landete. »Jetzt verstehe ich, warum das lustiger ist als die Drahtseilbahn.«

»Hör auf, mich zum Lachen zu bringen!«, schrie sie zurück und johlte wieder los, als Ollie mit dem rechten Bein abrutschte und nur durch einen kleinen Eistanz einen Sturz vermeiden konnte. Megan hatte vor lauter Lachen keine Kraft mehr in Armen und Beinen und war drauf und dran, den Hügel auf Händen und Knien hinaufzukriechen, als es doch wieder Stufen gab.

»Bloß nicht schon wieder so blöde Stufen«, witzelte Ollie stöhnend. Als Megan ihn endlich eingeholt hatte, klopfte er ihr auf den Rücken. Sie keuchte vor Anstrengung, aber sie fühlte sich gut. Es war herrlich, draußen zu sein, die saubere Luft einzuatmen und die Schönheit der Natur zu genießen.

»Schau mal.« Ollie winkte sie zu sich, und als sie bei ihm stand, deutete er nach unten auf das dünne Metallgeländer, das an der Mauer neben der Treppe befestigt war.

Das rote Vorhängeschloss war so klein, dass es leicht zu übersehen war, und Megan beugte sich vor, um es genauer zu betrachten.

»Da steht etwas drauf«, sagte sie. »Warte mal.«

»Glaubst du, es ist so eines wie die Schlösser an dieser Brücke in Paris?«, fragte Ollie. »Verliebte schreiben ihre Namen drauf und befestigen sie dort, weil das Glück bringen soll?«

»Da steht R & S«, stellte Megan fest. »Und um die Buchstaben ist ein Herz gemalt.«

»R & S?« Ollie überlegte einen Moment. »Sag mal, hat diese Sophie nicht gesagt, dass ihr Freund Robin heißt?«

»Ich glaube schon.« Megan richtete sich wieder auf. »Meinst du, sie könnten es da angebracht haben? Sie hat doch erzählt, dass sie schon seit vielen Jahren hierherkommen.«

»Das bezweifle ich.« Ollie beugte sich vor, um selbst einen Blick darauf zu werfen.«

»Es wäre aber nett, wenn sie es wären, oder?«, meinte sie und kauerte sich hin, um ein paar Fotos davon zu schießen.

»Das stimmt«, bestätigte er, und Megan fand, dass er sich einen Moment lang beinahe sehnsüchtig anhörte. Tat er bloß so, als wäre er nicht der Romantiker, für den sie ihn insgeheim hielt? Er beschwerte sich nie, wenn sie darauf bestand, den dritten Sonntag in Folge *P.S. Ich liebe Dich* anzuschauen. Lieber Himmel, sie hatte ihn beim ersten Mal sogar dabei ertappt, wie er ein paar Tränen verdrückte, auch wenn er behauptet hatte, ihm wäre etwas ins Auge geflogen. Nein, sie war eigentlich fest davon überzeugt, dass Ollie genau der Typ war, der an einem abgelegenen Ort ein Liebesschloss befestigen und an die Glück bringende Wirkung glauben würde. Hatte ihm ihre Zurückweisung damals das Gefühl vermittelt, er könnte bei ihr nicht er selbst sein? Megan hoffte sehr, dass das nicht der Fall war.

»Komm lieber weiter«, sagte Ollie, als sie sich wieder aufrichtete. »Bei unserem Tempo ist der Schnee geschmolzen, bis wir oben am Turm sind.«

Er drehte sich um und setzte einen nassen Turnschuh auf die erste Stufe, nur um prompt wieder abzurutschen.

»Tja, darauf hoffst du vergeblich«, spöttelte Megan und folgte ihm mit unsicheren Schritten.

Aus der Ferne hatte der Turm viel größer ausgesehen als aus der Nähe. Was möglicherweise einfach daran lag, dass, wie Megan Ollie erklärte, der obere Teil genauso aussah wie der Eiffelturm, und der war im Vergleich zu diesem hier riesig.

Jeder von ihnen bezahlte neunzig tschechische Kronen, etwa drei britische Pfund, und sie machten sich auf einer schier endlosen Wendeltreppe langsam – oder, in Megans Fall, mit letzter Kraft – an den Aufstieg zur Turmspitze. Oben angekommen, hatte Ollie offenbar den Eindruck, der Ausblick hätte sie sprachlos gemacht, aber in Wirklichkeit konnte sie nichts sagen, weil sie so erledigt war.

»Siehst du, da hat sich die Anstrengung doch gelohnt«, sagte Ollie triumphierend und deutete aufgeregt auf alle Gebäude, die er in der unter ihnen liegenden Stadt erkannte. »Da ist die Karlsbrücke, schau doch. Man kann die Statuen gerade noch erkennen. Und dort ist wieder dieser verrückte Fernsehturm, der mit den ganzen Babys, und schau mal, diese Kirche ...«

»O Mann – ich fand den Aufstieg hier rauf so anstrengend, aber dir scheint er gar nichts ausgemacht zu haben.«

Ollie schmollte. »Ich finde das bloß aufregend.«

Megan holte ihre Kamera aus der Tasche und wühlte in ihrem Beutel, um das Richtige von drei Objektiven herauszusuchen. Während Ollie ein altes Paar ansprach, das gerade von der Wendeltreppe kam und sehr viel weniger erschöpft aussah als Megan vor ein paar Minuten, schoss sie heimlich ein paar Profilfotos von ihm. Mit diesem Objektiv konnte sie jede Hautpore sehen und auch die roten Abdrücke, die seine Brille auf der Nase hinterlassen hatte. Er lächelte über etwas, was der alte Mann gerade gesagt hatte, und sie sah durch den Sucher, wie Lachfältchen rund um seine Augen und den Mund erschienen. Sie bemerkte gar nicht, dass sie immer noch Fotos machte, bis ihr Objektiv mitten im Zoom plötzlich stecken blieb. Megan fluchte leise vor sich hin.

»Na, na, na.« Ollie war hinter ihr aufgetaucht. »Die Luft hier oben ist schon kalt genug, da musst du nicht noch den Teufel beschwören, um sie noch kälter zu machen.«

»Geht schon wieder«, sagte sie und stieß einen erleichterten Seufzer aus, als ihre Kamera gehorsam wieder zum Leben erwachte.

»Hast du Lust, mit mir in ein Spiegelkabinett zu gehen, wenn wir hier fertig sind?«

Megan hasste Spiegel vielleicht noch mehr, als sie Selfie-Sticks hasste, und die konnte sie überhaupt nicht ausstehen.

»Überhaupt nicht.«

»Ach komm, sei doch nicht so trübselig. Das alte Ehepaar da drüben war gerade dort, und sie haben gesagt, es ist der Brüller. Sie haben tatsächlich diesen Ausdruck verwendet, von daher muss es wirklich ganz außergewöhnlich sein.«

Er sah so erwartungsvoll aus wie ein Kind vor der Weihnachtsbescherung.

»Das kostet dich aber was.«

»Was denn? Was immer du willst.«

»Das Abendessen heute«, sagte sie und gestattete sich ein gequältes Lächeln, als er zu nicken begann wie eine verrückt gewordene Taube. »Und ich meine damit ein richtiges Abendessen, nicht bloß ein paar Würste vom Weihnachtsmarkt.«

Er salutierte. »Dein Wunsch ist mir Befehl – obwohl diese Würste echt lecker sind. Da verpasst du was.«

»Ich werde dich beim Wort nehmen«, sagte sie, hob die Kamera vors Gesicht und wandte ihm den Rücken zu.

Es war so mühelos, mit Ollie gemeinsam etwas zu unternehmen, überlegte Megan. Liebevoll beobachtete sie, wie er sich wieder zu dem alten Paar gesellte und sich hinabbeugte, um ihnen etwas in ihrem Reiseführer zu erklären. Die Frau hatte, um besser blättern zu können, die Handschuhe ausgezogen; die Haut ihrer Hände war an den Fingerknöcheln fast durchscheinend. Durch die Kamera konnte Megan deutlich die feinen blaulila Linien der Venen erkennen, die sich um

Altersflecken und knotige Sehnen wanden. Sie wusste, dass viele ihrer Freundinnen eine geradezu paranoide Angst vor dem Alter hatten. Manche von ihnen ließen sich sogar bereits Botox spritzen, obwohl keine von ihnen es zugab, was wirklich lächerlich war. Älterwerden gehörte einfach zum Leben, erklärte Megan ihnen oft. In ihren Augen lag im Alter eine ebenso große Schönheit wie in der Jugend.

Darüber dachte sie noch nach, während sie immer wieder den Auslöser betätigte und dabei einfing, was diesen Gedanken illustrierte. Prag war das beste Beispiel – es war eindeutig alt, aber gerade deshalb umso schöner. Wenn die Menschen nur in der Lage wären, auch die faszinierende Geschichte, die in den Falten eines Gesichts zu lesen war, zu würdigen und nicht nur vor Jahrhunderte alten Monumenten in Ehrfurcht zu erstarren. Die Welt wäre so viel glücklicher, wenn alle Menschen ab und zu innehalten und etwas mehr und gründlicher nachdenken würden. Sie könnten ein solches Antlitz schön finden und über das zurückliegende Leben nachdenken, das es geformt hatte, anstatt immer nur auf die vor ihnen liegende Straße zu starren.

Über diese Ansichten hatte sie mit ihrem Ex gesprochen, aber nur ein einziges Mal. Andre hatte auf diese ärgerliche Weise geschnieft, wie er das immer tat, und ihre Beobachtungen rundum zurückgewiesen, als wäre sie eine streunende Katze, die um ein Bröckchen Futter bettelte. Er war ebenfalls Fotograf, betrachtete Schönheit jedoch ganz anders, als Megan das tat. Für Andre konnte wahre Schönheit nur in der Perfektion entstehen, und sein Werk war dafür ein ständiges Beispiel. An der Geschichte hinter einem Gesicht war er nicht im Geringsten interessiert, nur daran, wie es auf seinem Foto aussah.

Megan stieß einen hörbaren Seufzer aus und ließ die

Kamera auf ihre Brust sinken. Der Wind veranstaltete eine wilde Jagd um die Turmspitze, er schob seine eisigen Finger durch jede Lücke und kniff Megan in die Wangen. Wenn sie sich konzentrierte, konnte sie ihn hören, ein leises Pfeifen, das noch eine Menge anderer Geräusche mit sich trug – das Klirren einer Straßenbahn auf den Gleisen, den Schrei eines einzelnen Vogels, Musik, die in der Ferne ertönte, und natürlich Ollies Stimme. Auch die trug der Wind um den Turm herum, und sie spürte bei ihrem Klang eine angenehme Wärme in ihrem Inneren.

Die Freundschaft mit ihm war ihr sehr wichtig geworden, und mehr noch, sie war süchtig nach seiner Nähe. Sie hatte sich an seinen Geruch und seinen Anblick gewöhnt – an die Geräusche, die er machte. In seiner Anwesenheit fühlte sie sich völlig anders als bei Andre. Bei ihrem Ex hatte sie immer peinlich darauf geachtet, nur ja nichts Falsches zu sagen, um das wacklige Gestell, auf dem ihre seltsame kleine Beziehung ruhte, bloß nicht zu zerstören. Bei Ollie hingegen konnte sie alles sagen, konnte ganz sie selbst sein, und er mochte sie trotzdem. Und auch sie bedeutete ihm etwas, oder nicht? Jedenfalls hatte er das gesagt.

Bei der Erinnerung an die albernen, betrunken hervorgestoßenen Worte wurde es Megan immer noch äußerst unbehaglich zumute. Es war völlig in Ordnung, wenn er sie so mochte, wie man eine Freundin mag, aber aus irgendeinem Grund lasteten die gestrigen Worte wie ein Rucksack voller Steine auf Megan. Freundschaft war weniger verpflichtend als Liebe, mit weniger Erwartungen belastet und viel flexibler. Eine Freundschaft würde sie nicht so grausam enttäuschen, wie es die Liebe schon einmal getan hatte. Trotz alledem setzte sich Megan nun beinahe unwillkürlich in Bewegung und ging um den Turm herum, bis sie neben Ollie trat. Er stand in Gedanken versunken da, hatte den Blick auf den Horizont gerichtet, und ein zufriedenes Lächeln umspielte einen seiner Mundwinkel. Sehr langsam machte Megan noch einen kleinen Schritt vorwärts und legte ihm dann ganz sanft den Kopf auf die Schulter.

17

Von allen Toiletten in Prag hatte sie natürlich genau diejenige erwischt, auf der es kein Klopapier gab. Hope konnte vermutlich froh sein, dass sie sich nur zum Heulen hier eingeschlossen hatte, aber dennoch lief ihr weiterhin die Nase.

Annette hatte ihr endlich auf die SMS geantwortet. Hope warf einen erneuten Blick auf ihr Telefon, obwohl sie genau wusste, dass der Anblick nur einen weiteren Tränenstrom hervorrufen würde.

Ich will nie wieder mit dir
sprechen. Lass mich in Ruhe.

Das klang so kalt, so ganz untypisch für ihre überschäumende, liebevolle Tochter, und jedes Mal, wenn sie es las, spürte sie, wie ein weiteres Stück ihres Herzens zerbrach und in ihrer Brust zu Brei wurde.

Eigentlich hätte sie antworten müssen, aber zum ersten Mal seit Annettes Geburt vor über fünfundzwanzig Jahren wusste sie nicht, was sie sagen sollte. Der Kummer schnürte ihr die Kehle zu, es fiel ihr schwer, einen klaren Gedanken zu fassen. Noch nie im Leben hatte sie einen derartigen Schmerz empfunden.

Und dann war da Charlie, der sich so fürsorglich um sie kümmerte und sie in diese zauberhafte Stadt mitgenommen hatte. Die Vorstellung, ihm diese Reise mit ihren Tränen zu verderben, machte sie ganz unglücklich, aber noch mehr nagte es an ihr, dass sie nicht ehrlich zu ihm war. Eigentlich hätte sie sich von ihm trösten lassen sollen, aber aus irgendeinem Grund konnte sie das nicht.

Als sie die Toilette endlich wieder verließ, war Charlie genauso aufmerksam, wie er es in den letzten Wochen stets gewesen war.

»Du warst eine halbe Ewigkeit da drin. Ich hab mir schon Sorgen gemacht.«

»Ach, weißt du«, sie machte eine vage Geste mit dem Arm, »da war eine Schlange, und dann musste ich noch mein Make-up erneuern.«

»Wir sind die einzigen Gäste hier«, bemerkte er freundlich. Das stimmte. Abgesehen von der jungen Frau hinter der Bar, die gleichzeitig Wirtin, Kellnerin, Barfrau und Köchin zu sein schien, waren sie tatsächlich allein.

»Geht es um Annette?«, wollte er wissen und zog sie an sich, als sie zu weinen begann.

»Es tut mir leid«, sagte sie unter Tränen, »ich habe gerade eine SMS von ihr bekommen, und ...«

»Na, na, na ...« Charlie streichelte ihr über den Kopf, bis sie weiterreden konnte.

»Sie schreibt, dass sie mich nie mehr sehen will. Ich soll sie in Ruhe lassen, sagt sie – aber wie kann ich das? Ich bin doch ihre Mutter.«

»Natürlich bist du das«, sagte er besänftigend und nickte der Kellnerin, die unsicher neben dem Tisch stand, beruhigend zu. Auf dieses Restaurant waren sie ganz zufällig gestoßen, als sie durch die schmale Straße hinter der Kirche am Altstädter Ring spazierten. Angezogen von leiser Jazzmusik und dem Duft von Glühwein entdeckten sie ein malerisches kleines Café mit bunt gemischten Kissen, hübschen Tischchen aus alten Holztüren und einer Ansammlung von Spiegeln in verschiedenen Größen, die an den Wänden und teilweise auch an der Decke befestigt waren. Als Hope festgestellt hatte, dass es hier English Breakfeast Tea in ordentlichen Tassen mit dazu passenden Untertassen gab, war sie begeistert gewesen.

»Was soll ich nur tun?«, murmelte sie. Dabei erhaschte sie in einem der Spiegel einen Blick auf ihr verquollenes Gesicht und fuhr entsetzt zurück.

»Sie wird schon irgendwann zurückkommen«, sagte Charlie, aber er klang weniger zuversichtlich als seine Worte. »Ihr beide steht euch doch so nahe.«

»Darum tut es ja auch so weh«, jammerte Hope.

Die Kellnerin kehrte zurück und schob ihnen über den Tisch einen Teller zu.

»Das ist Honigkuchen«, sagte sie zu Hope. »Sie werden sich dann besser fühlen, glaube ich.«

Diese unerwartete Freundlichkeit löste bei Hope einen erneuten Tränenstrom aus, aber Charlie bedankte sich herzlich.

»Die Leute hier sind so nett«, schwärmte er, brach ein Stück von dem Kuchen ab und hielt es ihr hin. »Probier mal. Vielleicht fühlst du dich dann ja wirklich besser.«

Hope gehorchte und musste lächeln, als der warme, klebrige Kuchen ihre Geschmacksnerven überwältigte.

»Er schmeckt wirklich gut«, sagte sie, nachdem sie geschluckt hatte. »Nimm dir doch auch ein Stück.«

»Mmmh!« Charlie zeigte der Kellnerin einen erhobenen Daumen.

»Tut mir leid, dass ich so herumheule«, sagte Hope, richtete sich auf und brach ein weiteres Stück von dem Kuchen ab. »Ich weiß gar nicht, was mit mir los ist.«

»Kein Problem«, beruhigte Charlie sie. »Du musst dich nicht dafür entschuldigen, wenn du traurig bist, aber sag mir doch bitte, wenn es dir schlecht geht. Verschwinde nicht einfach in der Toilette, um in aller Heimlichkeit zu weinen. Du musst so etwas nicht mehr allein durchstehen, du hast jetzt mich, und ich will mich um dich kümmern.«

»Ich möchte dir nicht die Reise verderben«, murmelte sie.

»Du könntest mir nie etwas verderben«, erklärte er und brach ein weiteres klebriges Kucheneck ab. »Ehrlich. Hope, schau mich an.«

Sie wandte sich ihm zu.

»Ich könnte am schlimmsten Ort der Welt sein, ohne Geld, ohne Hemd am Leib und ohne Hoffnung auf Entkommen, aber solange ich dich an meiner Seite hätte, würde ich das aushalten. Dann hätte ich Hoffnung.«

»Du meinst, weil mein Name Hoffnung bedeutet?«, wollte sie wissen und fasste seine Hand.

»Ich meine beides«, sagte er. »Das Einzige, was mir Angst macht, wäre, ohne Hope und damit ohne Hoffnung zu sein. Ich will dich nie mehr verlieren.«

Anstatt einer Antwort umarmte Hope ihn fest und drückte ihn an sich.

Weil Hope als Vormittagsziel die Karlsbrücke ausgesucht hatte, war es jetzt an Charlie, das Ziel für den Nachmittag zu bestimmen. Er beschloss, dass sie die Läden am Wenzelsplatz nach einem neuen Outfit für Hope durchstreifen sollten, was, wie Hope insgeheim fand, nicht sonderlich fantasievoll war.

»Das wird dir wieder bessere Laune machen«, sagte er, als sie den Kopf schüttelte. Gewöhnlich behielt er mit solchen Voraussagen recht, aber Hope fühlte sich angesichts der Summen, die er für sie ausgab, allmählich etwas unbehaglich. Doch sie hatte versprochen, sich darauf einzulassen, und so ließ sie sich vom Café aus unter dem breiten Pulverturm hindurchführen.

Sie war sich nicht sicher, was sie erwartet hatte, stellte aber überrascht fest, dass der Wenzelsplatz gar kein Platz war. Tatsächlich war er ein breiter Boulevard mit zahlreichen Läden, Bars, Casinos und Restaurants. Es war der modernste von all den Plätzen, die sie in der Stadt bisher gesehen hatte; dennoch fand Hope einige der Bauten durchaus faszinierend.

»Schau dir dieses Haus an«, sagte sie zu Charlie und deutete auf ein hohes gelbes Gebäude, das auf der linken Seite zu sehen war.

Mit zusammengekniffenen Augen las Charlie das Schild: »Grand Hotel Europa.«

»Das ist wirklich großartig«, rief Hope, als sie näher kamen.

»Was ist denn das für ein Architekturstil?«, wollte er wissen und spähte hinauf zu dem geschwungenen Mauerbogen.

Es dauerte ein paar Minuten, bis Hope ihm antwortete, weil sie erst im Reiseführer blättern musste.

»Art Nouveau«, sagte sie schließlich. »Wurde 1889 eröffnet, ist aber inzwischen geschlossen. Ach, wie schade.«

Sie standen jetzt direkt vor dem beeindruckenden Gebäude und reckten beide die Hälse, um es besser sehen zu können. Der Eingang und die unteren Fenster waren mit Brettern vernagelt.

»Sollte ich jemals in der Lotterie gewinnen, dann kaufe ich dieses Hotel, restauriere es und stelle den alten Glanz wieder her«, sagte Hope. Sie sah sich schon mit einem Tablett voller Gläser auf der Schwelle stehen und die Gäste mit heißem Grog empfangen. Jahrelang hatte sie Dave zu überreden versucht, mit ihr zusammen ein Bed & Breakfast zu übernehmen. Sie würde putzen, kochen und waschen, erklärte sie ihm, er müsse sich nur um die Bürokratie kümmern. Hope wusste, dass dies für sie die richtige Aufgabe gewesen wäre und dass sie eine gute Gastgeberin abgegeben hätte, aber Dave hatte sich geweigert, auch nur darüber nachzudenken.

»Ich will nicht, dass sich irgendein Fremder in meinem Wohnzimmer breit macht«, hatte er geknurrt.

»Aber wir hätten in dem Haus doch unsere Privatwohnung«, argumentierte sie. »Wir könnten sogar ein Stück aus der Stadt rausziehen, nach Wales oder in den Lake District. Es würde Annette so guttun, wenn sie ein bisschen mehr an die frische Luft käme.«

Dave hatte ihr einen wütenden Blick zugeworfen, weil sie Annette als Druckmittel einsetzte, und erklärt, seine Tochter würde sich auf dem Land sicher nur langweilen, und er auch. »Warum willst du deine Tochter unglücklich machen, indem du sie aus ihrer gewohnten Schule nimmst und von ihren Freundinnen wegzerrst?«, hatte er gefragt und damit bewusst den einzigen Punkt angesprochen, der sie, wie er genau wusste, zum Nachgeben bewegen konnte.

Sie hatten nie wieder darüber gesprochen.

Hope hatte Charlie nie von ihrem geheimen Traum erzählt, aber sie hatte den Verdacht, dass er die Idee großartig fände. Genau wie Hope war er kontaktfreudig und offen, und ein Fahrlehrer konnte wirklich überall im Land arbeiten. Aber irgendetwas hatte sie bisher zurückgehalten. War es die Angst, er könnte die Idee ablehnen, oder fürchtete sie gerade, dass er begeistert sein würde?

Sie spazierten auf dem breiten Bürgersteig entlang und sahen sich in einigen der Bekleidungsgeschäfte um, kamen aber stets mit leeren Händen heraus. Für Hope schien das Einkaufen seine Magie verloren zu haben. Kleider und Schuhe kamen heute nicht gegen ihren Kummer an. Charlie tat, als machte ihm das nichts aus, aber Hope spürte, dass er sich sorgte, und nachdem sie freud- und ergebnislos durch fünf Geschäfte gezogen waren, hörte er auf, sie auf weitere Läden hinzuweisen.

»Ach, schau doch mal«, murmelte sie.

Um eine Holzbank vor einem italienischen Restaurant hatte sich eine kleine Menschenmenge versammelt. Auf der Bank saß eine Männerpuppe, mit der sich die Leute abwechselnd fotografieren ließen. Der Mann war von schmutzig goldener Farbe, hatte ein Bein auf fröhliche Weise übergeschlagen und einen Arm einladend über die Lehne der Bank gelegt.

»Komm, setz dich hin, dann mache ich ein Foto«, forderte Charlie sie auf, aber Hope schüttelte den Kopf.

»Nicht vor so vielen Leuten.«

»Ach, hör schon auf.« Charlie stupste sie an. »Du bist gestern über den Platz getanzt, und da waren noch viel mehr Leute.«

Hope konnte ihm nicht widersprechen.

Sie trat an die Bank, setzte sich und rutschte so nah an den Mann heran, dass sie ihm fast auf dem Schoß saß. Ganz aus der Nähe waren seine Augen so kalt und unbeweglich, als wäre er genau in dem Moment erstarrt, in dem er erkannt hatte, dass etwas geschehen würde. Hope musste an die Wesen denken, die die Weiße Hexe in *Der König von Narnia* in Stein verwandelt hatte. Als Annette jünger gewesen war, hatte Hope ihr das gesamte Werk von C. S. Lewis vorgelesen, und diese Szene hatte Annette Angst eingejagt. Hope musste ihr immer wieder versprechen, dass die Tiere nicht bis in alle

Ewigkeit im Stein festsaßen, sondern dass der Löwe Aslan bald kommen würde, um sie zu retten.

Jetzt war es beinahe so, als wäre Annette in Stein verwandelt worden, gefangen unter dem Gewicht ihrer Wut, und Hope konnte nichts tun, um sie zu retten.

»Lächeln!«, rief Charlie und holte Hope damit aus Narnia zurück in die Gegenwart.

Ihr wurde bewusst, dass noch andere warteten, um sich fotografieren zu lassen, daher riss sie sich zusammen und schnitt für die Kamera ein albernes Gesicht.

»Das reicht«, sagte sie, sprang auf und überließ einer älteren Schwedin ihren Platz.

Charlie zeigte Hope die Fotos, und sie stöhnte auf. Sie waren grauenvoll.

»Die musst du sofort löschen, die sind ja scheußlich!«, sagte sie und versuchte vergeblich, ihm sein Smartphone zu entreißen. Als das Telefon plötzlich laut zu klingeln begann, zog er es schnell aus ihrer Reichweite.

»Au!« Sie rieb sich die Finger.

»Tut mir leid, Liebes.« Geistesabwesend streckte er die Hand nach ihr aus, hielt das Telefon aber immer noch auf Armeslänge von ihr weg. »Da muss ich rangehen.«

Sie sah ihm nach, wie er davonging und in der Menge verschwand. So geheimnisvoll zu tun, war völlig untypisch für Charlie, und Hope fühlte, wie ihr Herz sich zusammenkrampfte. Wer war da bloß am Telefon, dass er einfach so davonmarschierte? Wenn es nur einer seiner Fahrschüler gewesen wäre, hätte er den Anruf gar nicht erst angenommen – sie hatte gesehen, dass er seit ihrer Ankunft schon mehrere Anrufe, die mit der Arbeit zu tun hatten, einfach weggedrückt hatte. Die Vorstellung, es könnte sich um eine andere Frau handeln, war so albern, dass Hope beinahe lachen musste, aber dann fiel ihr ein, wie es eigentlich dazu gekommen war, dass sie jetzt hier waren. Während sie Dave mit ihm betrogen hatte, hatten weder sie noch Charlie jemals darüber gesprochen, was geschehen würde, wenn sie erwischt wurden oder sie ihren Ehemann verließ. Dann war es aus heiterem Himmel geschehen, und jetzt hatte Charlie sie am Hals. Er hatte sich ehrenhaft verhalten, nachdem sie aus der Wohnung geworfen worden war. Aber es gab noch sehr viel, was sie nicht über ihn wusste.

Während sie noch darüber nachdachte und hinaufsah zu einer der vielen Uhren dieser Stadt, tauchte Charlie wieder auf. Er trug ein breites Grinsen im Gesicht und hielt zwei Pappbecher in den Händen.

»Tut mir leid.« Er stellte die Pappbecher auf einem blauen Briefkasten ab und zog sie in seine Arme.

»Du zitterst ja«, sagte er und umarmte sie noch fester.

»Wer war denn am Telefon?«, fragte sie, den Kopf an seiner Brust vergraben, und spürte, wie er sich einen Moment lang verspannte.

»Ach, das? Das war nur etwas wegen der Wohnung. Nichts, worüber du dir Gedanken machen müsstest.«

»Wegen der Wohnung?« Sie hätte ihm gern geglaubt, schließlich hatte er ihr nie einen Anlass gegeben, es nicht zu tun.

»Ich wollte sie schätzen lassen«, erklärte er. »Ich dachte, wir könnten ein bisschen mehr Platz brauchen, und ...«

Weiter kam er nicht, denn Hope hatte sein Gesicht in die Hände genommen und küsste ihn fester und leidenschaftlicher als jemals zuvor. Als sie ihn endlich losließ, sah er sie verwirrt an.

»Sorry«, murmelte sie. »Ich dachte ...«

»Du musst dich nicht entschuldigen.« Charlie griff

wieder nach den Bechern und gab ihr einen davon, ehe er ihre andere Hand nahm. »Ich dachte, diese heiße Schokolade könnten wir gut beim Spazierengehen trinken, aber jetzt glaube ich, im Hotelzimmer schmeckt sie noch besser.«

Hope nickte und verspürte leises Verlangen. Sie musste die Verbindung zwischen ihnen wiederherstellen und diese dunklen Gedanken aus ihrem Kopf vertreiben.

»Dann schauen wir doch mal, ob das stimmt.«

18

Der Wasserspeier starrte vom Dach der Kathedrale auf sie hinab, sein Körper und sein Gesicht waren qualvoll verzerrt. Das Wasser, das sonst vom First herablief und ihm aus dem aufgerissenen Maul plätscherte, war gefroren, sodass dem Monster eine rissige Zunge gewachsen war, die im schwachen Abendsonnenschein hübsch glitzerte.

Sophie wusste, dass die Wasserspeier dort oben angebracht waren, um die Kathedrale vor bösen Geistern zu schützen, daher sahen sie auch so gruselig aus, aber sie fand die unterschiedlichen Gestalten eher amüsant als erschreckend. Im Lauf der Jahre hatte sie sie sogar richtig lieb gewonnen.

»Als würde man in einen Spiegel schauen, Käferchen«, hätte Robin gewitzelt, wäre er jetzt bei ihr gewesen. Seine Abwesenheit wurde allmählich zu einem ständigen Schmerz, und Sophie warf einen Blick auf die Uhr der Kathedrale, um die Zeiger ein bisschen anzutreiben. Warum kroch die Zeit bloß immer dann besonders langsam dahin, wenn man sich wünschte, sie möge schneller vergehen? Und auch das Gegenteil war der Fall – während Sophie in die leeren Augen der missmutigen Steinfiguren über ihr blickte, war ihr, als wäre vor dieser Reise die Zeit geradezu dahingesaust. Wie gerne hätte sie in die Vergangenheit zurückgegriffen und ihre Erinnerungen mit beiden Händen festgehalten, um sie wie trockene Blumen flach pressen und irgendwo sicher verstauen zu können. Dann könnte sie jederzeit wieder zu ihnen zurückkehren.

Wie aufs Stichwort begannen die Uhren der Stadt zu schlagen, fast als wollten sie sich über Sophies alberne Fantasien lustig machen. Sie schienen zu rufen, dass man der erbarmungslos vorantickenden Zeit nicht entkommen könne – und in dieser Stadt schon gar nicht, denn hier spürte man das Verstreichen der Zeit überall. In Prag hatte man fast von jedem Standort aus eine Uhr im Blick. Sie waren überall – nicht nur an Kirchen, Klöstern und Verwaltungsgebäuden, sondern auch an den Fassaden von Geschäften, auf eigens aufgestellten Stangen und an den Wänden jeder Wohnung, bei der die Vorhänge zurückgezogen waren. Wenn sie die Augen schloss und sich sehr konzentrierte, könnte Sophie vermutlich sogar das allgegenwärtige Ticken hören.

Vor dem Eingang der Kathedrale wartete eine dichte Traube von Menschen darauf, eingelassen zu werden. Sophie blieb stehen und wartete, während sie einer nach dem anderen hineingingen. Ein kleiner Junge mit einer leuchtend grünen Mütze ließ die Füße über den Boden schleifen und flehte seine Mutter in einer Sprache an, die Sophie nicht verstand. Sophie hätte gewettet, dass er sagte, ihm sei langweilig, er habe für sein Leben schon genug Kirchen und Kathedralen von innen gesehen, und ob sie nicht irgendwohin gehen könnten, wo es mehr Spaß machte? Die Mutter beugte sich zu ihrem Sohn hinunter und flüsterte ihm etwas ins Ohr, worauf er ehrfürchtig zum Dach hinaufspähte. Die Wasserspeier hatten einen neuen Fan.

Sophies Eltern hatten ihr oft erzählt, sie sei ein schreckliches Kind gewesen. Nicht, dass sie sich schlecht benommen hätte, aber sie war neugierig und eigensinnig gewesen und hatte sich nie etwas dabei gedacht, einfach fortzulaufen, um sich irgendetwas genauer anzusehen oder irgendwo spielen zu gehen, ohne ihrer Mutter oder ihrem Vater Bescheid zu sagen. Warum sie sich deshalb so aufgeregt hatten, konnte Sophie erst verstehen, als sie Robin kennenlernte. Jetzt wusste sie, wie ärgerlich es sein konnte, wenn sich der Mensch, der einem am allerwichtigsten war, nichts dabei dachte, ohne Ankündigung stundenlang zu verschwinden. Aber genau wie ihre Eltern, musste auch Sophie feststellen, dass es nicht leicht war, jemanden, der einfach tat, was er wollte, davon abzubringen.

»Ich bringe ihn um!«, hatte Sophie ihrer Mutter gegenüber getobt, als Robin wieder einmal auf einen seiner »Spaziergänge« verschwunden war, wie er das zu nennen pflegte. Was man in einem Film über einen Australier, der mit Krokodilen kämpft, toll fand, sah im echten Leben völlig anders aus, wenn dein Freund seit acht Stunden spurlos verschwunden war und sein Handy abgeschaltet hatte.

»Er wird bald wieder auftauchen«, sagte ihre Mutter beruhigend. »Das tut er doch immer.«

»Ich kann nur nicht verstehen, warum er das tut«, jammerte Sophie, nahm den Becher Tee an, den ihr Vater ihr gekocht hatte, und trat zornig gegen die Tischbeine.

»Der Tisch kann nichts dafür«, bemerkte ihre Mutter, was auch nicht weiterhalf.

»Er gibt mir das Gefühl, eine Nervensäge zu sein, und das bin ich nicht!«, schimpfte Sophie. »Meinetwegen kann er doch tun, was er will – ich möchte nur wissen, ob alles in Ordnung ist.«

»Das verstehe ich, Liebes«, sagte ihre Mutter und setzte eine mitfühlende Miene auf – jedenfalls soweit das möglich war, während sie auf dem Boden hockte und die Waschmaschine ausleerte. »Aber leider kann man Menschen nicht ändern. Damit stößt man sie am Ende nur von sich weg.«

»Ich will ihn nicht ändern, ich will bloß, dass er mir verdammt noch mal eine kurze Nachricht schickt.« Sophie war klar, dass sie sich wiederholte. Robin tat das ja nicht zum ersten Mal, und jedes Mal führten sie die gleiche dumme Debatte. Und ihre Eltern waren gezwungen, sich ihr immer gleiches Gejammer anzuhören. Sie wusste gar nicht, warum sie sich eigentlich so sehr aufregte, denn ihr war sehr wohl klar, dass sie ihm augenblicklich alles verzeihen würde, sobald er fröhlich und zufrieden, die Kamerakarte voll mit Fotos, die er auf seinem einsamen Ausflug aufgenommen hatte, wieder zurückkehrte.

»Warum machst du denn nicht einfach selbst einen Spaziergang?«, schlug ihr Vater vor. »Das hast du, als du ein Kind warst, ständig gemacht. Deine Mutter und ich sind deswegen fast verrückt geworden.«

»Jetzt bin ich eben erwachsen«, erklärte sie trotzig. »Und ich wünschte, Robin würde das auch endlich.«

In Wirklichkeit hatte Sophie es noch nie gut aushalten können, längere Zeit von Robin getrennt zu sein – und das seit ihrem allerersten Tag auf der verschneiten Brücke. Das Problem war nicht, dass sie seinen Hang zur Unabhängigkeit nicht ertragen konnte, sie wollte nur jede mögliche Sekunde mit ihm gemeinsam verbringen.

»Stehen Sie hier an?«

Die Frage riss Sophie aus ihren Gedanken. Als sie sich umdrehte, blickte sie in die Gesichter eines älteren Paares. Die beiden hielten sich fest an den knorrigen Händen und hatten leicht gerötete Wangen. Sophie hatte gar nicht gemerkt, dass sie vor dem Eingang der Kathedrale stehen geblieben war, und schüttelte den Kopf, um die wirren Gedanken daraus zu vertreiben.

»Gehen Sie nur«, sagte sie und trat mit einem Lächeln zur Seite. Sie mochte solche älteren Paare, die so sehr im Gleichklang waren, dass sie fast eher wie eine Einheit und nicht wie zwei getrennte Wesen wirkten. Als sie jünger war, hatte sie den Ausdruck »gemeinsam alt werden« nie richtig würdigen können, aber jetzt verstand sie ihn sehr gut. Sie wollte an Robins Seite sein, wenn sich die ersten grauen Haare an seinen Schläfen zeigten und das Gewicht der vergangenen Jahre die Haut um seine Augen herabhängen ließ. Sie wollte mit den Fingern über seine Falten streichen und sehen, wie die Haut unter seinem Kinn allmählich absackte, und die Venen auf seinen Handrücken hervorstanden. Sie wollte ihm auch dann noch in die Augen blicken, wenn sie vom Alter trüb geworden waren, und unter der milchigen Oberfläche immer noch das Funkeln erkennen. Einfach bei ihm zu bleiben, das war alles, was sie sich wünschte.

Als sie endlich durch den Schneematsch zum Eingang der riesigen Kathedrale ging und eintrat, waren die meisten Touristen längst verschwunden. Eine Weile blieb sie im Vorraum stehen und wartete, bis ihre Augen sich an das Zwielicht gewöhnt hatten. Auf jeder Seite leuchteten hoch über ihr farbige Glasfenster bis hinauf zur gotischen Gewölbedecke, jedes von ihnen ein Fest der Farben, das sich prächtig von den umgebenden Steinwänden abhob.

Sophie fiel plötzlich ein, wie sie einmal in der Grundschule mit farbigen Plastikstreifen selbst so ein Glasfenster gestaltet hatte. Sie versuchte, sich in die damalige Situation zurückzudenken, bemühte sich, wieder die Schere in ihrer Hand spüren, den Klebstoff zu riechen und sich zu erinnern, wie sich die Plastikfolie zwischen ihren Fingern angefühlt hatte. Aber das funktionierte natürlich nicht. Im Lauf der Zeit hatten sich Schicht um Schicht neue Erinnerungen über diese alte gelegt, von der in ihrem Gedächtnis nicht viel mehr geblieben war als ein Wirbel von Farben. Sophie fragte sich, warum das Gehirn ab und zu solche Erinnerungsschnipsel ausgrub, nur um sie dann wieder verschwinden zu lassen. Darüber hatte sie oft mit Robin geredet, aber er hatte ihr nur den Kopf getätschelt und erklärt, sie sei ein bisschen verrückt.

»Ich glaube, der Raum da drin ist einfach begrenzt«, sagte er und tippte sich seitlich gegen den Kopf. »Du musst wahrscheinlich akzeptieren, dass manche Erinnerungen es nicht wert sind, aufgehoben zu werden.«

»Aber was ist, wenn man die vergisst, die man gerne bewahrt hätte?«

»Du albernes Käferchen.« Er gab ihr einen Kuss auf die Nasenspitze. »So funktioniert das doch gar nicht. Die Erinnerungen, die du am liebsten magst – die wirklich guten Erinnerungen, wie die an deinen Hochzeitstag oder, sagen wir, den Tag, an dem du mich kennengelernt hast«, er sah sie verschmitzt an, »die kannst du dir jederzeit ins Gedächtnis zurückrufen. Aber was du an einem zufälligen Donnerstag im Oktober vor zehn Jahren zum Abendessen gegessen hast, das ist nicht so wichtig, daran brauchst du dich ohnehin nicht zu erinnern.«

Sophie starrte auf die farbigen Glasfenster der Kathedrale, bis ihre Augen zu brennen anfingen, und fragte sich, ob sie genau jetzt, während sie hier stand, eine alte, wertvolle Erinnerung hinauswarf, um Raum für diese neue zu machen. Die Vorstellung, sie könnte sich eines Tages nicht mehr an jedes Detail der Erlebnisse, die ihr am wichtigsten waren, erinnern, machte ihr Angst. Am liebsten hätte sie diese Erinnerungen samt den zugehörigen Gefühlen und allem anderen in ein Schraubglas gepackt, den Deckel fest zugedreht und sie durch das schützende Glas betrachtet.

Sie sah, wie das alte Paar, mit dem sie vor der Kathedrale gesprochen hatte, langsam zur Mitte des Kirchenschiffs ging. Sie selbst war schon viele Male hier gewesen, aber heute hatte sie ein bestimmtes Ziel. Hier gab es etwas, das sie sehen wollte. Mehr als das: Sie musste es sehen.

Langsam ging Sophie an der Kanzel vorbei und um eine Ecke, bis sie sah, was sie gesucht hatte – den eigentlichen Grund, weshalb sie nach Prag gekommen war. In diesem Licht sah das Silber fast aus wie Gold. Stolz glänzte es in seiner schäbigen Fassung. Es war mit einem Seil um den Sockel von den Besuchern abgetrennt, eine sanfte Erinnerung, dass man es nicht berühren durfte. Beinahe hätte Sophie ihrem Drang nachgegeben, diese Schwelle dennoch zu überschreiten. Stattdessen kniete sie sich auf den kalten, harten Boden davor, so nahe an das dicke Samtseil, dass sie den Muff vieler Jahre in seinen Fasern riechen konnte. Sie schloss die Augen und konzentrierte sich auf ihr Gefühl. Und plötzlich war sie doch bereit, in ihrem Gedächtnis Platz zu schaffen für diesen neuen Augenblick.

Es war kalt in der Kathedrale, aber sie kniete immer noch, die behandschuhten Hände im Schoß und Robins alte Mütze so weit in die Stirn gezogen, dass sie ihr beinahe über die geschlossenen Augen reichte. Und auf einmal fühlte Sophie, wie eine leuchtende Wärme sie durchfloss.

19

»Ach, was für wunderbar lange, dünne Beine!«

Megan wandte sich zu Ollie um, und sie betrachteten beide ihr Spiegelbild in dem gekrümmten Spiegel. Dann schnitten sie einander über den Spiegel Grimassen, bis sie in hilfloses Gelächter ausbrachen. Ollie machte einen Schritt nach links, und augenblicklich wurde die eine Hälfte seines Gesichts riesig und erstreckte sich über die gesamte Wand. Sein Mund war eine enorm aufgeblasene Erdbeere, die Nase eine riesenhafte Aubergine. Megan kicherte und lehnte sich an ihn, worauf ihr Kinn plötzlich nach unten wuchs, bis es zu ihren Zehen reichte.

»Das war wirklich eine super Idee von dir«, sagte sie, als sie wieder ein Wort hervorbrachte. Dieser letzte Raum im Spiegelkabinett, mit seinen lustigen Verzerrungen, hatte ihr am besten gefallen, besser als das Labyrinth mit den normal verspiegelten Wänden, das sie davor hatten durchqueren müssen. Es war einfach nicht in Ordnung, wenn eine Frau ihr Gesicht und ihr Hinterteil gleichzeitig sehen konnte – und das auch noch aus mindestens fünf verschiedenen Winkeln. Insbesondere wenn Letzteres so wenig ansehnlich war wie ihres.

»Das war nicht meine Idee, sondern die des alten Ehepaars.« Ollie trat immer wieder vor und zurück, um zu beobachten, wie sein Gesicht verzerrt und verdreht wurde.

»Trotzdem«, sie grinste ihn an, und ihre Zähne wuchsen ins Riesenhafte. »Ich bin froh, dass du mich dazu überredet hast. Jetzt habe ich hier über dich lachen dürfen, und du musst mich hinterher auch noch zum Abendessen einladen – das ist doch ein hervorragender Deal.«

»Ich hätte dich sowieso zum Abendessen eingeladen«, sagte er und schob sie nach vorne, bis ihre Füße im Spiegel vollständig verschwunden waren und ihr winziger Körper über den Rändern der Stiefel schwebte.

Mit ihnen in dem langen, rechteckigen Raum befand sich eine Gruppe jüngerer Schulkinder, die vor Begeisterung über ihre Spiegelbilder laut quietschten. Megan beobachtete Ollie, der sich umdrehte und ihnen zusah. In seinem Gesicht standen Zuneigung und Vergnügen über ihr fröhliches Geschrei. Verstohlen nahm sie die Objektivabdeckung ihrer Kamera ab, die an dem breiten Leinenband auf ihrer Brust hing.

»Möchtest du irgendwann einmal Kinder haben?«, fragte Ollie. Er sah noch immer den kichernden Schülern zu, die jetzt vor einem Spiegel einen seltsamen Tanz vollführten, über den ein paar der Kleineren so sehr lachen mussten, dass sie fast am Boden lagen.

Megan nahm den Finger vom Auslöser und seufzte. Diese Frage stellte Ollie nicht zum ersten Mal, und er kannte die Antwort bereits.

»Ich weiß es nicht«, antwortete sie ehrlich genau wie jedes Mal, wenn er sie danach fragte. Es war nicht so, dass sie keinesfalls Kinder wollte, sie hatte nur noch nie ernsthaft darüber nachgedacht. Ihr größter Wunsch war immer nur gewesen, als Fotografin zu arbeiten. Außerdem hatte sie doch noch jede Menge Zeit, ehe sie sich damit beschäftigen musste.

»Ich weiß schon, du hättest gerne welche«, sagte sie und lehnte sich an eine Säule. Die Kinder wurden jetzt von einem

Lehrer nach draußen gerufen und verließen den Raum in ordentlichen Zweierreihen. »Wahrscheinlich hättest du am liebsten eine ganze Fußballmannschaft.«

»Nö.« Ollie schüttelte den Kopf und sah sie an. »Ich glaube, zwei würden mir schon genügen – am besten ein Mädchen und ein Junge.«

»Dann musst du das Mädchen unbedingt Megan nennen«, erklärte sie. Ollie erwiderte nichts, aber Megan glaubte, ihn leise etwas murmeln zu hören.

»Was war das?«, wollte sie wissen und drehte den Oberkörper so, dass sie über den Spiegel mit ihm reden konnte. Es war der, in dem sich ihre Körper in der Mitte nach links und rechts streckten, als wäre ihnen jemand auf den Kopf getreten und hätte sie zusammengedrückt.

Ollie wartete mit seiner Antwort, bis sich ihre Blicke trafen. Dann holte er tief Luft und fuhr sich mit der Hand durch die Haare.

»Was würdest du sagen, wenn ich dir erzählte, ich hätte jemanden kennengelernt?«

Megans Magen rutschte noch tiefer als vorhin vor dem gekrümmten Spiegel.

»Und, hast du?«

Ollie verzog das Gesicht ein wenig. »Nein, aber darum geht es mir nicht.«

»Worum geht es dann?« Nun war sie doch verblüfft.

»Ich meine, würde dich das stören? Wir verbringen ziemlich viel Zeit miteinander, und wenn ich eine Freundin hätte, dann würde sich das vermutlich ändern.«

Darüber dachte Megan einen Moment lang nach. Sich Ollie mit einer Freundin vorzustellen war beunruhigend, und sie wollte gar nicht genau über die Gründe nachdenken.

»Das wäre schon okay für mich«, erklärte sie und trat so

nahe ans Glas, bis sie seinen Gesichtsausdruck nicht mehr sehen konnte. »Du bist mein Freund, Ollie – und ich möchte, dass du glücklich bist.«

»Hast du jemals …«, begann er, und sie drehte sich zu ihm um.

»Jemals was?«

»Jemals darüber nachgedacht, was passiert wäre, wenn wir … du weißt schon.«

Sie wusste es. In den letzten sechs Monaten hatte sie sich das sehr oft vorgestellt, aber sie wusste auch, warum es nicht sein durfte. Warum sie kein Paar werden durften.

Unwillkürlich entkam ihr ein Seufzer, und sie zuckte zusammen, als sie in Ollies Augen sah, wie sehr ihn das verletzte. Als er sich von ihr abwandte, streckte sie die Hand aus und fasste ihn am Arm.

»Ich habe dir nie von meinem Ex erzählt, oder?«, sagte sie. Sie waren jetzt allein in dem verspiegelten Raum, und Megan führte Ollie in die Mitte, wo ihre Spiegelbilder nicht verzerrt wurden. Bei einem ernsten Gespräch wollte sie nicht, dass seine Füße so groß waren wie Ruderboote und sein Kopf aussah wie ein Klumpen Tofu.

»Ich hasse ihn jetzt schon«, witzelte Ollie, aber sein Stirnrunzeln verriet Interesse.

»Er heißt Andre und ist ein ziemlich bekannter Fotograf. Vor etwa fünf Jahren habe ich mich bei seinem Londoner Studio für ein Praktikum beworben, und er hat mich zum Gespräch eingeladen.«

Sie hielt inne, weil ihr plötzlich bewusst wurde, wie abstoßend der folgende Teil ihrer Geschichte wirken könnte. Ollie hatte jetzt schon einen verächtlichen Ausdruck im Gesicht.

»Du kannst dir vermutlich denken, was dann geschah«, sagte sie. »Aber es war nicht so schlimm, wie du es dir jetzt vorstellst. Ich war eine erwachsene Frau und kein Teenager mehr, und er ist nur sechs Jahre älter als ich, also kein geiler alter Mann, der sich nach einem jungen, leicht zu beeindruckenden Mädchen verzehrt. Obwohl …«, sie zuckte mit den Schultern, »ich war natürlich beeindruckt. Zumindest am Anfang.«

»Was ist dann passiert?« Ollie verschränkte die Arme und sah beinahe abwehrend aus, als sie weitererzählte. Sie konnte nur hoffen, dass er sich als ihr Beschützer fühlte und nicht ihrer Version der Geschichte misstraute.

»Ich wollte unbedingt an einem bestimmten Wettbewerb teilnehmen. Du hast vermutlich noch nie davon gehört, aber er ist nur für junge Talente gedacht – solche wie mich, die noch nie einen Fotopreis gewonnen haben.«

Er nickte.

»Monatelang habe ich an meinen Projekten gearbeitet, und anfangs hat Andre mich ermutigt. Er war meiner Arbeit gegenüber immer sehr kritisch, aber das musste er als mein Mentor ja auch sein …«

»Und als Arschloch«, unterbrach Ollie.

»Auch das, ja. Aber zu diesem Zeitpunkt war ich noch voller Ehrfurcht. Ich hielt alles, was er sagte, für eine Offenbarung. Erst als ich anfing, seine Ideen infrage zu stellen, begannen die Probleme.«

»Also ist er ein Egomane?«

»O ja, und wie.« Megan knirschte mit den Zähnen bei der Erinnerung an Andres Aufmachung: Seine Samtjacketts, sein welliges, ungekämmtes Haar und dieses selbstgefällige Dauerlächeln, das wie festgekleistert in seinem schmalen Gesicht saß. Schon der Gedanke an ihn verursachte ihr solche Gänsehaut, dass sie sich am liebsten in einer Ecke verkrochen hätte. Sie erschauderte unwillkürlich, ehe sie fortfuhr.

»An dem Tag, an dem ich meine Bilder zu dem Wettbewerb einreichen sollte, konnte ich sie nicht mehr finden.«

»Wie meinst du das?« Ollie sah sie erstaunt an. »Ich dachte, heutzutage ist alles digital gespeichert.«

»Ist es auch.« Megan schüttelte den Kopf, als sie sich an ihren damaligen Kummer erinnerte. »Ich hatte die Dateien auf meinem Laptop und auf einem USB-Stick gespeichert, und sie waren auch noch auf Andres Privatcomputer. Er hatte sie alle gelöscht.«

»So ein Schwein!«

»Das war er.« Sie nickte. »Ist er.«

»Aber warum?« Ollie sah selbst so verletzt aus, dass Megan den überwältigenden Drang verspürte, ihn zu küssen. Sie hatte gewusst, wie wütend ihn diese Gemeinheit machen würde, und es zu sehen, wirkte äußerst anziehend auf sie. Aber sie durfte sich nicht hinreißen lassen. Sie musste sich immer vor Augen halten, was geschehen war, als sie Ollie das letzte Mal geküsst hatte. Megan schloss einen Moment lang die Augen und schob ihre Gefühle für ihn beiseite. Dann fuhr sie mit ihrer Geschichte fort.

»Er hat gesagt, er hätte es getan, um mich zu schützen – kannst du dir das vorstellen?« Megan verzog das Gesicht, als sie an das Gespräch zurückdachte. »Er sagte, wenn ich das eingereicht hätte, wäre es für mich und auch für ihn peinlich geworden, aber in Wirklichkeit war er bloß eifersüchtig. Er fühlte sich von mir bedroht – ich weiß, das hört sich wirklich eingebildet an, aber es stimmt.«

Ollie hob die Hand. »Das ist überhaupt nicht eingebildet. Du bist unglaublich talentiert, Meg, das kann sogar ich sehen, und ich habe mit Kunst nun wahrhaftig nichts am Hut.«

Megan lächelte, ehe sie weiterredete. »Als mir klar wurde, was er getan hatte, fiel es mir wie Schuppen von den Augen«, erinnerte sie sich. »Ich konnte ihn endlich so sehen, wie er wirklich ist – ein ekelhafter kleiner gehässiger Kerl mit minimalem Talent und etwa so viel Charakter wie ein Pflasterstein.«

»O Mann!« Ollies Augen wurden groß. »Mit dir sollte man sich wirklich nicht anlegen.«

»Ich habe ihm gesagt, er kann sich das Praktikum und auch die Beziehung sonst wohin stecken«, fuhr sie fort und lächelte grimmig, als sie an Andres Gesichtsausdruck dachte, während sie ihn angebrüllt hatte. »Das gefiel ihm nicht besonders.«

»Das hast du toll gemacht.« Ollie hob die Hand, um mit ihr abzuklatschen, aber Megan rührte sich nicht. »Da gibt es noch ein ›Aber‹, oder?«

»Andre konnte mit so einer Zurechtweisung nicht umgehen«, erzählte Megan. »Die Welt der Fotografie ist sehr klein, und er hat mich bei praktisch jedem in London schlechtgemacht.«

»Saukerl.« Ollie sah aus, als würde er Andre am liebsten sofort in die Mangel nehmen.

»Diese Ausstellung, die ich für Mai gebucht habe ...« Ollie nickte. »Das wird das erste Mal sein, dass ich meine Werke zeige, seitdem die Sache mit Andre beendet ist. Unsere Trennung ist inzwischen drei Jahre her, aber erst jetzt schaffe ich es, dieser Welt und den Leuten, die mich so bereitwillig abgeschrieben haben, wieder entgegenzutreten.«

»Ach, Meg ...« Ollie löste seine Arme voneinander und zog Megan an sich. »Von alldem hatte ich ja keine Ahnung.«

»Ich möchte einfach allen zeigen können, dass er unrecht hatte«, sagte sie in seinen Mantel hinein. »Ich möchte als ich selbst wahrgenommen werden, ohne Andre zu brauchen ...« Sie zögerte. »Oder irgendjemand anderen.«

Bei den letzten Worten erstarrte er, und sie wusste, er hatte gerade begriffen, warum sie vor einer neuen Beziehung so sehr zurückscheute. Von dem letzten Mann, dem sie ihr Vertrauen geschenkt hatte, war sie auf die allergemeinste Weise enttäuscht worden, und nun wollte sie sichergehen, dass sie es aus eigener Kraft schaffen konnte. Sie wollte nicht das Gefühl haben, jemanden zu brauchen, wollte sich nicht mehr verletzlich fühlen – und dazu musste sie sich mit aller Kraft auf die Verwirklichung ihres Traumes konzentrieren.

Eine Weile standen sie schweigend da. Ganz allmählich ließ sich Megan gegen Ollies Brust sinken, lauschte auf das regelmäßige Pochen seines Herzens und genoss die körperliche Nähe, die ihr in ihrem Leben so lange gefehlt hatte. Es gab noch so viel, was sie ihm gerne gesagt hätte, aber sie konnte das, was sie empfand, selbst noch nicht genau formulieren, geschweige denn, es für ihn in Worte fassen. Für den Moment war es genug, sich verstanden zu fühlen.

»Ich finde, wir sollten allmählich gehen«, sagte sie schließlich, hob den Kopf und lächelte ihn an. »Dieses Kloster auf dem Hügel, das ein Stück weit entfernt liegt, soll sagenhaft sein.«

»Na gut.« Ollie blinzelte und hob seinen Rucksack vom Boden auf. »Dein Wunsch ist mir Befehl.«

Um den Pfad zum Kloster zu erreichen, mussten sie die glatten, schneebedeckten Abhänge und Stufen wieder hinuntersteigen, aber diesmal waren sie längst nicht so ausgelassen wie auf dem Hinweg. Ollie schien in Gedanken versunken; er war ungewöhnlich still geworden, seit sie ihm von Andre erzählt hatte. Megan hoffte, dass er verstehen konnte, warum sie ihm das so lange verschwiegen hatte. Sie redete nicht gerne darüber, und nur ihre Familie und ihre engsten Freunde ahnten, wie sehr diese Erfahrung sie verletzt hatte. Natürlich verspürte sie keinerlei Zuneigung mehr zu ihrem Exfreund – im Gegenteil, sie hasste ihn geradezu –, aber sie konnte sich nur allzu gut erinnern, wie schlecht es ihr unmittelbar nach der Trennung gegangen war. Trotz allem, was er ihr angetan hatte – sie und Andre waren lange zusammen gewesen, und sie hatte ihn geliebt. Bei aller Wut war es ihr doch unerwartet schwergefallen, ihre Gefühle für ihn abzuschalten, und sie hatte immer noch große Angst davor, erneut verletzt zu werden. Hätte sie Ollie vor Andre kennengelernt, dann hätte sie es möglicherweise mit ihm probiert, aber so war es eben nicht.

Beim Weitergehen bemühte sie sich mit aller Kraft, an etwas anderes zu denken. Sie schaute hinauf in die Bäume, deren blattlose Zweige von der Schneelast nach unten gedrückt wurden, und zum Himmel, wo Schwärme kleiner Vögel hoch über dem Hügel kreisten und der Flügelschlag ihre zarten, federbedeckten Körperchen warm hielt. Die Landschaft, durch die sie gingen, war bezaubernd schön, aber Megan brachte dennoch nicht genug Begeisterung auf, um die Kamera zu zücken und abzudrücken. Das war das Problem, wenn sie über Gefühle redete und in der Vergangenheit grub – sie verlor ihre kreative Energie. Damit diese Ausstellung ein Erfolg werden konnte, musste sie ihre ganze Aufmerksamkeit auf ihre Arbeit richten, aber im Moment empfand Megan lediglich große Verwirrung.

»Ich mach mal einen Abstecher zum Klo«, sagte Ollie, sobald sie den Eingang zum Kloster Strahov erreicht hatten, und bog nach rechts ab.

Sie nickte lächelnd, dann trat sie vom Kopfsteinpflaster auf den Rasen und verbrachte die nächsten paar Minuten damit, eine schiefe Acht in den Schnee zu trampeln. Ollies Frage vorhin im Spiegelkabinett verursachte ihr immer noch ein unbehagliches Rumoren im Bauch, eine unruhige Mischung aus Furcht und etwas, das Megan selbst noch nicht genau benennen konnte. Ganz eindeutig hatte Ollie oft an diesen ersten Kuss zurückgedacht, und wenn Megan ganz ehrlich war, dann ging es ihr ähnlich. Damals war sie davon überzeugt gewesen, dass der Kuss ein Fehler war, aber seit dieser Zeit hatte sich Ollie als ein durchweg liebenswerter und warmherziger Mensch erwiesen. Sie wollte ihn nicht verlieren, das wusste sie genau, aber was, wenn ihm diese Freundschaft, die sie so sehr wertschätzte, nicht genügte?

In vielerlei Hinsicht war es ein Segen, dass das Kloster Strahov weitgehend einem Museum glich. Es war mit vielen interessanten Kunstwerken und alten Geräten gefüllt und strahlte außerdem eine einzigartige Stille aus. Bereits nach zehn Minuten, in denen Megan Bücher aus dem 13. und 14. Jahrhundert, Sammlungen von ausgestopften Tieren, Waffen und Ziergegenständen sowie wirklich schönen Schmuck bewundert hatte, fühlte sie sich sehr viel ruhiger. Nachdem sie den Eintrittspreis bezahlt hatten, war Ollie in die entgegengesetzte Richtung davonspaziert, und Megan genoss es, jeden Schaukasten gründlich zu betrachten.

Es gab hier so viel historische Relikte, dachte sie, während ihr Blick auf einem Buch ruhte, dessen Einband mit Gold, Silber und großen, wertvollen Edelsteinen verziert war. »Strahov-Evangeliar« las sie auf der Beschriftung, und ihr Mund formte ein erstauntes »Oh!«, als sie erfuhr, dass es aus dem 9. Jahrhundert stammte.

Wenn Megan über die Welt, wie sie damals gewesen war, und über all die Jahrhunderte vor und nach der Entstehung dieses Buches bis heute nachdachte, fand sie ihren Ausbruch von vorhin eigentlich albern. Kriege waren geführt, Städte niedergebrannt, ganze Reiche aufgebaut und zerstört worden. Herrgott, das Kloster, in dem sie sich befand, war über 800 Jahre alt – was hatte es wohl in dieser Zeit alles gesehen … Über Jahrhunderte hinweg hatten hier Scholaren gelernt, Würdenträger auf Staatsbesuch gebetet, die hiesige Bevölkerung ihren Respekt bezeugt. Und nun war dieses großartige, beeindruckende, monumentale und Ehrfurcht erweckende Ensemble gezwungen, Zeuge ihrer privaten Turbulenzen zu sein. Auf einmal fühlte sich Megan klein, unbedeutend und – das vor allem – absolut lächerlich. Was sie brauchte, war Lachen und Fröhlichkeit, und dazu brauchte sie Ollie. Mit leisen Schritten ging sie über den Holzboden und blieb unmittelbar hinter ihm stehen.

»Geht's dir gut?«

Es war nur ein Flüstern, und zunächst dachte Megan, Ollie hätte sie nicht gehört, dann sah sie, dass er lächelte.

»Da drüben ist ein kleiner Raum voll mit getrockneten und ausgesprochen toten Fischen«, berichtete er leise. »Noch lustiger als das Spiegelkabinett, kannst du dir das vorstellen?«

Überwältigt von der Erleichterung, dass ihr Freund zu seiner üblichen Schalkhaftigkeit zurückgefunden hatte, ließ Megan sich von Ollie an der Hand nehmen und zu einem Raum neben dem Museumsshop führen, wo sich tatsächlich die versprochene Menagerie grinsender, krustiger Meereswesen befand, eine wahrhaft grässliche und irrsinnig witzige Sammlung.

»Ich glaube fast, mit der da hatte ich mal ein Blind Date«, bemerkte Ollie und zeigte auf ein besonders knurrig dreinblickendes Exemplar.

Megan musste laut lachen. Sie hatte ihre Handschuhe nicht ausgezogen und spürte, wie die Hand, die Ollie immer noch festhielt, unter dem Stoff feucht wurde.

»So etwas machst du öfter, stimmt's?« Das war als lässige, beiläufige Bemerkung gedacht gewesen, kam aber zu ihrer Überraschung mit zitternder Stimme heraus. Falls Ollie es bemerkt hatte, zeigte er es nicht.

»Manchmal.« Er zuckte mit den Achseln. »Aber jetzt schon eine Weile nicht mehr. Die fischige Dame war einfach zu abstoßend.«

»Der da sieht aus wie Andre«, erklärte sie, um in seine Witzelei einzustimmen. Mit den Zähnen zog sie den Handschuh von ihrer freien Hand und legte einen Finger an die Scheibe der Vitrine. Sofort kam einer der Angestellten auf sie zu und deutete auf das »Nicht berühren!«-Schild.

»Ja, Megan, du solltest nicht immer alles gleich anfassen«, neckte Ollie sie, ließ ihre Hand einen Moment lang los und wich aus, als sie spielerisch nach ihm schlug.

Auf der Schwelle zum theologischen Saal verstummten sie. Ollies Finger schlossen sich fester um Megans Hand, während er hinaufspähte zu dem überwältigenden Fresco an der Gewölbedecke über ihnen. Die Eingangstür stand offen, war aber mit einem Seil abgesperrt, und als Megan die Kamera hob, um die Vielfalt der Farben auf dem faszinierenden Kunstwerk einzufangen, tauchte ein weiterer Museumsangestellter von irgendwoher auf und informierte sie, dass die Erlaubnis, Fotos zu machen, etwas kostete.

Bei diesem Hinweis rümpfte Ollie die Nase, aber Megan reichte dem Mann ohne zu zögern ein paar Münzen – keinesfalls würde sie dieses sagenhafte Gebäude verlassen, ohne eine Erinnerung für sich und andere mitzunehmen. Es war atemberaubend.

»Inspiriert es dich?«, flüsterte Ollie, nachdem sie ungefähr fünfzig Fotos geschossen hatte.

Megan konnte nur nicken. Sie wusste, dass sie vermutlich wie eine Irre aussah, wie sie da mit geröteten Wangen und hochgereckten Stiefeln auf dem Bauch über den Holzboden kroch und die verschiedensten Winkel ausprobierte. Sie wollte die hohen, beleuchteten Bögen aus jeder nur möglichen Position einfangen und eine Ecke dieser Halle entdecken, die bisher noch niemand so gesehen hatte, nicht in all den Jahrhunderten, die sie bereits existierte. Sie wollte diesem Raum etwas Neues, Magisches geben. Und das tat sie mit all ihrer Leidenschaft. In diesen wenigen Minuten war sie völlig abgeschlossen von der Welt, und es gab nichts Wichtigeres für sie als das, was sie gerade tat.

Erst als sie sich wieder aufrappelte, voller Zufriedenheit über das eine Bild, auf das sie stolz sein konnte, merkte sie, dass Ollie sich nicht gerührt hatte. Er war geblieben, wo er war, und hatte ihr beim Fotografieren zugesehen. Sie wurde rot bis an die Wurzeln ihrer blonden Haare.

»Was starrst du denn an?«, wollte sie wissen und wischte sich mit energischen Bewegungen den Staub, der sich wie der Staub der Jahrhunderte anfühlte, vom Mantel.

»Dich.« Ollies Augen wurden schmaler. »Wie du tust, was du tun musst.«

»Bestimmt hältst du mich für eine totale Spinnerin«, sagte sie mit einem verlegenen Lachen.

»Das habe ich schon mal gedacht, stimmt.« Er grinste. »Aber eben fand ich dich überhaupt nicht verrückt. Im Gegenteil, ich dachte, wie schön es ist, dein wahres Ich zu sehen. Ich glaube nicht, dass du dich mir schon mal so gezeigt hast.«

»Das war keine Absicht«, gab Megan zu und staunte über

ihre eigene Offenheit. »Ich habe einfach diesen Raum gesehen und …« Sie hielt inne, suchte nach einem passenden Ausdruck, aber Ollie unterbrach sie mit erhobener Hand.

»Du musst es mir nicht erklären«, versicherte er. »Aber ich glaube, ich kann dich jetzt besser verstehen – und das meine ich absolut positiv.«

Megan dachte zurück an den Abend, als sie sich kennengelernt hatten, an Ollies verwirrten und zugleich verständnisvollen Gesichtsausdruck, als sie sich von ihm gelöst und die Hitze unter dem kochenden Topf ihrer gegenseitigen Anziehung ausgeschaltet hatte, ehe sie sich in ihr Leben ergießen konnte. Und sie fragte sich, ob er vielleicht, nur vielleicht, nun doch begreifen konnte, warum sie das damals getan hatte.

20

Hope wartete, bis Charlie zu schnarchen begann, dann schlüpfte sie aus dem Bett und schlich ins Badezimmer. Sie musste endlich allein sein. Nackt stand sie vor dem Spiegel, der sie in voller Länge zeigte, und betrachtete mit gerunzelter Stirn die hängende Haut ihrer Brüste. Sie gab sich alle Mühe, um in Form zu bleiben, aber sie war nicht mehr dreißig, sondern fünfzig, und da verlor man den Kampf gegen die Schwerkraft dann doch allmählich. Allerdings hatte sie, wie sie fand, schöne Beine. Sie drehte sich zur Seite und bewunderte ihre wohlgeformten Wadenmuskeln. Anders als manche Leute glaubten, saßen Hausfrauen nicht bloß den ganzen Tag auf dem Sofa und schauten fern; sie waren ständig auf den Beinen.

Sie zog die Haut an ihrem Bauch straff und atmete tief ein, bis sich die Rippen abzeichneten. Würde sie so besser aussehen, ohne ein Gramm überschüssiges Fett? Charlie mochte sie offenbar so, wie sie war, aber Hope musste zugeben, dass sie mit ihrem Aussehen nicht völlig zufrieden war. Eigentlich hätte es ihr genügen sollen, wenn Charlie sie begehrenswert fand – und eine Weile lang, zu Beginn ihrer Beziehung, war das auch der Haken gewesen, an den sie ihr Selbstwertgefühl gehängt hatte –, aber inzwischen musste sie sich eingestehen, dass ihr etwas fehlte. Es ging nicht nur darum, was Charlie – oder irgendein anderer Mann – von ihr hielt, es ging darum, wie sie selbst sich einschätzte. Und wie lächerlich das überhaupt war: das Aussehen. Da gab es doch so viel mehr, was eine Persönlichkeit ausmachte, so viel mehr, wonach Hope strebte, um mit sich selbst zufrieden zu sein: etwas wie ihr eigenes Geld, eine eigene Wohnung und – um Himmels willen – vielleicht irgendwann sogar eine eigene berufliche Karriere.

Sie ließ ihren Bauch wieder los und sah zu, wie er in seine alte Position zurücksackte. Die roten Stellen, an denen sie das überschüssige Fleisch hochgehalten hatte, färbten sich langsam rosa. Die Narbe war noch immer zu sehen; dort, wo der Arzt das Messer angesetzt hatte, war die Haut von beiden Seiten nach innen gezogen. Sie hatte sich so sehr eine natürliche Geburt gewünscht, aber nach vierzehn Stunden Wehen hatte sie keine andere Wahl gehabt, als klein beizugeben und sich den medizinischen Fachleuten zu überlassen. Damals hatte sie Dave zum ersten und einzigen Mal weinen sehen. Hope hingegen war seltsam ruhig geblieben – was sie später den Medikamenten zuschrieb, die man ihr in den Blutkreislauf gepumpt hatte – und musste ihren Ehemann schließlich trösten, als ihm Tränen der Angst auf den blauen Krankenhauskittel tropften, den die Schwestern ihm eilig zugeworfen hatten. Als Annette schließlich herausgehoben und ihr in die Arme gelegt wurde, hatte Hope gedacht, ihnen stünde ein perfektes Familienleben bevor. Daran konnte sie sich noch gut erinnern. Von der ersten Sekunde an war Dave von seiner winzigen, vollkommenen Tochter fasziniert gewesen. Mit großen Augen sah er zu, wie sie sich auf Hopes Brust bewegte und krähte wie ein neugeborenes Vögelchen.

Während sie und Charlie das große Doppelbett sinnvoll genutzt hatten, war draußen die Sonne untergegangen. Jetzt konnte sie durch das gekippte Badezimmerfenster den Mond sehen. Er war zu drei Vierteln voll und so hell, dass sie blinzeln musste, als sie zu ihm aufblickte. Dampf aus der Badewanne, die sie gerade volllaufen ließ, zog durch den Spalt nach draußen, und sie beugte sich vor, um die kalte Luft auf der anderen Seite der Scheibe einzuatmen. Es roch sauber und frisch, und Hope spürte, wie sich ihr Kopf allmählich klärte. Sie hätte sich auch einfach an Charlie kuscheln und bis zum Morgen liegen bleiben können, aber sie fand keine Ruhe. Es gab noch so viel zu entdecken in dieser Stadt, und sie wollte keine Sekunde länger als nötig hier oben herumsitzen. Nachdem sie unter die schaumbedeckte Wasseroberfläche geschlüpft war, lag sie ein paar Sekunden lang mit geschlossenen Augen da und genoss, wie sich die Erschöpfung des Tages allmählich löste.

»Das sieht aber nett aus.«

Mit vom Schlafen zerknittertem Gesicht stand Charlie auf der Schwelle.

»Ich wollte gerade wieder raussteigen«, sagte sie und wunderte sich, dass sie ihn anlog.

»Soll ich dir erst noch beim Haarewaschen helfen?«, fragte Charlie und wirkte weniger selbstsicher als noch vor wenigen Augenblicken.

Ohne ihre Antwort abzuwarten, setzte er sich auf den heruntergeklappten Toilettendeckel und fuhr ihr mit den Fingern durchs Haar. Mit festen, kreisenden Bewegungen massierte er ihre Kopfhaut. Es war ein wirklich himmlisches Gefühl, und das sagte Hope ihm auch, als er nach der Shampooflasche griff.

»Warum bist du nur so nett zu mir?« Sie spürte die gleichmäßigen Bewegungen seiner Finger bis in die Zehen.

»Braucht es dafür einen Grund?«

»Offenbar nicht.« Sie lächelte und krümmte den Rücken, damit er ihr den Seifenschaum abspülen konnte.

»Du könntest mir den Gefallen ja erwidern.« Er wartete einen Moment, bis sie wieder aus dem Badewasser auftauchte. »Aber das hätte wohl wenig Sinn.«

Männer, denen die Haare ausfielen, hatten Hope immer schon leidgetan. Dave besaß noch einen halbwegs vollständigen Schopf, aber bei Charlie war kaum noch eine Strähne übrig. Andererseits kannte sie ihn nur so kahl, daher hatte sie keine Vergleichsmöglichkeit.

Sie schloss erneut die Augen, als Charlie die Haarspülung mit den Fingern einkämmte, und dachte zurück an ihren ersten Kuss.

Es war ihre sechzehnte Fahrstunde gewesen, und Charlie hatte sie angewiesen, aus der Stadt hinaus ins Industriegebiet zu fahren. Früher hatte es dort auch einen großen Supermarkt gegeben, aber der hatte im letzten Winter zugemacht. Charlie erklärte, der unbenutzte Parkplatz dort sei eine prima Fläche, um Fahrmanöver zu üben, ohne jemandem in die Quere zu kommen.

Was als freundliches Geplauder zwischen ihnen begonnen hatte, war über die Wochen zu einem halb ernst gemeinten Flirten geworden. Inzwischen freute sich Hope auf die wöchentlichen Doppelstunden sehr viel mehr, als eigentlich angebracht war. Die Unterhaltungen mit Charlie waren so wunderbar unbeschwert; mit ihm lachte sie mehr als in den ganzen letzten Jahren zusammengenommen. Wenn sie Dave gegenüber ein aktuelles Thema ansprach, zuckte er kaum mit einer Augenbraue, Charlie hingegen war an ihren Ansichten immer sehr interessiert. Sie redeten über alles Mögliche, von Politik über Reality-TV-Sendungen bis hin zu Beziehungen, und irgendwann begann Hope, auch von ihrer Ehe zu erzählen. Charlie antwortete immer mitfühlend, achtete aber sehr darauf, Dave nicht zu kritisieren – obwohl Hope im Nachhinein natürlich klar war, wie sehr er sich dabei hatte zurückhalten müssen.

Fünfzehn Fahrstunden, das waren dreißig miteinander verbrachte Stunden, und mindestens in den letzten fünf davon waren sie zunehmend mutiger geworden. Hope war sich bewusst, dass sie Charlie sehr mochte, und ahnte, dass er genauso empfand. Bisher aber hatte noch keiner von ihnen die unsichtbare verbotene Linie überschritten. Zu dieser sechzehnten Fahrstunde kam Hope mit neuen Overknee-Stiefeln – Annette hatte die Stiefel in einem Katalog entdeckt und Hope gedrängt, sie zu bestellen –, mit denen sie immer wieder an der Kante des Autositzes hängen blieb.

»Haben Sie nachher noch was Nettes vor?«, erkundigte sich Charlie, als die Stiefel sich bei einer Wende in drei Zügen zum dritten Mal verhakten.

»Nein.« Sie schüttelte den Kopf und versuchte vergeblich, den Schaft nach unten zu rollen, damit er ihr nicht mehr im Weg war.

»Sie sehen heute ...«, Charlie hielt inne, während er nach einem passenden Wort suchte, »besonders hübsch aus. Verzeihung, es steht mir nicht zu, so etwas zu sagen.«

»Sie müssen sich nicht entschuldigen«, meinte sie und blickte nach hinten. »Sie haben genauso viel Recht, so etwas zu sagen, wie jeder andere.«

Darüber schien Charlie nachzudenken, während sie das Manöver erneut versuchte. Diesmal schaffte sie es, nicht mit dem Fuß vom Gaspedal zu rutschen.

»Bravo!« Er klatschte, als sie zum Schluss triumphierend die Handbremse zog. »Wenn Sie in diesen Dingern fahren können, kriegen Sie das auch ohne hin.«

»Die waren vermutlich keine so gute Idee.« Hope grinste

und löste die Hände vom Lenkrad, um sie schüchtern in ihrem Schoß zu verschränken.

»Sie müssen sich nicht entschuldigen«, wiederholte er ihren Satz von vorhin. Seine Stimme klang sanft, und Hope spürte, dass sich die Atmosphäre verändert hatte. Es war, als hätte jemand das Licht gedimmt.

»Hope, ich ...« Auf Charlies Wangen saßen rote Flecken. Er sah sie an, und ihr Herz schlug schneller.

»Ich würde Sie sehr gerne küssen«, brachte er schließlich heraus. Dabei sah er aus, als würde er bedauern, dass er das gesagt hatte, als hätte er eine unverzeihliche Äußerung getan. »Ich weiß, ich weiß!« Er schüttelte den Kopf. »Das ist absolut lächerlich, und ich hätte das nicht sagen sollen. Bitte verzeihen Sie mir, es tut mir wirklich leid, ich werde nie ...«

Sie brachte ihn mit einem Kuss zum Schweigen und schob sich über die Lücke zwischen ihren Sitzen, ehe sie merkte, was sie da tat. Anfangs war die Annäherung noch schüchtern, und schließlich war es Hope und nicht Charlie, die den nächsten Schritt tat, indem sie ihre Hand ausstreckte und ihm über den Oberschenkel strich.

Sie zwang sich, nicht an Dave zu denken, aber sie konnte Annette nicht aus ihren Gedanken verbannen. Ihre Tochter stand immer in den Kulissen, wenn sie Charlie küsste, doch selbst das brachte Hope nicht dazu, damit aufzuhören. Die gemeinsame Zeit mit Charlie wurde zu einem Suchtmittel, von dem sie nicht genug bekommen konnte; es war das, was sie am Morgen aus dem Bett trieb. Zum ersten Mal, seit Annette auf der Welt war, fühlte sie sich wieder geliebt, verstanden, wertgeschätzt und begehrenswert – aber selbst heute noch schämte sie sich dafür, wie sehr sie diese Gefühle genoss.

Hope hielt die Augen geschlossen, während Charlies Hände ihren Kopf massierten.

Diese starke Verbindung zwischen ihnen existierte noch immer, sie hatte sich in keiner Weise abgeschwächt, aber seit Hope an diesem Abend den Abscheu im Blick ihrer Tochter gesehen hatte, war sie mit Schuld durchwirkt. Hope konnte sich nicht so fallenlassen, wie sie es von sich selbst erwartete. Der Betrug, den sie begangen hatte, ließ ihre Beziehung mit Charlie schäbig und billig wirken; gelegentlich kam es ihr sogar so vor, als wäre sie ausschließlich körperlich und nicht auf wahrer Liebe gegründet. Seit sie in Prag waren, gab sie sich alle Mühe, diese ständig nörgelnde Stimme in ihrem Kopf zum Schweigen zu bringen, aber das gelang ihr nicht, und jetzt, während sich Charlies Finger immer weiter nach unten arbeiteten und sie hörte, dass sein Handtuch auf den Boden glitt, fühlte sie, wie sie sich vollkommen verspannte.

»Was ist denn los?«, fragte Charlie und ließ sich nach hinten auf die Fersen sinken, als Hope plötzlich hochfuhr und ein Schwall Wasser aus der Wanne schwappte.

»In meinem Kopf hat sich alles gedreht«, log sie und hielt sich an seinem Arm fest, als wollte sie es beweisen.

»Es ist sehr heiß hier drin«, räumte er ein, aber er klang erstaunt.

»Und ich habe Hunger«, fügte sie hinzu. Sie löste sich von ihm und zog den Stöpsel. »Wollen wir abendessen gehen?«

»Ja, gut.« Bei ihren Worten schien Charlie in sich zusammenzusinken, und Hope küsste ihn auf die glänzende Glatze, als sie ihr Handtuch aufsammelte.

»Wir könnten wieder dorthin gehen, wo wir heute Nachmittag waren, in das Lokal mit dem Honigkuchen.«

»Wie du willst.«

Offenbar fürchtete er, etwas falsch gemacht zu haben,

aber Hope wusste nicht, wie sie ihn beschwichtigen sollte. Die unangenehme Wahrheit war, dass sie sich fragte, wie sie sich in dieser Beziehung tatsächlich fühlte. Charlie war ein anständiger Mensch, er hatte mehr verdient als das, was sie ihm im Moment bieten konnte. Und sie hatte so viel Lebenszeit damit verschwendet, die Bedürfnisse eines Mannes über ihre eigenen zu stellen, dass es ihr nun wie ein Fehler vorkam, es auch bei Charlie zu tun.

Er war so eifrig bemüht, sich um sie zu kümmern und sie zu versorgen, aber Hope wurde allmählich klar, dass beides nicht Charlies Aufgabe sein konnte – oder überhaupt die eines Mannes. Das musste sie selbst übernehmen.

21

Eine kleine Menschenmenge stand in einem Halbrund auf dem Altstädter Ring und lauschte einer Musikgruppe. Sophie, einen Becher mit Glühwein in der Hand, hielt sich ganz am Rand.

Die Band bestand aus vier Männern, alle über fünfzig, und jeder mit einem anderen Instrument. Einer spielte Klarinette, ein anderer einen riesigen Kontrabass und ein Dritter Banjo. Der Sänger, dessen raue Stimme bei Sophie noch mehr Gänsehaut hervorrief als die sinkenden Temperaturen, trug um seinen Hals ein geriffeltes Holzbrett, an dem unten zwei kleine Zimbeln befestigt waren. Dieses Instrument bediente er, indem er einfach mit den Fingern, die mit zahlreichen dicken Silberringen geschmückt waren, darüber fuhr oder dagegen klopfte.

Sie spielten gerade Gershwins »Summertime«, und Sophie spürte, wie die langsame Jazz-Melodie ihre Sinne anregte. Die Zuhörer wirkten wie gebannt von den eindringlichen Worten und der Stimme des Sängers, und Sophie sah, wie sich einzelne Paare aneinanderlehnten. Sie selbst nahm einen Schluck Glühwein und wiegte sich sanft von einer Seite zur anderen. Verzaubert von der langsamen Musik schloss sie die Augen.

In den Tagen vor ihrer Ankunft war viel Schnee gefallen, der am Rand des Platzes zu hohen Haufen zusammengeschoben worden war und im Licht der Dämmerung fast purpurrot leuchtete. Die Band stand weit genug vom Weihnachtsmarkt entfernt, dass sie nicht gegen das immer wieder aufkreischende Gelächter an den Bierständen oder die Karussellmusik anspielen musste. Zum Schutz gegen die abendliche Kälte trug jeder der Musiker eine Wollmütze und einen dicken Mantel, aber Sophie sah ihre rot angelaufenen Finger, während sie ihren Instrumenten einen herrlichen Ton nach dem anderen entlockten.

Robin hatte zwar angefangen, Gitarre zu spielen, aber er konnte einfach nicht singen. Als sie zum ersten Mal sein Gejodel in der Dusche gehört hatte, war Sophie ernsthaft erleichtert gewesen – endlich hatte sie eine Macke in seiner strahlenden Rüstung entdeckt. Nun wusste sie, dass er genauso ein Mensch war wie sie auch, und kein gottgleiches Wesen, das ihr vom Himmel gesandt worden war. Anders als sie zu ihm gesagt hatte, war er auch kein Alien, das von einem anderen Planeten stammte. In den ersten Wochen war Sophie voller Ehrfurcht gewesen, weil Robin so umwerfend aussah und so leidenschaftlich, klug und witzig war. Sie hatte ihn auf ein Podest gestellt, so hoch, dass es beinahe in den Wolken verschwand, daher hatte sie sich sehr viel besser gefühlt, als die schrägen und falschen Töne des Elvis-Songs aus der Dusche drangen.

Wie vorauszusehen, war Robin über ihre Bewunderung äußerst verblüfft gewesen. Er hatte ihr erklärt, sie sei verrückt, wenn sie ihn für so toll halte. Wenn in dieser Beziehung jemand in einer viel zu hohen Liga kämpfe, dann sei er das. Sie sei einfach vollkommen, hatte er gesagt, ein strahlender Stern am dunklen Himmel der Nacht. Sie sei außerordentlich, einzigartig, und er ... na ja, er sei eben Robin Palmer, ein schlampiger Surfer aus Cornwall, der gerade mal einen mäßigen Mittelschulabschluss hinbekommen habe. Damals hatte Sophie das nicht ausgesprochen, aber sie war davon überzeugt gewesen, dass er sehr viel mehr war als nur er selbst – er war jene Hälfte, die sie, ohne es zu wissen, ihr ganzes Leben lang gesucht hatte, um zu einem Ganzen zu werden. Er war das fehlende Puzzlestück, ihr Seelenverwandter, ihr Ein und Alles.

»Sophie?«

Beim Klang der Männerstimme fuhr sie überrascht herum in der Erwartung, wie durch ein Wunder Robin hinter sich stehen zu sehen, aber dann kam sie sich vor wie ein Dummkopf. Mit halb beschlagenen Brillengläsern grinste Ollie auf sie herab. Megan stand neben ihm. Auch sie lächelte Sophie zu und nickte zu den vier Männern hinüber, die immer noch spielten.

»Sie sind großartig«, sagte sie leise, und Sophie konnte in ihren Augen die gespiegelten Lichter des Weihnachtsmarkts sehen. »Wir hören ihnen schon eine halbe Ewigkeit zu, und dann hat Ollie dich gesehen, und wir dachten, wir sagen mal Hallo. Hattest du einen schönen Tag?«

Sophie nickte. Dann wartete sie, bis das Lied zu Ende war, ehe sie den beiden ausführlicher antwortete. »Ja, das hatte ich – und wie war es bei euch?«

»Wir haben das Spiegellabyrinth entdeckt«, erzählte Ollie. »Obwohl wir durch knietiefen Schnee waten mussten, um dort hinzukommen.«

»Knietief!«, stöhnte Megan und verdrehte die Augen. »Der Gute hat seine Stiefel zu Hause gelassen, obwohl er wusste, dass in Prag tiefer Winter sein wird.« Vielsagend blickte sie hinab auf Ollies große, nasse Turnschuhe.

Sophie grinste und schenkte Megans hochgewachsenem Begleiter, der jetzt auf der Stelle trat und jammerte, dass er schon seit Mittag seine Zehen nicht mehr spüren könne, einen mitleidigen Blick.

»Und wir waren im Kloster Strahov«, berichtete Megan jetzt. »Vor dort oben hat man einen fantastischen Blick – die gesamte Stadt breitet sich vor einem aus.«

Sophie nickte. »O ja, das ist toll, oder?«

»Ich würde gern mal im Sommer herkommen«, fuhr Megan fort, »um herauszufinden, wie anders die Stadt dann ist.«

»Prag ist zu jeder Jahreszeit wunderschön«, versicherte Sophie. »Aber der Schnee gibt ihr doch noch etwas Besonderes.«

»Ja, und zwar eingefrorene Füße«, bemerkte Ollie, und die beiden jungen Frauen mussten lachen.

»Kommst du mit zurück ins Hotel?«, fragte Megan jetzt an Sophie gewandt. Die Band legte gerade eine wohlverdiente Pause ein, und Ollie war hinübergegangen, um ein paar Münzen in die Schachtel zu werfen.

»Ich glaube schon.« Sophie zuckte mit den Schultern. »Eigentlich habe ich keine festen Pläne.«

»Wir auch nicht«, erwiderte Megan.

Mit den blonden Locken, die unter der Mütze hervorschauten und ihr Gesicht umrahmten, fand Sophie sie sehr hübsch. Megan hatte eine schmale Nase, deren Spitze ganz leicht nach oben zeigte, und ihre Wimpern waren so lang, dass sie auf Wimperntusche verzichten konnte. Ollie war vermutlich ziemlich in sie verknallt. Während sie so darüber nachdachte, fiel Sophie auf, wie sehr die Luft zwischen den beiden knisterte, und fragte sich, warum sie das nicht schon früher bemerkt hatte.

»Hast du heute viele Fotos gemacht?«, fragte sie und zeigte auf die Kamera, die um Megans Hals hing.

»Sehr viele.« Megan strahlte sie an. »Um ehrlich zu sein, habe ich mich schon lange nicht mehr so inspiriert gefühlt.

Es ist, als hätte dieser Aufenthalt in Prag einen Schalter in meinem Kopf umgelegt. Und das Licht, wenn die Sonne scheint ... ich meine, einfach super.«

»Redest du wieder über mich?«, witzelte Ollie. Er kam gerade zurück, beladen mit drei der CDs, die die Band verkaufte, und gab jeder von ihnen eine davon.

»Ach, das wäre doch nicht nötig gewesen«, sagte Sophie und wurde sofort rot.

»O doch, das musste ich tun. Ich glaube, wir haben alle etwas Besonderes gefühlt, als wir ihnen zugehört haben, warum sollten wir dann nicht versuchen, etwas von dieser Stimmung mit nach Hause zu nehmen?«

Insgeheim dachte Sophie, dass es ohnehin unmöglich war, Prag zu verlassen, ohne ein paar neue Empfindungen mitzunehmen – diese Stadt war einfach so. Aber sie sagte nichts und lächelte nur, als sie die CD in ihre Tasche schob.

»Ollie hat versprochen, dass er heute Abend das Essen bezahlt«, sagte Megan, als sie den Platz verließen und zum Hotel gingen. »Du weißt nicht zufällig, welches das teuerste Restaurant in Prag ist, oder?«

»Ist sie nicht eine tolle Freundin?«, bemerkte Ollie trocken und zwinkerte Sophie zu, die ihren Blick zwischen den beiden hin- und herwandern ließ. Sein schlagfertiges Geplänkel erinnerte sie an Robin.

»Ich weiß schon ein paar«, erwiderte sie und machte das Spiel nur allzu gern mit. »Aber um ehrlich zu sein, die besten Lokale sind weiter draußen. Je mehr man sich vom Zentrum entfernt, desto besser wird das Essen.«

»Ich habe überhaupt noch kein Gulasch probiert.« Ollie sog genießerisch die Luft ein, als sie an einem tschechischen Traditionslokal vorbeikamen.

»Wisst ihr, die meisten Tschechen essen eigentlich gar

nicht oft Gulasch oder Zwiebelsuppe«, sagte Sophie. »Sie stehen total auf italienisches Essen, ob ihr's glaubt oder nicht. Es ist sehr viel leichter, in einem Pizzaschuppen echte Prager Familien zu treffen als in einer dieser Tavernen.«

»Die sind doch verrückt«, meinte Megan und kickte einen nassen Schneeklumpen in Ollies Richtung, als sie die kopfsteingepflasterte Straße überquerten. »Ich liebe dieses ganze Fleisch und die Knödel und Kartoffeln.«

»Es gibt doch nichts Besseres als ein Mädchen, das Fleisch ...«, begann Ollie, aber da zog ihm Megan schon ärgerlich die Mütze über die Augen.

»Ihr zwei seid zum Brüllen«, erklärte Sophie und lachte, als Ollie mit ausgestreckten Armen tat, als wäre er blind. »Ihr benehmt euch wie ein altes Ehepaar.«

»Autsch!« Ollie tauchte wieder auf und schob sich die Brille zurück auf die Nase. »Das ›alt‹ streichen wir aber. Ich bin vor Kurzem fünfunddreißig geworden und daher höchst sensibel, was mein bevorstehendes Altwerden angeht.«

»Fünfunddreißig ist wirklich noch nicht alt«, erwiderte Sophie und stellte fest, dass sie Ollie sehr mochte. »Meine Mutter würde sagen, du bist im besten Alter.«

»Ist sie noch Single?« Er musste über seinen eigenen Witz lachen, und Sophie stimmte ein, wobei sie entschuldigend den Kopf schüttelte.

»Nein, tut mir leid, sie ist schon vergeben.«

»Wieder ein Griff ins Klo«, seufzte Ollie und warf Megan einen Seitenblick zu.

Da lief ganz eindeutig etwas zwischen den beiden, dachte Sophie und sah, dass Ollie rote Flecken auf den Wangen bekam, als Megan ihm zulächelte.

»Sind das nicht Hope und Charlie?«, sagte Megan plötzlich und deutete zur anderen Straßenseite, wo ein Paar vorsichtig zwischen den Pfützen hindurchstakste. Die Frau hatte sich bei dem Mann eingehängt. Sophie und Ollie sahen Megan nach, als sie hinüberlief, um die beiden zu begrüßen, und folgten ihr, sobald sie Hopes begeisterten Schrei vernahmen.

»Wir sind gerade auf dem Weg zum Abendessen und wollen in dieses entzückende kleine Lokal hinter der Kirche«, sagte Hope, als sich alle mit Händeschütteln oder Umarmungen begrüßt hatten. »Was haltet ihr davon, wenn wir alle gemeinsam gehen?«

»Gute Idee!«, antwortete Megan schnell, und Ollie nickte. Offenbar war er bereit, alles zu tun, was sie vorschlug.

Sophie zögerte. Ihr Telefon hatte fast keinen Strom mehr, und das Ladekabel lag im Hotel. Andererseits, ein gemeinsames Abendessen war eine so nette Idee und bestimmt viel lustiger, als allein auf dem Zimmer zu sitzen. Nach dem allein verbrachten Tag fühlte sie sich unbehaglich, und ihre vernünftige Seite riet ihr, unbedingt mitzugehen. Es war gut, in Gesellschaft zu sein, es würde sie ablenken. Dann ging der Abend auch schneller vorbei, und der Tag, an dem Robin endlich kam, rückte näher.

Damit war es entschieden.

22

Sobald sie das kleine Café-Restaurant hinter der Kirche am Altstädter Ring betreten hatten, entschuldigte sich Megan und verschwand im Damenklo. Sie hatte den ganzen Tag eine Wollmütze getragen und wusste, dass ihre blonden Haare sich darunter mit Sicherheit zu einem einzigen Knoten verknäult hatten. Wäre sie nur mit Ollie hier gewesen, dann hätte sie die Haare am Tisch ausgekämmt, aber in Gesellschaft, fand sie, wäre das doch ein wenig unangebracht gewesen.

»Auaaa!«, schrie sie und schnitt ihrem Spiegelbild eine Grimasse, als sich ihre Faltbürste in einem besonders dicken Haarknoten verfing und nicht mehr aus den Strähnen zu lösen war.

»Kann ich dir vielleicht helfen?«

Es war Sophie, die gerade hereingekommen war. Sie verzog das Gesicht fast so sehr wie Megan, als sie der Katastrophe ansichtig wurde.

»Dieses Problem hatte ich früher auch immer«, sagte sie, trat näher und legte ihre zarten Finger um die Plastikbürste. »Meine Haare waren mal so lang, dass ich drauf sitzen konnte.«

»Wahnsinn.« Megans Augen im Spiegel weiteten sich. »Und jetzt sind sie so kurz. Das muss eine große Sache gewesen sein, sie abzuschneiden.«

Sophie hatte ihren riesigen gestreiften Beanie bereits abgenommen, und der feine Pixie stand in sämtliche Richtungen. Dennoch sah sie nicht unordentlich aus; diese scheinbar willkürliche Frisur verlieh ihr lediglich etwas sehr Verletzliches. Megan verspürte Zuneigung zu ihrer neuen Freundin, die nun sanft die Borsten aus ihren Haaren löste und Megan die Bürste mit einem verblüfften Blick zurückgab. »Es sind doch nur Haare. Die wachsen schon wieder.«

»Was hat denn dein Freund - entschuldige, dein Verlobter - dazu gesagt, als du sie abgeschnitten hast?«, wollte Megan wissen. Sie hielt ihre Haare zu einem Pferdeschwanz zusammen und bürstete ärgerlich die Spitzen aus.

Es dauerte einen Moment, bis Sophie antwortete, ohne Megans Blick im Spiegel zu erwidern.

»Er hat geweint«, sagte sie und lachte.

Sie schraken zusammen, als ein Telefon zu klingeln begann, und Sophie holte eilig ihr Handy aus der Manteltasche.

»Da muss ich rangehen«, sagte sie, und Megan sah wieder das Foto des gut aussehenden, lächelnden blonden Jünglings, das schon am Morgen im Hotel aufgeleuchtet hatte.

Sie nickte und blickte Sophie hinterher, während diese mit schnellen Schritten den Toilettenraum verließ und die Holztür hinter sich zufallen ließ. Die Kleine war eindeutig schrecklich verliebt, dachte Megan und fuhr fort, ihre Haare zu entwirren. Warum hatten bloß andere Leute mit Beziehungen so wenig Probleme? Warum hatte sie selbst das Pech gehabt, bei einem Arschloch wie Andre zu landen, wenn es auf der Welt so nette Männer gab wie Sophies Robin? Und warum kam sie über das, was damals passiert war, einfach nicht hinweg?

Das Waschbecken füllte sich jetzt mit abgebrochenen Haaren, und Megan sammelte sie auf und warf sie in den

Abfalleimer. Natürlich kannte sie die Antwort auf all diese Fragen. Sie war eben die, die sie war, und Megan Spencer hatte ihre Grenzen. Für diesen ganzen Liebesquatsch würde sie irgendwann später noch Zeit finden, sagte sie sich, jetzt war einfach nicht der richtige Moment dafür.

»Was hast du denn mit Sophie angestellt?«, fragte Ollie, als sie ein paar Minuten später zum Tisch zurückkam. Er hatte sich erlaubt, ihr einen Glühwein zu bestellen, und sie nahm dankbar ein paar Schlucke.

»Sie hängt am Telefon – ihr Verlobter«, antwortete sie und deutete vage nach draußen.

»Ach.« Hope grinste. »Junge Liebe und so.«

»Eigentlich nicht so viel anders als alte Liebe«, sagte Charlie und legte seine Hand auf ihre. Megan hielt den Blick entschlossen auf die Speisekarte gerichtet.

Das Café war klein und gemütlich, mit einer Gewölbedecke, die dem Raum etwas Höhlenartiges verlieh. An fast jeder Wand waren Spiegel befestigt, und in den Ecken hatte man verschiedene altertümliche Musikinstrumente aufgehängt. Die Tische waren alle aus Holz, und über die Stühle und Bänke waren Kissen in allen Farben und Formen verteilt. Megan nahm eines davon in den Arm, drückte es an sich und zupfte gedankenverloren an einem Faden, der aus dem Reißverschluss hing.

Am anderen Ende des Raumes, so weit in eine Ecke geschoben, dass es fast nicht zu sehen war, entdeckte sie ein Klavier, und dahinter noch weitere Tische, jeder mit einer Kerze in der Mitte.

Es war warm im Café, und man fühlte sich sofort willkommen – nicht zuletzt, weil die Kellnerin, die jetzt an ihrem Tisch stand und die Bestellungen aufnahm, so bezaubernd war. Megan genoss die Freundlichkeit und Offenheit der

Menschen in dieser Stadt. Man kam sich eher vor wie ein hochgeschätzter Gast denn als ein Tourist. Voller Scham dachte sie daran, wie oft sie in London an verunsicherten Besuchern vorbeigelaufen war und verärgert mit der Zunge geschnalzt hatte, wenn die mitten auf dem Bürgersteig gestanden hatten, weil sie nicht weiterwussten, anstatt sich die Zeit zu nehmen, ihnen zu helfen. Wenn sie wieder zu Hause war, musste sie sich wirklich bemühen, netter zu sein.

Ollies Brille war angelaufen wie immer, und er putzte sie mit einer Serviette, während er mit Hope besprach, was sie bestellen sollten.

»Ich werde allmählich süchtig nach diesem Apfelstrudel«, erklärte er. Als er ihn auf der Karte entdeckte, stieß er begeistert die Faust in die Luft. »Vielleicht bestelle ich einfach drei davon, das reicht für ein Abendessen.«

»Ich wünschte, ich könnte das auch tun«, sagte Hope. »Aber wenn ich so viel Kuchen esse, passen mir bald meine Kleider nicht mehr. Du hast wirklich Glück, dass du so groß und schlank bist. Ich wette, du kannst essen, was du willst.«

»Das tut er auch«, mischte sich Megan ein. »Du solltest mal sehen, wie viel er in sich reinstopfen kann. Es ist wirklich gemein: Wenn ich auch nur an Kartoffelchips rieche, wiege ich schon fünf Kilo mehr.«

»Ich finde, ihr Mädels spinnt«, erklärte Ollie. »In meinen Augen seht ihr beide ganz wunderbar aus. Was hat man denn vom Leben, wenn man sich nicht ab und zu erlaubt, ein bisschen über die Stränge zu schlagen?«

»Das sage ich ihr auch ständig«, fiel Charlie ein. »Aber du weißt ja, wie Frauen sind.«

»Sei vorsichtig!« Ollie sah Megan von der Seite an und setzte dabei eine übertrieben ängstliche Miene auf. »Diese

Dame hier packt sonst gleich die Feministin aus und erzählt dir was.«

Megan funkelte ihn an und lachte bitter. »Da hat er recht«, sagte sie zu Charlie und nahm noch einen Schluck von ihrem Wein. »Das mache ich.«

Charlie hob sofort die Hände, um sich zu ergeben.

»Ich bin absolut für die Gleichberechtigung«, versicherte er ihr. »Aber mir gefällt es auch, eine Frau zu verwöhnen, weißt du? Ihr die Tür aufzuhalten, sie einzuladen – so was eben. Ich finde, dass man Männer nicht entmutigen sollte, sich wie Gentlemen zu benehmen. Das sind doch schließlich freundliche Gesten und keine Bedrohung für die Frauen.«

Megan konnte Ollie leise lachen hören, als sie mit den Zähnen knirschte.

»Natürlich sind solche Gesten etwas Nettes«, stimmte sie zu, »und natürlich habe ich überhaupt nichts dagegen, gelegentlich verwöhnt zu werden – aber nur, solange der fragliche Mann mich nicht wie ein hilfloses Reh behandelt, um das man sich ständig kümmern muss. Das kann ich nicht ertragen.«

»Wir sind jetzt seit über sechs Monaten Freunde, und ich darf ihr bei nichts helfen«, erzählte Ollie den anderen und lachte über Megans wütenden Gesichtsausdruck. »Ach, komm schon, das stimmt doch! Du hast mich nicht mal in deiner Küche die Regale aufhängen lassen, weil du zu stolz warst, und jetzt wackeln sie so, dass dir mindestens drei Tassen pro Woche kaputtgehen.«

»Das liegt an meiner schiefen Wohnung, nicht an meinen handwerklichen Fähigkeiten!«, schimpfte sie. »Das ganze Gebäude ist wackelig. Ich schwör dir, eines Tages wird es einfach in einem großen Loch verschwinden, und dann geht noch mehr kaputt als bloß ein paar Tassen.«

»Ich glaube tatsächlich, dass es bestimmte Dinge gibt, die Männer besser können als Frauen und umgekehrt«, sagte Hope und lächelte die Kellnerin entschuldigend an, weil sie bereits zum dritten Mal neben ihnen stand. Sie wollten mit der Essensbestellung warten, bis Sophie wieder hereinkam.

»Was zum Beispiel?« Damit handelte sich Ollie einen weiteren bösen Blick von Megan ein. Er wusste genau, dass solche Gespräche sie wütend machten, und ermutigte Hope absichtlich.

»Na ja, ihr wisst schon, so Dinge wie die Waschmaschine reparieren oder die Reifen wechseln.«

Megan verdrehte die Augen.

»Wenn du wolltest, würdest du beides ohne Probleme hinkriegen«, sagte sie und gab sich alle Mühe, den Ärger aus ihrer Stimme herauszuhalten. »Ich finde nicht, dass wir Platz machen und akzeptieren sollten, dass wir etwas nicht können, nur weil ein Mann eher bereit ist, es zu versuchen.«

Hope wollte schon antworten, aber dann schloss sie ihren Mund wieder. Auf einmal sah sie so niedergeschmettert aus, dass Megan sich ganz mies fühlte.

»Es tut mir leid«, sagte sie mit schuldbewusster Stimme. »Ich wollte dich nicht beleidigen, ich wollte nur ...«

»Du hast recht«, unterbrach Hope sie und warf Charlie einen Blick zu, ehe sie fortfuhr: »Ich war mit einem Mann verheiratet, der alles für mich getan hat. Na ja, natürlich nur die traditionell männlichen Sachen, wie unseren Lebensunterhalt zu verdienen, sich ums Auto zu kümmern und den Rasen zu mähen. Ich war für Putzen, Kochen und Waschen zuständig. Vermutlich habe ich nie darüber nachgedacht. Meine Mutter hat für meinen Vater und uns Kinder dasselbe gemacht, und ich hatte eigentlich keinen Grund, das infrage zu stellen.«

»Das kann ich verstehen.« Megan lächelte sie an.

»Und daran ist auch gar nichts verkehrt«, fügte Ollie trotzig hinzu. »Ich finde, die Leute sollten tun, was sie glücklich macht, und darauf pfeifen, was die Gesellschaft davon hält.«

»Und was ist mit Bügeln?«, fragte Charlie. »Das sollte niemand tun müssen, egal ob Mann oder Frau.«

Ollie lachte. »Da hast du absolut recht.«

Megan wollte gerade zustimmen, als ein kalter Luftzug alle am Tisch aufblicken ließ. Sophie kam zurück.

»Tut mir leid«, sagte sie und griff nach einer Speisekarte, während sie sich neben Hope auf die Bank setzte.

»War das dein Liebster?« Hope lächelte sie mit aufrichtiger Wärme an.

Sophie nickte, warf noch einen Blick auf die Karte und legte sie dann beiseite.

»Ihr hättet mit dem Bestellen nicht auf mich warten sollen«, sagte sie.

»Unsinn«, widersprach Charlie. »Wir haben es doch nicht eilig, oder? Also, wer möchte etwas von dem Wein?«

Sobald die Gläser gefüllt waren, erkundigte sich Hope bei Ollie nach seiner Arbeit als Lehrer.

»Ich fand, dass schon ein einziges Kind im Haus ganz schön viel Lärm gemacht hat«, gestand sie und beschrieb mit sehnsüchtiger Miene ihre inzwischen fünfundzwanzigjährige Tochter als Kleinkind. Offenbar hatte Annette mit großer Leidenschaft unpassende Sachen in den Mund gesteckt. Ollie lachte, als Hope erzählte, wie sie einmal ihren Verlobungs- und den Ehering zum Geschirrspülen abgenommen und Annette in einem unbeobachteten Moment beide Ringe hinuntergeschluckt hatte.

»Ich war so froh, dass sie nicht daran erstickt war, dass ich gar nicht wütend sein konnte. Aber als ich die Ringe wieder zurückbekam, waren sie irgendwie nicht mehr so wie früher.«

»In meiner Klasse ist ein kleiner Junge namens Bertie, der gerne Erde isst«, sagte Ollie. »Ich nenne ihn Dirty Bertie, aber natürlich nur heimlich. Die übrigen Kinder spielen miteinander oder kicken mit einem Fußball herum, nur Bertie sitzt im Schneidersitz im Blumenbeet, greift sich eine Handvoll Erde nach der anderen und stopft sie sich in den Mund wie Kekskrümel.«

»Ich habe mal eine Schlange gegessen«, schaltete Sophie sich mit heller Stimme ein und nippte an ihrem Wein, als alle sich zu ihr umdrehten. Wie groß ihre Augen waren, dachte Megan und spürte, wie es ihr in den Händen kribbelte, weil sie so gerne ein Foto gemacht hätte. Normalerweise hätte sie gefragt, ob sie eine kleine Porträtsitzung mit ihr machen dürfe, doch sie hatte so eine Ahnung, dass Sophie nicht sonderlich scharf darauf wäre. Ständig zappelte die junge Frau herum und warf immer wieder einen Blick nach rechts, als stünde dort jemand, was aber nicht der Fall war.

»In meinem ersten Jahr als Lehrer hatte ich in meiner Klasse ein Mädchen namens Molly, die ein Krokodil als Fantasietier hatte«, erzählte Ollie nun. »Sie krabbelte immer wieder unter den Tisch, biss andere Kinder in die Knöchel und behauptete dann, das sei Snappy gewesen.«

»Das Mädchen gefällt mir irgendwie.« Megan grinste, griff nach der offenen Weinflasche und schenkte rundherum allen nach. Hope hatte einen guten Zug, stellte sie fest, aber Sophie hatte bisher kaum einen Schluck getrunken.

»Sie hat es sogar mal bei mir gemacht«, fuhr Ollie fort. »Das hat verdammt wehgetan, kann ich euch sagen. Ich bin durchs Klassenzimmer gehüpft und habe jedes halbwegs anständige Schimpfwort gesagt, das mir einfiel.«

Hopes Gesicht färbte sich beim Lachen dunkelrosa, und Megan sah den Blick, den Charlie ihr zuwarf. Auf jeden Fall war Sophie nicht die einzige verknallte Person hier am Tisch. Heimlich sah sie zu Ollie hinüber, der gerade eine weitere Anekdote vom Stapel ließ. Die Kerze auf dem Tisch spiegelte sich in seinen Brillengläsern, und sein dunkelbraunes Haar stand ihm an beiden Seiten vom Kopf ab. Megan kämpfte mit der Versuchung, die Hand auszustrecken und es ihm ordentlich hinter die Ohren zu streichen, aber es gelang ihr, sich zurückzuhalten. Als sie den Kopf senkte und das Brot vor sich betrachtete, fiel ihr auf, dass Hope sie unverhohlen ansah.

»Flirten eigentlich die Mütter deiner Schüler mit dir?«, fragte Hope jetzt Ollie und sah kurz ihn und dann wieder Megan an.

Er schüttelte den Kopf. »Nein. Darauf warte ich immer, aber es geschieht nie. Ich glaube, das Märchen erzählen sie den Leuten nur, damit sie sich breitschlagen lassen, Lehrer zu werden.«

»Ich stand früher mal sehr auf Annettes Geschichtslehrer«, erzählte Hope, und auf Charlies Gesicht machte sich ein Ausdruck der Verblüffung breit.

»Er hieß Mr. Johnson und trug einen großen dunkelblonden Bart, aber er hatte wirklich etwas.«

»Vielleicht mache ich was falsch«, überlegte Ollie und strich sich stirnrunzelnd über sein glatt rasiertes Kinn. »Offensichtlich ist eher der Höhlenmensch-Look gefragt.«

»Du darfst doch bestimmt nichts mit den Müttern deiner Schüler anfangen, oder?« Megans Tonfall klang vorwurfsvoller, als sie es beabsichtigt hatte.

Ollie, der gerade eine gebutterte Brotscheibe zum Mund führte, hielt auf halbem Weg inne.

»Mir hat noch niemand gesagt, dass das nicht erlaubt ist.«

»Das wäre schon blöd für das jeweilige Kind«, fuhr Megan fort. »Stell dir mal vor, deine Mutter hat eine Affäre mit deinem Lehrer – da wirst du doch deines Lebens nicht mehr froh.«

Hope hatte plötzlich einen puterroten Kopf, und Megan ahnte, dass sie unwissentlich einen empfindlichen Punkt getroffen hatte. Sie und ihre große Klappe!

Ollie hatte den Mund voll und konnte nicht antworten, aber er sah aus, als wollte er gleich losprusten.

»Habt ihr beide denn niemals ...«, wollte Charlie nun wissen.

Jetzt war es an Megan, so rot zu werden wie eine Tomate.

Sophie ließ ein verlegen-mitleidiges Hüsteln hören, aber Charlie sah immer noch abwechselnd Megan und Ollie an und wartete darauf, dass er auf die in seinen Augen völlig unschuldige Frage eine Antwort erhielt.

Ollie fasste sich als Erster.

»Megan ist auch ein Fan von Bärten«, erklärte er schulterzuckend. »Ich bin einfach nicht ihr Typ.«

»Ihr scheint euch aber sehr gut zu verstehen«, bohrte Charlie nach und schaute Hope an, als erhoffte er sich eine Bestätigung. Einen Moment lang herrschte Schweigen, während Hope ganz leicht den Kopf schüttelte, und Megan überlegte ernsthaft, ob sie jetzt unter den Tisch schlüpfen und wie Snappy alle in die Knöchel beißen sollte.

»Das stimmt«, sagte Ollie schließlich, nachdem klar war, dass Megan nichts erwidern würde. »Aber wir betrachten einander lediglich als gute Freunde.«

Unerklärlicherweise spürte Megan, wie ihr plötzlich Tränen in die Augen stiegen. In der Regel war sie diejenige, die andere genauer unter die Lupe nahm, und nicht umgekehrt. Ollie gab sich alle Mühe, die Peinlichkeit mit einem Lachen zu vertreiben, dennoch war sie verletzt über die Beiläufigkeit, mit der er sie gerade abserviert hatte – sie beide als Paar abserviert hatte. Was war denn bloß los mit ihr, verdammt noch mal?

Als sie einen Blick auf die andere Seite des Tisches wagte, fing Hope ihn auf. Ihr Mund formte die Worte: »Tut mir leid.« Megan wusste, dass das Thema von Ollie und ihr damit noch längst nicht vom Tisch war. Sobald sich die Männer außer Hörweite befanden, würde Hope weitere Fragen stellen, dessen war sie sich sicher. Aber Megan hatte keine Antworten. Sie überlegte, was Sophie wohl dachte, aber bei dem Versuch, die Aufmerksamkeit der jungen Frau auf sich zu lenken, bemerkte sie, dass Sophie mit weit geöffneten Augen und offen stehendem Mund in die andere Richtung sah, wie verloren in einer Erinnerung.

Sie hörte, wie Ollies Stuhl unter seinem Gewicht knarzte, und wusste, dass er sich umgedreht hatte und sie ansah. Aber dieses Mal gelang es ihr, den Drang zu bekämpfen, dorthin zu sehen, wo, wie sie wusste, sein Blick sie erwartete.

23

Die Atmosphäre am Tisch war ein wenig unbehaglich, und Hope war froh, als das Essen kam und alle schweigen durften.

Sie musste immer noch an das denken, was Megan gesagt hatte: Dass Frauen alles tun könnten, was sie wollten, egal, ob es eigentlich eine »Männerarbeit« sei oder nicht. Natürlich wusste sie, dass das stimmte. Für die Fahrstunden hatte sie sich in erster Linie angemeldet, weil sie sich etwas mehr Unabhängigkeit gewünscht hatte. Zuvor war sie, um am Wochenende den Großeinkauf zu machen, immer darauf angewiesen gewesen, dass Dave sie zum Supermarkt fuhr, und er war zunehmend unwilliger geworden, sich aus seinem Fernsehsessel zu hieven. Um ihn nicht ständig zu nerven, wie das sonst oft der Fall gewesen war, hatte Hope beschlossen, die Sache grundsätzlich anzugehen. Und dabei hatte sie dann Charlie kennengelernt.

Hope war immer damit zufrieden gewesen, sich ausschließlich um den Haushalt zu kümmern. Dave ging arbeiten, und sie genoss es, zu Hause zu sein, wenn Annette aus der Schule kam. Sie hätte sich jederzeit einen Job suchen können, aber wenn sie ehrlich war, dann hatte sie Angst davor gehabt. Hope wusste, was man als Ehefrau und Mutter zu tun hatte, aber vom Arbeiten in der wirklichen Welt hatte sie keinen blassen Schimmer.

Sie betrachtete Megan über den Tisch hinweg. Die jüngere Frau wirkte so stark, so selbstsicher, mit ihren Strähnchen im Haar und dem Eyeliner, der mit so trendigen kleinen Flics gemalt war. Sie und Ollie mochten einander offensichtlich sehr. Er beobachtete sie auch jetzt aus dem Augenwinkel, stellte Hope fest. Wenn man es genau nahm, ließ er sie eigentlich keinen Moment lang aus den Augen.

Das Gulasch, das sie bestellt hatte, schmeckte köstlich. Die zarten Rindfleischstücke zerfielen geradezu im Mund, und die roten Zwiebeln waren angenehm süß. Sie tupfte die üppige, wärmende Soße mit den herrlich weichen Speckknödeln auf. Megan hatte ebenfalls das Gulasch bestellt, aber die Männer hatten sich für gebratene Schweineschulter entschieden, die mit einer großen Portion Sauerkraut und Stampfkartoffeln serviert wurde. Sophie hingegen aß lediglich eine Fleischbrühe, die interessanterweise in einer Schale aus Brot serviert wurde. Die Suppe roch wunderbar, aber Hope sah, dass die junge Frau nur so tat, als würde sie essen.

»Alles in Ordnung?«, flüsterte sie Sophie zu, die gerade einen vollen Löffel zum Mund geführt hatte und ihn, ohne ihn in den Mund zu schieben, wieder sinken ließ.

»Mir geht's gut.« Sophie schenkte ihr ein schmales Lächeln.

Mehr wollte sie eindeutig nicht sagen, daher drückte ihr Hope nur leicht den Arm und wandte sich wieder der restlichen Gruppe zu.

»Wir waren heute auf der Karlsbrücke«, verkündete sie.

»Ich auch«, erwiderte Megan und nickte begeistert. »Ganz früh am Morgen, um Fotos zu machen.«

»Dann bist du Fotografin?«, wollte Charlie wissen.

»Das ist mein Ziel«, sagte Megan, stieß ihre Gabel in ein Stück Fleisch und schob es sich zusammen mit einer Zwiebel in den Mund.

»Was sie nicht dazusagt, ist, dass sie hervorragend fotografiert«, mischte Ollie sich ein. »Ehrlich, wenn ich genug

Geld hätte, würde ich ihr so viel zahlen, dass sie ihren Job aufgeben und den ganzen Tag nur Fotos machen könnte.«

»Das ist wirklich süß!« Hope schlug die Hände zusammen.

»Ich würde ihm das nie erlauben«, warf Megan schnell ein. »Außerdem ist mein Job gar nicht so schlimm. Ich arbeite in einer Galerie.«

»Wie schön.«

Megan nickte. »Geht schon. Manche unserer Kunden sind schrecklich, aber da wir nicht so besonders viele haben, ist es auszuhalten.«

»Ich habe auch manchmal sehr merkwürdige Fahrschüler«, erzählte Charlie. »Einmal war da so eine abergläubische Dame, die jedes Mal, wenn ich sie zur Fahrstunde abholte, erst sämtliche Türen des Autos dreimal auf- und zumachen musste, ehe sie einsteigen konnte. Offenbar hätten wir sonst mit Sicherheit einen Unfall gebaut.«

»Hört sich anstrengend an«, sagte Megan.

»War es auch. Aber nett war sie schon, auch wenn sie die Fahrprüfung am Ende doch nicht geschafft hat. Ich glaube, nach dem dreizehnten Versuch oder so hat sie aufgegeben. Vermutlich war das ein Rekord.«

»Ich habe gar keinen Führerschein«, gestand Sophie, und alle drehten sich zu ihr um. »Ich kann zwar fahren – mein Vater hat es mir auf unserem Hof beigebracht, als ich so ungefähr zwölf war –, aber die offizielle Prüfung habe ich nie gemacht.«

»Ich auch nicht«, sagte Megan. »Als ich siebzehn war, hätten mir meine Eltern den Führerschein bezahlt, aber ich wollte lieber eine Kamera. Und jetzt lebe ich sowieso in London, und da braucht man eigentlich kein Auto.«

Hope dachte kurz an ihre Führerscheinprüfung. Sie war beim ersten Mal durchgekommen, was sie überrascht und beglückt hatte, und danach ließ Charlie sie zu einem Pub auf dem Land fahren, wo sie die bestandene Prüfung mit einem Mittagessen feierten. Sie wusste noch, wie stolz sie gewesen war, und dass sie eine Einladung zu einem Glas Champagner abgelehnt hatte, weil sie auf der Fahrt zurück nach Manchester am Steuer sitzen wollte. Eine Woche später hatte Annette sie zusammen gesehen.

»Ist dir das goldene Kreuz auf der Brücke aufgefallen?«, fragte Hope jetzt Megan, um die Erinnerungen zu vertreiben und das Gespräch wieder auf Prag zu bringen.

»Ich habe jede Menge Kreuze gesehen.«

»Das, was ich meine, ist nicht an einer Statue«, erläuterte Hope. »Es befindet sich auf der Brückenmauer, an einer Stelle, wo ein Heiliger ins Wasser geworfen wurde.«

Verblüfft sah Megan sie an, und so erzählte Hope allen die Geschichte, die sie und Charlie heute gehört hatten.

»Ich halte das ja für absoluten Quatsch«, bemerkte Charlie und legte Gabel und Messer nebeneinander auf dem Tisch ab. »Bloß so eine Geschichte, mit der sie die Touristen anlocken wollen.«

»Du bist ein alter Zyniker«, schimpfte Hope. »Ich finde das eine wunderbare Vorstellung.«

»Da gehe ich morgen gleich hin und wünsche mir eine Gehaltserhöhung«, sagte Ollie, und Charlie kicherte. Die beiden jungen Frauen sahen jedoch nachdenklich aus.

»Diese Stadt hat etwas Magisches«, fuhr Hope trotzig fort. »Das spürt man. Hier liegt etwas in der Luft wie ein geflüstertes Geheimnis, das der Wind heranweht. Ich weiß, das hört sich verrückt an.«

»Nein, keineswegs.« Megan nickte bestätigend. »Ich verstehe genau, was du meinst. Heute Morgen auf der Karlsbrücke habe ich es gespürt, und auch oben auf dem Hügel, im

Kloster. Es ist, als wäre die Stadt voller Geister, aber keine bösen oder gruseligen.«

Charlie sagte: »Ich glaube, ihr Mädels habt zu viel Wein getrunken.«

Hope wandte sich an Sophie. »Du stimmst uns doch zu, oder?«

Sophie legte den Löffel ab und schob ihren Teller ein Stück nach vorne. »Ich liebe diese Stadt«, sagte sie unumwunden. »Ich habe schon die halbe Welt gesehen, aber das hier ist der einzige Ort, den ich immer wieder besuche – und hier habe ich Robin kennengelernt.«

»Es muss doch einen Grund haben, warum so viele Leute Jahr für Jahr wiederkommen«, meinte Hope.

»Weil das Bier so billig ist?«, schlug Ollie vor.

Hope lächelte, aber sie war froh, dass sie nicht die Einzige war, die Prag als etwas Besonderes empfand. Als sie an diesem Morgen auf der Karlsbrücke an ihren geheimen Wunsch gedacht hatte, war sie wirklich davon überzeugt gewesen, dass er in Erfüllung gehen könnte. In diesem Moment, während der eisige Wind ihr in die Wangen biss und in der Ferne die Kirchenglocken läuteten, hatte sie sich erlaubt, an Magie zu glauben. Ein Jahr und ein Tag waren allerdings eine lange Wartezeit, wenn ihr spezieller Wunsch Wirklichkeit werden sollte. Vielleicht sollte sie sich daranmachen, selbst ein bisschen zu zaubern.

Als der letzte Bissen Apfelstrudel mit Sahne verspeist war, hinterließen sie auf dem Tisch neben den Weinflaschen ein großzügiges Trinkgeld. Hope schlug vor, noch einen Spaziergang über den Markt zu machen, ehe sie zurück ins Hotel gingen. Sie sah Sophie zu, wie sie ihre überdimensionale Mütze wieder aufsetzte und den Mantel gegen die nächtliche Kälte gut zuknöpfte. Bei dieser zarten jungen Frau bekam sie unwillkürlich Muttergefühle. Am liebsten hätte sie die Arme um Sophie geschlungen, um sie vor der Welt zu beschützen, was natürlich lächerlich war. Dieses Mädchen war nicht nur allein in diese Stadt gereist, es war auch schon in der ganzen Welt unterwegs gewesen. Möglicherweise war sie sehr viel besser in der Lage, für sich zu sorgen, als Hope das jemals sein würde. Dennoch wurde sie dieses überwältigende Bedürfnis, Sophie zu bemuttern, einfach nicht los. Wahrscheinlich lag es einfach daran, dass sie Annette so vermisste.

Obwohl ihre Tochter kontaktfreudig und offen war, kam sie doch mit jedem Problem zu Hope gelaufen. Zumindest hatte sie das bis vor Kurzem getan. Hope sah, wenn sie an Annette dachte, noch immer das kleine Kind vor sich, nicht die fünfundzwanzigjährige Erwachsene, die bereits einen Beruf, einen Partner und ein Haus hatte. Und sie konnte sich nicht vorstellen, dass sich das je ändern würde. Die Tatsache, dass ihre Tochter nun nichts mehr mit ihr zu tun haben wollte, schnitt Hope so tief ins Gemüt wie ein Skalpell in die Haut eines Pfirsichs.

»Schaut euch diesen frechen Kerl an«, sagte Charlie und blieb vor einem provisorischen Stall stehen. Der Boden jeder Box war mit Stroh bedeckt, und darauf standen drei Ziegen, ein Zwergpony und ein Esel, die alle ihre Nasen über die verriegelten Türen streckten. An Ende des Stalls hing ein Münzautomat an der Wand, dessen Plastikbehälter mit Nüssen gefüllt war. Der Esel, der die Box neben dem Automaten hatte, wartete, bis ihm alle ihre Aufmerksamkeit schenkten, dann schob er seinen Kopf vor und schlang die haarige graue Oberlippe über den Drehknopf in der Hoffnung, dass einige Nüsse herausfielen.

»Wie niedlich!«, rief Hope, legte dem Esel vorsichtig eine

Hand zwischen die ungleichen Ohren und kraulte ihm das staubige Fell.

Ollie wühlte in seiner Hosentasche nach Münzen, und Megan hatte bereits die Kamera gezückt. Hope hörte ihr eifriges Klicken, als Ollie eine großzügige Portion Nüsse herausholte und sie sowohl Hope als auch Sophie in die Hände schüttete. Der Esel schoss augenblicklich vor, hob seine Oberlippe und zeigte die Zähne.

»Er ist sehr glücklich«, erklärte der Mann, der den Stall betreute, und schlug die Hände auf die Oberschenkel, als sich der Esel umdrehte und seinem Stallgefährten, dem Pony, einen warnenden Biss versetzte.

Hope hielt dem Esel ihre flache Hand vor die Schnauze und beobachtete, wie er das angebotene Futter verschlang. Der kleine Trick hielt das graue Hängeohr vermutlich gut im Futter, wie auch sein Bauch bewies. Als sie einen Schritt zurücktrat und sich den Staub der Nüsse von den Händen rieb, fiel ihr auf, dass Charlie nirgendwo zu sehen war.

»Hast du gesehen, wohin er gegangen ist?«, fragte sie Megan, die noch immer ihre Kamera in den behandschuhten Händen hielt.

Megan schüttelte den Kopf. »Nein, tut mir leid.«

»Da drüben ist er.« Sophie deutete zwischen den großen Ohren des Esels hindurch auf einen anderen Stand, ein paar Meter weiter. Charlie stand mit dem Rücken zu ihnen, aber seine Größe und die rote Mütze verrieten ihn. Hopes Magen sank ein Stück tiefer, als sie das Handy bemerkte, das er ans Ohr hielt. So spät am Abend konnte es wohl kein Makler sein.

Ollie hatte ihre betroffene Miene offenbar bemerkt, weil er schnell eine weitere Münze in den Nussautomaten warf und sie zu sich winkte.

»Komm«, sagte er mit einer Begeisterung, die seine Stimme fast überschnappen ließ, »wir wollen doch mal sehen, ob wir eine Prügelei zwischen dem Esel und dem Pony anzetteln können.«

Dankbar hielt Hope ihm die Hand hin und kauerte sich vor die entschlossene braune Stute, die ihre winzige Nase durch eine Lücke zwischen den Brettern schob. Von hier aus konnte sie Charlies Kopf noch sehen, und sie hörte, wie Megan erneut zu fotografieren begann.

Wie war sie nur in so eine Situation geraten?, fragte sie sich. Vor ein paar Tagen war sie sich noch sicher gewesen, jemanden gefunden zu haben, dem sie vertrauen konnte, jemanden, der sie liebte. Aber jetzt, mitten in Prag, mit den Knien fast auf den kalten, feuchten Pflastersteinen und die Finger rot von der Kälte, wurde ihr voller Angst bewusst, dass sie Charlie eigentlich gar nicht wirklich kannte.

24

Am nächsten Morgen war der Himmel weiß und schwer von Schnee. Sophie konnte das lastende Gewicht beinahe fühlen, als sie aus dem Hotel schlüpfte und mit knirschenden Schritten durch die schmutzigen Schneehaufen auf dem Bürgersteig stieg. Unterwegs blieb sie nur kurz stehen, um an einem kleinen Verkaufsstand auf der anderen Flussseite eine Tasse frischen Ingwertee zu erstehen, dann ging sie eilig am Kafka-Museum vorbei ans Ufer der Moldau.

Vor ihr auf dem schlammigen Boden erhob sich ein großer, verwitterter Baum. Seine Wurzeln waren hier und da sichtbar, und seine untersten Äste hingen ins Wasser. Hier unten waren Weiß, Braun- und Grautöne die vorherrschenden Farben, und die Spiegelung des bleichen Himmels verlieh der Moldau ein trübes Beige. Sophie atmete die etwas muffige Luft ein und verzog die Nase, dann hob sie sich den Becher vors Gesicht, um durch den süßen Duft des Ingwers den Geruch von Entenkot zu vertreiben.

Ihre Manteltaschen waren voll mit Brot vom Frühstücksbüfett, und nun ließ sie sich auf einer großen Baumwurzel nieder und brach es in Stücke. Es dauerte nicht lange, bis die Schwäne, Enten und Möwen in der Umgebung den frischen Teig witterten, und bald waren die Pfützen rund um Sophies Füße unter dem Ansturm der gefiederten Gierschlünde nicht mehr zu sehen.

Sie ließ sich Zeit und überlegte, welche Vögel sie füttern wollte, dann warf sie die Stücke über die Köpfe der erwartungsvollen Schwäne hinweg, die sich in der Menge der Vögel ganz nach vorne gedrängt hatten. Dass ihr rücksichtsloses Verhalten nicht belohnt wurde, ärgerte die Schwäne, und Sophie duckte sich, als ein besonders wütendes Tier seine Flügel ausbreitete und sie in die Knöchel beißen wollte.

»Hau ab!«, schimpfte sie, scheuchte ihn mit großen Gesten weg und wäre dabei mit dem Arm beinahe an seinen ebenso unverschämten Freund geraten. Die Tiere drängten und stießen einander zur Seite wie Passagiere während der Hauptverkehrszeit in der Londoner U-Bahn. Viele Leute benahmen sich genau wie diese Schwäne, so als wären sie die wichtigsten Wesen auf diesem Planeten und hätten das Recht, auch so behandelt zu werden. Sophie fand solche Leute albern und lächelte, als sie an ihr ruhiges Zuhause dachte. In ihrem Dorf musste keiner den anderen beiseitedrängen. Als Jugendliche war es ihr dort oft viel zu still gewesen. Sie hatte ihren Eltern vorgejammert, das Dorf sei so »öde«, und sich geschworen, umgehend nach London zu ziehen, sobald sie alt genug sei. Was war sie nur für eine Idiotin gewesen!

Vor ihr flatterte es auf einmal aufgeregt, und mehrere Enten marschierten quakend aufs Wasser zu. Erst dachte Sophie, einer der Schwäne hätte wieder zugeschlagen, aber dann sah sie unter dem Durcheinander aus Federn ein braunes Fell aufblitzen.

»Was ist das denn?«, keuchte sie und wich erschrocken zurück, wobei lauwarmer Ingwertee auf einen ihrer Handschuhe schwappte.

Ganz bestimmt hatte sie ein Fell gesehen, ein Stück Schwanz und Zähne. Aber eine Ratte konnte es nicht gewesen sein. Sie hatte schon einige sehr große Ratten gesehen, das brachte das Leben auf einem Bauernhof so mit sich, aber das da war etwas anderes. Es war sogar größer als die Enten, die watschelnd vor ihm flohen.

Der Drang, zur Straße hinaufzuklettern und davonzulaufen, war übermächtig, aber Sophie blieb stehen, ohne sich zu rühren. Sie spürte, wie es auf ihrer Haut zu kribbeln begann, und aus irgendeinem Grund hatte sie das Bild von einem nassen, schleimigen Wesen im Kopf, das an ihren Beinen hochkletterte. Ausgerechnet jetzt, wo sie Robin so sehr gebraucht hätte, war er nicht da. Er hätte gewusst, was jetzt zu tun war – und er hätte keine Angst gehabt.

Ein heftiges Schaudern durchlief sie, als das Nagetier hinter einer Schar wütender Enteriche erneut auftauchte und an dem Müll schnüffelte, der ein paar Meter von ihr und dem Baum entfernt ans Ufer gespült worden war. Aus dieser sicheren Entfernung merkte sie, dass das Tier gar nicht so abstoßend aussah. Im Gegenteil, es war sogar regelrecht süß. Sein Gesicht war flacher als das einer Ratte, und seine Pfoten ähnelten eher Flossen als Klauen. Als es sich wieder umwandte und ins Wasser glitt, sah sie erneut seinen Schwanz und musste laut über sich selbst lachen. Es war ein Biber, keine Ratte.

Mit Robin hatte sie auf ihren Reisen um die Welt Delfine in Mexiko, Krokodile in Australien, einen Adler, der in einer Lagune auf Sri Lanka Fische fing, und Millionen von Tauben gesehen, aber nie einen Biber, und als ihre Erleichterung, dass es doch keine Riesenratte gewesen war, verflogen war, überfiel Sophie ein tiefes Bedauern. Sie konnte kaum glauben, dass Robin nicht da war, um das hier mit ihr zu teilen.

Sophie zog ihr Telefon aus der Tasche und stapfte durch den Schlamm zum Rand des Wassers. Aber sie hielt vergeblich Ausschau nach dem Tier, vor dem sie vor wenigen Minuten noch am liebsten schreiend davongelaufen wäre. Gerne hätte sie wenigstens ein Foto gemacht – auch wenn das natürlich nicht dasselbe war.

Sie und Robin hatten so viel miteinander erlebt. Seit sie sich kennengelernt hatten, waren sie fast keinen Tag voneinander getrennt gewesen – schon gar nicht, seit er seine Wohnung in Cornwall aufgegeben hatte und zu ihr in ihr Dachgeschosszimmer auf dem Hof gezogen war. Allein hier in Prag zu sein und etwas Neues zu erleben, das er nie mit ihr teilen würde, kam ihr wie ein einziger großer Irrtum vor.

Unwillkürlich wanderten ihre Gedanken zu der einen Erinnerung, die sie so gerne vergessen würde – dem Streit, der ihre Beziehung grundlegend verändert hatte. Er war später als geplant nach Hause gekommen, sein Atem hatte unangenehm nach Bier gerochen, und er war überdreht und aufgeregt gewesen. Wenn Robin in einer solchen Stimmung war, konnte er unmöglich still sitzen, er ging im Zimmer umher und nahm ein Ding nach dem anderen in die Hand. Als Sophie ihn darauf hinwies und fragte, warum er so gut gelaunt sei, wirkte er auf einmal etwas beschämt und wurde ungewöhnlich schweigsam.

»Warum erzählst du mir nicht, was los ist?«, wollte sie wissen, als er nach einer CD griff und so tat, als würde er den Rückseitentext lesen.

»Es ist nichts.«

»Warum bist du dann so spät gekommen?«

Schulterzucken. »Ich bin nach der Arbeit noch was trinken gegangen, mehr nicht.«

»Mit wem denn?«

Sophie bemerkte, wie sich seine Schultern etwas verspannten.

»Mit den Jungs und ...« Er legte die CD weg und strich

sich das Haar hinter die Ohren, wobei er den Blick auf den Teppich gerichtet hielt.

»Und?« Sie bemühte sich, nicht verärgert zu klingen, aber es gelang ihr nicht. So verschlossen war Robin doch sonst nie.

Er stieß einen tiefen Seufzer aus und sah sie endlich an.

»Niemandem.«

Sophie holte tief Luft. Offensichtlich wollte er ihr nicht die Wahrheit sagen.

»Ich verstehe.«

Robin stöhnte und trommelte mit den Fingern nervös auf die Frisierkommode. »Das ist genau der Grund, weshalb ich dir nie erzähle, wenn ich mit den Jungs noch weggehe. Ich weiß immer schon, dass du überreagierst.«

»Das tue ich doch gar nicht. Du bist derjenige, der sich verhält, als hätte er etwas Verbotenes getan.«

»Jetzt hör aber auf, Käferchen.«

»Da hast du recht!«, fuhr sie ihn an und wandte ihm den Rücken zu, als er sie umarmen wollte. »Ich bin ein unbedeutender Käfer – kein Wunder, dass du lieber mit deinen Freunden zusammen bist.«

»Jetzt wirst du aber wirklich albern.« Er sah sie halb betroffen, halb amüsiert an, und als sie sah, wie er sich das Lachen verbiss, wäre sie vor Wut beinahe geplatzt. Wie konnte er es wagen, über sie zu lachen?

Ihre Miene zeigte offenbar deutlich, was sie fühlte, denn Robin warf ihr einen Blick zu und gab klein bei.

»Tut mir leid«, sagte er, und seine Überheblichkeit verschwand wie Wasser im Abfluss. »Ich hätte dich fragen sollen, ob du mitkommst. Die Jungs sind doch keine Bedrohung für dich, Käferchen. Du weißt, dass du mir wichtiger bist als sie alle zusammen.«

»Ich habe einfach Angst, dich zu verlieren«, sagte sie mit brüchiger Stimme, und er zog sie an seine Brust.

»Das wird nie geschehen«, versprach er, und sie konnte hören, dass er lächelte. »Ich fürchte, du wirst mich ein Leben lang an der Backe haben.«

Das Schluchzen brach so plötzlich aus den Tiefen ihrer Brust hervor, dass die paar Enten und Möwen, die sie in der Hoffnung auf noch mehr Brot weiterhin umlagerten, erschrocken zurückwichen. Jetzt war sie wirklich albern – es gab überhaupt keinen Grund, so zu weinen. Dieser Streit lag schon Monate zurück, und sie und Robin hatten sich längst wieder versöhnt.

Sophie wusste nicht genau, wie lange sie so in Erinnerungen verloren dagesessen hatte, aber nach einer Weile schob der Biber unmittelbar vor ihr seinen glatten Kopf aus dem Wasser und schnüffelte interessiert. Regungslos sah Sophie zu, wie das Tier an ihr vorbeiging, so nah, dass sie nur die Hand hätte ausstrecken müssen, um ihm mit dem Finger über den nassen Pelz zu streichen.

Die Vögel hatten sich beruhigt, und am gegenüberliegenden Ufer erwachte allmählich die Stadt. Sophie spitzte die Ohren und konnte das vertraute metallische Geräusch von der Kreuzung an der Karlsbrücke hören, wo die Straßenbahnen quietschend am Ufer der Moldau auf und ab fuhren. Irgendwo hinter ihr erklang ganz leise Musik, und der Wind scheuchte eifrig das Laub über die Pflastersteine.

Es wurde kälter, und Sophie sah seufzend ihre durchnässten Handschuhe an. Sie war froh über den langen Mantel, der den nassen Fleck hinten auf ihrer Jeans verdecken würde. Wenigstens hatte sie den anderen am Abend nun etwas zu erzählen, dachte sie und verfluchte sich erneut, weil sie kein

Foto von dem Biber gemacht hatte. Vielleicht würden Megan ein paar Fotos gelingen, wenn sie hier ans Ufer kam, und ihre wären auch viel besser.

Sie hatten sich für heute wieder zu einem gemeinsamen Abendessen verabredet. Sophie war dankbar, dass sie so freundlich in die Gruppe aufgenommen worden war. Erneut sah sie Robin vor sich, mit seinen warmen, lachenden Augen und den verwuschelten blonden Haaren. Wie sehr sie ihn vermisste – seinen Geruch, die Berührungen, sein ganzes Wesen. Nach dieser Reise würde sie nie mehr zulassen, dass er sie allein ließ.

25

»Bist du schon mal mit einem Segway gefahren?«

Megan verzog das Gesicht. »Nein.« Sie wich aus, als zum wiederholten Mal eine Touristengruppe auf den seltsamen zweirädrigen Vorrichtungen an ihnen vorbeirumpelte. »Wenn man in London mit so einem Ding zur Arbeit fährt, lynchen sie einen vermutlich.« Sie sah den Segways nach, die weiter vorne um eine Ecke verschwanden. »Kannst du dir das vorstellen?«

»Du hast recht«, stimmte Ollie zu. »Und ausgeraubt würde man. Sag mir noch mal, wieso wir eigentlich in der Großstadt wohnen.«

»Weil dort das Leben tobt«, erklärte sie. »Wenn du bekannt werden willst, dann darfst du dich nicht in einem kleinen Dorf verstecken.«

»Wohnst du deswegen dort?« Er sah sie aufmerksam an. Von dem kalten Wind war seine Nase so rot wie ein reifer Apfel.

Unbehaglich zuckte Megan mit den Schultern. »Ja, wahrscheinlich. Aber das heißt nicht, dass ich berühmt werden möchte oder so, in London gibt es nur viel mehr Ausstellungen und sonstige Möglichkeiten für Fotografen als anderswo. Wenn ich bei meinen Eltern auf dem Land in Kent geblieben wäre, hätte ich es zu gar nichts gebracht.«

Ollies Gesichtsausdruck verriet, dass er das kaum glauben mochte, und Megan ärgerte sich ein bisschen.

»Das meine ich ernst«, sagte sie. »Ich will, dass die Leute meine Arbeiten ansehen und nicht mich.«

»Das stimmt, du kannst es nicht ertragen, wenn man dich ansieht«, bestätigte Ollie.

Sein Ton war so sachlich, dass sie nicht wusste, ob er das wirklich so meinte, oder ob er auf die Nacht ihres Kennenlernens anspielte, als sie sich neben ihm auf dem Sofa unbehaglich unter seinem Blick gewunden hatte. Damals war ihr die Intensität von Ollies Gefühlen tatsächlich unangenehm gewesen, aber trotzdem fand sie den Gedanken, von ihm begehrt zu werden, nicht vollkommen abstoßend. Oder doch? Mit jeder Stunde, die sie mit Ollie hier in Prag verbrachte, wuchs Megans Verwirrung. Beispielsweise heute Morgen, als sie beim Aufwachen feststellen musste, dass er im Schlaf seine Hand in ihre geschoben hatte. Sie wusste natürlich nicht, ob er es absichtlich getan hatte, vielleicht war es eine unbewusste Geste gewesen. Aber was sie am meisten beunruhigte, war die Tatsache, dass es ihr gefallen hatte. Als er sich schließlich rührte und von ihr wegdrehte, war sie ernsthaft betrübt gewesen.

Megan hatte sich immer für eine unabhängige Person gehalten, ein Frau, die stark genug war, um ohne einen Mann durchs Leben zu kommen. Diese unerwartete Bedürftigkeit, die sie an Ollies Seite spürte, war beunruhigend und gab ihr ein Gefühl von Schwäche. Und das war etwas, was Megan in ihrem Leben überhaupt nicht brauchen konnte – nicht nach dem, was mit Andre geschehen war, als ihre schlechte Menschenkenntnis sie in die Katastrophe geführt hatte. Für sie gab es nur einen Weg, um sich das Leben, das sie sich wünschte, zurückzuerobern und der Welt zu zeigen, was in ihr steckte: Sie musste die beste Debütausstellung auf die Beine stellen, die London je gesehen hatte. Und das wollte sie alleine schaffen.

Dennoch, je mehr Zeit sie mit Ollie verbrachte, desto stärker fühlte sie sich zu ihm hingezogen. Ständig schienen sich diese Gefühle von hinten an sie heranzuschleichen, ihr auf die Schulter zu tippen und Aufmerksamkeit zu verlangen.

»Schau ihn dir doch an«, riefen sie. »Er sieht gut aus, ist groß, witzig und hat keine Glatze. Geh doch zu ihm und gib ihm einen Kuss!«

Aber Megan schüttelte bloß den Kopf und verscheuchte die Plagegeister. Derzeit war Ollie einfach ein Problem zu viel für sie; es wäre nicht richtig, ihren Gefühlen so einfach nachzugeben. Sie ließ ihre Gedanken zum gestrigen Abend zurückwandern, als die Ereignisse eine seltsame Wendung genommen hatten.

Nachdem sie das nette Café hinter dem Altstädter Ring verlassen hatten und dem genialen und trickreichen Esel begegnet waren – Megan musste immer noch grinsen, sie hatte so viele tolle Fotos von ihm gemacht –, war Charlie ein Stück weggegangen, um zu telefonieren, und die Atmosphäre zwischen ihm und Hope wurde auf einmal eisiger als die Umgebungsluft. Und das wollte etwas heißen, denn es hatte doch einige Grad unter null. Hope wollte wissen, mit wem er am Handy gesprochen habe, worauf Charlie ihr vorwarf, sie bilde sich da etwas ein. Alle hatten gesehen, wie Charlie sich das Telefon ans Ohr gehalten hatte, daher war es seltsam, dass er das Gespräch rundheraus leugnete, und als Megan sich umdrehte, murmelte Hope gerade etwas in sich hinein. Allmählich wuchs die Peinlichkeit ins Unerträgliche, und Sophie warf Megan mit ihren großen Augen einen erschrockenen Blick zu.

Ollie, der ewige Pragmatiker, war schließlich dazwischengegangen und hatte die Situation gerettet. Er hatte Charlie vorgeschlagen, noch auf ein »Bier unter Männern« in eines dieser abstoßend wirkenden englischen Pubs auf der anderen Seite des Platzes zu gehen, und die immer noch stockwütende Hope war mit den beiden jungen Frauen zurückgeblieben.

»Wollt ihr noch einen Wein trinken?«, hatte Megan gefragt, weil ihr nichts Besseres einfiel.

Hope hatte sich um ein Lächeln bemüht und den Kopf geschüttelt.

»Ich gehe lieber ins Hotel, aber ihr beiden solltet euch davon nicht aufhalten lassen.«

Megan warf Sophie einen hilfesuchenden Blick zu, aber die zog nur frierend die Schultern hoch.

»Na, kommt schon«, bat Megan die beiden. »Hier gibt es so viele nette Bars. Warum gehen wir nicht in die da drüben, wo die Lampen mit den Heizschirmen stehen? Ich würde mich gern in eine Decke wickeln und einen Glühwein trinken, ihr nicht auch? Der Letzte ist schon, na ja, zehn Minuten her, und mir ist schon wieder eiskalt.«

Hope sah erst Megan, dann Sophie und wieder Megan an, und endlich verzog sich ihr Mund zu einem richtigen Lächeln.

»Na gut, ihr habt mich überredet.«

Am Himmel stand kaum eine Wolke, aber die Scheinwerferbeleuchtung der eindrucksvollen Bauten rund um den Altstädter Ring war so hell, dass auch keine Sterne zu sehen waren. Glücklicherweise hatte der Wind nachgelassen, daher fühlten sie sich durchaus wohl, als sie, jede in eine dicke rote Decke gehüllt, dasaßen und ihre heißen Getränke schlürften. Der Kellner, der auffällig hochgewachsen war und eine ziemlich große Nase hatte, nahm sich besonders viel Zeit, als er Megan die Decke um Taille und Hüften feststeckte.

»Da hast du wohl gerade einen Bewunderer gewonnen«, bemerkte Hope kichernd und zwinkerte ihr zu, als der Mann zwischen den eng stehenden Tischen davonging. Er trug ein modisches Hemd mit Krawatte, aber kein Jackett, und Megan fröstelte mitfühlend.

»Offenbar ist ihm die Kälte ins Hirn gestiegen«, sagte sie.

»Gut, dass Ollie das nicht gesehen hat«, fuhr Hope fort und klopfte Megan verschwörerisch auf den Arm.

Megan reagierte nicht, sondern griff nach ihrem Glas und stieß einen Fluch aus, als sie sich an dem heißen, nach Gewürzen duftenden Wein die Kehle verbrannte.

Doch Hope gab nicht auf. »Tut mir leid, aber es ist offensichtlich, dass er in dich verknallt ist. Er kann die Augen nicht von dir lassen.«

»Du hast doch gehört, was er beim Abendessen gesagt hat«, erwiderte Megan. »Er betrachtet mich als eine Freundin. Es gab schon mal eine Zeit, da ...« Sie hielt inne und wusste nicht, ob sie weitersprechen sollte.

»Du musst nicht darüber reden, wenn du nicht willst«, meldete Sophie sich mit heller Stimme von der anderen Seite des Tisches.

Sie sagte zwar wenig, aber wenn, dann traf sie ins Schwarze, dachte Megan. Andererseits, vielleicht würde ihr ein Gespräch darüber guttun.

»Ich habe mich von Ollie getrennt, ehe es überhaupt angefangen hatte«, erklärte sie und erzählte, während sie vorsichtig an ihrem Glühwein nippte, wie sie und Ollie sich kennengelernt und an diesem ersten Abend nach dem Pub-Quiz geküsst hatten. »Vor ein paar Jahren habe ich eine scheußliche Trennung durchgemacht«, fügte sie erklärend hinzu und beschloss, die Einzelheiten für sich zu behalten. »Es ist keineswegs so, dass ich Ollie nicht mag, eigentlich ganz im Gegenteil. Ich finde es großartig, mit ihm befreundet zu sein.«

»Wie kam es, dass ihr gemeinsam nach Prag gereist seid?«,

wollte Hope wissen und legte den hübschen Kopf schräg. Mit ihren blonden Locken erinnerte sie Megan an einen der vielen steinernen Engel und Cherubim, die überall in der Stadt zu sehen waren.

»Ollie wollte die Stadt kennenlernen, ehe er sie bei seinen Kindern zum Unterrichtsthema macht, und er dachte, ich könnte ihm dabei helfen, indem ich für ihn fotografiere.« Sie schwieg einen Moment, weil ihr gerade klar wurde, dass sie sich seit ihrer Ankunft ausschließlich darauf konzentriert hatte, ihre eigenen Fotos zu machen. Hatte Ollie das bemerkt und einfach nichts dazu gesagt? Das wäre typisch für ihn.

»Wie lief es denn bisher?«, fragte Hope weiter und warf Sophie einen Blick zu. Sophie lächelte.

»Wir haben uns gut amüsiert«, gab Megan zu. Dann verzog sie das Gesicht, als sie sich an Ollies betrunkenes Geständnis am ersten Abend erinnerte. »Aber es gab schon ein paar peinliche Situationen. Manchmal habe ich den Eindruck, ich nerve ihn.«

»Warum denn das?« Hope zog ihre Decke ein Stück höher und legte die behandschuhten Hände um ihr Glas.

Megan zuckte mit den Schultern. »Vielleicht, weil ich mich nie mehr von ihm habe küssen lassen? Ich weiß es nicht. Oder vielleicht bin ich einfach nervend?« Sie lachte, aber die beiden anderen blieben ernst.

»Warum wolltest du dich nicht mehr von ihm küssen lassen?«, fragte Hope freundlich.

»Du hast bestimmt deine Gründe«, mischte sich Sophie ein. »Es gibt immer einen Grund.«

Megan sah, dass sie fröstelte.

»Willst du noch eine Decke?«, fragte sie. »Oder sollen wir fragen, ob sie drinnen noch einen Tisch für uns haben?«

»Nein, nein, es geht schon.« Sophie zog die Schultern hoch.

Mit einem lauten metallischen Kratzen schob Hope ihren Stuhl näher zu Sophie und legte ihr schützend den Arm um die Schultern. Dabei rieb sie fest mit der Hand auf und ab, um die junge Frau zu wärmen.

»Ollie braucht eine richtige Freundin«, erklärte Megan. »Eine, die Zeit für ihn hat. Das wäre besser für ihn. Ich bin nicht die Richtige – ich bin viel zu egoistisch.«

»Das kann ich mir gar nicht vorstellen«, bemerkte Hope, aber Megan schüttelte den Kopf.

»Doch, das stimmt, glaub mir. Zumindest, wenn es um meinen Beruf geht. Das mit der Fotografie, das ist kein Job, bei dem man um fünf den Stift fallen lässt und bis zum nächsten Morgen nicht mehr dran denkt. Manchmal sitze ich abends noch stundenlang da und bearbeite ein einziges Bild, nur um es um drei Uhr morgens dann doch zu verwerfen. Oder ich stehe noch vor dem Morgengrauen auf, um zu arbeiten. Das hängt immer von meiner Stimmung ab. Aber Tatsache ist, dass ich die Freiheit habe zu tun, was ich will. Wenn ich einen Freund hätte, müsste ich einiges von dieser freien Zeit für ihn opfern, und dazu bin ich nicht bereit.«

»Liebst du ihn?«

Das kam von Sophie, während Hope Megan fassungslos ansah.

»Du meinst Ollie?« Megan wurde rot und lachte ein bisschen zu laut. »Nein. Ich meine, doch, als Freund. Ach, ich weiß es nicht.«

»Liebe ist nicht immer so klar zu erkennen«, sagte Hope ernst. »Manchmal glaubt man, jemanden zu lieben, und stellt dann Jahre später fest, dass es nie so war. Dass man den Gedanken geliebt hat, verliebt zu sein, und nicht den Menschen.«

»Man muss sich sicher sein«, sagte Sophie leise. »Bei Robin war ich das immer. Seit ich ihn kenne, ist kein Tag vergangen, an dem ich nicht absolut sicher wusste, dass ich ihn liebe. Ich glaube, wenn du es weißt, dann weißt du es einfach.«

»So eine Liebe, die ist sehr selten«, stellte Hope fest, und ihre Augen wurden feucht, als sie hinaufsah in die Lichter über dem Platz. »Manche Menschen wissen nie genau, ob das, was sie fühlen, echt ist.«

»Woran erkennt man es denn?«, wollte Megan wissen. »Ich meine, gibt es da einen bestimmten Moment, so etwas wie eine Silvesterrakete, die in deinem Hirn explodiert?«

Schweigen trat ein, als sie alle über diese Frage nachdachten. Dann sprach Sophie als Erste.

»Als ich Robin kennenlernte – und ich meine genau den Augenblick, als er mich zum ersten Mal ansprach –, fühlte ich, wie sich in mir etwas veränderte. Es war wie bei Uhrzeigern, die plötzlich die volle Stunde erreicht haben und dann kurz einrasten. Er empfand das genauso, hat er mir erzählt. In gewisser Weise hat uns das Universum zusammengeführt.«

»Als ich Ollie kennengelernt habe, ist zwischen meinen Beinen eine Silvesterrakete explodiert«, gestand Megan. Für ihren Geschmack war das Gespräch viel zu ernsthaft geworden, und sie wollte es unbedingt auflockern.

Hope kicherte und gab dem schlaksigen Kellner ein Zeichen, noch eine Runde Glühwein zu bringen.

»Aber machst du dir niemals Sorgen?«, fragte Sophie Megan.

»Sorgen worüber?«

»Dass Ollie doch der einzig Richtige sein könnte? Was, wenn ihr euch aus einem bestimmten Grund gefunden habt, und du machst alles falsch, indem du ihn so auf Distanz hältst?«

»Ich weiß, dass ich nichts falsch mache«, erwiderte Megan sofort. »Das fühle ich, weißt du, tief in meinem Inneren. Es wäre nicht richtig.«

»Und was, meinst du, fühlt Ollie tief in seinem Inneren?«, fragte Sophie.

Megan hatte nicht den Eindruck, dass Sophie sie bedrängen wollte, aber sie zog die Augenbrauen zusammen. Diese grundsätzlichen Fragen wurden ihr allmählich zu viel, so als ob sich alle gegen sie verschworen hätten. Das war immer so, wenn es um Ollie ging – ihre Familie und ihre Freundinnen fanden ihn toll, und alle hielten sie für verrückt, weil sie sich weigerte, mit ihm eine Beziehung anzufangen. Und jetzt schlugen Sophie und Hope in dieselbe Kerbe.

»Ollie weiß genau, dass wir einfach nur Freunde sind«, erwiderte sie. »Selbst wenn er nicht nachvollziehen kann, warum ich mich nicht mit ihm einlasse, so glaube ich doch, dass er es versucht.«

Hope löste ihre Hand vom Glühweinglas und drückte durch die Decke Megans Arm. »Du musst tun, was du für das Beste hältst«, sagte sie. »Stell die Interessen eines anderen nicht vor deine eigenen. Das habe ich bei Dave so viele Jahre lang getan, und jetzt bemühe ich mich mit aller Kraft, die Zeit zurückzudrehen.«

»Manchmal wünsche ich mir, ich könnte die Zeit einfach anhalten«, sagte Sophie verträumt. »Ich würde alles dafür geben, mit Robin noch hundert Jahre länger zusammen sein zu dürfen.«

»Ich kann es gar nicht erwarten, den Jungen endlich kennenzulernen.« Hope grinste. »Er scheint einfach der perfekte Mann zu sein.«

Sophie musste lächeln. »Das ist er. Zumindest für mich ist er perfekt.«

Dann hatte sie noch mehr über ihren Verlobten erzählt, über die Pläne, die sie für ihre Hochzeit hatten, und über all die Länder auf der Welt, die sie noch zusammen bereisen wollten. Megan war froh gewesen über den Themenwechsel, aber sie musste auch feststellen, dass sie neidisch auf Sophies glückliche Partnerschaft war. Warum fiel ihr das alles so mühelos in den Schoß, und Megan erschien so etwas völlig unmöglich?

Jetzt sah Megan zu Ollie hoch und betrachtete seine rote Nase, auf deren Spitze die Brille hing, seine rosigen Wangen und die hässliche, pelzgefütterte Mütze, die er auf dem Weg zur Karlsbrücke an einem Stand gekauft hatte. Sie versuchte herauszufinden, was sie für ihn empfand. Zumindest eine tiefe Wärme, so viel war klar. Sie konnte spüren, dass sich diese Wärme wie geschmolzenes Karamell in ihrem ganzen Inneren verteilte. Ihre Glieder wurden leichter, ihr Herz schlug schneller, sie fühlte die Kälte kaum noch. War das Liebe? Und wenn, was für eine Art von Liebe war es? Wie konnte sie sicher sein, dass sie Ollie nicht einfach nur sehr gern hatte? Sophie hatte gesagt, sie habe schon bei der ersten Begegnung gewusst, dass sie Robin liebte – warum fand sie selbst es dann so schwierig?

»Ich glaube, zur John-Lennon-Mauer geht es in diese Richtung«, verkündete Ollie und riss sie damit schlagartig aus ihren widersprüchlichen Überlegungen. Er hatte heute den Stadtplan, den er jetzt aufgefaltet in den behandschuhten Händen hielt.

Sie ließen die Karlsbrücke hinter sich und wandten sich nach links, hinein in ein Gewirr von Straßen, die von hohen

Gebäuden mit gelben Fassaden eingefasst waren. Der Boden unter ihren Füßen war mit glattem Kopfsteinpflaster versehen, jeder Stein überzogen mit einem glitzernden Spinnennetz aus Reif. Der zusammengeschobene Schnee lag in traurigen, vergessenen Haufen am Straßenrand. Je weiter sie gingen, desto leiser wurden die plappernden Stimmen der Touristen.

Hier wäre ein ausgezeichneter Platz, um sich zu küssen, dachte Megan und erschrak zutiefst über sich selbst. Niemand würde sie stören. Es war schon so lange her, seit sie Ollie damals zum ersten Mal geküsst hatte, aber sie konnte sich noch genau erinnern, wie vorsichtig er seine Zunge an ihre gedrückt hatte, nicht verlegen oder ungeschickt, sondern bewusst und zärtlich. In ihren Knien pochte es, und sie blieb unwillkürlich stehen, um sie zu reiben.

»Tun dir von unserer gestrigen Kletterei immer noch die Beine weh? Du bist wirklich eine alte Dame«, neckte Ollie sie.

Wenn er wüsste!

»Alt? Wer ist hier alt? Du musst reden, schließlich gehst du schon auf die vierzig zu!«

Ollie streckte ihr die Zunge heraus.

Als sie um die nächste Ecke bogen, standen sie vor einer kleinen Brücke, die auf einer Seite eine niedrige Mauer und auf der anderen ein schmiedeeisernes Geländer hatte. An den Eisenstäben hingen tatsächlich Hunderte von Vorhängeschlössern in allen Größen, Formen und Farben, und auf jedem standen die Namen oder Initialen des Paares, das es dort befestigt hatte. Megan dachte an das einsame Schloss, das sie und Ollie tags zuvor auf halber Höhe des Petřín-Hügels gefunden hatten, und lächelte. Wenn sie jemals in Prag ein Liebesschloss anbringen würde – was sie natürlich niemals täte –, dann ganz bestimmt an einem versteckten Ort, so wie es dieses Paar getan hatte.

»In dieser Stadt gibt es eine ganze Menge verliebter Menschen«, bemerkte Ollie und betrachtete einige der Schlösser, die vor ihm hingen.

Megan antwortete nicht, weil sie damit beschäftigt war, die Schlösser von allen Seiten zu fotografieren. Es war schön, dass sie vor Ollie jetzt keine Hemmungen mehr verspürte. Nach ihrem verrückten Auftritt gestern im Kloster Strahov war sie zu dem Schluss gekommen, dass es egal war, was sie in seiner Anwesenheit tat. Wenn sie Freunde sein wollten, musste er die echte Megan kennenlernen – und das hier war die echte Megan.

»Willst du dich wirklich auf den ... Oh!« Ollie sprang beiseite, als Megan über den Boden neben seinen Füßen kroch. »Du willst.«

Megan sah vor sich nichts als Farben und Liebe und Freude – und während sie die Größe und Einteilung der Fotos festlegte, versuchte sie, die Gefühle der Paare nachzuempfinden, als sie diese Schlösser anbrachten. Die gegenseitige Zuneigung und die Sehnsucht sicherzustellen, dass diese Hingabe für immer anhielt. Eine feste Garantie, eine, die sichtbar war, die sie anfassen und vielleicht wieder aufsuchen konnten, wenn es schwierig wurde. Was, soweit Megan wusste, mit Sicherheit irgendwann geschah.

»Du machst ein Gesicht wie ein Baby, das gerade in seine Windel kackt«, stellte Ollie wenig hilfreich fest.

»Das muss für dich doch sein, als würdest du in den Spiegel schauen«, alberte sie freundlich und rappelte sich eilig auf, weil hinter ihnen schon wieder eine Segway-Gruppe um die Ecke gerollt kam.

Ollie reichte Megan die Hand, damit sie ihr Gleichgewicht

wiederfand, und drückte ihr dabei die Finger, als wollte er etwas mitteilen, was er noch nicht laut aussprechen konnte. Megan dachte erneut an den Kuss und zwang sich, ein paar Schritte von ihm wegzugehen.

»Es ist ganz schön kalt«, sagte sie und schaute an ihren feuchten Kleidern hinab. Sie übertrieb ihr Frösteln, um das Gesagte zu betonen. »Dann suchen wir doch mal diese Mauer, von der du ständig redest.«

Ollie sah sie durch seine verschmierten Brillengläser an und wischte ihr eine einzelne blonde Strähne aus dem Gesicht, die an ihrem Lippenbalsam kleben geblieben war.

Da war sie wieder, diese Wärme.

»Du bist sehr schön«, sagte er zu ihr. »Das denke ich jedes Mal, wenn ich dich anschaue. Meistens kann ich mich davon abhalten, dir das auch zu sagen. Aber diesmal nicht.«

Megan erwiderte nichts, aber sie erbebte leise. Diesmal wandte sie den Blick nicht ab – sie stand so still wie eine der Statuen oben auf der Brücke und sah ihn an.

»Na, dann komm«, sagte er schließlich und riss sich aus der Trance, in die sie beide gefallen waren. Dann reichte er ihr die Hand. »Lass dich mal vom Lehrer führen.«

26

Als das sanfte Morgenlicht kurz nach Sonnenaufgang durch den Vorhang spitzte und sich mit seinen bleichen Fingern über den Teppich und den Läufer bis hinauf zu den verhedderten Bettlaken tastete, lag Hope bereits seit Stunden wach. Seit die Schreie sie aufgeweckt hatten, war sie nicht mehr eingeschlafen.

Charlie lag neben ihr, das Gesicht in die andere Richtung gewandt. Auf der Rückseite seiner Schultern sprießten ein paar wenige Haare. Er schnarchte leise, aber Hope fand das Geräusch keineswegs tröstlich. Vor dem Einschlafen hatten sie sich heftig gestritten – ihr erster richtiger Streit überhaupt –, und Hope war von dem wütenden Wortwechsel immer noch verletzt.

»Du bildest dir da etwas ein, Liebes«, hatte er behauptet, als sie ihm vorwarf, heimlich telefoniert zu haben, als sie auf dem Markt von dem Esel abgelenkt gewesen war. »Warum greifst du mich so an?«

Aber Hope bildete sich nichts ein, sie hatte ihn gesehen. Als sie ihm das sagte, hatte Charlie ihr einen so bösen Blick zugeworfen, als würde ihn schon ihr bloßer Anblick stören. So kannte Hope den freundlichen, liebevollen Charlie gar nicht, und einen Moment lang schwieg sie erschrocken. Dann versuchte sie es noch einmal anders.

»Was auch immer es ist, du kannst es mir erzählen«, versicherte sie ihm und bemühte sich um einen versöhnlichen Tonfall. »Ich werde nicht wütend, das verspreche ich.«

»Es gibt nichts zu erzählen«, gab er zurück, ohne sie auch nur anzusehen.

Es war seltsam, wie fremd er ihr auf einmal war. Ihre Beziehung war immer sehr leidenschaftlich gewesen, aber sie war auch, wie Hope jetzt erst auffiel, in erster Linie körperlich. Hatten sie sich beide einfach ihrer verzehrenden Lust hingegeben und nicht bemerkt, dass sich unter ihnen ein abgrundtiefer Spalt auftat? Hatten sie sich zu schnell und zu ungeduldig aufeinander eingelassen? Hope war sich ihrer Gefühle so sicher gewesen – noch vor ein paar Tagen hätte sie geschworen, dass Charlie die Antwort auf all ihre Probleme war –, aber vielleicht hatte sie sich geirrt? Hatte sie sich von dem Wunsch, ihr Leben zu ändern, in etwas hineintreiben lassen, das es überhaupt nicht gab?

Der Punkt, an dem Hope immer wieder hängen blieb, war die Tatsache, dass sie Charlie zwar mochte, aber nicht bereit war, sich von ihm versorgen zu lassen, so wie er das gern getan hätte – und dass sie sich diesem Problem stellen musste.

Das Licht wandelte sich, als sie die Bettdecke zurückschlug und leise ins Badezimmer ging. Beim Anblick ihres Gesichts im Spiegel stöhnte sie laut auf. Das Netz aus Fältchen verriet, wie wenig sie geschlafen hatte. Erneut dachte sie an die Schreie, die sie aus einem der anderen Zimmer gehört hatte – so kummervoll und so voller Qual, dass sie instinktiv auf den Flur gerannt war und gerufen hatte: »Hallo? Ist da alles in Ordnung?«

Niemand hatte geantwortet. Das einzige Geräusch war das leise Summen der bewegungsgesteuerten Lampe gewesen, die über ihr flackerte, und das Ticken eines nahen Heizkörpers. Offenbar hatte der Schrei niemanden außer ihr geweckt, und Hope war sich nun nicht mehr sicher, ob sie ihn sich nicht doch eingebildet hatte. Sie war übermüdet, nervös und erschöpft, da war es durchaus vorstellbar, dass ihr Hirn ihr einen Streich gespielt hatte. Niedergeschlagen kehrte sie ins Bett zurück und starrte mit weit offenen Augen hinauf an die dunkle Zimmerdecke.

Charlie erwachte spät und rieb sich die Augen. Dann tastete er nach seiner Uhr und nach Hope. Sie beobachtete ihn von dem Sessel am Fenster aus, wo sie seit einer halben Stunde saß, vollständig angezogen und mit verkniffener Miene.

Als er sie so dasitzen sah, schüttelte er den Kopf.

»Tut mir leid«, murmelte er.

Stille trat ein. Hope wusste nicht so recht, was sie erwidern sollte. Bestimmt erwartete er von ihr, dass sie sich ebenfalls entschuldigte, aber sie tat es nicht. Es tat ihr nicht leid, denn sie hatte nichts falsch gemacht. In ihrer Ehe hatte sie Dave viel zu oft um Verzeihung gebeten, ihm viel zu oft das Gefühl gegeben, sie sei schuld an allem, obwohl das nicht zutraf. So ein Mensch wollte sie nicht mehr sein.

»Lass uns unter die letzte Nacht einfach einen Strich ziehen, ja?«, sagte sie stattdessen. »Wir versuchen, uns heute einen schönen Tag zu machen und noch mehr von der Stadt zu sehen.«

Er nickte. »Wirfst du mir bitte mal das Handtuch her?«

Hope fand ihn übertrieben schamhaft, als sie zusah, wie er sich sorgfältig das Handtuch um die Hüften band, ehe er das Bett verließ. Trotz des soeben gefassten Entschlusses fühlte sie sich schuldig.

»Wir sehen uns dann unten«, sagte sie durch die geschlossene Badezimmertür. Sie konnte die drückende Atmosphäre im Zimmer keinen Moment länger ertragen. Leise schlüpfte sie hinaus auf den Flur.

»Ich dachte, wir könnten heute mal mit dem Schiff fahren«, sagte Charlie. Nach dem Verlassen des Hotels hatte er seine Hände tief in die Manteltaschen geschoben, anstatt ihre Hand zu nehmen, aber wenigstens war er nicht mehr so einsilbig.

»Das ist eine hervorragende Idee«, zwitscherte Hope mit sehr viel mehr Begeisterung, als sie tatsächlich empfand. Ein herzhaftes Frühstück und mehrere Tassen starken schwarzen Kaffees hatten ihren Ärger vertrieben, und jetzt wollte sie vor allem, dass sie sich wieder versöhnten.

Heute war der Himmel von reinstem Weiß, so als hätte jemand einen Farbkübel darüber ausgeleert und alle Risse und Flecken überdeckt, und die Wolken hingen schwer. Hope sagte etwas in dieser Art zu Charlie, der mit zusammengekniffenen Augen nach oben blinzelte.

»Ich glaube, es wird Schnee geben«, sagte er. »Jedenfalls fühlt es sich so an, nicht wahr?«

Hope lächelte zustimmend, dachte aber insgeheim, dass die bedrohliche Atmosphäre eher mit dem Zerfall ihrer Beziehung als mit dem bevorstehenden Schneefall zu tun hatte.

Auf dem Weg zur Moldau ließen sie sich durch die Straßen der Altstadt treiben. Sie blieben kurz stehen, um einen Mann zu bewundern, der, von Kopf bis Fuß in Plastiklaub gehüllt, am Rand eines stillgelegten Brunnens saß. Zwischen den Zähnen hielt er ein kleines Röhrchen, aus dem ein steter Wasserstrahl in einen Eimer auf seinem Schoß fiel. Während sie dastanden und ihn anschauten, hob er grüßend eine mit Blättern besetzte Hand. Das war weit besser als einige dieser dämlichen »lebenden Statuen«, die Hope in Manchester gesehen hatte, und sie wühlte in der Tasche, um ihm ein paar Kronen in den Eimer zu werfen.

»Ihm muss doch eisig kalt sein«, sagte sie und schlang die Arme um den Körper, als eine Windböe sie traf.

»Besser ihm als mir«, bemerkte Charlie, aber ohne seinen sonstigen spielerischen Humor, und Hope wand sich innerlich, als sie die tiefen Sorgenfalten zwischen seinen Augenbrauen sah.

»Geht es dir gut?«, fragte sie und wagte es, sanft seinen Arm zu berühren.

Charlie holte tief Luft. »Aber natürlich«, erwiderte er.

Sie waren am Moldauufer auf und ab spaziert und hatten sich schließlich für die Historische Prager Flusskreuzfahrt entschieden. Ein Getränk und ein Stück Kuchen waren im Preis inbegriffen. Das Schiff, das geräumig und mit schön poliertem Holz ausgestattet war, lag tief im Wasser, und die beiden Fremdenführer trugen traditionelle Matrosenanzüge. Hope war entzückt und konnte sich gerade noch zurückhalten, um nicht damit herauszuplatzen, wie sehr Annette als Kind so eine Schifffahrt gefallen hätte. Ihre Tochter war jetzt erwachsen, das durfte sie nie vergessen – eine Frau, die ihre eigenen Entscheidungen traf und um die sich Hope nicht mehr zu kümmern brauchte. Aber die Rolle von Annettes Mutter war das, was Hope am besten beherrschte, und seit sie ihr so plötzlich entrissen worden war, trieb sie steuerlos in einem Meer der Unsicherheit.

Als die Motoren unter ihnen zu rumpeln begannen und das Schiff sich auf den Fluss hinausschob, ließ Hope vorsichtig ihren Kopf auf Charlies Schulter sinken und war unendlich dankbar, als er ihr im Gegenzug die Hand aufs Knie legte. Es war angenehm, so dazusitzen, in eine Decke gehüllt und mit einem Glas Glühwein in der Hand, während der Tourleiter Anekdoten aus der Geschichte der Stadt erzählte.

Hope fiel auf, dass er den besonderen Wunsch, den man auf der Brücke aussprechen konnte, gar nicht erwähnte, sondern nur die übliche Legende erzählte, nach der das Berühren der Statue Glück bringen sollte. Fasziniert vernahm sie noch weitere Einzelheiten über den heiligen Johannes Nepomuk, auf dessen Grab in der St.-Veits-Kathedrale offenbar ein riesiges silbernes Monument stand. Mit gedämpfter Stimme erzählte ihnen der Fremdenführer von den übernatürlichen Kräften des Heiligen, und dass seine Zunge drei Jahrhunderte nach seinem Tod unversehrt in seinem Schädel gefunden worden war. Hope dachte wieder an das, was sie sich gewünscht hatte, und kreuzte unter der Decke die Finger.

»Und nun haben wir den Teufelsbach erreicht«, verkündete der Tourleiter dann in einem überaus dramatischen Tonfall. »Er soll aus dem 12. Jahrhundert stammen. Die Prager nennen ihn Čertovka.«

Sie befanden sich jetzt an der anderen Seite des Flusses auf der Malá Strana, der Kleinseite, und ihr Fremdenführer berichtete freudig, dass dieses Viertel noch ganz ursprünglich sei.

»Hier wurde seit dem späten 18. Jahrhundert kaum etwas Neues gebaut«, erläuterte er und wartete, bis sein Publikum »Ahhh!« und »Ohhh!« gesagt hatte, wie er das offenbar gewohnt war. »An diesem Kanal gibt es noch zwei mittelalterliche Mühlen, bei einer von ihnen dreht sich das Mühlrad bis zum heutigen Tag.«

Lautes Klicken ertönte, als die Passagiere ihre Kameras gegen die Scheiben drückten, um die vorbeigleitenden Gebäude zu fotografieren. Hope schaute hinaus und versuchte sich vorzustellen, wie das Leben in der Stadt vor so vielen Jahrhunderten wohl ausgesehen hatte. Hatten die Menschen damals Zeit gehabt, auf einer Bank an der Moldau zu sitzen und sich Gedanken über die ferne Zukunft zu machen? Hätten sie sich je vorstellen können, dass ein Schiff voller Touristen einst ihre Häuser anstarren würde?

»Schau mal!«, sagte Charlie plötzlich und stand auf, sodass die Decke auf den Boden fiel. »Sind das nicht Ollie und Megan?«

Hope erhob sich ebenfalls, um durch die vordere Glasfront des Schiffes zu schauen. Vor ihnen erhob sich ein großes Mühlenrad, das halb vom Wasser bedeckt war, und dahinter sah man eine schmale Brücke, die verziert war mit ...

»Was ist das denn?«, fragte sie Charlie.

»Vorhängeschlösser«, mischte sich der Touristenführer ein. »Die Leute befestigen sie dort, weil sie Glück bringen sollen, oder um ihre Liebe zu beschützen.«

»Das ist auf jeden Fall Ollie.« Charlie deutete hinaus. »Megan war gerade eben auch zu sehen, aber jetzt ist sie verschwunden.«

Hope erkannte Ollie jetzt auch. In seinen Brillengläsern fing sich das Licht, als er durch die Lücken zwischen den Schlössern spähte. In den letzten Tagen hatte sie ihn richtig lieb gewonnen, und Megan ebenfalls. Die beiden passten so gut zueinander, und ihre romantische Seele wünschte sich, dass mehr aus ihnen wurde als nur gute Freunde.

»Schau, da ist Megan!«, rief sie, als der blonde Haarschopf unterhalb von Ollies Knien auftauchte. »Ich frage mich, was sie da unten macht.«

»Na ja ...« Charlie sah sie von der Seite her an.

»Was du wieder denkst!«, rief Hope und boxte ihn spielerisch, als sie sich wieder hinsetzten.

Charlie lachte, legte ihr nun endlich den Arm über die Schultern und zog sie an sich. Es fühlte sich so gut an, dass er ihr verziehen hatte und sie sich wieder in die gemütliche Nische seiner Zuneigung kuscheln durfte, dass Hope am liebsten geheult hätte. Wie gut, dass sie Ollie und Megan gesehen hatten.

Der Tourleiter plauderte nun über die Kampa-Insel, die rechts vor ihnen lag.

»Ich finde es herrlich, dass es in dieser Stadt so viele Anekdoten und Legenden gibt«, sagte Hope zu Charlie und verschränkte ihre Finger mit seinen. »Da komme ich mir vor wie in einem Märchenbuch. Mir ist, als würde ich gleich Rapunzel sehen, die aus einem der Fenster ihr Haar herunterlässt, oder eine Armee von Zwergen, wie sie über eine der Brücken zur Arbeit gehen.«

»Du bist schon lustig«, sagte Charlie.

»Du aber auch«, erwiderte sie und schmiegte sich an ihn. Was auch immer das für ein Telefonanruf gewesen war, Charlie hatte bestimmt seine Gründe, ihr nichts davon zu erzählen, und sie sollte das akzeptieren. Sie konnte die Vorstellung nicht ertragen, nach Annette nun auch noch Charlie zu verlieren. Es gab noch eine Chance für sie beide, sie befanden sich nur an einer kniffligen Wegkreuzung. Daran wollte sie mit aller Kraft glauben.

Während das Schiff wieder auf die Altstadt zufuhr, wurde Hope klar, dass ihr außer Charlie nichts mehr geblieben war.

27

Sophie sah hinab auf die Pfütze Erbrochenes. Mit den Armen stützte sie sich auf beide Seiten der Toilettenschüssel, ihr Kinn ruhte auf der Klobrille.

Sie hatte heute Morgen das Frühstück ausfallen lassen, daher befand sich nichts mehr in ihrem Magen, dennoch warf sich ihr Körper gewaltsam nach vorne in dem verzweifelten Versuch, das Gift, das er in sich spürte, loszuwerden. Der ekelerregende Anblick vor ihr begann sich zu drehen, und Tränen der Verzweiflung stiegen ihr in die Augen.

Was war bloß los mit ihr?

Nachdem sie unten am Fluss den Biber beobachtet hatte, war sie in Richtung Stadtrand spaziert, um nach der kleinen Bäckerei zu suchen, die sie und Robin im letzten Winter entdeckt hatten. Eigentlich fand sie sich schon seit Jahren in Prag ohne Stadtplan zurecht, aber heute verlief sie sich ständig. Nachdem sie über eine halbe Stunde lang gegangen war, nur um schließlich wieder an ihrem Ausgangspunkt zu landen, hatte sie das Gefühl gehabt, gleich ohnmächtig zu werden. Ihre Haut war heiß, und vor ihren Augen tanzten schwarze Punkte. Als sie sich an eine Mauer stützte, war ein junges polnisches Paar auf sie zugetreten, hatte sie ins nächstgelegene Café gebracht und sie streng ermahnt, schwarzen Tee mit viel Zucker zu trinken. Ihr Körper war damit allerdings nicht einverstanden gewesen.

Jetzt merkte sie, dass sie wohl schon eine ganze Weile hier gesessen hatte, weil ihr allmählich die Beine einschliefen. In der Toilettenkabine war fast kein Platz, daher hatte sie die Knie so weit wie möglich angezogen. Ihre Jeans war an den Stellen, wo sie am Fluss auf dem nassen Boden gekniet hatte, immer noch feucht. Als sie zum Klo gerannt war, war ihr die junge Polin in die Damentoilette gefolgt, aber Sophie hatte ihr, als sie sich gerade einmal nicht übergeben musste, versichert, dass sie schon zurechtkäme. Ob die junge Frau das verstanden hatte oder nicht, wusste Sophie nicht, jedenfalls war sie inzwischen gegangen.

Sie konnte das vertraute Gewicht ihres Telefons in der Manteltasche spüren. Liebend gern hätte sie es herausgeholt und einen Anruf getätigt, doch sie fühlte sich zu schwach dazu.

Sie warf sich nach vorne, als ein erneuter Krampf sie durchlief. Der Raum um sie begann wieder zu schwanken, und sie stieß einen leisen Schluchzer des Selbstmitleids aus. Übelkeit hatte sie immer schon gehasst.

Wenn Robin hier gewesen wäre, hätte er ihr jetzt den Rücken gerieben und sie mit irgendeinem Unsinn und albernen Witzen getröstet. Er hätte ihr vielleicht Taschentücher gereicht und so getan, als würde er sich gar keine Sorgen um sie machen, auch wenn sie ihm seine Beunruhigung hätte ansehen können. Damals in Sri Lanka hatte er sich so um sie gekümmert. Sie hatte sich bei einem Ausflug etwas Scheußliches eingefangen, und in der Nacht war sie in dem vollbelegten Hostel-Schlafsaal wach geworden, weil sie die schlimmsten Bauchkrämpfe ihres Lebens hatte.

»Robin«, flüsterte sie mit ganz leiser Stimme, um die anderen Gäste nicht zu wecken. »Ich gehe aufs Klo, mir geht's nicht gut.«

»Ich begleite dich.« Er kletterte bereits aus dem oberen Stockbett herunter, ohne auf ihr Kopfschütteln zu achten.

Und das war auch gut so, denn ihr knickten die Beine weg, noch ehe sie das Ende des Korridors erreicht hatte.

»Hoppla!«, sagte er, packte sie unter den Armen und zog sie hoch. Robin war nicht sehr groß, aber kräftig. Außerdem wiege sie fast gar nichts, wie er ihr später erklärte.

Sie schafften es gerade noch in die Toilette, ehe sie die Überreste des Abendessens von sich gab. Dabei schrie sie die ganze Zeit, weil ihr der Bauch so wehtat. Das Erbrechen wurde immer schlimmer, ihre Temperatur stieg, und sie lag fiebernd am Boden, woran sie sich später allerdings überhaupt nicht mehr erinnern konnte. Tage danach hatte Robin ihr beschrieben, wie sie um sich geschlagen, geweint und ihn angefleht habe, dafür zu sorgen, dass es aufhörte. Wie sie gehustet und gespuckt und im Fieberwahn vor sich hingeschluchzt habe. Das seien die schlimmsten sechs Stunden seines Lebens gewesen, hatte er gesagt, aber er war immer an ihrer Seite geblieben.

Als sie aufgehört hatte, sich ständig zu übergeben, das Fieber aber noch immer nicht gesunken war, versuchte Robin sie zu überreden, in den Schlafsaal zurückzukehren, damit sie sich in Ruhe ausschlafen konnte, aber Sophie hatte sich geweigert. Sie wollte hier auf den schmutzigen kühlen Kacheln schlafen, und Robin konnte noch so sehr betteln und flehen, sie war nicht zu einem Umzug zu bewegen. Am Ende gab er klein bei, holte zwei Kopfkissen und legte sich neben ihr auf den Fußboden. Dann strich er ihr mit den Händen zärtlich durchs Haar und ließ einen einzelnen Finger an ihrem Rückgrat entlanggleiten. Bald zitterte sie nicht mehr so, sondern fröstelte nur noch und schlummerte tatsächlich irgendwann ein. Robin blieb die ganze Zeit bei ihr.

»Du hast auf diesem grässlichen Fußboden so friedlich ausgesehen, dass ich es nicht über mich gebracht habe, dich ins Bett zu tragen«, erzählte er ihr später. »Ich hatte solche Angst, dass diese Schmerzen zurückkommen könnten. Mehr als alles habe ich mir da gewünscht, sie dir abnehmen, sie selbst übernehmen zu können.«

So war Robin: Immer bereit, alles zu tun, damit sie nicht mehr leiden musste, immer willens, lieber selbst Schmerzen zu ertragen, als zuzusehen, wie sie litt. Dieses Erlebnis war auch für Sophie ein Wendepunkt gewesen, denn danach war ihr klar gewesen, dass der einzige Mensch, den sie an ihrer Seite haben wollte, wenn es ihr schlecht ging, Robin war. Nicht ihre Mutter, ihr Vater oder eine ihrer Freundinnen – nur Robin. Er war unersetzlich.

Aber in Prag war sie noch nie krank gewesen, nicht einmal nach diesen schrecklichen Abenden, an denen sie sich durch die enorme Auswahl an Absinth in dieser Stadt probiert hatten. Und so schlimm wie jetzt schon gar nicht. Sie fühlte sich, als wollte sich ihr Inneres nach außen stülpen, ohne dass sie es in irgendeiner Weise unter Kontrolle halten konnte.

Mit lautem Krachen öffnete sich die Tür der Toilette, und zwei Mädchenstimmen waren zu vernehmen – Italienerinnen, vermutete Sophie. Die beiden Frauen betraten die Kabinen links und rechts neben ihr. Sophie merkte, dass ihre Füße zu sehen sein mussten, daher stützte sie sich auf die Kloschüssel und zog sich mühsam nach oben auf die Knie, während allmählich das Gefühl in ihre Unterschenkel zurückkehrte. Als die beiden gespült hatten und sich die Hände wuschen, konnte Sophie bereits wieder sitzen. Sie wischte sich mit Klopapier das Gesicht ab und atmete tief ein und aus, um die Übelkeit zu vertreiben.

Sie versuchte, nicht daran zu denken, welche Keime sie sich auf dieser Toilette möglicherweise eingefangen hatte, und sobald sie die Italienerinnen hinausgehen hörte, stolperte sie ans Waschbecken und hielt die Hände unter den Heißwasserhahn. Unter dem heißen Wasser wurden ihre Hände rot, und sie zuckte vor Schmerz zusammen, aber wenigstens konnte sie wieder aufrecht stehen. Ihr Herz raste nicht mehr so, und sie bekam etwas Farbe auf die Wangen. Gleich würde es ihr wieder besser gehen, redete sie sich zu. Sie musste nur etwas essen, und dann wäre alles wieder gut.

Inzwischen war es später Nachmittag, und der Himmel war nicht mehr weiß, sondern dunkelgrau. Sophie hatte eigentlich mit Schnee gerechnet, doch jetzt sah es eher nach Regen aus. Nach der langen Zeit auf dem Klo fühlte sich der erste Schritt nach draußen in die eiskalte Luft an, als würde sie gegen eine Mauer laufen. Sie blieb stehen, um sich die Handschuhe anzuziehen, und zog Robins Mütze so tief nach unten, dass sie fast nicht mehr aus den Augen sehen konnte. Ganz egal, wie viele Schichten sie am Morgen anzog, die Kälte schien sich durch alle hindurchzuarbeiten, bis ihre Knochen sich anfühlten wie Eiszapfen. Prag war ihr noch nie so kalt vorgekommen.

Vor ihr war sich ein Brezenstand, und Sophie kaufte sich eine einfache große Breze, an der sie knabberte, während sie langsam zurück in Richtung Innenstadt ging. Die Bürgersteige in diesem Teil von Prag waren breit und wegen des Schnees mit Splitt bestreut, die Straße neben ihr zeigte ein scheckiges Muster aus schwarzem Asphalt und gefrorenen Pfützen. Auf halber Höhe des Burgbergs, überragt von den Türmen der St.-Veits-Kathedrale, befand sich eine breite, rechteckige Aussichtsplattform. Touristen standen in Gruppen am Geländer, und einer nach dem anderen stellte sich auf, um sich vor dem Stadtpanorama fotografieren zu lassen. Um die Mülleimer pickten Tauben Bröckchen von weggeworfenem Essen auf, ohne auf die vielen Menschen um sie herum zu achten.

Sophie brach ein kleines Stück von ihrer Breze ab, warf es ihnen zu und sah, dass eine schlaue Möwe wie aus dem Nichts herabtauchte und die unaufmerksam pickenden Tauben kreischend vertrieb. Anders als ihre Verwandten in London sahen die Tauben hier schlank und sauber aus, mit gut geformten Krallen und glänzenden Augen. Sophie wunderte sich, dass sie den Winter über hierblieben, anstatt weiter in den Süden zu fliegen. Sie selbst hätte in diesem Moment für ein bisschen Sonnenschein alles gegeben.

Als sie die Schranke am Eingang zur Goldmachergasse erreicht hatte, wirkte die Breze allmählich, und Sophie fühlte sich ein wenig besser. Jetzt erschien es ihr fast unglaublich, dass ihr gerade eben noch so übel gewesen war.

Diese schmale kleine Gasse war einer ihrer Lieblingsorte in Prag, und sie gab dem lächelnden Mann im Kassenhäuschen gerne das Eintrittsgeld. Auch er war dick eingepackt gegen die Kälte, mit mindestens drei Schals und zwei Mänteln übereinander. Als er ihren Blick bemerkte, fröstelte er theatralisch.

Von ihren früheren Pragreisen wusste Sophie, dass das Goldmachergässchen seinen Namen von den Goldschmieden hatte, die im 17. Jahrhundert dort gelebt hatten, und dass die winzigen einstöckigen Häuschen in die Burgmauer hineingebaut worden waren.

Jede der kleinen Behausungen war in einer anderen Farbe gestrichen, in Gelb, Rot, Blau und sogar Pink. Die meisten Häuschen beherbergten inzwischen Souvenirshops oder Galerien, aber manche waren für das neugierige Publikum noch immer nicht zugänglich. Sophie spähte durch das vergitterte Fenster eines Ladens mit böhmischen Glaswaren und bewunderte die Farborgie auf den Regalen. Die Beleuchtung ließ die Ziergegenstände auf magische Weise verlockend wirken, was bei den Touristen sichtlich ankam. Sie und Robin hatten letztes Jahr zum ersten Mal ein Stück Prager Glaswaren gekauft. Es war eine einfache blaue Schale, die auf der Kommode in ihrem Schlafzimmer wunderschön aussah. Wenn sie morgens die Vorhänge aufzog und das Licht hereinströmte, erglühte das Glas wie von innen beleuchtet.

Eine Windböe fuhr durch die Gasse, und Sophie war, als würde sie mitten durch sie hindurchschießen wie ein herumirrender Geist. Dass Prag voller Geister sein musste, davon war sie angesichts des Alters und der blutigen Historie der Stadt überzeugt, aber es störte sie nicht im Geringsten. Im Gegenteil, denn sie konnte sich in Prag niemanden missgünstig vorstellen, ob nun Geist oder Lebender. In dieser Stadt waren Hoffnung und Glück zu Hause, es gab Magie und gute Wünsche und Schönheit. Das war es, was sie und Robin immer wieder hierherzog. Keinen der unzähligen Orte, die sie auf der Welt besucht hatten, übte eine solche Anziehungskraft auf sie aus wie Prag – und an ihrem Glauben an diese Stadt und ihren Zauber hatten sie über all die Jahre festgehalten. Auch jetzt konnte Sophie wieder spüren, wie der Geist der Stadt sich in ihr festsetzte, wie sie Trost zog aus der Geschichte, die hier noch so lebendig war, und wie das Versprechen auf Träume, die wahr wurden, ihre Melancholie vertrieb.

Sie blieb im Goldmachergässchen, bis die Dämmerung ihre grauen Schleier über der Stadt ausbreitete und das Tageslicht vertrieb. Inzwischen waren Sophies Glieder steif vor Kälte, und die Atemwolken bauschten sich vor ihr wie

Rauch. Ein weiterer Tag war fast vorüber, die Zeiger der Uhren hatten einen weiteren Umlauf vollendet, und die goldverzierte Turmuhr der St.-Veits-Kathedrale zeigte ihr, dass sie sich in wenigen Stunden mit den anderen treffen sollte.

Als sie an der Aussichtsplattform vorbeikam, setzte der Regen ein, und die dicken Tropfen trieben eine Gruppe Touristen den Berg hinab. Sophie blickte gerade im rechten Moment auf, um einen ungekämmten blonden Haarschopf aufblitzen zu sehen, der sich in einen Mantelkragen duckte.

»Robin!«, sagte sie laut genug, dass einige Leute stehen blieben und sie anstarrten. Sophie drängte sich zwischen ihnen hindurch und hielt verzweifelt Ausschau nach dem Mann, den sie gerade gesehen hatte, aber er war spurlos verschwunden. Um sie herum drängten sich Mützen in allen Farben, hier und da auch war auch ein blonder Kopf zu sehen und ein hastig aufgespannter Regenschirm, aber kein Robin. Peinlich berührt senkte Sophie das Kinn und zog die Schultern hoch. Dabei rutschte sie vom Rand des Bürgersteigs und wäre beinahe hingefallen, als ihr Stiefel in einer eisigen Pfütze landete. Das unerwartete Taumeln brachte etwas in ihrem Inneren durcheinander, und sofort stieg die Kälte in ihren jetzt zitternden Beinen nach oben.

Ihr wurde erneut schlecht.

Fast blind vor Übelkeit und von den fallenden Regentropfen stolperte Sophie zwischen den vielen Leuten hindurch bis zum Fuß des Berges und geradewegs durch die Tür des erstbesten Restaurants. Sie nahm die Kellnerin, die auf sie zutrat, um sie zu begrüßen, kaum wahr, stattdessen stürzte sie auf das Schild zu, das den Weg zur Toilette wies, und hielt sich dabei die behandschuhte Hand über den Mund.

Während sie mit unsicheren Schritten an den Tischen vorbeilief und die schwere Holztür zur Damentoilette aufschob, registrierte sie halb, dass jemand ihren Namen sagte, aber da kniete sie schon wieder auf dem kalten Fliesenboden und nahm nichts mehr wahr außer dem Schmerz.

28

»Trink das Leben!«

»Was soll das denn heißen?«, fragte Megan. Ihr Lachen betonte die Frage wie ein fröhliches Ausrufezeichen.

»Oder was hältst du davon«, fuhr Ollie fort und deutete nach oben über ihren Kopf. »Lächle, wenn du das liest.« Diese Botschaft war mit blauem Filzstift geschrieben und wurde von einem Smiley ergänzt.

»Ich lächle doch.« Megan durchforstete die Mauer nach weiteren witzigen Sprüchen. »Ach, schau doch mal, da ist noch ein netter: ›Die Wolfsbande 2002. Verliert den Glauben nicht.‹ Den Glauben woran, was meinst du?«

»An die Wolfsbande, natürlich«, erwiderte Ollie grinsend und sah nach oben an die Kante der Mauer, ehe er sich zu ihr umdrehte und ihre Hände nahm.

»Megan Spencer«, begann er, »wie kann ich dir sagen, dass du einfach großartig bist?«

Ein paar Herzschläge lang ließen die Nähe und die Eindringlichkeit seines Blicks sie erröten, aber dann bemerkte sie das ironische Funkeln in seinen Augen. Sie warf einen Blick auf die Stelle, die er zuvor angesehen hatte, und entdeckte über ihren Köpfen denselben Spruch in dicken schwarzen Buchstaben. Die dahinterliegende gelbe Farbe hob die Worte deutlich vom Mauerwerk ab.

»Der gefällt mir«, erklärte sie und hustete, um ihre leichte Unsicherheit zu überspielen. Dann zog sie ihre Hände zurück, ging an der Wand entlang und zeigte nach oben.

»Möge das Beste in deiner Vergangenheit das Schlimmste in deiner Zukunft sein.«

»Poetisch.« Ollie grinste sie an.

»Mir gefällt das«, wiederholte sie. »Das ist doch eine nette Vorstellung: Die Zukunft wird besser als die Vergangenheit. Was könnte inspirierender sein?«

Ollie nickte. »Ich mag die Wölfe immer noch am liebsten. Schon wegen dem Unterhaltungswert, weißt du.«

Megan dachte an die düsteren Momente in ihrer eigenen Vergangenheit, und dass, seit sie sich entschieden hatte, Andre zu verlassen, jede einzelne Sekunde besser gewesen war als die Vergangenheit. Es hatte auch Zeiten gegeben, besonders zu Beginn ihrer Beziehung zu ihm, da war sie wirklich überzeugt gewesen, glücklicher zu sein als je zuvor. Wie grotesk ihr das heute vorkam! Plötzlich wurde ihr klar, dass sie, wäre sie bei Andre geblieben, niemals nach Prag gefunden hätte. Oder zu Ollie. Die Vorstellung von einem Leben ohne Ollie war schrecklich, und Megans Wangen wurden heiß, als sie das begriff.

Jetzt standen sie vor dem Mittelteil der langen, hohen Mauer, wo ein Schwarzweiß-Porträt von John Lennon aus dem umgebenden Graffiti auf sie herabspähte. Er hatte keine Haare, kein Kinn und keine sichtbaren Wangen, aber es war dennoch unbestreitbar der Beatles-Star. Diese freundlichen, weisen Augen hinter den unverwechselbaren runden Brillengläsern würde sie überall erkennen, dachte Megan und hob die Kamera.

»Hier drüben!«, rief ihr Ollie ein paar Minuten später zu. Er hatte auf dem Zement ein weiteres poetisches Zitat gefunden und las es ihr laut vor. Sie kauerte sich neben ihn, um es besser lesen zu können.

»›Sag nicht, der Himmel sei die Grenze, wenn es auf

dem Mond Fußabdrücke gibt.‹ Na, das ist wirklich tiefsinnig.«

Megan war überrascht von der Ironie in seinem Tonfall. »Ich dachte, sie würden dir alle gefallen. Du stehst doch sonst immer auf Optimismus.«

»Tu ich auch.« Ollie wirkte ein bisschen beleidigt. »Vielleicht habe ich auf Instagram einfach ein paar Inspirationssprüche zu viel gesehen.«

»O ja, ich weiß genau, was du meinst«, stimmte sie zu. »Aber ich lese sie lieber hier auf der Mauer als in einer App auf dem Smartphone. Da hören sie sich weniger kitschig an. Weniger wie: Jetzt sage ich es aber mal klar und deutlich.«

»Wenn ich jemanden kenne, der Fußabdrücke auf dem Mond hinterlassen würde, dann bist das du«, bemerkte Ollie und wandte sich zu ihr um. Seine Miene war ganz die eines ernsthaften Lehrers.

»Sei doch nicht albern.« Mit lockerem Handgelenk wedelte sie das Kompliment von sich weg.

»Das meine ich wirklich so«, sagte er und trat einen Schritt näher, um ihr die Hand im Handschuh an die Wange zu legen. »So viel Entschlossenheit ist mir noch nie begegnet, Meg. Diese Ausstellung, die du planst, finde ich einfach unglaublich – umso mehr, nachdem ich nun weiß, welche Hindernisse du überwinden musstest, um so weit zu kommen. Ehrlich, Megan, du bist wirklich ein Vorbild für mich.«

»Ach, jetzt hör schon auf!« Megan war jetzt so rot geworden, dass ihr überhaupt nicht mehr kalt war.

»Ernsthaft.« Da war wieder dieser Blick. Ollies Hand lag immer noch an ihrem Gesicht, aber Megan stellte fest, dass sich das gut anfühlte – fest, aber zugleich zärtlich. »Ich habe mir schon überlegt, ob du meinen Kindern in der Schule nicht mal von dem, was du alles erreicht hast, erzählen möchtest, aber ich bin mir nicht sicher, ob du das schaffst, ohne schmutzige Wörter zu verwenden.«

»Das ist eine verfluchte Frechheit!« Sie lachte.

Endlich nahm Ollie seine Hand weg. »Sag ich doch.«

In diesem Moment wurde alles, was an Verlegenheit zwischen ihnen in der Luft schwirrte, von einem Windstoß vertrieben, der so eisig war, dass Megan von Kopf bis Fuß erzitterte. Sie rieb sich mit den Händen über die Oberarme und stapfte mit den Füßen auf, dann wandte sie ihre Aufmerksamkeit wieder den Sprüchen auf der Mauer zu.

»Ach, das ist ja süß«, sagte sie kurze Zeit später und senkte die Kamera, damit Ollie die Inschrift über ihren Kopf hinweg lesen konnte. »Bob liebt sein Käferchen – jetzt und für immer.«

»Sehr niedlich«, stimmte Ollie zu. »Bob und sein Käferchen, das könnten fast zwei Zeichentrickfiguren sein. Ich bin mir ziemlich sicher, dass ich ein Bilderbuch über ein Käferchen kenne, das seltsamerweise kein Insekt ist. Ich glaube, es ist ein Hund. Echt, Kinderbücher sind ziemlich komisch.«

Er trat ein paar Schritte zurück und sah Megan zu, während sie ein Foto nach dem anderen machte. Das mechanische Klicken ihrer Kamera wirkte wie eine erhobene Hand, die um Stille bat. Die Mauer war ziemlich groß, und sie wollte alles darauf ablichten. Jede dieser Zeichnungen und Sprüche hatte eine eigene Geschichte, eine eigene Bedeutung, und sie wollte für ihre Ausstellung so viele wie möglich einfangen.

Die Menschen, die zur John-Lennon-Mauer gekommen waren, um dort etwas zu hinterlassen, hatten sich dabei etwas gewünscht. Sie hatten gehofft, mit diesen Worten etwas zu verändern. Megan spürte die Gefühle, die dieser kalte Stein ausstrahlte, sie sah, wie die Farben zu einem Durcheinander aus Liebe, Wünschen, Wut und Schmerz verschmolzen. An diesem Ort herrschte eine Offenheit der Seele, die ihr gefiel, aber sie ahnte auch eine gewisse Zurückhaltung. Hier war es erlaubt, etwas zu hinterlassen, man wurde sogar dazu ermutigt, und damit verbunden war das Versprechen, dass diese Aussagen auf immer bleiben würden. Schicht um Schicht häuften sich Worte und Symbole und Gefühle aufeinander – es war beinahe überwältigend.

Sie wusste nicht genau, wie lange sie fotografiert hatte, aber als sie schließlich zurücktrat und sich nach Ollie umsah, hielt er zwei dampfende Becher in der Hand.

»Ich habe uns Tee besorgt«, sagte er. »Es wird ganz schön kalt, wenn man so herumsteht und dir zuschaut, wie du die Annie Leibovitz gibst.«

Megan wollte gerade etwas erwidern, aber er unterbrach sie.

»Nicht, dass ich mich beschweren würde. Du weißt, dass ich es toll finde, dir bei der Arbeit zuzusehen. Es ist fesselnd, faszinierend und echt beeindruckend.«

»Jetzt reicht es aber«, erklärte sie, ihr tat vom ständigen Lächeln schon das Gesicht weh.

Irgendetwas war heute anders zwischen ihnen. Wenn sie sonst mit Ollie zusammen war, fühlte sich Megan manchmal unsicher, wie sie sich verhalten sollte – ein Überbleibsel von ihrem ersten Abend, als sie die mögliche Romantik, die auch jetzt noch stets im Hintergrund ihrer Beziehung lauerte wie ein Kleinkind hinter den Beinen seiner Mutter, gewaltsam abgebrochen hatte. Aber heute – eigentlich an jedem Tag, seit sie nach Prag gekommen waren – empfand sie diese unausgesprochenen Gefühle nicht mehr als beengend oder verwirrend. Stattdessen verspürte sie eine gewisse Zufriedenheit oder sogar mehr als das. Sie fühlte sich von Ollie angezogen auf eine Art, die weit über die gewöhnliche Zuneigung unter Freunden hinausging. Ständig war sie sich bewusst, wo und wie nahe bei ihr er gerade war - wie leicht es wäre, die Hand auszustrecken und ihn zu berühren. Spott und spitze Bemerkungen hatten ihr Verhältnis immer durchzogen, aber in diesen Tagen gingen sie beide sehr viel netter - teilweise sogar zärtlicher - miteinander um, ohne dass es sich unnatürlich oder unangenehm anfühlte. Megan war, als würde etwas Eisiges in ihr allmählich auftauen. Auch wenn die Temperaturen in dieser Stadt deutlich unter dem Gefrierpunkt lagen, in ihrem Inneren blubberte es heftig.

»Hat Charlie gestern Abend noch etwas zu dir gesagt?«, fragte sie Ollie nun und nahm mit dankbarem Lächeln den Becher mit Tee entgegen. Er war mit Zitrone und Honig gewürzt und roch wunderbar.

»Worüber?« Ollie entwirrte beiläufig den Riemen ihrer Kamera, der sich in ihrem Nacken verdreht hatte.

»Danke«, sagte sie und bewegte sich, um ihre eingeklemmten Haarsträhnen zu lösen. »Ich meine zu diesem Telefonanruf, den er so offensichtlich geheim halten wollte.«

»Er hat ihn nicht erwähnt, und ich wollte ihn nicht fragen«, sagte Ollie und stieß sie in die Rippen, als sich ein besonders übereifriger Segway-Fahrer beinahe vor John Lennons Gesicht auf die Nase gelegt hätte.

»Hope hat uns eigentlich auch nicht mehr erzählt«, berichtete Megan und blies auf ihren Tee, um ihn abzukühlen. »Aber sie wirkte ziemlich mitgenommen.«

»Charlie ebenfalls«, sagte Ollie und trank einen Schluck Tee. »Er hat betont, wie sehr er Hope liebt und wie gerne er für sie sorgen möchte. Es ist ja nicht zu übersehen, wie verknallt er in sie ist.«

»Ich weiß, was du meinst«, erwiderte Megan, aber sie verzog nachdenklich das Gesicht, als sie sich an den Blick der älteren Frau erinnerte. Hope hatte Megan gedrängt, ihrem Herzen zu folgen, und ihr gesagt, sie solle in erster Linie an sich selbst denken. Kamen Hope mittlerweile selbst Zweifel, was ihre Liebe zu Charlie anging?

»Warum werden Beziehungen eigentlich immer irgendwann so kompliziert?«, fragte Ollie jetzt. »Charlie und Hope sind eindeutig ineinander verliebt, warum genügt das denn nicht? Warum streiten sie sich über Nichtigkeiten?«

»Vielleicht sind es für sie keine Nichtigkeiten«, überlegte Megan und dachte an Hopes betroffenen Gesichtsausdruck, als sie gesehen hatte, dass Charlie heimlich telefonierte. »Es ist gut und schön, die Liebe hochzuhalten wie eine Art Medaille, aber das bedeutet doch noch lange nicht, dass man eine funktionierende Beziehung hat, oder? Liebe ist am schönsten, wenn sie unkompliziert ist.«

»Wie meinst du das?«, wollte Ollie wissen. Er hielt die Teetasse vor seinen Mund, und der aufsteigende Dampf färbte seine Brillengläser in der Kälte weiß.

Sie seufzte und zögerte, das Thema ihm gegenüber zu vertiefen. »Ich meine, dass man jemanden von ganzem Herzen lieben kann, aber manchmal ist das eben doch nicht genug.«

»Sollte es aber sein«, sagte Ollie trocken.

»Vielleicht.« Sie zuckte mit den Schultern, sah zu ihm auf und bemerkte, dass er von der Kälte aufgesprungene Lippen hatte. Megan holte das Salbendöschen, das sie immer bei sich hatte, aus der Handtasche und bot es ihm an. »Aber denk doch mal an Romeo und Julia, an Rose und Jack aus *Titanic* oder an Ross und Rachel aus *Friends* – sie haben einander alle geliebt, aber da gab es eben noch andere Faktoren.«

»Dir ist schon klar, dass das alles fiktionale Figuren sind, oder?« Ollie sah sie einigermaßen verwirrt an und steckte den Finger in die hingehaltene Salbendose.

»O Mann!« Sie machte eine vieldeutige Geste. »Natürlich ist mir das klar. Es sind doch nur Beispiele. Wenn man einen Blick in die Literatur der letzten Jahrhunderte wirft, begreift man, dass das Konzept der Liebe den Menschen seit Anbeginn der Zeit ein Rätsel ist.«

»Das ist wahr.« Ollie nahm ihr den leeren Becher aus der Hand und sah sich nach einem Mülleimer um. »Aber das ist auch kein sonderlicher Trost.«

»Schau dir doch Sophie und ihren Verlobten an – wie heißt er noch mal?«

Ollie musste einen Moment überlegen. »Robert? Nein, Robin!«

»Ja, das war's. Schau dir diese beiden an. Sie haben sich praktisch auf den ersten Blick ineinander verliebt und seitdem nicht mehr daran gezweifelt. So, wie sie über ihn spricht, sollte man meinen, sie sind zu einem einzigen Wesen geworden und nicht mehr zwei Menschen, die jeder ein eigenes Leben haben.«

»So etwas ist doch hinreißend«, sagte Ollie. Ein Lächeln umspielte seine Lippen, als sie die Mauer hinter sich ließen und zum Fluss zurückspazierten.

»Kann sein.« Megan schwieg einen Augenblick, dann fügte sie hinzu: »Aber so viel Ergebenheit finde ich beunruhigend. Ich meine, was ist, wenn er sie betrügt oder ihr so etwas Unverzeihliches antut wie Andre mir? Was würde sie denn ohne ihn tun? Sie hat ihm so viel von sich selbst gegeben, dass ich Sorge habe, von ihr bleibt nichts mehr übrig.«

»Ich denke, sie vertraut ihm eben«, gab Ollie zurück, aber er klang nicht mehr so überzeugt.

»Das muss es wohl sein.« Megan wich einer Pfütze aus und stieß gegen Ollie. Er reagierte darauf, indem er sich wieder gegen sie lehnte, und erneut verspürte sie ein Kribbeln. Sie wünschte, er würde wie zuvor ihre Hand nehmen, oder ihr den Arm über die Schultern legen, um sie zu wärmen, wie Hope es bei Sophie getan hatte. Doch sie schüttelte entschlossen den Kopf und trat einen Schritt von ihm weg. Dann versuchte sie, sich wieder auf ihr Gesprächsthema zu konzentrieren.

»Ich hoffe, dieser Robin fühlt genauso wie sie. Zwar kenne ich Sophie kaum, aber die Vorstellung, sie hätte Kummer, finde ich entsetzlich.«

»Ich weiß, was du meinst.« Ollie nickte. »Sie erinnert mich an das junge Vögelchen, das wir letztes Frühjahr auf dem Spielplatz gefunden haben. Die Kinder wollten unbedingt, dass wir das arme kleine Ding gesund pflegen, aber natürlich hat es nicht mal die erste Nacht überstanden. Ich bin wach geblieben und habe versucht, ihm in warmer Milch eingeweichte Brotkrumen einzuflößen, aber es war einfach noch zu winzig und ...« Er sprach nicht weiter, und als Megan aufblickte, sah sie, dass seine Augen hinter den Brillengläsern verdächtig glänzten.

»Alles okay?«, fragte sie. Dann gab sie der drängenden Sehnsucht in ihren Gliedern endlich nach und schob vorsichtig eine Hand in seine.

Überrascht blickte Ollie hinunter auf ihre verschränkten Finger. Er schniefte.

»Alles in Ordnung«, versicherte er. »Also, ich weiß ja nicht, wie es dir geht, aber ich könnte einen ganzen Ochsen vertilgen. Sollen wir rauf zur Burg gehen und dort ein sehr spätes Mittagessen zu uns nehmen?«

So plötzlich wie die kalten Windböen, die sie immer wieder trafen, verspürte Megan auf einmal den verzweifelten Wunsch, von Ollie geküsst zu werden. Aber stattdessen nickte sie und wagte es, seine Hand durch die Lagen von Handschuhen hindurch leicht zu drücken.

»Hört sich gut an.«

Als sie langsam durch die von matschigen Schneeflecken übersäten Gassen der Kleinseite spazierten und an der eindrucksvollen Fassade der St.-Nikolaus-Kirche vorbei nach oben stiegen, war Megans Hand schon ganz heiß geworden vor unterdrücktem Verlangen. Ollie hatte sie nicht eine Sekunde lang losgelassen, und ihr fiel es zunehmend schwer, das Begehren, das sie durchpulste, zu ignorieren. Natürlich hätte sie dem starken Tee nach einem mageren Frühstück die Schuld geben können, aber eigentlich wusste sie genau, was geschah. Schließlich hatte sie damals den Kuss mit Ollie nicht deshalb beendet, weil sie ihn nicht anziehend fand – es war weitaus komplizierter. Tatsächlich fand sie Ollie außerordentlich anziehend, und sie wusste nicht genau, wie lange sie diesen Umstand noch für sich behalten konnte.

»Hier sieht es doch nett aus«, sagte Ollie und riss den dicken Vorhang der Lüsternheit auf, der sich dicht um sie geschlossen hatte.

Im Inneren war das Restaurant auf erfreuliche Weise traditionell, mit schweren Holzmöbeln, riesigen Brezeln, die auf speziellen Ständern in der Mitte jedes Tisches hingen, und einem köstlichen Duft nach Gulasch und Glühwein im Raum.

Sie wurden an einen kleinen Tisch im hinteren Teil geführt. Als sie sich ihrer Mäntel, Mützen und Schals entledigten, ließ Ollie kurz ihre Hand los, griff aber sofort wieder danach, sobald sie Platz genommen hatten. Megan wusste, sie hätte sich von ihm lösen und den überdeutlichen Bann zwischen ihnen brechen sollen, aber sie tat es nicht. Seine Berührung war einfach viel zu angenehm, sie wollte ihn spüren, Haut auf Haut. Vielleicht zum ersten Mal in ihrem Leben genoss sie es, die Kontrolle über eine Situation einem anderen zu überlassen, und voller Erregung dachte sie daran, wie das wohl enden würde.

»Was nimmst du?«, wollte Ollie wissen. Er spähte neugierig zu ihr herüber, und sie überlegte, ob ihr Gesichtsausdruck wohl verräterisch war. Erstaunlich, dass ihr nicht schon ein gieriger Spuckefaden aus dem Mund hing, dachte sie.

»Ach, vielleicht das Gulasch.« Als er grinste, warf sie ihm einen Blick aus schmalen Augen zu. »Was ist? Na gut, ich bin süchtig. Aber was ist schon dabei, wenn ein Mädel gelegentlich Lust auf ein bisschen Fleisch verspürt?«

»Oh!« Ollie fuhr sich mit der Zunge über die Lippen und sah sie mit übertrieben weit aufgerissenen Augen an. Seinen frechen Humor hatte sie von ihrer ersten Begegnung an gemocht. »Daran ist absolut gar nichts falsch. Tatsächlich ... Warte mal ... Ist das Sophie? Sophie!«

Megan nahm nur einen vorbeihuschenden Farbfleck wahr, als Sophie und ihre bunte Mütze an ihnen vorbeieilten. Vor der Tür zur Toilette zögerte sie einen kurzen Moment, eine Hand vor den Mund gepresst, dann war sie verschwunden.

Ollie ließ Megans Hand los.

»Sie sah aber gar nicht gut aus.«

Megan blickte über ihre Schulter hinweg zur Toilettentür.

»Nein, wirklich nicht.«

Einen Augenblick lang schwiegen sie, und Megan gestattete sich einen tiefen Blick in Ollies Augen. Wo gerade noch spielerischer Spott und Begehren zu sehen waren, las sie jetzt nur noch Besorgnis, und sie schob ihren Stuhl zurück.

»Ich geh mal und schau nach ihr. Bestell doch für mich, ja?«

Er nickte mit sorgenvoller Miene, und Megan bemühte sich, ein Gefühl der Bestürzung zu vertreiben. Die arme Sophie konnte ja nichts dafür, dass sie einen schönen Moment zwischen ihnen unterbrochen hatte. Außerdem war es möglicherweise ganz gut so, sagte sie streng zu sich selbst. Sie sollte besser die Finger von Ollie lassen – das würde sonst nur alles durcheinanderbringen.

Aber als sie die Tür zum Toilettenbereich aufstieß, spürte Megan noch immer die Wärme seiner Hand in der ihren.

29

»Ist der Druck so in Ordnung?«

»Wunderbar.«

Hope streckte die Zehen und verschränkte die Finger unter der Decke. Es war Charlies Vorschlag gewesen, sich eine Hand-, Kopf- und Fußmassage in einem der vielen Prager Thai-Massagesalons zu gönnen. Da sie letzte Nacht so schlecht geschlafen hatte, werde ihr etwas Entspannung guttun. Dem konnte sie nicht widersprechen. Außerdem wollte sie ihm nach dem ärgerlichen Tagesanfang eine Freude machen, und so ließ sie sich ohne Widerspruch von ihm verwöhnen.

Es war sehr warm im Raum, und Hopes Augenlider wurden schwer, während die junge Thailänderin ihr die geübten Finger durch die Haare, über den Nacken und die nackten Schultern gleiten ließ. Wie angewiesen hatte Hope ihren Pullover ausgezogen und die BH-Träger nach unten gerollt. Die Decke schützte sie vor den neugierigen Augen der Passanten. In so einem Massagesalon war Hope noch nie gewesen, aber es schien sie überall in den touristisch interessanten Vierteln der Stadt zu geben. Und jeder von ihnen hatte am Eingang eine irrwitzig große Drachenstatue, die in einem grässlichen Hellgrün bemalt war.

Nach der Schifffahrt hatte Charlie seine gute Laune halbwegs wiedergefunden, und auf dem Spaziergang an der Moldau entlang, auf dem Weg ins jüdische Viertel, um den alten Friedhof und die Synagoge zu besichtigen, hatte er wieder ihre Hand genommen. Die Tausende von Grabsteinen, die so dicht gedrängt, beinahe einer auf dem anderen, auf dem kleinen Friedhof standen, hatten Hope zu Tränen gerührt, und sie war wirklich entsetzt gewesen, als sie erfahren hatte, dass sich wegen des begrenzten Platzes bis zu zwölf Gräber übereinander befanden.

Charlie hatte sich alle Mühe gegeben, sie wieder aufzuheitern, indem er ihr zeigte, dass die Zeiger der Uhr an der Synagoge aussahen wie Fahrradsättel, dass am Rande des Friedhofs bereits die ersten winterlichen Blumen aus dem Schnee spitzten und winzige Vögel rund um die Grabsteine Verstecken spielten. Aber es war bereits zu spät, denn eine tiefe Verwirrung hatte Hope erfasst.

Nichts war besser geeignet als ein Friedhof, um sich das eigene Leben und dessen Verlauf vor Augen zu führen, und Hope begriff plötzlich, dass ihr Leben in gewisser Weise zum Stillstand gekommen war.

Wenn sie, wie sie fürchtete, Annette tatsächlich verloren hatte, was blieb ihr dann noch? War sie dazu verdammt, Charlies Ehefrau zu werden und einen Haushalt mit Kochen und Waschen gegen den anderen einzutauschen? Es musste doch noch mehr geben als das. Vielleicht war es jetzt an der Zeit, dass sie etwas für sich selbst tat. Sie dachte an das, was Megan beim Glühwein auf dem Altstädter Ring gesagt hatte: Sie wolle ihre beruflichen Ziele ohne einen Mann an ihrer Seite verwirklichen. Hope war immer sicher gewesen, dass sie Angst vor dem Alleinleben hatte und gar nicht wüsste, was sie dann mit sich anfangen sollte. Aber der Aufenthalt in Prag hatte ihren Blick erweitert. Inzwischen konnte sie sich vorstellen, dass sie es schaffen könnte. Mehr noch, dass sie vielleicht sogar glücklicher würde als jetzt mit Charlie.

Aber die Überlegungen, was wohl das Beste für sie wäre, waren sehr anstrengend, und es war auch keineswegs hilfreich, dass es hier in Prag überall Uhren gab, wohin man auch sah. Am Anfang hatte sie das charmant gefunden, jetzt empfand sie es als eine ständige Ermahnung. Tickend verging die Zeit – Zeit, die sie nicht bei Annette war, Zeit, die sie nutzen könnte, um ihr Leben in Ordnung zu bringen. Sie konnte beinahe hören, wie in ihrem Kopf die Sekunden davonklickten.

Charlie war offenbar davon ausgegangen, dass Hopes Melancholie ausschließlich auf die Umgebung zurückzuführen sei, daher hatte er sie aus dem Friedhof und zurück in die Altstadt geführt, wo der Weihnachtsmarkt eine völlig andere Atmosphäre bot. Kaum waren sie dort, hatte er ihr einen Becher Grog und ein typisch tschechisches, zuckerbestreutes Gebäck namens *Trdelník* gekauft, das Hope, die noch gar nicht gemerkt hatte, wie hungrig sie war, mit wenigen Bissen verschlang. Dann hatte Charlie die Massage vorgeschlagen.

»Was wirst du tun, während ich da drin bin?«, hatte sie gefragt, als sie vor dem drachenbewachten Eingang standen.

»Ach, weißt du, ich gehe vielleicht einen Kaffee trinken – nichts Besonderes.«

Sie nickte und sah ihm nach, wie er sich auf dem Weg zurück zum Altstädter Ring durch die Touristenhorden schlängelte. Wie einfach wäre doch das Leben, wenn das Glück so leicht zu haben wäre, wie Charlie das anzunehmen schien. Sie konnte sich vage an eine Zeit erinnern, in den Monaten vor ihrer Hochzeit, als sie überwältigt gewesen war vor Glück. Dave war in der ersten Zeit ihrer Beziehung so aufmerksam gewesen, dass sie ständig wie auf Wolken schwebte, getragen von der Kraft seiner Liebe zu ihr. Damals war alles noch so einfach gewesen: Er liebte sie, sie liebte ihn, und sie würden glücklich zusammenleben bis an ihr seliges Ende. Aber dann war Annette gekommen.

Selbst Hope war erstaunt gewesen, wie tief ihre Liebe zu ihrer kleinen Tochter war. Es war eine sofortige, heftige und allumfassende Liebe, die wenig Platz für anderes ließ. Für Dave war das schwer zu verstehen. Er liebte Annette auch, natürlich tat er das, aber nicht auf eine so ängstliche, fast neurotische Art, wie das bei Hope der Fall war. Sie hatte immer wieder Ausreden erfunden, um zu vermeiden, dass er das wertvolle Bündel Kind auf den Arm nahm, weil sie sich unerklärlicherweise sorgte, er könnte etwas falsch machen. Außerdem sei das ihre Aufgabe, erklärte sie ihm. Sie sei Annettes Mutter, sie habe die Tochter im Bauch getragen und auf die Welt gebracht - daher habe sie ein Recht auf das Kind.

Anfangs reagierte Dave mitfühlend, murmelte allerdings gelegentlich leise »diese verdammten Hormone« vor sich hin. Aber als Annette ihren ersten Geburtstag feierte und Hope immer noch klammerte und das Kind panisch überwachte, schritt er ein und bestand darauf, dass sie therapeutische Hilfe in Anspruch nahm. Hope hielt ein paar Stunden durch, aber erstens fühlte sie sich von dem Therapeuten bevormundet, und zweitens konnte sie es nicht ertragen, so lange von ihrer Tochter getrennt zu sein. Daher weigerte sie sich schließlich, noch einmal hinzugehen. Das war der Beginn einer Auseinandersetzung zwischen ihnen, die fast zwanzig Jahre anhielt und nur ein Ende fand, weil sie aufhörten, miteinander zu reden. Sie waren beide des Streitens müde, aber zu stur, um eine Niederlage einzugestehen.

Hope hielt entschlossen an ihrer Rolle als Mutter und Ehefrau fest; sie konnte sich nicht vorstellen, jemals den

Wunsch zu verspüren, etwas anderes zu sein und zu tun – insbesondere, nachdem Dave sich unwiderruflich geweigert hatte, ein zweites Kind in die Welt zu setzen. An den Tag, an dem er sich sterilisieren ließ, konnte sie sich noch mit schmerzlicher Klarheit erinnern. Sie hatte ihn angefleht, es sich noch einmal zu überlegen, aber er war fest entschlossen gewesen. Das hatte jeglichen Rest Liebe, der zu diesem Zeitpunkt noch vorhanden gewesen war, endgültig davongespült. Annette war damals erst zehn gewesen, kurz vor dem Übertritt in eine weiterführende Schule und gerade dabei, sich von ihrem Lieblingsplatz hinter Hopes Beinen zu lösen. Ihre kleine Welt zu so einem entscheidenden Moment zu zerstören, wäre undenkbar gewesen, und so zwang sich Hope, den in ihr tobenden Groll gegen Dave zu verdrängen. Nach einer Weile einigten sich die beiden auf eine steife Alltagsroutine mit vorgetäuschter Normalität, und erst, als Annette das Haus verließ, trat die harte Realität dahinter zum Vorschein. Inzwischen wusste Hope, dass sie Dave bereits zu diesem Zeitpunkt hätte verlassen sollen. Aber sie war zu feige gewesen, und er auch. Ihre Affäre mit Charlie war ein Racheakt gewesen, ein missglückter Versuch, Dave das heimzuzahlen, was er ihr vor so langer Zeit angetan hatte. Aber nun war die Situation außer Kontrolle geraten, und Hope steckte in einem Leben fest, von dem sie nicht wusste, ob sie es überhaupt wollte.

»Fertig.«

Hope riss die Augen auf und schob die Gedanken an früher beiseite.

»Ich danke Ihnen. Das war herrlich – genau das, was ich gebraucht habe.«

Im Flur erwartete Charlie sie mit geistesabwesender Miene. Hope fragte sich, ob vielleicht auch er über ihre Beziehung nachgedacht hatte. Wachte er genau wie sie jeden Tag mit dem Gedanken auf, wie das alles eigentlich hatte geschehen können?

»Ich glaube, wir sollten miteinander reden«, sagte sie, sobald sie vor ihm stand. Erst als sie diese Worte aussprach, war ihr klar, was sie eigentlich sagen wollte.

Charlie lächelte düster. »Das weiß ich, aber könnten wir damit nicht bis morgen warten? Machen wir uns doch heute noch einen schönen Abend und bemühen uns, das alles ein paar Stunden lang zu vergessen.«

Er sah so gut aus, so aufrichtig, dass Hopes Entschlossenheit ins Wanken geriet.

»Na gut.« Sie lächelte ebenfalls.

»Drüben auf dem Platz spielt eine Jazzband«, sagte er und sah über seine Schulter zu ihr herüber. »Was hältst du davon, wenn wir den Abend dort beginnen?«

Während sie nebeneinander über das vereiste Kopfsteinpflaster schlitterten und die aufkommende Kälte des Spätnachmittags ihnen wie Nadeln in die freiliegenden Wangen stach, blickte Hope kurz auf und sah, wie die goldenen Zeiger einer Uhr in einem Flecken Sonnenlicht aufleuchteten.

30

»Alles in Ordnung da drin?«

Jemand klopfte sanft an die Tür der Toilettenkabine, und Sophie stöhnte. Die Überreste ihrer Brezen schwammen auf der Wasseroberfläche unter ihr, halb verdaut und schleimig. Sie schloss die Augen.

»Ich bin's, Megan. Ist dir schlecht?«

»Mir geht's gut«, brachte Sophie heraus. Dann zog sie die Spülung und rappelte sich zum zweiten Mal an diesem Tag vom Boden auf. Was immer sie sich für einen Keim eingefangen hatte, er meinte es ernst.

Als Sophie aus der Kabine trat, lehnte Megan neben den Waschbecken an der Wand. Ihre blonden Haare waren ein einziges Durcheinander, und sie sah besorgt aus.

»Allzu gut hat sich das aber nicht angehört«, meinte sie.

»Ich habe nur etwas Falsches gegessen«, murmelte Sophie und hielt die Luft an, als das heiße Wasser aus dem Hahn auf ihre eisigen Hände traf. Ihr Mund war trocken, und sie verspürte ein unangenehmes Kratzen im Hals, zwang sich dennoch, Megan anzulächeln.

»Hör mal ...« Megan trat einen Schritt auf sie zu, und ihre Blicke trafen sich im Spiegel. »Es geht mich eigentlich nichts an, aber bist du vielleicht ... Du weißt schon ...«

Sophie stieß ein bellendes Lachen aus. »Nein!«

»Tut mir leid, ich hätte nicht fragen sollen. Mein Hirn rennt immer ein paar Schritte hinter meiner großen Klappe her.«

»Das macht doch nichts.« Jetzt lächelte Sophie wirklich. »Ich hätte vermutlich auch daran gedacht, aber das ist es nicht. Außerdem geht es mir wirklich wieder besser«, log sie. »Vielleicht war das gestern Abend ein bisschen zu viel Wein.«

»Wir haben ganz schön gebechert«, gab Megan zu.

Gemeinsam verließen sie die Damentoilette und gingen die Treppe hinauf. Sobald Ollie sie erblickte, sprang er von seinem Stuhl auf und bot ihn Sophie an.

»Das muss wirklich nicht sein.« Sie hob abwehrend die Hand. »Mir geht's gut, ehrlich.«

Ollie blickte Megan an, um zu sehen, ob sie das bestätigen konnte.

»Möchtest du dich nicht trotzdem zu uns setzen?«, bot er dann an und zog von einem unbesetzten Tisch einen Stuhl heran. »Ich habe uns was zum Mittagessen bestellt – und natürlich auch Strudel«, sagte er zu Megan.

»Ich habe eigentlich keinen Hunger«, versuchte Sophie es erneut.

»Dann vielleicht nur ein Wasser oder einen Tee?« Megan führte sie entschlossen zu dem leeren Stuhl. »Draußen regnet es, und du bist ganz blass. Wenn wir gegessen haben, bringen wir dich zurück zum Hotel, damit du dich ausruhen kannst, nicht wahr, Ollie?«

Er nickte und streckte die Hand aus, um Sophie den Arm zu tätscheln. Irgendetwas hatte sich zwischen den beiden verändert, stellte Sophie fest. Sie wirkten vertrauter und zankten sich nicht mehr ständig. Megan hatte etwas Weiches an sich, das Sophie zuvor noch nicht aufgefallen war, und es stand ihr. Sie zwang sich, die neuerlich aufsteigende Übelkeit zu ignorieren, und hielt den Blick auf die aufgeschlagene Speisekarte gerichtet.

Die Kellnerin brachte Bier für Ollie und Megan, daher bestellte Sophie den empfohlenen Tee. Er würde ihr mit Sicherheit wieder Magenprobleme verursachen, aber vermutlich sollte sie es wenigstens versuchen. Ihr war schwindlig nach dem unterbrochenen Nachtschlaf und der ständigen Übelkeit, und sie fürchtete, ohnmächtig zu werden. Verschwommen sah sie, wie Ollie die Hand über den Tisch schob und einige von Megans ausgestreckten Fingern nahm, um sie leicht zwischen den seinen zu reiben. Zwar reagierte Megan nicht, aber sie zog ihre Hand auch nicht zurück. Lediglich ihre Schultern spannten sich ein wenig, und sie trank einen Schluck von ihrem Bier. Also stimmte ihre Vermutung, was Ollies Gefühle anging, aber Sophie wusste nicht so recht, ob Megan sie erwiderte. Sie hoffte, dass es so war.

Ollies beiläufige Art der Berührung, fast wie nebenbei, so als würde er sich an der Nase kratzen oder gähnen, rief in Sophie Sehnsucht nach Robin wach. Sie beide berührten einander ständig, wenn sie zusammen waren, hier eine Fingerspitze, die über eine Wange fuhr, dort eine Hand, die über den Oberschenkel strich, oder ein Fuß, der gegen einen anderen rieb. Es gelang ihnen nicht, sich zusammen in einem Zimmer aufzuhalten, ohne einander anzufassen.

Ollie hielt Megans Finger fest, bis das Essen serviert wurde, und auch dann schien er sie nur zögernd loszulassen. Sophie beobachtete, wie Megan nach einer Weile die Finger krümmte und dann die Hand ans Gesicht legte, wo sie sich geistesabwesend streichelte.

»Ich glaube, ich sollte euch beide jetzt allein lassen«, sagte Sophie und schob ihre leere Tasse mit der Untertasse beiseite. »Ich will nicht stören.«

»Du störst nicht«, erwiderte Megan schnell. »Ehrlich, mir geht Ollie sowieso längst auf die Nerven. Er ist ein echter Langweiler, weißt du.«

Sie meinte das offensichtlich nicht ernst. Ollie knetete ein Stück Brot zu einer Kugel zusammen und bewarf Megan damit über den Tisch hinweg.

»Erzähl uns doch noch mehr von deinen Reisen«, drängte Megan und führte ihren Suppenlöffel zum Mund. »Hast du nicht gesagt, du hättest eine Weltreise gemacht?«

Sophie nickte. »Das stimmt. Zusammen mit Robin.«

»Du musst uns alles darüber erzählen«, sagte Megan erneut. »Ich will wissen, wo ich meinen nächsten Urlaub verbringen soll.«

Und so begann Sophie zu erzählen. Sie sprach von der riesigen Buddha-Statue, die sie und Robin in Sri Lanka gesehen hatten, wo oft Kühe frei in den Städten herumwanderten oder ein Elefant auf dem Anhänger eines Lastwagens angebunden war. Sie beschrieb, wie es aussah, wenn die Sonne tief am Himmel von Los Angeles stand und ein geheimnisvolles Licht auf die Strände und die Wolkenkratzer warf – man musste ständig die Augen zusammenkneifen, als wäre man gerade erst aufgestanden.

Besonders Megan war von diesen Schilderungen fasziniert, die Fotografin in ihr juckte es bereits, das alles einmal selbst zu sehen. Ollie interessierte sich mehr dafür, wie die Menschen in anderen Ländern waren, und stellte ihr endlos Fragen über die Armut und über andere Kulturen. Megan hingegen wollte wissen, welche Orte am schönsten, welche Landschaften besonders malerisch waren, und Sophie sah, wie ihre Augen sich weiteten, als sie traumhafte Panoramen in Phuket, Neuseeland und Buenos Aires beschrieb.

»Ich muss mehr reisen«, sagte Megan verträumt. »Kein Wunder, dass ich mich nicht inspiriert fühle, wenn ich ständig nur in London bin.«

»London hat auch seine schönen Seiten«, bemerkte Ollie.

»Richmond Park ist sagenhaft – und was ist mit einem Sonnenuntergang über der Themse?«

»Aber London ist immer laut«, rief Megan und schwenkte aufgeregt die Arme. »Diese vielen Leute, der Verkehr, die Luftverschmutzung – das hört nie auf! Ich kann es in allen Fotos, die ich dort mache, geradezu hören, und ich hasse das.«

»Tatsächlich?« Ollie schien ehrlich überrascht von dieser Aussage, und Sophie fragte sich, wie oft sie wohl über Megans Arbeit sprachen. Sie kannte Megan erst wenige Tage, aber ihr war klar, dass ihre neue Bekannte das, was sie tat, voller Leidenschaft verfolgte. Und sie glaubte zu verstehen, was Megan meinte, wenn sie sagte, ihre Fotos fühlten sich lärmig an. Das spürte man in Gemälden schließlich auch häufig, und London war eine der belebtesten und lautesten Städte der Welt.

»Weißt du, ich hasse die meisten Fotos, die ich mache«, sagte Megan jetzt, und ihre Stimme klang eher resigniert als ärgerlich. »Ich schaffe es nur so selten, die Emotionen in Bilder zu übertragen.«

»Ich finde deine Arbeiten großartig«, erklärte Ollie, und Sophie lächelte. Er war so ein netter Mann, und seine Ergebenheit Megan gegenüber kannte einfach keine Grenzen. Wenn Megan es doch nur sehen und annehmen könnte. Sophie hatte Robins Liebe immer selbstverständlich akzeptiert, genau wie er die ihre, auch wenn es im Lauf der Jahre die eine oder andere Unsicherheit gegeben hatte. Sie hatten nie um ihre Beziehung kämpfen müssen. Wie oft hatte sie Freundinnen zugehört, wenn sie die Schwierigkeiten in ihren Beziehungen beschrieben, ihre ständigen inneren Kämpfe, ob sie wirklich glücklich waren oder doch nicht ganz, und ob es dort draußen noch jemanden gab, der besser zu ihnen passte. Für Sophie gab es niemanden und nichts Besseres –

alles, was sie brauchte, war Robin, und diese Tatsache hatte sie keine Sekunde in Zweifel gezogen.

Inzwischen hatte Ollie auf seinem Smartphone Megans Webseite aufgerufen und zeigte Sophie einige ihrer Fotos. Er hatte recht, sie waren außerordentlich, aber Megan schien nicht davon überzeugt zu sein.

»Ich will, dass die Leute auf meine Fotos ganz instinktiv reagieren«, erklärte sie Sophie jetzt. »Sie sind beeindruckt von meinen Ausschnitten und Blickwinkeln und wie ich das Licht einsetze, das weiß ich – aber das ist alles so trocken und technisch. Ich will die Menschen mit dem, was ich tue, berühren, genauso wie ich berührt war, als ich das Foto gemacht habe.«

»Hat Prag dich berührt?«, fragte Sophie, aber sie wusste die Antwort bereits.

»O ja!«, rief Megan und wischte den Rest ihrer Suppe mit einem Stück Brot vom Teller. »Es ist so wunderschön hier, dass ich meine Kamera kaum absetzen kann. Überall, wo man hinkommt, sieht man etwas, das man festhalten muss. Ich hoffe, ich kann der Stadt gerecht werden.«

»Das kannst du bestimmt«, sagte Ollie. Seine Hand lag wieder auf der Tischoberfläche und schien förmlich darauf zu warten, Megan wieder zu berühren. Das war es wohl, was er an Megan am meisten liebte – ihre Leidenschaftlichkeit. Diese Eigenschaft war tatsächlich selten, und Sophie konnte nur allzu gut verstehen, dass Menschen, die selbst nicht so überschäumend waren, sich von passionierten Menschen angezogen fühlten. Jemand, der eine Leidenschaft hatte, so wie Megan oder Robin, leuchteten stets so viel heller als alle anderen, und daher war es kein Wunder, dass solche Menschen sich stets umgeben sahen von anderen, die hofften, etwas von diesem Glanz möge auf sie abstrahlen.

Megan winkte dem Kellner, die Rechnung zu bringen, und wischte mit einer Geste Sophies Angebot beiseite, selbst zu bezahlen. »Du hattest doch nur einen Tee!« Dann verließen die drei das Restaurant und machten sich auf den Weg zum Hotel.

Auf der Karlsbrücke drängten sich die Touristen, alle mit Mützen und Handschuhen bewaffnet, um die Kälte abzuhalten. Die Wolken waren inzwischen etwas aufgerissen, und der düstere Himmel zeigte verschiedenste Schattierungen von Grau. Das Wasser der Moldau unter ihnen war von einem tiefen, undurchdringlichen Schieferton, unterbrochen nur von weiß aufblitzenden Möwen. Immer wieder stießen die Vögel schrille Schreie aus und flogen hoch über die Brücke, wo sie flatternd hinabstießen, um Krümel zu fangen, die entweder versehentlich auf den Boden gefallen waren oder absichtlich für sie in die Luft geworfen wurden.

Tauben saßen auf den niedrigen Mauern zu beiden Seiten des breiten steinernen Bauwerks und schienen die vielen Statuen, die sich zwischen ihnen erhoben, spielerisch nachahmen zu wollen. Megan hatte ihre Kamera vor dem Gesicht und grinste, während sie einen Schnappschuss nach dem anderen machte. Ollie ging direkt hinter Sophie und hielt den Blick mehr auf sie als auf seine Umgebung gerichtet, so als fürchtete er, sie könnte jeden Moment umkippen.

»Mir geht es wirklich schon viel besser«, sagte sie zu ihm und bemühte sich, ihre Stimme überzeugend klingen zu lassen. Den Tee hatte sie glücklicherweise bei sich behalten, und die drei Stück Zucker darin begannen allmählich Wirkung zu zeigen. Ihre Hände zitterten nicht mehr, aber sie fühlte sich noch ein wenig wackelig auf den Beinen. Der Boden unter ihr kam ihr fast vor wie der geschlossene Mund eines schrecklichen Untiers, das zwar gerade seinen Hunger gestillt hatte, aber jederzeit wieder die Kiefer aufsperren und sie mit Haut und Haaren verschlingen konnte.

Sie konnte gerade noch rechtzeitig beiseitetreten, um nicht einen der vielen Selfie-Sticks ins Gesicht gerammt zu bekommen, stieß dabei aber heftig gegen Ollie, der hinter ihr stehen geblieben war. Offenbar hatte Megan an der Mauer etwas Aufregendes entdeckt, denn sie winkte sie beide zu sich.

»Hat Hope uns nicht davon erzählt?«, fragte sie, sobald sie in der Nähe waren. Sophie sah auf die Stelle, wo Megans Hand lag. In poliertem Gold leuchtete ein zweiarmiges Kreuz matt im Licht der Abendsonne.

»Ich glaube, das muss es sein«, antwortete Ollie, ehe Sophie den Mund aufmachen konnte, daher nickte sie nur zustimmend und sah zu, wie Megan ihren Handschuh abstreife und mit den Fingern über jeden der fünf Sterne fuhr.

»Was wünschst du dir?«, wollte Ollie wissen und klang dabei fast hoffnungsvoll.

Megan hielt inne, dann schloss sie die Augen, und ihre Lippen bewegten sich tonlos, während sie mit den bloßen Fingern noch immer das Kreuz berührte.

»So.« Sie lächelte, als sie die Augen wieder aufschlug. »Fertig.«

»Jetzt komm schon«, drängelte Ollie. »Wir sind doch schon so gespannt!«

Megan war fassungslos. »Ich darf dir doch nicht sagen, was ich mir gewünscht habe! Wenn man den Wunsch jemandem verrät, dann geht er nicht in Erfüllung – das weiß doch jeder!«

Sie drehten sich beide zu Sophie um, aber sie konnte nichts dazu sagen. Mit einem Mal wurden die Beine unter ihr butterweich, und sie sank wie trockenes Herbstlaub auf das Pflaster.

»Hoppla!« Ollie fing sie gerade noch auf, ehe sie auf dem Boden landete, und Megan rannte zu ihm und kauerte sich neben die beiden.

»Ich glaube, wir müssen einen Arzt für dich auftreiben«, sagte sie mit sorgenvoller Miene. »Bestimmt wissen die im Hotel, wie man einen rufen kann.«

Schwach schüttelte Sophie den Kopf von einer Seite zur anderen.

»Nein, es ist alles in Ordnung mit mir.«

»Jetzt komm schon.« Ohne auf Sophies Protest zu achten, zog Ollie sie in die Höhe. Er reichte Megan seinen Rucksack und wies Sophie an, auf seinen Rücken zu klettern.

»Ich trage dich huckepack zum Hotel«, sagte er. »Das ist das Vernünftigste. Dort schläfst du dann erst mal, und wenn es dir heute Abend noch nicht besser geht, rufen wir einen Arzt, einverstanden?«

Sophie sah ein, dass ihr keine Wahl mehr blieb. Daher kletterte sie auf Ollies Rücken. Ihr Bauch knurrte widerwillig, als Ollie sie ein Stück höher schob, damit sie bequemer saß.

»Ich bleibe hier und mache noch ein paar Fotos«, sagte Megan und tätschelte sanft Sophies unteren Rücken. »Treffen wir uns in dieser Bar, Don Pisto's, in vielleicht einer halben Stunde?«

Ollie war einverstanden, und Sophie sah von oben, wie er Megans Hand nahm und sie noch einmal drückte. Sie wusste, dass die Passanten sie neugierig ansahen, aber das war ihr egal. Es fühlte sich gut an da oben, durch Ollies breiten, hochgewachsenen Körper vor der Welt geschützt. Sie hätte sich gerne bei ihm bedankt und ihm gesagt, wie sicher und geschützt sie sich bei ihm fühlte, aber ihre Übelkeit war so heftig, dass sie es nicht wagte, den Mund aufzumachen.

Während Ollie sich über die Karlsbrücke auf den Weg machte, die Finger vor der Brust verschränkt, damit sie nicht abrutschen konnte, dachte Sophie, wie nett es jetzt wäre, wenn sie einfach die Augen schließen und einschlafen könnte wie ein kleines Kind. Und wenn sie aufwachte, wäre es morgen – der Tag, an dem Robin wieder zu ihr kam.

31

Megan sah Ollie und Sophie nach, bis sie verschwunden waren, dann wandte sie ihre Aufmerksamkeit wieder dem Gekecker und den Sturzflügen der Möwen über sich zu. Sie stellte die Verschlusszeit an ihrer Kamera fest ein und versuchte eine Serie mit Automatik-Aufnahmen, ehe sie wieder auf manuellen Betrieb schaltete. Ihr Ziel war es, die Bewegungsenergie der Vogelflügel sichtbar zu machen, während die Tiere sich in der Luft drängelten, und zum ersten Mal wollte sie auch das Geräusch auf das Bild bannen – das Kreischen und Schreien der Vögel und die Rufe der Menschen, die Körner und Brot in die Luft warfen.

Während sie arbeitete, dachte Megan über Sophie nach. Etwas an dem Mädchen hatte zur Folge, dass sie ständig einen Schweif von Besorgnis hinter sich herzog. Sie war so zart wie ein kleiner Origami-Vogel, und Megan war stolz auf Ollie, dass er eingesprungen war und den Helden gespielt hatte. Allerdings hatte sie auch gespürt, wie ihr ein leiser Anfall von Eifersucht die Laune verdarb, als sie sah, wie das zierliche Mädchen die Arme und Beine um seinen Körper wickelte.

Sie erinnerte sich an Ollies Bemerkung im Spiegelkabinett, wie es für Megan wäre, falls er jemanden kennenlernte. Das war seltsam, weil auch ihre Mutter erst vor ein paar Tagen gefragt hatte, was wäre, wenn Ollie sich mit einer anderen Frau treffen würde. Seit Megan die beiden im Sommer einander vorgestellt hatte, befand sich ihre Mutter auf einem keineswegs subtilen Kreuzzug, sie beide zusammenzubringen. Nachdem ihre zarten Andeutungen keinen Effekt gezeigt hatten, begann sie, Megan regelrecht anzuflehen. Und als nicht einmal das Megans Entschlossenheit, die sie wie ein Gerüst um sich hochgezogen hatte, durchdringen konnte, griff sie zu kleinen Sticheleien. Offenbar glaubte sie, ihre Tochter habe das hohe Alter von dreißig erreicht, ohne in solchen Bemerkungen den plumpen Versuch erkennen zu können, psychologische Tatsachen in ihr Gegenteil zu verkehren.

Zu diesem Zeitpunkt war es ihr undenkbar erschienen, dass Ollie sich in eine andere Frau verlieben könnte, aber nun hatte sich dieser Gedanke festgesetzt, und sie wurde ihn nicht mehr los. Wäre es möglich, dass sie eine dieser Frauen war, die einen Mann selbst nicht wollte, ihn aber auch keiner anderen gönnte?

Voller Selbstverachtung rümpfte Megan die Nase. Eifersucht war kein schöner Charakterzug, und Selbstsucht war noch schlimmer, aber es war eindeutig so: Sie wollte nicht, dass eine andere Frau sich Ollie schnappte. Doch das würde natürlich eines Tages geschehen. Er war ein viel zu guter Mann, als dass eine Frau, die noch alle Sinne beieinanderhatte, ihn ignorieren konnte.

Megan konnte das Gefühl von vorhin nicht ignorieren, das Kribbeln, wenn er auf dem Tisch mit ihren Fingern spielte, und dieses ständige brennende Bedürfnis, ihn zu küssen. Sie wusste, dass sie dabei war, sich auf sehr gefährliches und selbstsüchtiges Terrain zu begeben, aber ihre Lust schien den Kampf gegen ihren Verstand zu gewinnen – und es bedurfte nur noch ein paar Gläser Wein, und die Vernunft wäre besiegt.

Megan hatte das Ende der Karlsbrücke erreicht und spazierte durch den hoch aufragenden gotischen Bogen des Altstädter Brückenturms. Der Schneematsch auf dem Kopfsteinpflaster war inzwischen gefroren, und Megan genoss das knirschende Geräusch, das ihre Stiefel bei jedem Schritt machten. An der Straße angekommen, drückte sie den Knopf an der Ampel und sah zu, wie das beleuchtete Zeichen gegenüber von dreißig bis auf null herunterzählte und ein schnelles Klicken anzeigte, dass es nun sicher war, die Straße zu überqueren. Sie fand es toll, dass die Straßen hier durch Trambahngleise miteinander verbunden waren, in deren silbern polierten Flächen sich das Licht fing, wenn die Gleise zwischen Gebäuden und Statuen hervorkamen.

In einem Reiseführer von London hatte sie einmal gelesen, dass man die besten Seiten einer Stadt entdeckte, wenn man nach oben schaute. Selbst etwas so Ödes und Modernes wie die Oxford Street veränderte sich maßgeblich, wenn man den Blick über die Ladenfronten hob und die zum Teil wunderschönen Gebäude darüber entdeckte. Megan mochte alte Londoner Fotos aus der Zeit vor dem Siegeszug der Ladenketten, die die Hauptstraßen im ganzen Land mit ihren billigen Blinklichtern und Leuchtreklamen zugepflastert hatten. Besonders gefielen ihr die Aufnahmen von kleinen Geschäften wie Gemüseläden oder Fischhändlern, vor denen sich der Ladenbesitzer mit seinen Angestellten und der gesamten Familie aufgebaut hatte. Kinder mit schmutzigen Wangen und glänzenden Augen, erschöpft wirkende Mütter mit einem Säugling auf der Hüfte und einem altmodischen Korb-Kinderwagen an der Hand, und die Männer, deren Hosen von dicken Hosenträgern aus Ledern gehalten wurden, die Hüte fröhlich schief auf dem Kopf und eine Pfeife im lächelnden Mund. Jede dieser Gestalten hatte ihre eigene Geschichte, und Megan konnte ihnen stundenlang in die

Gesichter sehen und sich vorstellen, wie ihr Leben wohl ausgesehen hatte.

Sie war einfach vor sich hingelaufen, ohne sonderlich auf die Richtung zu achten, und merkte jetzt, dass sie die Abzweigung zur Altstadt verpasst hatte und auf den östlich gelegenen Wenzelsplatz zuging. Schulterzuckend spazierte sie weiter; sie konnte genauso gut eine Runde zu drehen, anstatt wieder umzukehren. Außerdem gefiel es ihr, die Stadt eine Weile für sich allein zu haben. Sie konnte einfach stehen bleiben und die gelben Blätter an einem entfernt stehenden Baum betrachten, die sich vom Schiefergrau des dahinterliegenden Gebäudes abhoben. Ein leuchtender Farbfleck, ein Feuerwerk, wie es nur die Natur selbst hervorbrachte, von einer Schönheit, die ihr das Herz höher schlagen ließ. Wieder und wieder hob sie die Kamera vors Gesicht, blieb stehen, um zu sehen, wie weit sie gekommen war, und schüttelte den Kopf, wenn sie feststellte, dass es nicht sonderlich weit war.

Wie konnte irgendjemand sie jetzt anziehend finden? Sie ärgerte sich ja sogar selbst darüber, wie sie herumhampelte, um ein Foto zu machen. Für ihre Umgebung musste das doch geradezu nervenzermürbend sein. Genau das war einer der Gründe, weshalb sie lieber keine Beziehung wollte – dann konnte sie tun, was immer ihr in den Sinn kam, ohne ein schlechtes Gewissen haben zu müssen.

Der Wind trug begeisterte Rufe heran. Megan lauschte und ließ sich von dem Geschrei zu einem offenen kleinen Platz führen. Dort stand inmitten einer Gruppe aufgeregter Kinder ein Mann, der ein langes Seil in einen Eimer zu seinen Füßen tauchte. Er machte eine effektvolle Pause und lachte, als einige der Kinder erwartungsvoll auf und ab hüpften. Und dann schwang er schließlich seinen Arm mit großer Geste nach oben und drehte sich im Kreis. Hinter ihm in der Schlaufe des Seils bildete sich eine riesige Seifenblase.

Megan hob die Kamera und lächelte dabei so breit, dass sie den kalten Wind am Zahnfleisch spüren konnte. Die Kinder sprangen vor und versuchten, die Blase zum Platzen zu bringen, aber der Mann produzierte bereits eine weitere und dann eine Menge kleinerer Seifenblasen. Megan schob sich näher heran und knipste ein Foto von einer einzelnen schillernden Kugel, ehe sie direkt vor ihrem Objektiv platzte, und kicherte über die Kinder, die ihr wie wild um die Beine rannten. Die Kleinen waren kaum weniger aufgeregt als zuvor die Vögel auf der Brücke, aber sehr viel lauter, und ihre Freude war ansteckend. Megan wünschte sich, Ollie wäre bei ihr, um die Kinder zu sehen, und als sie an ihn dachte, wurde ihr klar, dass sie zu ihrem vereinbarten Treffen möglicherweise schon zu spät kam. Dennoch konnte sie sich nur schwer losreißen. Als sie davonging, konnte sie das Kreischen und Lachen der Kinder noch lange hören.

Als sie eintrat, saß Ollie an der Bar, die langen Beine um die hölzernen Stuhlbeine geschlungen, und vor ihm auf dem Tresen standen zwei große Gläser Bier. Er hatte ihr Kommen nicht bemerkt, und so konnte sie einen Moment stehen bleiben und ihn betrachten. Seine glatten braunen Haare waren durch seine alberne Mütze und die tropische Heizungsluft im Don Pisto elektrisch geladen, und einige Strähnen standen in die Höhe und schwankten wie betrunken umher. Seine Turnschuhe waren voller Flecken und schienen von der Nässe draußen völlig durchweicht zu sein, und einer seiner Mantelärmel hatte sich beim Ausziehen nach außen gestülpt.

Aus irgendeinem Grund war es diese letzte kleine Beobachtung, die Megan zu einer Entscheidung brachte. Entschlossen trat sie an die Bar, zog Ollie am Arm, bis er sich zu ihr umdrehte, und küsste ihn fest auf den Mund.

Es dauerte einen Augenblick, bis Ollie begriff, was da geschah, dann küsste er sie mit einer so gierigen Leidenschaft zurück, dass sie sich am Tresen festhalten musste, um nicht umzufallen. Er zog ihr die Mütze vom Kopf, fuhr mit der Hand in ihre verknoteten Haare und massierte ihr die Kopfhaut, während seine Zunge zunächst über das Innere ihrer Oberlippe und dann über den fleischigen Teil der Unterlippe tastete. Eine ihrer Hände lag noch auf seinem Arm, aber sie löste die andere von der Kante des Tresens und zog Ollie damit an sich, schlüpfte zwischen seine Beine und spürte das harte Holz des Stuhls am Bauch.

Um sie herum lief Musik, und die Leute unterhielten sich, ohne auf die zwei Menschen zu achten, die sich neben ihnen an der Bar küssten. Megan hörte sich selbst innig seufzen. Sie ließ den Kopf nach hinten fallen und genoss das Gefühl von Ollies Lippen an ihrem Hals, hinter den Ohren, auf ihren heißen Wangen. Sie küsste seine Ohrläppchen und tastete mit den Fingern über sein Gesicht, bis sie seine Brille fand und sie abnehmen konnte, um den Kopf näher an seinen zu legen. Beide atmeten jetzt heftig, und als er sich an sie drückte, spürte Megan genau, wie sehr es ihn nach ihr verlangte. Auch sie war sich des Pochens zwischen ihren Beinen nur allzu deutlich bewusst – sie wollte, brauchte ihn.

»Sollen wir ins Hotel zurückgehen?« Ollies Atem an ihrem Hals war heiß.

Ja!, schrie ihr Körper, aber sie schüttelte langsam den Kopf.

»Noch nicht.«

Ollie nickte, legte seine Stirn an ihre und wartete, bis sich sein Herzschlag wieder beruhigt hatte. Megan beugte sich vor und küsste ihn noch einmal, diesmal ganz leicht, und ihr Lächeln kitzelte ihn an der Wange. Die Stellen, wo seine winzigen Bartstoppeln über ihr Gesicht gerieben hatten, brannten ein wenig, und sie fühlte, wie ein Schauder des Glücks sie durchlief. Ollie rückte ein winziges Stück von ihr ab, um ihren Scheitel, die Lider und Augenbrauen mit Küssen zu bedecken, dann hielt er inne und sah sie an.

»Megan, ich habe nicht …«, setzte er an, zögerte aber, als er ihre Miene sah.

»Würde es dir etwas ausmachen, wenn wir nicht darüber reden?«, flehte sie mit leiser Stimme. »Bitte.«

Er runzelte die Stirn, sagte aber nichts. Stattdessen griff er zu seinem Glas und nahm einen tiefen Schluck.

Megan konnte der Versuchung, ihn wieder an sich zu ziehen, nur schwer widerstehen, aber sie zwang sich, auf den Boden zu blicken, bis ihr Herzklopfen endlich nachließ. Es war für sie beide eine ganz neue Erfahrung gewesen, und sie wusste nicht, was sie zu ihm sagen sollte.

»Wie ging es Sophie, als du gegangen bist?«, fragte sie schließlich, um ein unverfängliches Thema anzusprechen. Nun schälte sie sich selbst aus dem Mantel und entwirrte ihren Schal, den Ollie zuvor nach unten gezogen hatte, um freie Bahn zu haben. Von der Anstrengung beim Küssen war sie rot und schwitzte, daher kletterte sie auf den Stuhl neben ihm und griff dankbar nach ihrem Bierglas.

»Sie war sehr still.« Ollie zögerte einen Moment und legte ihr dann seine freie Hand auf den Oberschenkel. »Ich habe ihr eine Flasche von Prags köstlichster Cola von der Bar geholt. Sie braucht Zucker, dachte ich.«

»Das war gut.« Megan lächelte ihn über den Rand ihres Glases hinweg an und setzte den Fuß vor, sodass er auf der

Holzstange zwischen seinen Beinen stand. Sie spürte noch immer die Spuren seiner Küsse an ihrem Hals und hob unwillkürlich die Hand, um sich dort zu berühren. War das gerade wirklich passiert? War sie wirklich hier hereingekommen und hatte Ollie geküsst?

»Ich hoffe, es geht ihr bald besser«, fuhr Megan fort und drückte ihr Knie an seinen Schenkel. »Das sah wirklich irre aus, wie sie da auf der Brücke einfach zusammengesunken ist.«

»Meinst du, sie hat eine Essstörung oder so etwas?«, fragte Ollie. Er hatte sein Glas nicht wieder auf die Theke gestellt, und Megan betrachtete seine Augen, während er sprach. Bestimmt hatte sie schon unzählige Male hineingeblickt, aber heute strahlten sie lebendiger denn je. Im düsteren Licht an der Bar wirkte ihr Braun sehr dunkel, fast schwarz, und die Wimpern waren kurz und sehr dicht.

»Ich bin mir nicht sicher.« Megan überlegte. »Ich dachte schon, sie wäre vielleicht schwanger, aber als ich das angesprochen habe, hat sie nur gelacht.«

»Findest du es nicht komisch, dass sie allein hier ist?«, wollte Ollie wissen. Er streckte die Hand aus und schob ihr eine Haarsträhne hinters Ohr. Sie wusste, dass sie zur Toilette gehen und es ausbürsten sollte, aber sie wollte Ollie nicht verlassen, nicht einmal für ein paar Minuten, damit die angenehme Blase, in der sie schwebten, nicht platzte.

»Ich glaube nicht, dass sie das so geplant hatte«, erwiderte Megan und wandte den Kopf, um mit den Lippen seine Finger zu berühren. »Nach dem, was ich verstanden habe, wollten sie gemeinsam herkommen, sie und ihr Freund, aber er konnte dann nicht gleich weg.«

»Ich bin mir nicht sicher, ob er überhaupt noch auftaucht«, sagte Ollie mit besorgter Miene, als wäre ihm der

Gedanke gerade erst gekommen. »Warum braucht er so lange?«

Megan widerstand dem Drang, ihn vom Stuhl herunter und an sich zu ziehen. »Solche Überlegungen sehen Ihnen aber gar nicht ähnlich, Mr. Morris«, sagte sie leise. »Was ist denn mit ›Die Liebe besiegt alles‹? Sagst du das nicht sonst immer?«

Sie konnte den Blick nicht von seinen Lippen abwenden und wünschte, er würde sie noch einmal küssen.

»Das war mein altes Ich«, sagte er und zog spöttisch eine Augenbraue hoch. »Ich weiß nicht recht, ob ich noch mutig genug bin, das zu glauben.«

»Na, das werden wir doch bald herausfinden, oder?«, bemerkte Megan. »Sophie hat Hope und mir erzählt, dass Robins Flug für morgen Nachmittag gebucht ist.«

»Ich hoffe, er kommt«, sagte Ollie, stieg von seinem Barhocker und zog sie endlich in die Arme. »Sie ist so ein liebes Mädchen – ich wünsche ihr alles Glück der Welt.«

Megan schloss die Augen und genoss es, seine Wange an ihrer zu spüren. Durch seinen dicken Pullover konnte sie seinen Herzschlag hören – ein langsamer, regelmäßiger, beruhigender Rhythmus. Sie schlang die Arme um ihn und schob sie in die hinteren Taschen seiner Jeans. Für einen großen Mann hatte Ollie einen angenehm runden Po, den sie jetzt genießerisch drückte.

»Sei bloß vorsichtig«, flüsterte Ollie. »Wenn du so weitermachst, trage ich dich auch auf dem Rücken ins Hotel.«

»Daran bist du selbst schuld, du bist eben so verdammt sexy«, murmelte sie und bohrte ihre Fingernägel noch ein wenig fester hinein.

Sie waren schon so lange befreundet, aber noch nie hatte Megan Ollie ein Kompliment gemacht – und schon gar nicht so eins. Er hingegen erklärte ständig, wie begabt sie sei, wie sehr er ihre Arbeit bewundere, wie leicht sie ihn zum Lachen bringe. Heute hatte er ihr gesagt, wie schön sie sei, und sie hatte ihm geglaubt. Andre hatte nie etwas zu ihrem Aussehen gesagt, und je länger sie mit ihm zusammen gewesen war, desto mehr hatte sie sich unter sackartiger Kleidung versteckt. Inzwischen war sie, wenn sie in den Spiegel sah und ihre langen goldenen Strähnen, die hellen Augen ihrer Mutter und den hübschen Schwung ihrer Lippen unter der kleinen Nase betrachtete, zwar ganz angetan von diesem Anblick, aber nicht völlig zufrieden. Ollie hingegen schien sie für die schönste Frau der Welt zu halten. Megan hatte nie die Bestätigung eines Mannes gebraucht – sie hasste die Vorstellung, ihr Selbstwertgefühl könnte von der Meinung eines anderen Menschen abhängen –, aber sie musste zugeben, dass es angenehm war, so bewundert zu werden.

Ollies Herzschlag beschleunigte sich, als sie mit den Fingern über sein Kreuzbein strich. In den letzten Monaten waren sie so oft miteinander allein gewesen, hatten Sonntagnachmittage im Pub verbracht und in einer Rooftop-Bar in Brixton Bier-Pong gespielt, waren auf den Parliament Hill spaziert und hatten mit dem Blick über London Eis gegessen – aber nie war etwas zwischen ihnen passiert. Er hatte niemals ihre Hand genommen oder ihr über die Wange gestrichen, wie er das hier in Prag getan hatte, und sie hätte das auch nicht gewollt. Dass sie jetzt so umstandslos und plötzlich in diese Nische der Intimität geschlüpft waren, überraschte und entzückte Megan. Diesmal fühlte es sich überhaupt nicht peinlich an, und sein Kuss kam ihr vollkommen richtig vor. Mehr noch, er war einfach unausweichlich gewesen.

Trotz der köstlichen, kribbelnden Wärme, die sie nach

und nach erfasste, war Megan sich sehr wohl der leisen, nörgelnden Stimme bewusst, die in einem versteckten Eck ihres Hirns saß und fragte, was zum Henker sie da eigentlich trieb. Sie hörte aber nicht hin, zog stattdessen die Hände aus Ollies Taschen und umfasste damit sein Gesicht. Als er sich vorbeugte, um sie zu küssen, glaubte Megan, etwas wie Traurigkeit in seinem Blick aufblitzen zu sehen.

32

»Ich glaube nicht, dass noch jemand kommt.«

Hope und Charlie saßen in der Hotelbar und hatten zwei volle Cocktailgläser vor sich stehen. Den Rest des Nachmittags hatten sie damit verbracht, durch die Kleinseite zu spazieren, ein paar hübsche Kleinigkeiten zu kaufen und über die Gesichter der Holzpuppen zu lachen, die sie aus den Schaufenstern der Souvenirläden vielsagend angrinsten. Während die Stunden vergingen, verflog auch die unbehagliche Atmosphäre, die sich zwischen ihnen eingeschlichen hatte.

Ohne auf das Pochen in ihren eiskalten Fingern und Zehen zu achten, spazierten Hope und Charlie Hand in Hand den steilen, windgepeitschten Hügel zur Prager Burg hinauf, wo sie die Entschlossenheit der Wachsoldaten bewunderten – und ihre offensichtliche Unempfindlichkeit gegen das frostige Wetter. In ihren grauen Pelzmützen und den dazu passenden Kragen starrten sie ungerührt durch ihre Sonnenbrillen vor sich hin, das Gewehr in der weiß behandschuhten Hand fest an ihrer Seite, und wirkten unglaublich cool, gelassen und reglos. Charlie stellte sich neben eines ihrer blau-weiß gestreiften Wächterhäuschen und salutierte lachend vor Hopes Kamera.

Um den eisigen Temperaturen zu entkommen, die mit jedem Umlauf der großen Zeiger auf den vielen Uhren der Stadt noch weiter zu sinken schienen, erforschten sie das Innere der St.-Georgs-Basilika. Hope blieb vor Staunen beinahe die Luft weg, als sie hinaufblickte zu den Deckengemälden in der hohen Kuppel, deren Rot und Gold in der düsteren Kirche geradezu königlich wirkte. Staub schwebte in der Luft des weiten Raumes, der nach Alter und Historie roch. Immer wenn sie die Schwelle zu solchen Gebäuden übertrat, war es ihr, als machte sie einen Schritt zurück in die Vergangenheit, und die Bedeutsamkeit dieses Gefühls überdeckte freundlicherweise das Durcheinander an Emotionen, die in ihr herumwirbelten. Für diese paar kostbaren Stunden hatte Hope beschlossen, ihre ständige Selbstkontrolle aufzugeben und sich zu gestatten, einfach nur das, was sie sah, in sich aufzunehmen. Je länger sie in Prag war, desto fester glaubte sie an den Zauber dieser Stadt – sie konnte ihn spüren.

»Vielleicht hat Ollie Megan endlich rumgekriegt?«, überlegte Charlie mit verschmitztem Gesicht.

Hope machte ein missbilligendes Geräusch. »Das bezweifle ich. Nicht nach dem, was sie gestern Abend gesagt hat.«

»Ach ja?« Charlie beugte sich interessiert über den Tisch.

»Mehr darf ich dir nicht sagen«, erklärte Hope. »Eine Frage weiblicher Ehre und so.«

»Verstehe.« Er nahm einen Schluck von seinem Cocktail. »In diesem Fall sollte ich dir auch nicht erzählen, was er über sie gesagt hat.«

Nun hatte er ihre volle Aufmerksamkeit.

»Was? Das will ich unbedingt wissen!«

Charlie schüttelte den Kopf. »Keine Chance. Eine Frage männlicher Ehre und so.«

»Tja, wenn das so ist.« Hope warf in einer resignierenden Geste die Hände in die Höhe. »Dann erzähle ich es dir eben. Aber nur, wenn du mir versprichst, dass du mir auch alles erzählst, und vor allem, dass du schwörst, nichts zu verraten, wenn wir die beiden wiedersehen.«

Charlie legte spöttisch salutierend zwei Finger an die Stirn. »Großes Pfadfinder-Ehrenwort!«

Und so erzählte ihm Hope alles. Sie sah, wie er die Stirn runzelte, als sie von Megans Feststellung berichtete, sie habe nicht genügend Platz im Leben für einen festen Freund, weil für sie ihr beruflicher Erfolg an erster Stelle stehe.

»Für mich hört sich das bescheuert an«, sagte er und saugte an seinem Strohhalm.

»Aber sie hat auch gesagt, es fühle sich sonst einfach nicht richtig an, tief in ihrem Inneren, weißt du. Und ein Bauchgefühl sollte man nie ignorieren.« Als sie das sagte, musste Hope an ihr eigenes Bauchgefühl im Massagesalon denken und spürte, wie ihre Wangen sich vor Unbehagen röteten.

»Aber vielleicht ist das Bauchgefühl bloß Angst?«, sagte Charlie. »Du hast recht, manchmal deuten Instinkte in die richtige Richtung – aber oft ist da auch sehr viel Furcht dabei. Um ehrlich zu sein, Ollie hat gar nicht so viel zu mir gesagt. Ich glaube, er ist ein guter Kerl und viel zu aufrichtig, um hinter Megans Rücken über sie zu reden, aber er hat gesagt, dass er sich wünscht, sie wären mehr als nur Freunde. Wenn du mich fragst, sind die beiden wie füreinander gemacht, und mein Bauchgefühl sagt mir, dass sie zueinander gehören.«

Hope fragte sich, was Charlie wohl zu ihr sagen würde, wenn sie die Zweifel an ihrer eigenen Beziehung in Worte fasste, wenn sie ihm erklärte, dass sie sich vielleicht doch überschätzt hatten. Könnte er das verstehen oder würde er auch ihr vorwerfen, dass sie sich von einer unberechtigten Angst leiten ließ?

In diesem Moment wurden sie von lautem Lachen aus der

Hotellobby aufgeschreckt. Die Tür der Bar stand gerade weit genug offen, dass sie Ollie und Megan auf dem Weg zur Treppe vorbeilaufen sahen, die Arme fest umeinander geschlungen.

Hope stieß ein entzücktes Quieken aus, und Charlie grinste befriedigt, weil sich seine Prophezeiung als zutreffend erwiesen hatte. Es war eindeutig, wo Megan und Ollie hinwollten, und zwar ganz bestimmt nicht zu einem Abendessen mit Hope und Charlie.

»Ich frage mich, wo Sophie eigentlich steckt«, sagte Hope nachdenklich, nachdem die beiden verschwunden waren. Sie leerte ihr Glas und stellte es auf den Tisch. »Ich habe sie den ganzen Tag noch nicht gesehen.«

»Vielleicht ist ihr Freund inzwischen doch noch aufgetaucht?«, überlegte Charlie und warf einen Blick auf seine Armbanduhr.

Hope fuhr fort: »Leider weiß ich ihren Nachnamen nicht, sonst könnte ich an der Rezeption nach ihr fragen. Ich mache mir Sorgen, wenn sie ganz allein in der Stadt unterwegs ist.«

»Du bist wirklich lieb.« Charlie lächelte sie an. »Aber das Mädchen hat schon die ganze Welt bereist – vermutlich kennt sie diese Stadt besser als wir Manchester.«

Da hatte er natürlich recht, aber Hope wurde das Gefühl nicht los, dass mit ihrer neuen Freundin etwas nicht stimmte. Gestern Abend, als alle vereinbart hatten, sich am nächsten Abend in der Hotelbar zu treffen, hatte Sophie begeistert genickt, aber ihre Augen hatten etwas anderes gesagt. Vielleicht war Robin tatsächlich früher gekommen, oder Sophie wollte einfach etwas Zeit allein verbringen und nicht mit zwei mittelalten Langweilern wie ihr und Charlie. Schließlich war Hope nicht Sophies Mutter.

Die Uhr hinter der Bar zeigte kurz vor halb acht. »Na, dann komm«, sagte sie zu Charlie und musste kichern, weil er sofort aus seinem Sessel aufsprang. »Dann gehen wir dich mal füttern, ehe du noch in Ohnmacht fällst.«

Draußen herrschte beißende Kälte, die sich so unerbittlich in die Haut bohrte wie die Zähne eines kleinen Jagdhundes. Hope spürte, wie ihre Gesichtshaut spannte, und schob die Hände in den Handschuhen so tief wie möglich in die Manteltaschen. Die Wolken, die den ganzen Tag über den Himmel bedeckt hatten wie ein nasses Handtuch, hatten sich endlich verzogen, und sie sah in der Dunkelheit eine Vielzahl von Sternen glitzern.

Es war so kalt, dass ihr Gespräch erstarb. Hope lauschte stattdessen auf das frostige Knirschen unter ihren Stiefeln und die unterschiedlichen Melodiefetzen, die aus den Fenstern und Türen der Lokale tönten, an denen sie vorbeikamen. In Prag war es niemals ganz still, aber wirklich laut war die Stadt nicht. Während Manchester von einer ständigen Kakofonie aus Verkehrsgeratter, Flugzeugmotoren und dröhnenden Straßenbauarbeiten erfüllt war, vernahm man in Prag angenehme Musik.

Es war Samstagabend, und die schönen, kopfsteingepflasterten Straßen um den Wenzelsplatz waren erfüllt von den kreischenden Gästen zahlreicher Junggesellenabschiede – weiblichen und männlichen –, die mit ihrem miserablen Benehmen ihren Herkunftsländern keinen Gefallen taten. Hope verzog das Gesicht, als eine der Bräute, von Kopf bis Fuß in die übliche Maskerade aus Federboa, leuchtend pinkfarbenem Tutu, Netzstrümpfen und einem aufgeblasenen Riesenpenis gehüllt, gegen einen übervollen Abfalleimer stolperte und den Müll prompt in der Umgebung verteilte.

»Abstoßend«, sagte sie leise zu Charlie, aber der wurde

von einer Reihe junger Männer abgelenkt, die vor einem Stand mit riesigen *Klobásy*-Würsten warteten. Der Bräutigam, der von zwei johlenden Freunden gestützt wurde, trug ein grellgrünes Kleid und eine blonde Perücke.

»Was hätten Sie denn gerne?«, fragte ihn die tschechische Verkäuferin, die sogar angesichts dieser albernen und betrunkenen Gesellschaft noch höflich blieb.

»Einmal Schinken und Ei mit Titten bitte, meine Süße«, plärrte der Bräutigam, was ihm begeisterten Applaus von seinen Freunden eintrug.

Die Frau verdrehte die Augen, sagte aber nichts, und Hope spürte entsetzt, dass Charlie sich vor unterdrücktem Kichern schüttelte.

Ohne sich ein einziges Mal zu verlaufen, erreichten sie das Restaurant. Das war auch gut so, bemerkte Hope, denn wenn sie noch länger in der Kälte herumgelaufen wären, hätte Prag seiner umfangreichen Sammlung an Statuen zwei weitere hinzufügen können. In dem Kellerlokal war es herrlich gemütlich. An einem Ende des Raumes knisterte fröhlich ein Feuer, und über die Wände des Gewölbes tanzte der Schein flackernder Kerzen. Die Holzbänke waren mit Kissen versehen, und überall an den Ziegelmauern sah man gerahmte Fotografien des alten Prag.

Sie bestellten eine Flasche Rotwein, die in einem Weidenkörbchen serviert wurde, und ließen sich absichtlich Zeit mit der Bestellung, bis ihre Finger und Zehen wieder auf Normaltemperatur erwärmt waren. Die Atmosphäre hier unten war so ganz anders als das Touristenchaos oben auf dem Wenzelsplatz, und Hope spürte, wie sie sich mit jedem Schluck zunehmend entspannte.

Charlie holte sein Handy heraus. Als er es auf den Tisch legte, runzelte er leicht die Stirn.

»Ist irgendwas?«, fragte sie.

»Hier unten gibt es kein Netz«, knurrte er.

»Erwartest du einen Anruf?« Sie bemühte sich, das Misstrauen aus ihrer Stimme herauszuhalten.

Er seufzte. »Nein. Na ja, vielleicht. Ich weiß nicht.«

»Ist alles in Ordnung?« Auf einmal sah er so müde aus und so viel älter als seine achtundvierzig Jahre, dass Hope tatsächlich beunruhigt war.

»Ja, natürlich«, erwiderte er mit betonter Gelassenheit. »Alles ist in bester Ordnung, Liebes. Du musst dir keine Sorgen machen.«

»Ich mache mir aber Sorgen«, sagte sie sanft. »Ich mache mir Sorgen, weil ich dich liebe.«

»Ich liebe dich auch.« Er hielt ihren Blick, bis ihr die Augen brannten und sie nach unten auf die Speisekarte schaute. Verstohlen beobachtete sie, wie er mit dem Rand der Tischdecke, seinem Weinglas, der Plastikhülle der Speisekarte und seinem Handy herumhantierte – er stand unter Hochspannung, und sie wusste nicht, was sie sagen oder tun sollte.

Es war eine Erleichterung, als das noch ofenwarme Brot serviert wurde, und Charlies Hände endlich etwas Sinnvolles zu tun hatten. Sie hatten nicht besprochen, was sie essen wollten, daher war Hope überrascht, dass sie beide das Gleiche bestellten – frittierten Käse mit einer Ofenkartoffel und Sauce Tartare. Charlie aß praktisch immer Fleisch, und es standen jede Menge entsprechender Gerichte auf der Speisekarte. Als sie nachfragte, zuckte er mit den Achseln.

»Ich wollte mal etwas anderes probieren.«

Etwas an seinem Ton rief in Hope erneut die Vorahnung wach, die sie bereits am Nachmittag verspürt hatte. Der nagende Zweifel, der in den letzten Tagen wie kochende Milch in ihr aufgestiegen war, hatte jetzt einen Level erreicht, auf dem sie ihn nicht mehr zum Schweigen bringen konnte. Jetzt gerade, hier mit ihm in diesem schönen Restaurant, konnte Hope von ganzem Herzen sagen, dass sie mit Charlie zusammen sein wollte. Aber wenn sie weiter in die Zukunft blickte, auf ihr gemeinsames Leben in Manchester, da verlor sich ihre Zuversicht immer mehr. Wenn sie nicht mit hundertprozentiger Sicherheit wusste, dass sie und Charlie es miteinander schaffen konnten, war es dann fair, überhaupt bei ihm zu bleiben? Sie hatte schon einmal ein Eheversprechen gebrochen, und es hatte sie beinahe vernichtet – sie wollte das nicht noch einmal erleben.

Hope dachte an Sophie, die sich ihrer Gefühle und der Liebe, die sie und Robin teilten, absolut sicher war. Was für ein Glück das Mädchen doch hatte, dachte Hope, einen so starken und zuverlässigen Partner gefunden zu haben. Selbst zu ihren besten Zeiten mit Dave hatte Hope sich immer wieder gefragt, ob er wirklich der Richtige für sie war. Darum konnte sie auch Megans Haltung so gut nachvollziehen – wenn keine von ihnen erreichen konnte, was Sophie und Robin hatten, war es dann die ganze Mühe überhaupt wert? Vielleicht nicht. Vielleicht wäre es dann tatsächlich besser, allein zu leben. So schrecklich sie die Vorstellung, Charlie zu verlieren, auch fand, sie musste sich doch eingestehen, dass die Idee, vollkommen unabhängig zu sein, etwas für sich hatte. Seit Hope in Prag war, hatte sich etwas in ihr verändert, und es fiel ihr zunehmend schwerer, diese Gefühle zu unterdrücken.

Charlie entschuldigte sich, aber anstatt zur Toilette eilte er die Treppe hinauf zum Ausgang. Hope warf einen Blick auf den Tisch und atmete tief durch – sein Handy war ebenfalls weg.

33

Sophie träumte. Sie wusste, dass es ein Traum war, weil sie lange Haare hatte und die Wärme der Sonne auf den Schultern spüren konnte. Robin rannte vor ihr über den Strand, seine nackten Füße hinterließen Abdrücke im Sand.

Solche Träume hatte sie oft. Dabei war sie sich bewusst, dass das, was sie sah, nicht Wirklichkeit war, aber sie konnte es dennoch genießen. Sie saß gleichsam im Cockpit ihrer Vorstellungskraft und steuerte durch ihre liebsten Erinnerungen. Es war großartig.

Sophie sah, wie der Traum-Robin ein leicht missglücktes Rad schlug, und lachte, als seine Hände und Füße dicke Klumpen nassen Sands in die Luft warfen.

»Äffchen!«, rief sie, rannte zu ihm und sprang ihm auf den Rücken. Vor Überraschung knickten Robin die Beine ein, aber es gelang ihm, sie nicht abzuwerfen. Stattdessen packte er ihre Füße mit beiden Händen und kitzelte sie, bis sie kreischte und sich auf ihm hin und her warf.

»Wen nennst du hier Äffchen?« Er lachte, als sie ihre Beine noch fester um ihn schlang, die Knöchel miteinander verhakte und das Gesicht in seinen Nacken legte.

»Dich!«, rief sie und wackelte mit den Hüften. Sie trug nur einen Bikini, eine löchrige kurze Jeans und ihren Anhänger, und ihre Haare waren nass vom Schwimmen. Als sie den Kopf vom Meer abwandte, sah sie Palmen und darüber einen tropisch blauen Himmel von der Farbe einer Pfauenfeder. Wo waren sie?, fragte sie sich beiläufig. In Sri Lanka?

Bali? Mexiko? Malaysia? Thailand? Spielte das überhaupt eine Rolle?

Robin blieb stehen, setzte sich auf den Boden und drehte Sophie so, dass sie sich nun vor seinem Bauch befand.

Sie konnte den Horizont nicht sehen, diese hypnotisierende Linie, wo sich der Ozean und der Himmel schimmernd vereinigten, ein Versprechen von Abenteuern, soweit das Auge reichte, aber Sophie störte sich nicht daran. Der Anblick von Robin war weitaus besser – seine Augen, die voller Freude waren, mit weiten Pupillen, die sie in sich aufnahmen, der großzügige Mund, der sie stets willkommen hieß, und sein wirres goldfarbenes vom Salzwasser verkrustetes Haar, das ihm seitlich am Gesicht klebte. Wie immer starrte sie ihn voller Staunen und Liebe an, und er schob den Kopf vor, um seine Nase an ihrer Wange zu reiben.

»Wir sollten nie mehr nach Hause fahren«, sagte er, und seine Lippen jagten ihr einen wohligen Schauder über das Rückgrat. »Wir sollten für immer hierbleiben.«

Sie lächelte. »Und was ist mit unseren Familien? Was sollen wir ihnen erzählen?«

»Sie würden uns verstehen«, sagte er mit ernstem Blick. »Außer dir brauche ich ohnehin niemanden.«

Sophie öffnete den Mund, um ihm zuzustimmen, doch im Traum war sie plötzlich stumm. Ihr Unterkiefer bewegte sich, doch es kam nicht einmal ein Flüstern heraus. Sie schrie ihm ihre Gedanken wieder und wieder zu, aber er konnte sie nicht hören, sondern schaute lediglich an ihr vorbei aufs Meer. Ein heiteres Lächeln umspielte seine Mundwinkel.

»Ich auch!«, dachte sie und versuchte so, die Grenzen ihres Traums zu überwinden. Das Bild vor ihr begann sich aufzulösen, Robins Anblick und das Gefühl seiner Anwesenheit flossen davon wie Sand durch ein Sieb, und sie warf ihre Arme um ihn und klammerte sich erschrocken an ihm fest. Als sie es wagte, ihm wieder ins Gesicht zu sehen, war der Strand um sie herum dunkler geworden. Wind war aufgekommen und warf die Palmen in einem rauschenden, knackenden Tanz hin und her. Sophies Zufriedenheit zerbrach in einzelne Puzzlestücke aus Angst und Unsicherheit, jedes von ihnen mit harten Kanten und rissigen Löchern. Jetzt wurde auch Robin selbst immer dunkler, und sein Lächeln verschwand im Nebel. Sophie befand sich nicht länger am Strand, sondern ganz nah am Rand eines Abgrunds. Der Wind zerrte an ihr und drohte, sie über die Kante zu schieben. Sie zwinkerte heftig und bemühte sich verzweifelt und mit aller Kraft, den sonnigen Teil ihres Traums zurückzuholen, aber er war verschwunden. Anstelle des Strands sah sie das düstere, unvertraute Hotelzimmer vor sich, in das nur durch die zugezogenen Vorhänge etwas Licht fiel.

Das Bett neben ihr war leer, und ein enttäuschtes Geheul stieg in ihrer Brust auf. Erneut schloss sie die Augen und zwang sich, tief zu atmen, um sich mit der Kraft ihres Willens erneut von dem Traum davontragen zu lassen. Sie wollte zurück an den Strand, mit Robin, mit dem Geruch nach Salz in der Luft und dem warmen Wind, der sie streichelte, während sie einander streichelten. Stille Tränen liefen ihr über die Wangen.

Aber es half nichts, sie konnte nicht mehr einschlafen. Nach einiger Zeit gab Sophie auf und öffnete die Augen. Sie starrte in die schattenverhangenen Ecken des Zimmers, während sie überlegte, was sie jetzt tun sollte. Vage war ihr, als hätte sie mit Hope, Charlie und den anderen vereinbart, sich unten in der Bar zu treffen, aber sie konnte sich nicht mehr erinnern, um welche Uhrzeit. Außerdem, dachte sie, als ihr Kopf allmählich klarer wurde, würden Ollie und Megan nach ihrem heutigen Zusammenbruch auf der Karlsbrücke ohnehin nicht mit ihr rechnen. Sie wurde rot, als sie daran dachte, dass sie sich wie eine Klette an Ollies Rücken geklammert hatte. Vielleicht hatte sie deshalb geträumt, wie sie Robin auf den Rücken sprang? Wie sollte sie ihm und Megan nur jemals wieder gegenübertreten? Gott weiß, was sie nach all dieser Kotzerei und ihrer Ohnmacht von ihr dachten. Sophies Herzschlag beschleunigte sich, und sie musste erneut tief durchatmen.

Sie griff nach ihrem Telefon und stellte fest, dass sie sechs verpasste Anrufe hatte, alle von derselben Rufnummer. Eilig schob sie sich in eine sitzende Position und überflog die Nachrichten, die sie ebenfalls erhalten hatte. Rasch tippte sie eine Antwort.

Morgen um diese Zeit würde Robin schon hier sein. Der Gedanke genügte, um sie aus dem Bett ins Badezimmer zu treiben. Sie ließ das Wasser laufen, bis es sehr heiß war, und spritzte es sich auf die Wangen. Von der Übelkeit waren ihr Gesicht immer noch blass und grau, die Augen blutunterlaufen, aber wenigstens fühlte sie sich wieder besser. Beim Abtrocknen stellte sie fest, dass ihre Hände leicht zitterten, und sie versuchte sich zu erinnern, wann sie zum letzten Mal etwas gegessen hatte. Da war diese Brezen gewesen, aber von der hatte sie das meiste wieder von sich gegeben. Dann hatte Ollie ihr, als er sie vor der Zimmertür absetzte, geraten, wenigstens einen der Kekse zu knabbern, mit denen das Hotel seine Gäste willkommen hieß. Hatte sie das getan? Sie wusste es nicht mehr.

Im Schlaf hatte sie wohl leichtes Fieber gehabt, denn ihre Kleidung klebte ihr schweißnass am Rücken und an den Seiten. Sie zog sich aus und warf alles in einem Haufen auf den

Boden des Badezimmers, dann stieg sie in die Wanne und drehte den Duschhahn auf. Das warme Wasser lief ihr übers Gesicht und auf die Brust, und sie legte den Kopf in den Nacken und öffnete den Mund.

Ollie hatte ihr auch seine Zimmernummer gegeben, fiel ihr ein, während sie die Hände hob, um Shampoo in ihre kurzen Haare zu reiben. Sie könne jederzeit anrufen oder klopfen, falls es ihr schlecht gehe, er und Megan würden sich dann darum kümmern, dass sie zu einem Arzt gebracht wurde.

Entschlossen wusch sie sich, um sich nicht zu lange mit ihrem Körper zu beschäftigen, nachdem er nun nicht mehr unter Schichten von Kleidung verborgen war. Ihre Rippen standen hervor wie bei einem morbiden Xylofon, ihre Hüftknochen darunter waren ebenfalls hässlich sichtbar und warfen Schatten auf ihren eingefallenen Bauch. Sophie wusste, dass ihre Arme kaum noch Muskeln aufwiesen und ihre Schlüsselbeine aussahen wie Griffe an einer Kletterwand, aber sie sah an sich herab, als wäre dies der Körper einer anderen Frau. Sie war immer klein und schmal gewesen, aber auch durchtrainiert – nicht so ein Knochengestell, wie sie es in den letzten Wochen geworden war.

Sie fragte sich, ob Robin die Veränderung ihres Körpers bemerken würde. So sehr lange waren sie nicht getrennt gewesen, aber er hatte sie stets sehr aufmerksam betrachtet. Manchmal dachte sie, dass er ihren Körper besser kannte als sie selbst, jede versteckte Sommersprosse, jedes Grübchen. Wenn er von einer seiner »Forschungsreisen«, wie er das nannte, unter der Bettdecke hervorkam, hatte er ihr oft stolz erklärt, er sei mittlerweile ein wahrer Sophie-Fachmann. Er könne ohne Weiteres jeden einzelnen Tag damit zubringen, sie einfach nur anzusehen, hatte er gesagt, und es werde ihm nie langweilig, denn es gebe ständig etwas Neues, Interessantes zu entdecken.

Was, wenn er sie jetzt abstoßend fand? Sophie erstarrte unter der Dusche. Er liebte sie so, wie sie war, aber sie hatte sich verändert. Würde er sie ausziehen und entsetzt sein über das, was er sah? Würde er sich vor Abscheu abwenden? Das könnte sie nicht ertragen, da war Sophie sich sicher.

Das Wasser wurde auf einmal kalt, und Sophie sprang mit einem erschrockenen Aufschrei zur Seite. Wie lange stand sie schon unter der Dusche? Als sie nach dem Handtuch griff, sah sie, dass der große Spiegel beschlagen war. So hatte sie genügend Zeit, sich abzutrocknen und anzuziehen, ohne von ihrem Spiegelbild abgelenkt zu werden. Ab und zu überkam sie ein plötzlicher Schwindel, und sie musste sich irgendwo festhalten, um nicht das Gleichgewicht zu verlieren. Sie sollte unbedingt etwas essen.

Nachdem sie beschlossen hatte, nach unten zu gehen und zu sehen, ob sie die anderen dort fand, trug Sophie nun eine dicke Schicht Grundierung auf, um den grünlichen Farbton auf ihren Wangen zu verdecken. Sicherlich hatten Megan und Ollie Hope und Charlie bereits berichtet, was am Nachmittag geschehen war. Sophie wusste, dass insbesondere Hope sich Sorgen machen würde. Sie hatte die ältere Frau oft dabei ertappt, wie sie sie heimlich betrachtete, immer mit beunruhigter Miene. Aber es war nicht nötig, sich wegen ihr zu sorgen. Sobald Robin eintraf, würden alle sehen, dass bei ihr alles in bester Ordnung war.

Sophie schloss die Zimmertür sorgfältig hinter sich und ging über den Flur zur Treppe. Der dicke Teppich schluckte fast jedes Geräusch ihrer Schritte. Auf jedem Treppenabsatz war an der Wand ein reich verzierter breiter Spiegel angebracht, und gleich vor dem ersten blieb sie stehen. Das

Make-up half tatsächlich, und auch der zusätzliche Pullover, den sie noch übergezogen hatte, aber ihre Haare sahen schrecklich aus. In all den Jahren hatte sie sich so daran gewöhnt, sich hinter den langen Haaren zu verstecken, dass es ihr immer noch schwerfiel, mit der neuen Frisur umzugehen. Und heute Abend hätte sie den schützenden Vorhang mehr denn je gebraucht.

Als sie den zweiten Treppenabsatz erreicht hatte, hörte sie unter sich lautes Lachen. Von einer albernen Scheu erfasst, eilte sie zum nahen Fenster und zog den schweren, bodenlangen Vorhang um sich, bis sie nicht mehr zu sehen war. Dann spähte sie durch ein kleines Loch im Stoff und sah Megan und Ollie die Treppe heraufkommen. Megans Hand lag fest in der seinen, und ihr Gesicht war vor Aufregung gerötet. Vor der Treppe, die zu den Zimmern hinaufführte, zögerte Megan und zog an Ollies Hand, damit er ebenfalls stehen blieb.

»Was ist denn?«, fragte er. Sein Tonfall war freundlich, aber ungeduldig.

Sophie sah, wie Megan den Blick senkte und Ollie dann wieder ansah.

»Bist du sicher, dass du das willst?«

Das war fast geflüstert, und Sophie hielt den Atem an. Es war ihr sehr unangenehm, einen so intimen Moment der beiden mitzuerleben.

»Natürlich bin ich mir sicher.« Ollie trat von der untersten Treppenstufe hinab und fasste auch ihre andere Hand. »Ich will es mehr als alles auf der Welt.«

Das schien zu wirken, denn Megan trat ein Schritt näher an ihn heran.

»Es wäre auch eine Schande, dieses Bett nicht zu nutzen«, sagte sie schließlich, und es bestand kein Zweifel, was sie damit meinte. Hinter dem Vorhang stand Sophie der Mund offen.

Ollie kicherte und zog Megan an sich. Er beugte sich vor und küsste sie mit solcher Entschlossenheit und Leidenschaft, dass Sophie spürte, wie sie rot wurde. Peinlich berührt wandte sie den Blick ab. Aber sie konnte die beiden keuchen hören und vernahm auch die Seufzer, während sie sich mit einer Gier küssten, die Sophie nur allzu gut kannte.

Sie drehte sich zum Fenster. Ihre Haut prickelte, als kalte Nachtluft durch die Ritzen drang und mit eisigen Fingern über die Strähnen tastete, die ihre Ohren nur halb bedeckten. Über den Häusern konnte sie die Sterne am Himmel sehen, und jeder brannte so hell, dass ihr die Augen tränten. Sie blinzelte, um die Feuchtigkeit zu vertreiben.

Als sie sich wieder umwandte, um hinauszuspähen, ob die Luft rein war, waren Megan und Ollie verschwunden.

34

Megan wurde vom Vibrieren ihres Telefons geweckt und tastete über die Holzoberfläche des Nachttisches, um es schnell zum Schweigen zu bringen. Es war die Mitteilung einer Fotobearbeitungsapp, die sie darüber informierte, dass drei neue Filter hinzugefügt worden seien. Nett, ihr das mitzuteilen, und das mitten in der Nacht, verdammt!

Verärgert legte Megan das Telefon wieder weg. Dabei fiel ihr Blick auf etwas anderes, und ihr wurde kalt. Eine Kondomverpackung grinste sie an, die aufgerissene Folie glitzerte fröhlich silbern im blauen Leuchten ihres Telefons. So unschuldig, und doch ein vernichtender Beweis.

Sie und Ollie hatten es getan. Sie hatten miteinander geschlafen.

Megan spähte über den Bettrand auf den Teppichboden.

Sie hatten mindestens dreimal miteinander geschlafen!

Es fiel ihr schwer, nicht laut aufzustöhnen, und nur die Furcht, Ollie zu wecken, hielt sie zurück. Er lag ausgestreckt neben ihr, einen Arm locker über dem Kopf, um die Augen zu verdecken, und er war vollkommen, schamlos und ziemlich erschreckend nackt.

Megan zuckte zusammen, weil die Bettfedern quietschten, als sie ihren Fuß unter die Zudecke schob. Sie hatten sie irgendwann von sich geworfen. Nun zog Megan die Decke langsam wieder hoch und ließ sie auf sich sinken, sobald sie sicher auf Taillenhöhe war. Ihr Herz raste, weil Ollie sich bewegte, umdrehte und das Gesicht zentimeternah an das ihre schob. In der Dunkelheit streckte er die Hände aus, suchte nach ihr, aber sie blieb starr liegen und gab auch nicht nach, als seine warme Hand schließlich auf ihrer Schulter ruhte.

Mit einem Mal war es stickig im Raum, und der unmissverständliche Geruch nach Sex nahm ihr fast den Atem. Sie schloss die Augen, aber dennoch sah sie ständig Ollie vor sich – seinen Mund auf ihren Brüsten, seinen Brustkorb über ihr, seine Hände, wie sie ihre Taille, ihren Hintern umfassten, und seine Augen, deren Blick sich in die ihren versenkte. Megan ging in Gedanken zurück bis zu der Bar, wo sie – ja, sie – ohne Vorwarnung zu ihm gegangen war und ihn geküsst hatte. Sie hatte es nicht bewusst geplant, das wusste sie, aber sie wusste auch, dass sie es gewollt hatte.

Danach hatten sie etwas getrunken und sich noch weiter geküsst. Wann waren sie ins Hotel zurückgegangen? Sie konnte es nicht mehr genau sagen. Hatte jemand sie gesehen? Ja, natürlich, sie waren in dieser Bar geradezu übereinander hergefallen. Das war so untypisch für Megan, die sonst in der Öffentlichkeit nicht einmal die kleinste Zärtlichkeit zeigte. Aber sie sah es genau vor sich, wie sie sich Ollie völlig hingegeben hatte, die Augen geschlossen und die Hände überall an seinem Körper. Sie hatten sich nicht einmal in eine Nische zurückgezogen, sondern waren einfach an der Theke geblieben, im Blickfeld des gesamten Personals und der Gäste hatten sie sich geküsst wie zwei geile Teenager.

Die Scham darüber war so stark, dass Megan einen Moment lang glaubte, sich übergeben zu müssen. Ollie, den die außerordentliche Wendung der Dinge offenbar überhaupt nicht aus der Fassung gebracht hatte, schnarchte zufrieden neben ihr. Sie beneidete ihn, ärgerte sich aber gleichzeitig. Es war einzig und allein ihr Fehler gewesen, das wusste sie genau, aber sie wünschte, er hätte das einzig Richtige getan. Hätte er ihr doch gesagt, sie solle bleiben, wo der Pfeffer wächst, seinen Kopf weggedreht und sich geweigert, sie ebenfalls zu küssen. Nun würde er davon ausgehen, dass dieser Abend alles verändert hatte – und damit hätte er recht. Aber anstatt glücklich zu sein, verspürte sie bereits den Würgegriff heftigen Bedauerns.

Sie schloss die Augen erneut, aber diesmal konnte sie sich selbst sehen, den Kopf nach hinten geworfen und den Rücken vor Lust gebogen. Ihre Hände fuhren durch Ollies Haar, während seine Küsse an ihrem Körper immer tiefer wanderten, bis er innehielt, um sie mit der Zunge zu einer beinahe rauschhaften Ekstase zu bringen.

Es war himmlisch gewesen. Es war ein Fehler gewesen.

Megan wartete, bis sie sicher war, dass Ollie sehr tief schlief, dann hob sie eine Seite der Bettdecke an und ließ sich lautlos auf den Boden gleiten. Auf allen vieren krabbelte sie zu dem offenen Schrank und nahm ihre Kleider heraus, ohne ein einziges Geräusch zu machen. Sie sehnte sich verzweifelt nach einer Dusche, aber ihre Sehnsucht, der Situation zu entfliehen, war noch weit stärker. Daher manövrierte sie sich vorsichtig in Jeans und Pulli, fand ihre Schuhe und die Handtasche und schaffte es in den Hotelflur, ohne Ollie aufzuwecken.

Der Frühstücksraum im Erdgeschoss war menschenleer, abgesehen von einer jungen Frau, die das Büfett bestückte. Als sie Megan auf der Schwelle zögern sah, lächelte sie schüchtern, deutete auf die Uhr und sagte, es gebe bald etwas. Megan, getrieben von dem Wunsch, zwischen sich und Ollie eine sichere Distanz zu schaffen, lächelte nur zurück und ging weiter. Am Ausgang des Hotels zog sie sich die Handschuhe an.

Die kalte Morgenluft traf wie eine Peitsche auf ihre nackte Haut, aber das Gefühl, draußen zu sein, schärfte ihr die Sinne. Am Ende der Straße, als das Hotel nicht mehr zu sehen war, fühlte sie sich bereits viel ruhiger. Die Bürgersteige waren noch fast menschenleer, und sie begegnete nur ein paar müde dreinblickenden Passanten, während sie zur Karlsbrücke ging. Was sie eigentlich vorhatte, wusste sie nicht, aber irgendwie schien die Karlsbrücke der Ort zu sein, an dem sie immer landete.

Es war ein wunderschöner Morgen. Der Himmel leuchtete in einem frisch gewaschenen Blau und mit einer glühenden Vorahnung von Sonnenschein in der untersten Ecke des Horizonts. Megan hob die Kamera, um den Augenblick einzufangen, aber sie musste feststellen, dass es ihr nicht gelang. Im Sucher konnte sie diese Schönheit nicht entdecken, und während sie es weiter versuchte, ohne die Gefühle zu finden, nach denen sie so verlangte, traten ihr Tränen der Enttäuschung in die Augen.

Die Kamera hing ihr elend auf der Brust, auf einmal ein so überflüssiges Gerät wie ein Teekessel aus Schokolade. Ohne diese Intensität, diese Verbindung konnte sie keine Fotografin sein – sie hätte ihre Kamera gleich über das Brückengeländer in die Moldau werfen können.

Was hatte sie sich bloß dabei gedacht, so einfach mit Ollie zu schlafen? Tagelang hatte sie sich am Riemen gerissen, ehe sie ihrer Sehnsucht nachgegeben hatte, und nun gab es keinen Weg zurück. Er würde ihre Ausreden jetzt nicht mehr akzeptieren, würde nicht mehr verstehen können, warum sie nicht mit ihm zusammen sein wollte – aber der Grund war genau das, dieses wirre, entsetzliche Gefühl von Schuld und Bedauern. Ollie war ihr unter die Haut gegangen, und nun war ihre Fähigkeit, gute Fotos zu machen, über Nacht verschwunden. Sie konnte nicht beides in ihrem Leben haben, das hatte sich nun auf schmerzhafte Weise herausgestellt. Und sie wollte eben lieber ihre Träume verwirklichen als ihrem Herzen folgen.

Es war wirklich ungerecht. Viele ihrer Freundinnen hatten die Augen verdreht, als sie ihnen erklärt hatte, warum sie mit Ollie keine Beziehung haben konnte. Ihre eigene Mutter hatte diese Entscheidung scharf kritisiert, hatte Megan gewarnt, sie mache einen Fehler, den sie später sehr bedauern werde. Aber keine von ihnen hatte begriffen, dass diese Entscheidung auch Megan das Herz brach. Sie hatte immer gewusst, dass es ihre Neurosen und ihre Angst waren, die sie auf Distanz hielten, auch wenn sie sich das bis zu diesem Zeitpunkt nicht wirklich hatte eingestehen können. Ihre Gefühle für Ollie waren sehr stark, das war immer schon so gewesen, und sie wollte ihm auf keinen Fall wehtun. Aber würde sie jetzt nicht genau das tun müssen?

Megan war weitergegangen, ohne auf den Weg zu achten, und als sie nun aufblickte, wurde ihr klar, dass sie keine Ahnung hatte, wo sie sich befand. Die Häuser hier waren sehr viel höher als in der Altstadt, und viele der hohen Fenster waren von schmiedeeisernen Balkonen eingerahmt, auf denen sich die Reste der unterschiedlichsten Leben angesammelt hatten. Megan benutzte ihre Kamera als Fernglas und konnte Pflanztröge sehen, die mit Winterblühern vollgestopft waren, Kinderfahrräder und überquellende Aschenbecher. Während sie noch schaute, ging eine der Balkontüren auf, und eine Frau trat heraus. Sie war in einen langen dunkelgrauen Morgenmantel gewickelt und hatte ihr schwarzes Haar zu einem unordentlichen Knoten auf dem Kopf zusammengezurrt. Megan spähte durch den Sucher und entdeckte, dass unter dem Saum des Mantels rote Hausschuhe hervorlugten.

Die Frau hatte sie noch nicht entdeckt, und Megans Finger lag auf dem Auslöser. Sie genoss es, wenn so etwas geschah, wenn sie zufällig in das private Leben anderer Menschen stolperte und die Möglichkeit bekam, ihnen unbeobachtet zuzusehen. Offensichtlich war die Frau gerade erst aufgewacht, und Megan lächelte insgeheim, als sie gähnte und die Arme über dem Kopf ausstreckte. Ihr Blick war auf den Horizont gerichtet, wo die Sonne so langsam aufging wie ein Kuchen in der Röhre und lange Lichtbänder auswarf, sodass der Frost auf den Dächern der Stadt wie zahllose kleine Lichter glitzerte.

Was dachte die Frau, während sie so dastand?, fragte sich Megan. Was würde ihr der Tag bringen?

In diesem Moment drehte sich die Frau um und sah Megan so direkt an, als könnte sie die Hitze ihres eindringlichen Blicks bis nach oben spüren. Eine Sekunde lang sah es aus, als würde sie lächeln, aber dann schüttelte sie den Kopf, bewegte lautlos die Lippen und ging wieder hinein.

Anstatt in die Richtung zurückzugehen, die Megan für die richtige hielt, spazierte sie weiter durch die breiten kopfsteingepflasterten Straßen und geriet tiefer in ein Wohngebiet, das sich, wie sie vermutete, am Westufer der Moldau entlangzog. Sie genoss es, einmal nicht in den geschäftigen Touristengegenden der Stadt unterwegs zu sein, wo die Aufmerksamkeit so leicht von all der grandiosen Architektur gefangen genommen wurde. Dabei verpasste man leicht die vielen kleinen Einzelheiten, die ihr so wichtig waren. Um einen Ort wirklich kennenzulernen, musste man, so hatte sie festgestellt, eine Ecke der oberflächlichen Wahrnehmung hochheben und mit viel Neugier nachschauen, was sich darunter befand.

Gerade als Megan vorbeiging, öffnete eine Bäckerei ihre

Tür. Sie zögerte einen Moment, ehe sie die Glastür aufschob und eintrat. Beinahe sofort lag ein Lächeln auf ihrem Gesicht, teilweise, weil der fröhlich dreinblickende Mann hinter der Verkaufstheke sie tatsächlich mit ausgestreckten Armen willkommen hieß, aber auch weil der Duft der aufgereihten Teilchen, Brote und Brötchen einfach unwiderstehlich war. Sie hätte das alles gern mit der Kamera eingefangen, wollte aber nicht rücksichtslos sein. Megan hatte es kaum geschafft, seit ihrer Ankunft die tschechischen Wörter für »bitte« und »danke« zu lernen und wäre unmöglich in der Lage gewesen, den Mann zu fragen, ob es erlaubt sei, ein Foto zu machen. Stattdessen sah sie sich einfach um und wählte schließlich ein Kuchenstück, das wie ein riesiges Marmeladentörtchen aussah.

»Das hier, bitte«, stotterte sie und kam sich ziemlich lächerlich vor, als sie auf das Glas der Auslage tippte.

Der Mann klatschte in die Hände.

»Ah, *koláč!* Sehr gut.« Er griff nach einer Papiertüte und einer Gebäckzange. »Das hier ist Marmelade«, fuhr er fort und hielt inne, ehe er das Kuchenstück ergriff. »Ich habe auch Quark und Fleisch.«

»Quark?«, fragte sie. Jetzt wurde es erst richtig interessant.

Der graue Bart des Mannes wackelte ein wenig, als er nickte und die Hand nach links bewegte, wo eine weitere Reihe solcher Teilchen lag, diesmal in der Mitte mit einer weichen gelblichen Creme gefüllt.

»Ja, bitte! *Prosím*«, sagte sie und erwiderte das Grinsen des Mannes, mit dem er ihre Bemühungen um die tschechische Sprache anerkannte.

Als er ihr das Wechselgeld reichte, erklang die Glocke über der Tür, und eine alte Dame schob sich herein. Sie trug eine große Pelzmütze über ihren Lockenwicklern, einen rosafarbenen Mantel und hellgrüne Gummistiefel und stieß augenblicklich einen tschechischen Wortschwall hervor, von dem Megan beim besten Willen kein Wort verstehen konnte. Der Mann erwiderte etwas, und bald waren die beiden in ein behagliches Gespräch verwickelt, ohne weiter auf Megan zu achten. Sie stand ans Fenster gelehnt, verspeiste ihre köstliche Quarktasche und beobachtete alles. Das Alltagsleben in Prag schien freundschaftlich und unkompliziert zu sein. In den außerhalb der Altstadt liegenden Vierteln wirkte das Leben beinahe dörflich, jeder schien jeden zu kennen. Hier herrschte noch Gemeinschaftssinn, dachte sie, und winkte dem Bäcker schüchtern zu, ehe sie wieder hinaus auf die Straße trat. Das war etwas, was in London wirklich fehlte, dachte Megan, aber wie sehr sie sich danach sehnte, merkte sie nur, wenn sie ein Gespräch wie das gerade eben beobachtete. Vielleicht lag sie falsch mit ihrer Meinung, sie müsste unbedingt in London wohnen. Ja, dort waren die beruflichen Chancen natürlich besser, aber konnte man nicht überall, wo man landete, etwas aus sich machen? Plötzlich wünschte sie sich Ollie herbei, um ihm diese Frage zu stellen, aber er war natürlich nicht da – dafür hatte sie schließlich gesorgt.

Sie ließ sich durch die äußeren Stadtviertel treiben, bis ihr die Beine vor Kälte wehtaten, dann wandte sie sich zögernd nach Norden und fand bald den Rückweg zum Fuß des *Petřín*-Hügels. Über ihr erstreckte sich der Park, immer noch mit einer guten Schicht Schnee überzogen, und Megan blieb stehen, um Atem zu holen. In der eiskalten Luft brannten ihr die Augen. Während sie noch am Eingang stand, kam ein Mann mit einem Hund an ihr vorbei. Das Tier war klein und struppig, sein braunschwarzes Fell stand ihm in dicken

Büscheln in die Höhe, aber es war so fröhlich, dass Megan lächeln musste. Der Besitzer hatte keinen Ball dabei, stattdessen griff er in den Schnee und formte Schneebälle, die er ins Unterholz warf, damit der Hund ihnen nachjagen konnte. Jedes Mal, wenn das Tier enttäuscht und mit einer frostigweißen Schnauze vom eifrigen Stöbern zurückkehrte, wollte sich der Mann vor Lachen ausschütten. Es war eine einfache, aber wunderschöne Szene, und Megan sah den beiden zu, bis sie aus ihrem Blickfeld verschwunden waren.

Ausnahmsweise einmal verspürte sie nicht den Drang, den Anblick festzuhalten. Sie war damit zufrieden, ihn für sich selbst zu behalten – eine Erinnerung aus Prag, die weder von der Historie noch von dem Zauber der Stadt und auch nicht von Ollie geprägt war, sondern einfach einen Moment der Gemeinsamkeit zwischen einem Mann und seinem besten Freund zeigte.

Sie holte ihr Telefon heraus, um nachzusehen, wie spät es inzwischen war. Es ging bereits auf neun Uhr zu, und sie hatte noch nichts von Ollie gehört. Sie fragte sich, wie er sich wohl fühlte, wenn er aufwachte und sie schon wieder verschwunden war. Bis jetzt hatte er ihr seltsames Verhalten immer sehr verständnisvoll ertragen, aber sie war nicht sicher, ob er ihr dieses Mal wieder verzeihen würde. Wenn sie ihre Gefühle nur begreifen könnte, wenn sie sie sichtbar machen und an die Wand hängen könnte, um sie so genau zu betrachten, wie sie das mit Fotos tat, auf denen sie zwischen den Farben und Formen nach verborgenen Bedeutungen suchte.

Sie stieg durch den Schnee weiter nach oben und blieb erst stehen, als sie hoch genug war, um das Tal, in dem sich die Stadt ausbreitete, unter sich zu sehen. Selbst die breiten sechsstöckigen Gebäude an den Ufern der Moldau wirkten von hier oben aus winzig. Megan musste an einen Samstagabend denken, an dem sie und Ollie Monopoly gespielt hatten. Sie hatten gemeinsam eine Flasche Sekt geleert, während sie ihm systematisch die Hosen auszog, alles halbwegs Wertvolle aufkaufte und nicht einen Deut nachgab, wenn er auf einem ihrer Besitztümer landete. Anders als Megan war Ollie nie darauf aus zu gewinnen – ein Charakterzug, den sie gleichermaßen anziehend und frustrierend fand. Jemanden beim Spiel zu schlagen, der gar nicht siegen wolle, mache überhaupt keinen Spaß, erklärte sie ihm, doch seine Antwort war nur ein spielerischer Luftkuss über das Brett hinweg gewesen.

Als sie zur Prager Burg kam, schlugen sämtliche Uhren in der Stadt die Stunde, und Megan wusste, dass sie jetzt ins Hotel zurück musste. Es wäre nicht fair, Ollie den Rest dieser Reise zu verderben, indem sie den Kopf verlor. Denn genau das geschah gerade. Stattdessen würde sie so tun, als wäre alles in Ordnung, und erst, wenn sie wieder in London waren, mit Ollie ein ernstes Gespräch führen.

Sex mit Ollie war eine einmalige Sache gewesen, etwas, das sie beide sofort wieder beenden mussten. Und das würden sie auch hinkriegen. Es war ein Ferienspaß gewesen. Was jetzt auf dem Spiel stand, war ihre Freundschaft, und die war das Wichtigste, zumindest galt das für Megan. Anfangs würde es natürlich ein Problem werden – das haarige Mammut, das eine ganze Weile ständig mit ihnen im Raum stehen würde –, aber sie glaubte fest daran, dass jeder von ihnen unbedingt weiterhin im Leben des anderen eine Rolle spielen wollte. Sie wusste, dass sie es entsetzlich fände, Ollie zu verlieren, und war ziemlich zuversichtlich, dass auch er sie nicht aus seinem Leben verbannen wollte. Andererseits waren Ollies Gefühle für sie inzwischen weit mehr als freundschaftlich, und er war vermutlich keineswegs scharf darauf, so zu tun, als wäre gar nichts passiert. Es gab nur einen Weg, wirklich zu erfahren, wie Ollie dieses ganze Durcheinander sah: offen mit ihm darüber zu reden.

Er war immer so liebevoll zu ihr gewesen, ein wahrer Freund. Megan konnte sich nicht vorstellen, dass er sich jetzt von ihr abwenden würde. Aber warum war sie dann, fragte sie sich, als sie an der Ecke der Straße zum Hotel nervös stehen blieb, so voller Panik, er könnte es doch tun?

35

Wie so oft erwachte Hope mit dem ersten Licht des Tages. Mit zusammengekniffenen Lidern spähte sie ins Halbdunkel. Sie lag noch immer so, wie sie eingeschlafen war – mit dem Rücken zu Charlie. Was am Abend zuvor zwischen ihnen geschehen war, lag wie ein Felsblock zwischen ihnen auf dem Laken.

Nach dem Abendessen hatte Hope vorgeschlagen, zurück ins Hotel und früh ins Bett zu gehen. Sie war erschöpft, aber sie wollte doch noch nachsehen, ob Sophie vielleicht in der Hotelbar auf sie wartete. Als Charlie nach seinem angeblichen Toilettenbesuch mit dem Telefon in der Hand an den Tisch zurückgekommen war, hatte Hope beschlossen, ihn nicht darauf anzusprechen. In den letzten Tagen hatte sie viel über ihren Freund gelernt, vor allem, dass er es nicht leiden konnte, wenn sie ihm vorwarf, Geheimnisse zu haben. Anders als sie war er nie verheiratet gewesen und hatte auch schon seit Jahren keine längere Beziehung mehr gehabt, daher mochte es ungewohnt für ihn sein, einem anderen Menschen gegenüber Rechenschaft abzulegen. Das konnte sie gut verstehen, es ging ihr sogar ähnlich, dennoch störte sie seine Geheimnistuerei.

Sie wollten gerade in die Straße zum Hotel abbiegen, als Charlie stehen blieb und sich zu ihr umdrehte. Im Licht der nahen Straßenlaterne wirkten seine Augen schwarz, sein Atem formte weiße Wolken in der eisigen Luft.

»Ich möchte dir sagen, dass ich dich liebe«, sagte er zu

ihrer Überraschung. »Mir ist wichtig, dass du weißt, was ich für dich empfinde.«

»O Charlie.« Sie streckte die Arme nach ihm aus. »Ich habe nie daran gezweifelt. Ich ...« Sie schwieg, wusste nicht, was sie sagen sollte.

»Ist schon gut.« Er umfasste ihr Gesicht mit einer behandschuhten Hand. »Du musst gar nichts sagen. Ich wollte nur, dass du es weißt.«

Angst kroch ihr wie eine streunende Katze die Wirbelsäule hinauf.

»Charlie, geht es dir gut?«, fragte sie mit zitteriger Stimme. »Du bist nicht vielleicht, du weißt schon, krank oder so etwas?«

Er schüttelte den Kopf. »Nein.«

»Schwörst du mir das?«

Die Vorstellung, dieser große, starke, liebevolle Mann könnte in irgendeiner Weise leiden, war unerträglich.

»Ich schwöre. Könnten wir jetzt bitte zum Hotel zurückgehen?«

Sie nickte. »Natürlich.«

Den Rest des Weges gingen sie schweigend, und Hope schämte sich ihrer Erleichterung darüber, dass sie bei einem Blick in die Bar keine Spur von Sophie sah. So gerne sie gewusst hätte, wie es ihr ging – sie spürte genau, dass Charlie sie jetzt dringender brauchte.

Oben im Zimmer liebten sie sich, aber die Zärtlichkeiten hatten etwas Endgültiges an sich, was Hope noch mehr beunruhigte. Noch lange nachdem Charlie eingeschlafen war, lag sie voller Sorge wach.

Nun war es Morgen, und sie mussten noch einen weiteren ganzen Tag durchstehen. Noch einen Vormittag, an dem sie alles sagte, nur nicht das, was sie wirklich sagen wollte, noch einen Nachmittag, an dem er seine Geheimnisse vor ihr verborgen hielt und verschwand, um merkwürdige Anrufe entgegenzunehmen. Und was dann? Am Montag flogen sie nach Hause, und sie würde weiterhin in seiner kleinen Wohnung leben. Annette war für sie verloren, und sie selbst würde sich ebenfalls verloren fühlen, gefangen in einem Netz aus Verwirrung, Angst und Unzufriedenheit.

Die Gedanken wirbelten ihr durch den Kopf, und Hope setzte sich auf. Dabei merkte sie, dass die Betthälfte neben ihr leer war.

»Charlie?«

Keine Antwort.

Sie rieb sich die Augen.

»Charlie?«, sagte sie diesmal lauter, falls die Badezimmertür ihren Ruf gedämpft hatte.

Nichts.

Hope stand auf und tappte zum Bad, zog die Tür auf und blinzelte ins unerwartet helle Licht. Keine Spur von ihm. Sein Waschbeutel stand nicht mehr auf dem Rand des Waschbeckens. Vielleicht war er nur nach unten gegangen, um ihnen Kaffee zu besorgen? Oder sogar um ihr Blumen zu kaufen? Sie wusste, wie gerne er das tat, und der gestrige Abend war doch ... Nun, eigentlich wusste sie nicht genau, wie er gewesen war.

Sie erschrak noch mehr, als sie feststellte, dass Charlies Mantel und Hut verschwunden waren und sein Koffer ordentlich gepackt dastand. Daher duschte sie eilig und zog sich an, immer mit dem Blick auf die Uhr, dann schminkte sie sich sorgfältig und föhnte sich das Haar. Charlie war immer noch nicht aufgetaucht, und ihr wurde von ihren Vorahnungen allmählich übel.

Hope wanderte durchs Zimmer, faltete ihre getragenen Kleider zusammen und hängte das Kleid vom Vorabend auf einen Bügel. Sie machte das Bett und zog die Vorhänge auf, dann hielt sie inne, um den Ausblick in sich aufzunehmen. Das Panorama von Prag raubte ihr immer wieder den Atem, und sie ließ es eine Weile lang auf sich wirken.

Wie lange sollte sie noch hier oben warten? Der Frühstücksraum schloss in einer halben Stunde. Vielleicht war Charlie bereits unten, trank seine zehnte Tasse Tee und fragte sich, wo zum Teufel sie eigentlich blieb. Dieses Szenario war nicht sehr wahrscheinlich, aber etwas anderes fiel ihr nicht ein. Entschlossen setzte sich Hope aufs Bett, um sich die Schuhe anzuziehen, da klopfte es zögernd an der Tür.

»Hallo?«

Stille. Dann hörte sie Charlies Stimme.

»Geh einfach rein«, sagte er. »Sie wird sich so freuen, dich zu sehen.«

Ohne in den zweiten Schuh zu schlüpfen, lief Hope eilig zur Tür und riss sie auf. Der Schock hätte sie beinahe umgeworfen.

Im Flur stand, müde, verängstigt und offenbar kurz davor, in Tränen auszubrechen, Annette.

36

»Noch einen Kaffee?«

Die Augenbrauen fragend hochgezogen, hielt Megan Ollie seine leere Tasse vors Gesicht.

»Ja, gern.«

Sie schob den Stuhl zurück und ging hinter zwei Frauen her langsam zur Kaffeemaschine. Die Atmosphäre an ihrem Tisch wurde allmählich unerträglich, und sie verspürte keinerlei Bedürfnis, schnell dorthin zurückzukehren.

»Bitte sehr«, sagte sie und stellte ihm die volle Tasse mit großer Geste und mehr Begeisterung als nötig auf die Untertasse. Ollie lächelte nicht.

Als sie nach ihrem frühmorgendlichen Ausflug endlich ins Hotel zurückgekehrt war, hatte sie Ollie hellwach und bereits angezogen in ihrem Zimmer gefunden. Er hatte die Spuren des vergangenen Abends beseitigt und ein Fenster geöffnet, sodass nicht mehr dieser verräterisch schwüle Geruch im Zimmer hing, der sie beim Aufwachen so entsetzt hatte – und er hatte ihr sogar einen Blumenstrauß besorgt. Den gesamten Rückweg lang hatte sie darüber nachgedacht, was sie zu ihm sagen sollte, wie sie ihm klarmachen konnte, dass diese Nacht ein einmaliger Ausrutscher gewesen war, etwas, das sich nicht wiederholen würde – aber es waren keine Worte nötig gewesen. Sobald sie mit schlecht verhohlenem Entsetzen auf sein Blumenbukett starrte, hatte Ollie einfach nur den Kopf geschüttelt.

»Ist schon gut«, sagte er, legte den Blumenstrauß auf den

Tisch und machte sich daran zu packen. »Du musst nichts sagen. Ich verstehe schon.«

Sie war natürlich erleichtert, aber die niedergeschlagene Miene, mit der er das sagte, zwang sie vor Kummer beinahe in die Knie. In diesem Moment hasste sie sich selbst mehr, als sie sich das je hätte vorstellen können. Sie erinnerte sich an seinen Blick am Abend zuvor in der Bar, als er sie mit so tiefer Traurigkeit geküsst hatte. War ihm von Anfang an bewusst gewesen, dass sie ihre Meinung ändern würde? Die Vorstellung, so durchschaubar zu sein, entsetzte sie, aber was wäre die Alternative? Dass er ohnehin nichts anderes gewollt hatte als einen One-Night-Stand? Das wäre noch viel schlimmer.

Ollie wechselte das Thema und sagte: »Ich habe nach Sophie geschaut.«

»Ach ja?« Irgendwie hatte Megan ihre Stimme wiedergefunden.

Ollie sah besorgt aus. »Sie war nicht in ihrem Zimmer. Oder zumindest hat sie sich nicht gerührt. Und unten habe ich sie auch nicht gesehen.«

Megan zog ihr Telefon aus der Tasche. »Na ja, so früh ist es nicht mehr«, sagte sie. »Vielleicht ist sie schon unterwegs.«

»Vielleicht.« Aber Ollie sah nicht sehr überzeugt aus.

Er hatte im Zimmer auf sie gewartet, während sie duschte und sich im Badezimmer wieder anzog. Erneut überkamen sie Schuldgefühle, als sie die kleinen blauen Flecken an ihrem Nacken und der Brust entdeckte, wo Ollie geknabbert und gesaugt hatte. Innerhalb weniger Stunden war das Bewusstsein großer Nähe zwischen ihnen völlig verschwunden, und jetzt waren sie schlimmer dran als vor der Reise nach Prag – sie voller Gewissensbisse und er abwehrend schweigend. Das war keine gute Kombination.

Megan trank einen Schluck von ihrem eigenen Kaffee und spielte mit den Resten des Frühstücks auf ihrem Teller. Der Reiseführer lag offen zwischen ihnen auf dem Tisch, sie griff danach und blätterte zum Kapitel über Nove Mesto – die Neustadt.

»Sollen wir uns dieses Tanzende Haus ansehen?«, fragte sie und deutete auf das abgebildete Gebäude.

Ollies Brille rutschte ein Stück nach vorne, als er beim Hinschauen den Kopf senkte.

»Klar. Wenn du das willst.«

Es war, wie sie befürchtet hatte: Er war wütend auf sie. Und das konnte sie ihm nicht verdenken. Warum war sie auch so selbstsüchtig, so dumm, so töricht gewesen ...

»Megan?«

Sie sah mit hoffnungsvollem Blick auf. »Ja?«

Er musterte sie ein paar Sekunden. »Du hast Ei am Kinn.«

Sie lachte und griff nach einer Stoffserviette. In plötzlicher Erleichterung lächelte sie ihn an. »Danke, dass du es mir gesagt hast«, sagte sie, steckte einen Zipfel der Serviette in ihr Wasserglas und wischte sich vorsichtig das Kinn ab. »Das hättest du nicht tun müssen.«

»Nein.« Ollie presste die Lippen zu einer schmalen Linie zusammen. »Das stimmt. Und ich habe auch überlegt, es dir nicht zu sagen.«

»Ich könnte dir keinen Vorwurf machen.« Sie seufzte und merkte, dass sie dem Thema, das sie unbedingt vermeiden wollte, gefährlich nahe kamen. »Das habe ich wohl auch nicht anders verdient.«

Ollie erwiderte nichts. Er griff nach seiner Kaffeetasse und sah Megan unverwandt an, bis sie den Blick senkte.

Warum? Sie verfluchte sich selbst. Warum hatte sie das zugelassen? Weil sie gewollt hatte, dass es geschah. Mit jeder

Stunde, die sie gemeinsam in Prag waren, hatte sie sich ein bisschen mehr danach gesehnt. Aber dann war sie einfach abgehauen und hatte alles ruiniert – was für ein Schlamassel.

Sie blieben im Frühstücksraum sitzen, bis die Angestellten mit dem Aufräumen begannen. Megan hatte insgeheim gehofft, Hope und Charlie zu begegnen. Sie wollte sich entschuldigen, weil sie die beiden am Abend versetzt hatten, und sie vermutete, dass Ollie hoffte, Sophie würde auftauchen, aber offenbar kam niemand mehr.

Draußen stand die Sonne schon hoch, und sie hoben beide automatisch die Hand, um ihre Augen zu schützen.

»Toll«, sagte Ollie und zog die Mütze an. »Schau dir diese Sonne an. Du wirst heute ein paar großartige Fotos machen.«

Er konnte nicht wissen, wie weh ihr diese Worte taten. Wenn sie von ihrer Arbeit nicht so besessen wäre, von dieser Ausstellung, die sie so unbedacht gebucht hatte, dann wäre sie vielleicht auch nicht so hoffnungslos unfähig, Gefühle zuzulassen. Sie wusste, dass die Sache mit Andre sie übervorsichtig gemacht hatte, aber Ollie war ein viel besserer Mann als er. Ihm vertraute sie, er würde sie weder verletzen noch betrügen. Was, verdammt noch mal, war ihr Problem?

»Ich werde mein Bestes tun«, murmelte sie und wühlte in ihrer Handtasche nach der Sonnenbrille.

Eine Weile lang spazierten sie schweigend dahin, schauten hinauf zu den vielfarbigen Dächern der Stadt und den dunklen Kirchturmspitzen, die sich vor dem Blau des Himmels abzeichneten. Der Sonnenschein hatte die Touristen herausgelockt, aber die eisigen Temperaturen luden nicht dazu ein, allzu lang irgendwo stehen zu bleiben. Megan machte ein paar Alibi-Fotos – ein winziger Hund, der vorsichtig über das eisige Kopfsteinpflaster trippelte, ein älteres Paar, das Hand in Hand über einen im Gassengewirr versteckten Platz schlenderte, die Nasen knallrot, während sie einander auf Sehenswürdigkeiten aufmerksam machten –, aber sie war nicht mit dem Herzen dabei. Ollie ging wortlos, nachdenklich und gleichmütig neben ihr her – die spielerische Laune der letzten Tage hatte er am Morgen offenbar in seinen Koffer zu den dreckigen Socken und Unterhosen gepackt.

Sie erreichten das Ufer der Moldau, wo der Sonnenschein an den Lücken in der Steinmauer eindrucksvolle Schatten malte. Megan hob die Kamera und fotografierte die Möwen, die auf den hölzernen Streben der Hochwasserverbauung saßen, und die Enten, die sich fröhlich unten auf dem Wasser treiben ließen. Zu ihrer Rechten sah sie die eindrucksvollen Bögen der Karlsbrücke, über denen sich die Statuen als Silhouetten im hellen Licht abzeichneten, und oberhalb der Brücke erstreckten sich, dicht an dicht, die Häuser der Kleinseite bis hinauf zum Hradschin und der Burg. Schwarze und grüne Kirchturmdächer kämpften um Platz zwischen den roten Ziegeldächern, und nur eine gelegentliche gelbe Hausfassade oder sich kräuselnder Rauch aus einem Schornstein unterbrachen das einheitliche Farbmuster. Die Szenerie war in das seltsame, schräge Licht der Sonne getaucht, und über allem thronte die St.-Veits-Kathedrale, dunkel, kühn und geschichtsträchtig. Es dauerte ein paar Minuten, bis Megan feststellte, dass sie das alles noch immer durch den Sucher ihrer Kamera betrachtete, und sie spürte, wie ihr eine stille Glücksträne über die Wange lief.

»Hallo, du!«

Beim Klang von Ollies Stimme drehte Megan sich um, aber er sprach nicht mit ihr. Auf der Mauer vor ihnen war eine Taube gelandet. Sie tappte auf ihren rosafarbenen Krallenfüßen hin und her und betrachtete sie beide aus funkelnden Perlenaugen. Ganz langsam streckte Ollie ihr die Hand hin. Die Taube blieb, wo sie war; sie legte nur ihr glattes Köpfchen ein wenig zur Seite und sah ihn an. Dann, als Ollies Hand sie fast schon erreicht hatte, breitete sie die Flügel aus und flatterte auf seine Schulter.

»O mein Gott!«, stieß Megan aus. In ihrer Hast, den Augenblick festzuhalten, wäre ihr beinahe die Kamera aus der Hand gerutscht.

Sie erwartete, dass Ollie einen seiner typischen Sprüche zum Besten gab, wie unwiderstehlich er doch auf Täubchen wirke oder so, aber das tat er nicht. Er schien von seiner gefiederten neuen Freundin völlig fasziniert zu sein, und Megan konnte zahllose Schnappschüsse machen. Es gab ein ganz ähnliches Foto von Megan als Kind, das bei ihren Eltern zu Hause im Flur hing. Auf dem Bild stand sie mit ausgestreckten Armen mitten auf dem Trafalgar Square in London und war von einer Hand zur anderen mit Tauben übersät. Sogar auf ihrem Kopf saß eine. Sie konnte sich erinnern, wie wütend sie war, als sie hörte, dass die Stadtverwaltung die Tauben vertreiben wollte – was konnte so ein Schwarm Vögel schon anrichten? Nun, jetzt wusste sie, wohin sie mit ihren Kindern gehen musste, damit sie Tauben erleben konnten. Falls sie jemals Kinder haben würde ...

»Du ziehst die Täubchen regelrecht an«, sagte sie, als offensichtlich wurde, dass Ollie keine Lust hatte, den Witz selbst zu machen.

»Scheint so.«

Er biss nicht an. Megan holte tief Luft und zwang sich zu einem Lächeln. Sie mussten nur noch den heutigen Tag durchstehen. In ein paar Stunden würden sie auf dem Heimweg sein, und dann konnten sie diese Reise verdrängen und hinter sich lassen.

Die Taube warf Ollie einen letzten Blick zu, dann erhob sie sich etwas mühsam von seiner Schulter und flog zurück auf die Mauer, ehe sie erneut startete, um sich zu ihren Freunden unten am Wasser zu gesellen. Megan verfolgte den Flug mit der Kamera. Erfreut sah sie, wie der Wind in die ausgebreiteten Federn der Taube fuhr. Selbst Tauben sahen im Flug majestätisch aus.

»Sie hat mir ein kleines Geschenk hinterlassen«, knurrte Ollie und betrachtete einen weißen Fleck auf der Schulter seines Mantels.

Megan lachte laut auf, ließ die Kamera an ihrem Riemen baumeln und wühlte in ihrer Tasche nach einem Taschentuch.

»Das soll angeblich Glück bringen«, erklärte sie, während sie auf Zehenspitzen versuchte, den Taubenkot von seiner Schulter zu wischen.

»Das sagen bloß Leute, die noch nie vollgeschissen wurden«, erwiderte Ollie. Er lachte zwar nicht, aber Megan glaubte, ein beginnendes Lächeln in seinen Mundwinkeln zu sehen.

»Ach komm.« Sie schubste ihn so fest, wie sie sich traute. »Du musst zugeben, dass das lustig ist.«

»Dass die Täubchen mich anscheißen, ist die Geschichte meines Lebens«, murmelte er, warf ihr aber sofort einen entschuldigenden Blick zu. »Tut mir leid.«

Megan hörte auf zu wischen und warf ihr schmutziges Taschentuch in einen nahen Abfalleimer. Dann atmete sie tief durch, ehe sie antwortete.

»Keine Ursache«, sagte sie, und ein Lächeln löste ihren fest zusammengepressten Mund. »Ich habe nichts anderes verdient.«

Ollie öffnete den Mund, um ihr zu widersprechen, schloss

ihn jedoch wieder. Schließlich wusste er so gut wie sie, dass sie recht hatte – sein Ärger war völlig berechtigt. Sie hatte ihn schon einmal abgewiesen, und jetzt tat sie es wieder. Kein Wunder, dass er ihr kaum in die Augen sehen konnte.

»Na komm«, sagte er stattdessen und ging endlich weiter. »Schauen wir mal, ob wir dieses komische tanzende Haus finden, das du so unbedingt sehen willst.«

37

»Mom?«

Völlig regungslos stand Hope auf der Schwelle des Zimmers und starrte ihre Tochter an. War Annette wirklich hier? Oder träumte sie das nur?

»Wie ...«, brachte sie endlich heraus und hielt sich am hölzernen Türrahmen fest.

Annette schluckte heftig, um die Tränen zu vertreiben, ehe sie etwas sagte.

»Charlie. Er hat mich tagelang immer wieder angerufen. Als ich endlich ans Telefon ging, hat er mir erzählt, wie verzweifelt du bist.« Sie musste innehalten, weil ihr das Schluchzen die Stimme nahm, und Hope wagte einen Seitenblick auf Charlie. Auch er sah aus, als wäre er den Tränen nahe.

»Er hat mir gesagt, dass du geweint hast, und dass du immer über mich sprichst und ...« Jetzt konnte Annette das Weinen nicht mehr zurückhalten, und ihr Gesicht verzog sich kummervoll. Sie sah aus wie damals als kleines Mädchen, mit roten Augen, Flecken im Gesicht – so verletzlich. Endlich gewann Hope die Kontrolle über ihren Körper zurück und nahm ihre Tochter in die Arme. Sie streichelte ihr übers Haar und murmelte beruhigend auf sie ein. Bald weinten beide und klammerten sich in einer Mischung aus Liebe und Erleichterung aneinander.

Hope hörte Charlie leise hüsteln. Als sie aufblickte, sah sie, dass seine Wangen nass waren, aber er lächelte.

»Ich lasse euch beide jetzt mal allein«, sagte er zu ihr. »Ich geh nach unten und trinke einen Kaffee.«

»Danke«, erwiderte Hope leise. Sie hielt Annette immer noch fest in ihren Armen. Charlie nickte, drehte sich um und ging zur Treppe.

Hope schob Annette ins Zimmer und dankte Gott, dass sie sich noch die Zeit genommen hatte, aufzuräumen und das Bett zu machen. Annette schien die elegante Einrichtung und die hübsche Ausstattung gar nicht zu bemerken – sie konnte den Blick nicht von Hope wenden.

»Ich habe dich so vermisst, Mom«, gestand sie schließlich und ließ Hope los, die sie liebevoll in einen Sessel manövrierte.

»Ach, Liebes, ich habe dich doch auch so vermisst.« Sie drückte fest Annettes Hand. »Mir war, als würde mir jeden Tag aufs Neue das Herz brechen.«

»Ich war so wütend«, sagte Annette. »Ich konnte einfach nicht verstehen, wie du Daddy das antun konntest.«

»Es tut mir so leid, dass du es auf diese Weise herausfinden musstest«, erklärte Hope. Sie wand sich unbehaglich bei der Erinnerung an Annettes Gesicht, als sie Hope und Charlie durchs Autofenster angesehen hatte. »Nie, nie, nie hätte ich gewollt, dass so etwas passiert.«

Zu ihrer Überraschung begann Annette zu kichern.

»Was ist daran so komisch?«

»Bloß du – wie du mit einem Mann in einem geparkten Auto rumknutschst. Meine Mutter! Ehrlich, wenn ich jetzt daran zurückdenke, finde ich das eigentlich ganz schön beeindruckend.«

»Nein, bitte!« Hope machte eine abwehrende Geste. »Da werde ich gleich ganz rot.«

»Charlie ist sehr nett«, sagte Annette und überraschte

Hope damit aufs Neue. »Ich dachte, ich könnte ihn nicht ausstehen, aber das stimmt nicht. Ich finde nur die Situation so schrecklich.«

»Er ist auch wirklich sehr nett.« Hope nickte. Annette sah blass und erschöpft aus. Wenn sie jetzt schon hier war, musste sie einen sehr frühen Flug von Manchester aus genommen haben. Hope hätte ihr gerne einen Tee gemacht und sie aufgefordert, ein paar Kekse zu essen, damit wieder Farbe auf ihre Wangen kam, aber sie hielt sich zurück. Es war das erste Mal seit Wochen, dass sie offen miteinander sprachen, und sie wollte diese Gelegenheit auf keinen Fall zerstören.

»Als er mich anrief«, fuhr Annette fort und hielt den Blick auf Hopes Hand gerichtet, die die ihre hielt, »hat er zu mir gesagt – mir geschworen –, er werde alles tun, damit wir uns wieder versöhnen. Er hat mir den Flug bezahlt und sich darum gekümmert, dass mich ein Wagen vom Flughafen abgeholt hat und so. Ein Nein wollte er einfach nicht akzeptieren. Und Patrick war sowieso schon genervt, weil ich nicht mehr aus dem Haus gegangen bin.« Sie sah auf und lächelte. »Ich glaube, er war genauso erleichtert wie ich, dass endlich jemand anders die Sache in die Hand genommen hat.«

Hope dachte an die vielen Telefonanrufe, die Charlie getätigt hatte, und wie mühsam er die Wahrheit vor ihr verborgen gehalten hatte. Vermutlich um ihr keine falschen Hoffnungen zu machen. Wie schrecklich, dass sie ihm misstraut hatte. Dabei hatte er die ganze Zeit versucht, etwas Nettes, etwas sehr Wichtiges für sie zu tun, und sie hatte ihn verdächtigt, sie zu hintergehen. Und jetzt war in ihrer Beziehung ein unbehaglicher Graben entstanden, von dem sie nicht wusste, wie sie ihn wieder schließen sollte.

»Ich kann gar nicht glauben, dass er es geschafft hat«,

sagte sie zu Annette. »Ernsthaft, ich dachte, du würdest nie wieder mit mir reden.«

»Das dachte ich auch«, gab Annette zu, und Hope zuckte zusammen. »Aber dann habe ich mit Daddy darüber gesprochen, und er hat mir gesagt, ich sei unfair.«

»Tatsächlich?« Hope blieb der Mund offen stehen.

»Er hat mir erzählt, dass ihr ... na ja, dass ihr schon lange kein richtiges Paar mehr wart. Ich glaube nicht, dass es ihn überrascht hat, als ich reingerannt kam und ihm lautstark alles über dich und Charlie erzählt habe – irgendwie war er wohl auch erleichtert, denke ich.«

Hope spürte, wie ihr eine schwere Last von den Schultern fiel.

»Wirklich?«

»Du solltest ihn mal sehen, Mom – er ist in diesen letzten Wochen ein ganz neuer Mensch geworden. Er hat angefangen zu joggen!«

»Nein!« Nun musste Hope doch lachen.

»Weißt du, ich habe zu ihm gesagt: ›Mom hat sich aufgerafft und jemanden gefunden, der sie glücklich macht – und du solltest das auch tun.‹ Ich glaube, das hat er sich zu Herzen genommen, denn als ich ihn wieder besucht habe, stand er in der Küche, eines von deinen Jamie-Oliver-Kochbüchern vor sich, und hat versucht, sich etwas Richtiges zu essen zu kochen.«

»Das kann ich mir einfach nicht vorstellen!« Hope klatschte in die Hände.

»Die Küche sah natürlich aus, als hätte eine Bombe eingeschlagen. Aber wenigstens gibt er sich Mühe. Ich war so stolz auf ihn.«

»Das bin ich auch.« Hope lächelte. »Ich wollte deinen Vater wirklich nicht verletzen, aber was er gesagt hat, stimmt.

Wir waren schon seit Jahren kein richtiges Ehepaar mehr. Keiner von uns hatte den Mut, darüber zu reden, daher haben wir so lange einfach nebeneinander her gelebt. Als ich Charlie kennengelernt habe, ist mir klar geworden, dass ich nicht nur eine brave Ehefrau, sondern auch eine Frau mit Bedürfnissen bin. Und was noch dazu kam – er gab mir einen Grund, dieser unerträglichen Situation endlich zu entfliehen.«

Sie schwieg, weil sie Dave und ihre Ehe nicht zu sehr schlechtreden wollte, aber Annette sah sie neugierig an.

»Erzähl weiter.«

Hope holte tief Luft. »Weißt du, Liebes, seit wir hier sind, habe ich viel über all das nachgedacht. So lange Zeit war ich einfach nur Daves Frau und deine Mutter. Du weißt so gut wie ich, dass ich nichts lieber bin als deine Mutter, aber in diesen Jahren habe ich mich selbst aus dem Blick verloren. Kannst du das verstehen?«

Annette nickte, und Tränen glänzten in ihren Augen.

»Oft habe ich mich geradezu gefühlt, als wäre ich unsichtbar«, gestand Hope. »Du und dein Vater, ihr hattet einen Beruf und ein Leben außerhalb unserer vier Wände, aber ich hatte das kaum. Jedenfalls nicht so, wie ich es mir gewünscht hätte. Jetzt ist mir klar geworden, dass ich auch ein eigenes Leben haben will, nur für mich. Ach, Liebes, wein doch nicht.«

»Ich wünschte mir nur, du hättest mit mir darüber geredet.« Schniefend wischte sich Annette mit dem Handrücken übers Gesicht. »Wenn ich gewusst hätte, wie unglücklich du bist, hätte ich doch etwas dagegen tun können.«

»Ich war nie unglücklich darüber, deine Mutter zu sein«, versicherte Hope ihr. »Das darfst du nie glauben. Versprichst du mir das?«

Annette nickte und atmete tief durch, um ihr Schluchzen unter Kontrolle zu bringen.

»Mutter zu werden war das Beste, was ich jemals getan habe oder tun konnte. Erst als du mit Patrick zusammengezogen bist, hatte ich das Gefühl, nicht mehr in dieses Haus zu gehören. Ich vermute, Charlie kam einfach zum richtigen Zeitpunkt. Er sah die Frau in mir, den Menschen, der ich bin – für ihn war ich einfach Hope. Ergibt das für dich einen Sinn?«

»Absolut.« Annette schniefte erneut. »Ich habe mich echt mies verhalten. Ich schäme mich so.«

Hope schüttelte den Kopf. »Das musst du nicht. Ich hätte vermutlich auch nicht anders reagiert. Und was soll's, jetzt bist du hier, das ist alles, was zählt. Ich bin so froh darüber, weil dir Prag ganz bestimmt sehr gefallen wird.«

Annette stand aus ihrem Sessel auf, ging hinüber zum Fenster und sah auf den leuchtend blauen Himmel hinaus.

»Es ist so kalt hier!«, sagte sie. »Ich habe nicht mal einen Schal dabei.«

»Na, dann müssen wir dir eben einen besorgen«, sagte Hope und dachte dabei gleich an einen bestimmten Stand unten am Markt.

Annette schnaufte. »Ich möchte mich entschuldigen, Mom«, sagte sie. »Mir tut das alles sehr leid.«

»Jetzt reicht es aber«, erwiderte Hope streng und schluckte ihre eigenen Tränen hinunter. »Du musst am Verhungern sein. Komm, wir gehen nach unten und schauen, ob wir noch ein Frühstück bekommen.«

»Kann Charlie uns begleiten?« Das schien Annette sehr wichtig zu sein. »Ohne ihn wäre ich jetzt nicht hier. Ich möchte mich noch richtig bei ihm bedanken.«

»Natürlich.« Hope nahm sie bei der Hand.

Als sie die Zimmertür hinter sich zuzogen und Hand in Hand die mit dickem Teppich ausgelegte Treppe hinabstiegen, dachte Hope an das, was sie sich auf der Karlsbrücke gewünscht hatte. Ein Jahr und ein Tag, um ihre Tochter zurückzubekommen, erschien ihr zu diesem Zeitpunkt eine geradezu paradiesische Aussicht zu sein, aber jetzt, seit Annette hier war, wusste Hope, wie entsetzlich eine so lange Wartezeit gewesen wäre. Und es hatte sich herausgestellt, dass sie zur Erfüllung ihres Wunsches den geheimen Zauber der Stadt Prag überhaupt nicht benötigt hatte – sie hatte lediglich Charlie gebraucht.

38

»Erinnerst du dich an diese alte Fernsehwerbung mit Mr. Soft?«

Megan runzelte die Stirn. »Die für Softmints?«

Ollie warf ihr einen Blick zu und wandte sich wieder dem Gebäude vor ihnen zu. »Ja, er hatte ein kleines Liedchen und so. Und alles um ihn sah so teigig aus. Es war ein bisschen gruselig, aber als Kind fand ich das toll.«

»Ja, an die kann ich mich erinnern.«

»Das Haus da sieht aus, als wäre es aus dieser Werbung. So ganz zusammengedrückt.«

Er hatte nicht unrecht, dachte Megan. Das Tanzende Haus ähnelte mit seinen unregelmäßigen Kanten und den seltsamen Schwüngen einem verunglückten Stück Töpferkeramik, aber es gefiel ihr trotzdem. Bis oben hinauf waren unglaublich viele Fenster wie zufällig über die Fassade verteilt. Solche Häuser sah man eigentlich eher in Comicheften oder in Märchenbüchern.

»Anscheinend nennt man es auch ›Fred und Ginger‹.« Ollie las gerade im Reiseführer. »Auf der obersten Etage gibt es außerdem ein piekfeines Restaurant.«

Megan antwortete nicht, denn sie kauerte ihm zu Füßen und versuchte, das Haus in einem guten Winkel zu erfassen. Das Tanzende Haus befand sich an einer viel befahrenen Straßenkreuzung, aus allen Richtungen sausten Autos und Straßenbahnen an ihnen vorbei.

»Ich gehe rüber auf die andere Straßenseite«, sagte sie zu

Ollie, drückte den großen roten Knopf an der Ampel und wartete auf das Ticken, das anzeigte, dass sie gehen konnte. »Von hier aus kriege ich es nicht richtig drauf.«

Ollie wollte ihr erst folgen, überlegte es sich aber anders. »Ich spaziere währenddessen mal dort hinüber«, sagte er und deutete auf eine Straße, die rechts von ihnen abging, »und schaue, ob ich irgendwo einen Tee oder so was bekomme.«

Sie sah zu, wie er davonging, die Hände tief in die Manteltaschen geschoben und den Kopf gesenkt, und musste gegen den heftigen Drang ankämpfen, ihm nachzulaufen. Hatte ihre Mutter recht? Machte sie einen Fehler, wenn sie sich weigerte, mit Ollie eine Beziehung anzufangen? Die letzte Nacht war sagenhaft gewesen, und mehr noch, es hatte sich alles so richtig angefühlt. Alle Zweifel über ihre Gefühle zu ihm waren angesichts dieser starken Verbindung zwischen ihnen verschwunden gewesen. Aber jetzt war sie nüchtern, die Realität schlug wieder zu, mahnend und mit eindringlichen Worten. Und auch die Angst war zurückgekehrt, und sie konnte sie nicht ignorieren. Wenn sie Ollie wirklich liebte, warum tat sie dann nicht alles, um mit ihm zusammen zu sein, anstatt ständig davonzulaufen?

Nachdem sie das Tanzende Haus aus sämtlichen möglichen Blickwinkeln fotografiert hatte, und ihr Respekt vor dem geradezu unglaublichen Ehrgeiz des Architekten dabei enorm gewachsen war, überquerte Megan erneut die Straße, um nach Ollie zu suchen.

Abgesehen von einem Katzen-Café schien es sich bei der Nebenstraße, in die er eingebogen war, um eine reine Wohnstraße zu handeln. Aber Ollie würde doch bestimmt nicht in ein Katzen-Café gehen, oder? Schulterzuckend lief sie über das breite Pflaster, das aus flachen grauen Kieselsteinen zusammengesetzt war, bis sie vor dem schwarz-weißen Schild mit der kleinen Katze und einer dampfenden Tasse Kaffee stand. Als sie durchs Fenster spähte, entfuhr ihr ein leiser Ruf des Entzückens.

Ollie saß im Schneidersitz auf einem großen roten Kissen auf dem Boden, und mindestens vier Katzen krabbelten auf ihm herum. Eine kleine, zierliche Tschechin saß auf einem Stuhl daneben und lachte, als Ollie etwas sagte. Sehr langsam hob Megan ihre Kamera.

Eine der Katzen hatte sich zwischen Ollies langen Beinen zusammengerollt, und eine andere, vermutlich viel jüngere, kletterte gerade an seinem Arm hinauf, um sich zu ihrer rot und schwarz getupften Freundin zu gesellen. Diese Schildpatt-Katze war auf Ollies andere Schulter gekrabbelt, wo sie nun saß und sich in aller Ruhe das Hinterteil leckte. Ollie wartete, bis das jüngste Kätzchen oben auf seinem Kopf angelangt war, dann griff er nach seinem Kaffeebecher und lachte, als das tschechische Mädchen klatschte und auf Ollie deutete.

Durch zwei Schichten Glas hindurch – die Fensterscheibe und die Linse ihrer Kamera – verspürte Megan einen heftigen Stich der Eifersucht. So ein Mädchen würde sie nie wieder sein, eines, mit dem Ollie flirtete und lachte. Dazu war zwischen ihnen schon zu viel passiert. Auf seiner Seite herrschte zu viel Verbitterung und Misstrauen, gab es zu viele Erinnerungen daran, wie toll es gewesen war, ehe sie alles kaputtgemacht hatte. Auf ihrer Seite war die Sache komplizierter, weil sie sich zudem auch noch schuldig fühlte, und zwar nicht nur, weil sie Ollie so verletzt hatte, sondern auch, weil sie sich selbst deshalb so elend fühlte. Was hatte sie nur für ein Durcheinander angerichtet.

Ollie blickte auf und sah Megan hinter der Scheibe stehen. Nach ganz kurzem Zögern winkte er sie herein, zeigte auf die Katzen und hob halbherzig beide Daumen. Im Innern des Cafés roch es geradezu betäubend nach Katzenklo – nicht einmal das Aroma von frisch gemahlenem Kaffee kam dagegen an.

»Du bist ja heute ein echter Doktor Dolittle«, sagte sie und schüttelte den Kopf, um dem tschechischen Mädchen anzudeuten, dass sie nichts bestellen wollte.

»Hast du ein paar schöne Fotos von Mr. Softs Haus gemacht?«

Sie nickte, ohne ihn anzusehen. Auf den Sesseln und auf einem breiten Holzbrett über den Fenstern im hinteren Teil des Cafés saßen noch mehr Katzen. Einige schienen friedlich zu schlafen, während andere sie auf diese katzentypische ruhige, abschätzige Art aufmerksam betrachteten. Ihre Schwänze zuckten aufgeregt angesichts dieser fremden, ausländischen Besucherin.

Ollie hatte ihre Ungeduld, das Café zu verlassen, wohl gespürt, denn als er das nächste Mal seine Kaffeetasse hob, trank er sie mit einem Schluck aus.

»Wollen wir?«, fragte er und zeigte zur Tür.

Megan war erleichtert. Die Kombination aus Katzenklo-Geruch und den neugierigen Blicken des Mädchens – das, wie sie in den letzten fünf Minuten feststellen konnte, Ollie eindeutig anziehend fand – war ihr außerordentlich unangenehm. Sobald sie draußen war, atmete sie tief und dankbar die kalte, klare Luft ein.

In sicherer Entfernung von dem Café fragte sie ihn: »Wie hast du diesen Gestank nur ausgehalten?«

»Welchen Gestank?« Ollie wusste offenbar wirklich nicht, wovon sie sprach.

»Nach Katzenklo. Ich hätte mich beinahe übergeben.«

Ollie zuckte mit den Achseln. »Meine Eltern haben einen ganzen Haufen Katzen. Vermutlich bin ich gegen den Geruch längst immun. Außerdem haben wir auch im Klassenzimmer immer jede Menge Tiere. Jedes Kind darf sich eine Weile lang darum kümmern. Im Moment versorge ich drei Meerschweinchen und einen Degu.«

»Was um Himmels willen ist ein Degu?«, wollte Megan wissen, als sie die Straße überquerten. Sie befanden sich inzwischen wieder auf der Hauptstraße, die an der Moldau entlang verlief. Das Sonnenlicht spielte immer noch fröhlich auf der Wasseroberfläche.

Ollie schnitt eine Grimasse, während er nach einer Erklärung suchte. »So etwas Ähnliches wie eine große Rennmaus. Hört sich schrecklich an, aber er ist wirklich ein witziges Tier. Und er scheint die Kinder zu mögen.«

»Ich weiß wirklich nicht, wie du diesen Beruf ausüben kannst«, sagte sie ehrlich.

Erneutes Achselzucken. »Das weiß ich bei deinem auch nicht.«

»Gibt es denn nicht mal Tage, an denen dich die Kinder zu Tode nerven?« Sie hielt auf eine breite Brücke zu, die sie über den Fluss bringen würde.

Ollie schüttelte den Kopf. »Eigentlich nicht. Bei kleinen Kindern ist es so: Selbst wenn sie ungezogen sind, dann geschieht das selten aus reiner Bosheit. Sie können gar nicht bewusst tückisch handeln. Es hat immer etwas mit der Suche nach Aufmerksamkeit zu tun. Wenn ein Kind wirklich beharrlich böse ist, steckt ein größeres Problem dahinter.«

Er fuhr fort: »Ich hatte mal einen Jungen in meiner Klasse, der zuerst nur frech war und mir dann regelrecht das Klassenzimmer zerlegt hat. Als ich mich dann endlich mit ihm zusammengesetzt habe, um Tacheles zu reden, stellte sich heraus, dass seine Mutter krank war und Krebs hatte.«

»Oh!« Megan hielt sich die Hand vor den Mund. »Wie entsetzlich.«

»Einen Vater gab es wohl nicht, und so mussten der kleine Ryan und sein älterer Bruder, der gerade mal dreizehn war, den größten Teil des Haushalts und der Einkäufe erledigen. Die Schwester der Mutter half ein bisschen, aber es war sehr schwierig, und der kleine Ryan war einfach am Ende.«

»Was geschah dann?«, wollte Megan wissen. Inzwischen hatten sie den Fluss überquert und wandten sich nach rechts, um auf der anderen Seite der Moldau zurück zur Innenstadt zu gehen. Allmählich gewöhnte sie sich an das Quietschen und Klicken der vorbeifahrenden Straßenbahnen und das Knirschen des gefrorenen Schneematschs unter ihren Stiefeln. Die Geräusche wirkten mittlerweile seltsam vertraut – sogar entspannend –, und sie blieb ein paar Sekunden lang stehen, um die Aussicht zu genießen. Das glitzernde Band der Moldau lag flach und ruhig zu ihrer Rechten, nur in den Bäumen am Ufer rauschte und raschelte der Wind. Erneut dachte sie an das goldene Kreuz an der Karlsbrücke und das Versprechen, dass ein Wunsch wahr werden würde. An einem Tag wie diesem mochte man das gerne glauben.

Bescheiden wie immer erzählte Ollie, dass er sich wegen Ryans Mutter mit einer lokalen Hilfsorganisation in Verbindung gesetzt hatte. Seine zurückhaltende Art war einer der Charakterzüge, die sie an ihm besonders mochte, aber manchmal frustrierte er sie damit auch. Ollie war unfähig, sich einmal selbst auf den Rücken zu klopfen, auch wenn er es wirklich verdient hatte. Komplimente nahm er mit derselben Begeisterung entgegen wie eine Katze ein Entwurmungsmittel – er konnte sie nur schwer schlucken.

»Du solltest stolz auf dich sein«, sagte sie und stöhnte innerlich, als er, wie vorauszusehen, den Kopf schüttelte.

»Ich habe nur meine Pflicht getan«, sagte er und sah sie an. »Ryans Mutter ist vor etwa einem Jahr gestorben. Inzwischen ist er nicht mehr in meiner Klasse, aber ich halte noch ein bisschen Kontakt zu ihm, weißt du, einfach um zu sehen, ob er klarkommt.«

Megan schwieg einen Moment und versuchte sich vorzustellen, wie es für den kleinen Ryan gewesen sein musste, seine Mutter zu verlieren und keinen Vater zu haben. Sie stand ihren eigenen Eltern so nahe, dass ihr das undenkbar, ja, unmöglich vorkam.

»Geht es ihm gut?«, fragte sie und bemerkte, dass Ollies Augen feucht waren.

Es dauerte einige Augenblicke, bis er antwortete. Stattdessen blickte er übers Wasser und ließ sich vom Glitzern der Sonne beruhigen. »Kinder halten einiges aus«, sagte er und drehte sich zu ihr um. »Eigentlich bin ich der Lehrer, aber am Ende war er es, der mir eine Lektion erteilt hat.«

Megan machte ein leises fragendes Geräusch und überlegte sorgenvoll, wo dieses Gespräch wohl hinführte.

»Als ... na ja, als meine letzte Beziehung in die Brüche gegangen ist, war ich in keiner guten Verfassung. Ich habe dir nie von meiner Ex erzählt, oder?«

Megan schüttete den Kopf und dachte bei sich, dass sie dieses Mädchen jetzt schon hasste, obwohl sie sie gar nicht kannte.

»Ich dachte, wir hätten eine Chance, aber sie sah das anders«, fasste er mit bewusst neutraler Stimme zusammen. Selbst jetzt tut er noch alles, um mich nicht zu verletzen, dachte Megan.

»Ich will dich nicht mit den Einzelheiten langweilen«,

fuhr er fort, »es war keineswegs vergleichbar mit dem, was du mit diesem Andre-Idioten durchgemacht hast. Aber nachdem es zu Ende war, hatte ich große Schlafprobleme und machte mir schreckliche Vorwürfe. Ich fragte mich ständig, was mit mir nicht in Ordnung war, was ich hätte anders machen können.«

In Megans Augen hinter der Sonnenbrille brannten Tränen.

»Im Grunde tat ich mir bloß selbst leid.« Er lächelte ein wenig. »Aber dann ging ich wieder in die Schule und sah diesen Jungen. Ihn, der alles verloren hatte, aber noch immer jeden Tag in die Schule kam und die Hand hob, wenn ich etwas fragte, und in der Pause mit seinen Kumpels Fußball spielte. Er erzählte mir, seine Mutter habe ihm das Versprechen abgenommen, nach ihrem Tod sein Lächeln nicht zu verlieren. Er hatte ihr versprochen, tapfer zu sein und alles zu tun, damit sie stolz auf ihn sein konnte – und das tat er auch. Er gab sein Bestes.«

Ein leises Schluchzen entkam Megan, und Ollie blieb sofort stehen. Eine Sekunde lang glaubte sie, er würde sie in die Arme nehmen und trösten, aber das tat er nicht.

»Tut mir leid.« Er sah nach unten auf das eisige Pflaster. »Ich wollte dich nicht verletzen, ich war nur ... Was ich sagen wollte, war, dass Ryan mich wie einen kompletten Idioten aussehen ließ. Ich hatte überhaupt kein Recht, auch nur einen Bruchteil der Traurigkeit zu empfinden, die er spüren musste, und da war ich und jammerte vor mich hin. Er zeigte mir, dass ich mich zusammenreißen musste.«

»Mir tut es auch leid«, murmelte sie leise.

Er fragte nicht, was. Es war nicht nötig.

Eine Weile lang standen sie nebeneinander und sahen zu, wie ein Touristenschiff unter ihnen vorbeituckerte. Sein rotgoldenes Verdeck leuchtete wie ein Kaminfeuer vor dem

Dunkelgrau des Flusses. Megan hob die Kamera, um den Augenblick einzufangen, und war froh um die Unterbrechung, die es ihr gewährte. Sie spürte, dass Ollie weitergegangen war. Aber sie musste den Kopf nicht drehen, um festzustellen, ob er auf sie wartete. Er wartete immer auf sie.

39

Hope und Annette fanden Charlie bei einem Kaffee in der Hotelbar; seinen Mantel, die Mütze und den Schal hatte er auf den Tisch gelegt. Als er sie kommen sah, lächelte er.

»Alles in Ordnung?«

Anstatt einer Antwort hob Hope die Hand, damit er Annettes darin sehen konnte. »Ich weiß nicht, wie ich dir jemals danken soll«, sagte sie. »Du hast mich überglücklich gemacht.«

Er lächelte erneut. »Mehr wollte ich nicht.«

Stille trat ein, und Hope spürte, wie Annette neben ihr unruhig wurde.

»Mom, ich habe mein Telefon im Zimmer vergessen«, sagte sie und ließ Hopes Hand los. »Kannst du mir den Schlüssel geben?«

In Charlies Gesicht zuckte es kurz, und Hope wusste, dass Annette nichts vergessen hatte – ihre Tochter war nur aufmerksam genug, um zu begreifen, dass sie und Charlie ein paar Minuten allein brauchten.

»Geht es dir gut?«, fragte sie und setzte sich zu ihm, sobald Annette verschwunden war.

»Besser als gut. Deinen Gesichtsausdruck zu sehen, als du die Tür aufgemacht hast ... das war großartig. Dafür haben sich all die Heimlichkeiten gelohnt.«

»Tut mir leid, dass ich dir nicht vertraut habe.« Verlegen tätschelte sie ihm die Hand. »Dabei hast du mir nie einen Anlass dazu gegeben. Das war falsch von mir.«

Charlie nickte. »Ja, das stimmt vielleicht. Aber ich kann dich durchaus verstehen.«

Erleichterung durchlief Hope.

»Wo gehen wir denn heute mit Annette hin?«, fragte sie. »Ich muss ihr die Brücke zeigen, und vielleicht auch die Burg.«

Sie redete noch ein paar Minuten, ehe sie merkte, dass er den Kopf schüttelte.

»Was ist denn los?«

»Ich komme nicht mit.«

»Wie meinst du das? Du musst aber mitkommen!«

Charlie schüttelte erneut den Kopf und spielte mit den Fransen seines Schals.

»Ich glaube nicht, Liebes.«

»Ich möchte, dass ihr, Annette und du, ein bisschen Zeit miteinander verbringt. Sie hat mir gerade gesagt, wie sehr sie dich mag.«

Charlie unterbrach sie. »Was wolltest du mir gestern eigentlich sagen, nach der Massage?« Er ließ sie nicht aus den Augen, während sie sich unbehaglich wand.

»Nichts Wichtiges«, sagte sie und zwang sich zu einem Lächeln. »Das hat Zeit.«

Mit nachdenklicher Miene sah er sie an. »Das glaube ich nicht.«

Hope schaute zur Tür, weil sie den Anblick ihrer Tochter, ihren Duft, das Gefühl ihrer Anwesenheit jetzt schon vermisste.

»Müssen wir jetzt darüber reden?«, fragte sie flehend. Sie konnte es nicht ertragen, dass Charlie ihrer Glückseligkeit jetzt schon ein Ende bereitete.

»Ich habe den Rückflug gebucht«, sagte er und klopfte mit den Fingern auf den Tisch, ohne sie anzusehen. »In einer halben Stunde muss ich weg.«

»Aber warum?«

»Ehe ich Annette hochgebracht habe, haben wir ein bisschen geplaudert«, erklärte er. »Sie hat mir erzählt, dass sie dich nur zu gern für eine Weile bei sich und Patrick wohnen lässt.«

Hope schnaubte. »Du wirfst mich raus?«

In seinen Augen war nichts als Bedauern. »Nein, Hope. Ich lasse dich gehen.«

»Aber ich will nicht gehen!«

Doch noch während sie das sagte, wusste sie, dass das nicht die volle Wahrheit war. Und er wusste es ebenfalls.

Charlie machte sich nicht die Mühe, ihr zu widersprechen, stattdessen wandte er sich ihr zu und legte ihr eine große Hand auf die Wange.

»Das ist schon in Ordnung«, sagte er besänftigend. »So hatten wir das beide nicht geplant, das weiß ich. Ich war so begeistert, dich endlich ganz für mich zu haben, dass ich nicht darüber nachgedacht habe, wie es für dich sein musste, dein Zuhause und dein ganzes bisheriges Leben hinter dir zu lassen. Ich war selbstsüchtig, aber nur, weil ...«

Er hielt inne.

»Weil du mich liebst?«

»Ja. Weil ich dich liebe. Und ich kann kaum glauben, dass ich dich gehen lasse, aber ich muss es tun, denn ich weiß, dass du mich nicht liebst.«

»Aber das tue ich!«, widersprach ihm Hope schnell. »Ich bin nur ... es ist kompliziert.«

Er schüttelte den Kopf. »Du brauchst es nicht zu erklären.«

»Doch! Ich meine ... ich will dich nicht verlieren.«

»Würdest du mich heiraten?«

Damit hatte Hope nicht gerechnet, und sie hörte selbst, wie ihr die Luft wegblieb.

»Weißt du eigentlich«, sagte Charlie und sah sie unbeirrt an, während sie rot wurde, »dass ich dir an unserem ersten Abend hier, in dem Restaurant am Fluss, beinahe einen Heiratsantrag gemacht hätte? Ich hatte schon den Ring in der Tasche.«

Hopes Augen wurden groß.

»Ich war so kurz davor!« Er hielt Daumen und Zeigefinger hoch. »Aber dann hielt mich etwas zurück.«

»Was denn?« Es war kaum mehr als ein Flüstern.

Er zuckte mit den Achseln und ließ sich wieder auf seinem Stuhl nieder, erlöste sie von seinem steten Blick. »Ich habe etwas in deinen Augen gesehen, ein kurzes Flackern. Und da wusste ich, dass du meinen Antrag ablehnen würdest.«

Hope versuchte vergeblich, sich zu erinnern, was sie an diesem Abend im Restaurant empfunden hatte. Sie wusste noch, dass sie wegen Annette außer sich gewesen war und sich alle Mühe gegeben hatte, um seinetwillen so zu tun, als wäre alles in Ordnung. Vielleicht war das von Anfang an der Fehler gewesen. So zu tun, als ginge es ihr prima, obwohl es nicht stimmte.

»Ich bin am Boden zerstört.« Sie hob die Hände, um ihre Niederlage einzugestehen. »Es tut mir leid.«

Charlie seufzte. »Du darfst am Boden zerstört sein«, sagte er. »Du hast dich gerade von deinem Mann getrennt. Wenn du nicht ein bisschen durcheinander wärst, würde ich mir echte Sorgen machen.«

»Aber ich liebe Dave nicht.« Wenigstens das war mit Sicherheit wahr.

»Ich weiß.« Seine Stimme war wieder sanft. »Und das darfst du auch zugeben – sogar Annette gegenüber.«

»Ich fühle mich, als hätte ich ihr gegenüber versagt«, gestand Hope.

»Jetzt komm, Liebes«, sagte Charlie mit bekümmerter Miene. »Das ist doch nicht wahr. Du hast dein Bestes gegeben, nur manchmal kommt es nun einmal nicht so, wie man es sich vorstellt. Als Mutter hast du keinesfalls versagt. Meinst du, sonst wäre Annette heute hier?«

»Vermutlich nicht.«

»Als ich sie zum ersten Mal angerufen habe, war sie wirklich wütend. Aber sie wollte auch wissen, wo du bist, was du über sie erzählt hast, ob du sie vermisst.«

»Wirklich?«

»Wirklich. Und sobald ich das gehört habe, wusste ich, dass ich euch beide wieder zusammenbringen muss, und ich wollte damit nicht warten. Ich habe ihr angeboten, den Flug zu bezahlen, und ihr gesagt, sie solle darüber nachdenken. Und dann habe ich immer wieder angerufen, um nachzufragen.«

Er nahm sein Telefon vom Tisch, um nach der Uhrzeit zu sehen. »Mein Taxi kommt gleich. Ich muss rauf, um meine Sachen zu holen«, sagte er, und es gelang ihm, nicht zu zeigen, wie er sich wohl fühlen musste. Von einer plötzlichen Panik erfasst, hielt Hope ihn mit beiden Händen am Arm fest.

»Und was passiert jetzt?«

Charlie senkte den Blick, ehe er antwortete. Sie hielt ihn so fest, dass ihre Fingerknöchel ganz weiß waren. »Das habe ich nicht zu entscheiden. Ich glaube, du weißt, was ich mir wünsche. Jetzt musst du herausfinden, was du willst.«

Hope konnte sich nicht erinnern, wann ihr je jemand so viel Verantwortung eingeräumt hatte, dass es auf sie allein ankam, was sie tun wollte. In ihrer Familie hatte letztendlich immer Dave die Entscheidungen getroffen, und nach der Trennung war sie gleich zu Charlie gelaufen, der zu ihr gesagt hatte: »Zieh bei mir ein.« Das hatte sie getan. Aber nun, nachdem ihr Annette auch ein Zimmer angeboten hatte, standen ihr mit einem Mal mehrere Optionen offen.

Sie schüttelte den Kopf. »Ehrlich gesagt, ich weiß es nicht«, sagte sie zu ihm.

Charlie schob seinen Stuhl zurück. »Ich muss jetzt los.«

»Ich habe solche Angst, dass ich dich nie wiedersehe«, flüsterte sie, eher zu sich selbst, aber es genügte, dass Charlie stocksteif stehen blieb. Sie wusste, sie sollte aufspringen, quer durch den Raum laufen und sich in seine Arme werfen, aber sie tat es nicht. Sie blieb auf ihrem Stuhl sitzen und hielt den Blick auf ihn gerichtet, als er die Tür aufschob. Einen Moment lang dachte sie, er würde sich nicht mehr nach ihr umdrehen, aber im letzten Augenblick tat er es doch.

»Auf Wiedersehen, Hope«, sagte er. Und dann war er verschwunden.

40

Als der Vormittag sich verzog und seinem Freund, dem Nachmittag, das Feld überließ, stand die Sonne immer noch unbeirrt am klaren Himmel. Am Ufer der Moldau, auf dem Weg zur Kampa-Insel im Kleinseiten-Viertel, kamen Megan und Ollie nur langsam voran. Die hohen, viereckigen Gebäude in barockem Stil, an denen sie vorübergingen, waren meist üppig verziert, und Megan blieb ständig stehen, um Fotos zu machen, aber sie hörte von Ollie nicht einmal ein Murmeln des Protests. Er schien in seine eigenen melancholischen Gedanken versunken zu sein und begnügte sich damit, auf den Fluss zu schauen, während sie arbeitete.

In diesem seltsamen, schrägen Sonnenlicht war die Stadt noch schöner, und es war nicht nur die sie umgebende Architektur, die Megan immer wieder anregte, ihre Kamera zu heben. Jemand hatte sich die Zeit genommen, die festgebackenen Überreste des Schnees zur Seite zu räumen, und so zeigten die Bürgersteige ihr reizvolles Muster aus roten und weißen quadratischen Fliesen.

Obwohl die Sonne stolz über der Stadt stand, war es doch nach wie vor bitterkalt. Ollie nahm alle paar Minuten seine angelaufene Brille ab, um sie abzuwischen. Megans nackte Finger waren rot und schmerzten vor Kälte, aber sie weigerte sich, Handschuhe anzuziehen. Wenn sie die festen Griffmulden an ihrer Kamera und das befriedigende Einschnappen des Objektivs beim Drehen nicht spüren konnte, fiel es ihr schwer, die Verbindung zu halten zu dem, was sie tat. Daher blieb sie alle paar Meter stehen, hauchte ihre Hände an oder rieb sie aneinander. Normalerweise hätte Ollie sich darüber lustig gemacht, aber heute schwieg er nur.

Kurz vor Mittag erreichten sie die Insel Kampa und mussten sich ducken, um den Tropfen des schmelzenden Schnees auszuweichen, die von den kahlen Ästen der Bäume fielen. Über einen schmalen Weg kamen sie von der großen Straße zu einem weiten, grasbewachsenen Platz, auf dem sich kreischende Kinder, winzige Hunde in winzigen wasserfesten Mänteln und Touristengruppen tummelten, und blieben stehen, um einen Blick in den Reiseführer zu werfen.

»Das ist die Sova-Mühle«, erklärte Ollie und deutete nach rechts, wo ein imposantes weißes Gebäude den halben Platz verschattete. Als sie aufblickte, stellte Megan fest, dass die Dachziegel schwarz waren – ein seltener Anblick inmitten der zumeist ziegelroten Nachbardächer.

»Dort ist das Kampa-Museum für moderne Kunst untergebracht«, fuhr Ollie fort und überflog die Seite. »Wollen wir mal reingehen?«

Megan war kein großer Fan von moderner Kunst, aber sie nickte und folgte ihm durch ein offenes Tor. Der Boden des Innenhofs dahinter war mit knirschendem Kies bedeckt, und überall standen Skulpturen, eine bizarrer als die andere. Megan blieb neben einem roten Pferd stehen, dessen nackter, kahlköpfiger männlicher Reiter seltsam lange Arme hatte, die bis zum Boden hinabreichten.

»Ihm muss doch ganz schön kalt sein«, witzelte sie, aber Ollie war bereits zu einem kubistisch anmutenden Werk weitergegangen. Eine Frau lag unbequem auf dem Bauch, das Gesicht nach oben gewandt, ihr ganzer Körper schrecklich verdreht. Zwischen den kleinen quadratischen Pflastersteinen unter ihr wuchs büschelweise Gras, und man sah noch Schneereste, was Megan viel reizvoller fand als das Kunstwerk selbst. Allerdings tauschte sie sich mit Ollie nicht darüber aus, denn er zeigte eine Sprödigkeit, die sie am Morgen noch nicht gespürt hatte. Seit er ihr gestanden hatte, wie niedergeschlagen er nach seiner letzten Trennung gewesen war, schien er einen neuen Grund gefunden zu haben, wütend auf sie zu sein. Megan kannte ihn gut genug, um zu erkennen, wann er grübelte, und genau das tat er jetzt.

Auf der anderen Seite des Innenhofs entdeckten sie eine weitere Frauenskulptur. Diesmal stand sie aufrecht, und ihr langer, dünner Körper war fast so flach gedrückt wie ein Blatt Papier. Mit ihrem vorgebeugten Kopf und dem fächerartig ausgebreiteten blauen Haar strahlte sie Kummer und Verzweiflung aus, und zum ersten Mal, seit sie hier herumspazierten, fühlte Megan sich so angesprochen, dass sie die Kamera hob.

Ollie war zu dem roten Mann auf seinem Pferd zurückgekehrt und hockte sich davor, um die Beschriftung zu lesen. Megan war so sehr an seinen ständigen Blick gewöhnt, dass ihr dieses offensichtliche Ausweichen unnatürlich vorkam. Ohne das warme Glühen seiner Zuneigung fühlte es sich an, als hätte jemand eine Tür geöffnet und die Kälte hereingelassen. Auch wenn sie und Ollie niemals ein richtiges Paar gewesen waren, so hatte sie doch immer geahnt, dass er in sie verliebt war. Aber sie hatte nie zugeben wollen, was für all ihre Freunde offensichtlich gewesen war: dass Ollie sie noch genauso anbetete wie am ersten Abend, als sie sich geküsst hatten. Ein winziger Teil in ihr jedoch hatte immer gewusst, dass die anderen recht hatten. Ihr war absolut klar, dass ihre gierige Sehnsucht danach, von Ollie geliebt zu werden, ein Fehler gewesen war, und sie wusste auch, dass sie jetzt selbstsüchtig handelte – dennoch bekam sie Panik bei der Vorstellung, ihn für immer zu verlieren. Er war ein so großer Teil ihres Lebens, und sie hatte Angst, von der Lücke, die er hinterlassen würde, wenn er für immer ging, verschluckt zu werden.

Bei dem Versuch, den plötzlichen Anfall von Reue und Angst niederzukämpfen, tat Megan, was sie immer tat: Sie hob die Kamera, versteckte ihr Gesicht dahinter und ließ sich in eine andere Welt treiben, in der sie die Kontrolle besaß. Sie fand Ollie durch den Sucher, sah seine Atemwolken in der kalten Luft und die Farbe auf seinen Wangen, sie sah die Bewegung seiner Augen, als er nach ihr Ausschau hielt, und auch den Anflug von Bedauern darin. Ihm lief die Nase, Feuchtigkeit glitzerte in dem Grübchen über seinem Mund, und seine Lippen waren voll und weich.

Sie beobachtete, wie er aufstand und über den Kiesboden zu einem weiteren Kunstwerk spazierte, das aus Metallstäben und komplizierten kleinen Rädern bestand. Er holte sein Telefon hervor, um selbst ein Foto zu machen, und Megan zoomte näher, um zu sehen, welchen Ausschnitt er wählte. Da er einen seiner Handschuhe ausgezogen hatte, konnte sie die rissige Haut um seine Fingernägel, die einzelnen schwarzen Haare auf seinem bloßen Handgelenk, die vorstehenden, sich kreuzenden Venen auf seinem bleichen Handrücken und die unter der Haut arbeitenden Sehnen erkennen. Ihr Herz machte einen Sprung, ihr Pulsschlag beschleunigte sich, und das so ersehnte Gefühl der Inspiration trieb sie dazu, den Auslöser zu drücken. Wenn er nur wüsste, wie sehr sie sich in ihm verlieren konnte. Wenn sie nur die passenden Worte fände, um es ihm zu erklären.

Nach einer Weile drehte Ollie sich zu ihr um und ging mit versteinertem Gesicht auf das offen stehende Tor zu. Als sie ihm nicht sofort folgte, winkte er sie zu sich. Sie fragte sich, wann er wohl die Ereignisse der gestrigen Nacht ansprechen würde. Auch wenn er dem Gespräch darüber am Morgen ausgewichen war – sie kannte Ollie gut genug um zu wissen, dass er darüber würde reden wollen. Wenn er auch nur im Mindesten so fühlte wie sie, dann blitzten auch in ihm ständig Bilder von verschlungenen nackten Körperteilen und offenen Mündern auf, und es fiel ihm schwer, das energetische Knistern zwischen ihnen zu ignorieren. Mehr als alles hoffte sie, dass er sie nicht zwang zu wiederholen, warum sie keine feste Beziehung wollte, nicht zuletzt, weil sie selbst an diesem Beschluss allmählich zu zweifeln begann.

»Wow!«

Sie hatten den Innenhof des Museums verlassen und gingen auf dem Weg, der hinter der Sova-Mühle vorbeiführte, in Richtung Kampa-Park. Als sie fast an dem Gebäude vorüber waren, prallte Ollie, der einige Meter vorausging, vor Überraschung regelrecht zurück.

»Was ist los?«

Megan eilte durch den Schneematsch zu ihm und erstarrte. Vor ihnen befanden sich, eingefroren auf allen vieren und schauriger als alles, was Megan bisher gesehen hatte, drei riesige Bronzebabys.

»O Gott!«

Sie wusste nicht genau, ob es die schiere Größe dieser Kreaturen war, ihre wie zufällig wirkende Positionierung im Park oder die Tatsache, dass jedes der Babys anstatt eines Gesichts von der Stirn bis zum Kinn einen Streifen trug, der aussah wie eine Fensterjalousie – die Bronzehaut am Rand abstoßend zusammengezogen –, aber sie war augenblicklich in höchstem Maße angeekelt.

»Warum haben sie keine Gesichter?«, fragte sie entsetzt.

Ollie trat vor und las von einem Schild ab, das an der

Wand der Mühle befestigt war: »*David Čzerný, 1967. Mimina/ Babies.* Warte mal, sind das nicht die gleichen Babys wie die an dem Fernsehturm, den wir aus der Ferne gesehen haben?«

»Ja, stimmt!« Megan griff nach der Kamera und klickte durch ihr Fotoarchiv. »Hier! Da sind Mengen von ihnen!« Sie hielt inne, um sie zu zählen, suchte in den Fotos hin und her und erschauerte, als ein Windstoß einen Haufen Laub durch den Park jagte. »Zehn davon krabbeln an dem Turm nach oben.«

»Die sind schon echt was Besonderes«, sagte Ollie jetzt. Er ging auf die nächstliegende Skulptur zu und zog einen Handschuh aus, um mit der Hand über die glatte Bronze an der nackten Schulter zu fahren. Ollie war groß, aber nicht einmal er war mit diesen Dingern auf Augenhöhe. Nicht dass sie Augen gehabt hätten …

»Ich hasse diese zugehängten Gesichter!« Schreckensstarr stand Megan noch immer unbeweglich da.

Ollie lachte darüber, trat mit ein paar Schritten auf die Seite des Babys und schwang sich auf seinen Rücken.

»Was tust du da?«, kreischte sie. »Du kannst doch nicht auf einem Baby reiten!«

»Du wirst schon sehen, dass ich das kann!«, erklärte er und schwang sein Bein auf die andere Seite, sodass er rittlings auf dem riesigen metallenen Ungeheuer zu sitzen kam. Megan hob ihre Kamera und kicherte, als er alberne Grimassen schnitt und sie über den Kopf des Babys hinweg anschaute. Eine Touristenfamilie in der Nähe hatte sie beobachtet, und angeregt von Ollies Herumgealbere, verlangten die jüngeren Kinder, auf den Rücken der zwei anderen Babys gehoben zu werden.

»Da hast du ja was angerichtet!«, tadelte Megan Ollie halb im Ernst. »Als ob es für diese Babys hier draußen nicht schon trostlos genug wäre. Jetzt werden sie auch noch als Esel missbraucht!«

Ollie zuckte mit den Achseln. »Wenn ich sie wäre, würde ich mich über etwas menschliche Wärme freuen!«

Megan wurde rot, als erneut ein Bild in ihr aufstieg, diesmal von Ollies eigener nicht unbeträchtlicher Wärme. Sie blinzelte, um es zu vertreiben, und wandte sich ab, damit er ihre roten Wangen nicht sah.

»Die Babys sind ein Symbol für die kommunistische Ära«, las Ollie laut vor. Er saß noch immer auf seinem Bronzebaby, hielt jetzt aber den Reiseführer aufgeschlagen in der Hand. Megan sah hinauf und bemerkte, dass ihm die Brille auf der Nase sehr weit nach vorne gerutscht war und herabzufallen drohte.

»Sie konnten nie erwachsen werden, weil der Totalitarismus ihr Wachstum behindert hat.«

»Du kannst den Klassenlehrer wieder einpacken«, spöttelte Megan und freute sich, als Ollie ihr die Zunge herausstreckte. »Mir ist es völlig egal, was sie bedeuten sollen«, erklärte sie und hatte endlich genug Mut gefasst, um eines von ihnen zu berühren. »Ich will nur wissen, warum sie keine Gesichter haben.«

»Vielleicht sind sie schüchtern?« Ollie schwang sein langes Bein wieder auf die andere Seite und ließ sich zu Boden gleiten. Dabei rutschte sein Fuß auf einer Eisplatte aus, und er stolperte seitwärts gegen Megan.

»Sorry!«

Für den Bruchteil einer Sekunde genoss Megan das Gefühl seines Gewichts an ihrem Körper, und seine Wärme durchströmte sie. Die Gier, ihn zu küssen und zu berühren, die sie gestern verspürt hatte, schien zurückzukehren. Aber das durfte sie nicht zulassen. Und sie würde es nicht zulassen.

»Ich glaube nicht, dass sie schüchtern sind.« Sie deutete auf den riesigen Babypo neben seinem Gesicht. »Ich glaube, sie sind dämonisch.«

»Nur weil du selbst keine Babys möchtest, solltest du nicht alle anderen schlecht machen.«

Das hatte natürlich ein Scherz sein sollen, doch bei Ollies beiläufiger Unterstellung zog Megans Gesicht sich so zusammen wie das der Skulptur neben ihr.

»Ich habe nie gesagt, dass ich keine Kinder will. Ich habe gesagt, ich bin mir nicht sicher.«

Ollie hob beide Hände. »Okay, okay – reiß mir doch nicht gleich den Kopf ab.«

»Das tue ich doch gar nicht!«

Sie wollte sich nicht mit ihm streiten, aber er würde heute ganz eindeutig keinen einzigen Zentimeter nachgeben. Sie sah, wie er gegen ein Stück aufgeworfene Erde trat und sich mit gesenktem Kopf wütend auf die Lippe biss. Das Schlimmste war, dass sie ihm noch nicht einmal einen Vorwurf machen konnte, wenn er genug von ihr hatte. Megan versuchte sich vorzustellen, wie sie sich an seiner Stelle fühlen würde, wie demütigend es gewesen wäre, wenn sie sich zweimal auf ihn eingelassen und er sich entsetzt zurückgezogen hätte. Wenn er davongelaufen und sie allein im Bett aufgewacht wäre, mit einer schnell abkühlenden Vertiefung neben sich auf der Matratze. Es wäre grauenvoll gewesen.

Megan wandte sich von den Babys ab und schaute in den Park. Der Wind spielte mit den obersten Blättern der Bäume. Sie trugen die feurigen Farben des Herbstes – Grün, Orange und Gelb –, und der erbarmungslose Sonnenschein verlieh der Szenerie eine verblüffende Klarheit. Ihr war, als könnte sie jeden Grashalm, jedes spinnennetzzarte Äderchen des Laubs zu ihren Füßen genau erkennen. Wenn die Schönheit der Welt so offensichtlich für sie war, warum konnte sie dann in dem, was sie mit Ollie hatte, keine Schönheit erkennen? Es war ja nicht so, dass sie Angst hatte, er würde sie nicht gut behandeln oder könnte nicht verstehen, dass sie genug Zeit für ihre Arbeit brauchte, nein, das Problem war eher, dass sie fürchtete, sie selbst könnte ihn verletzen.

Megan wünschte sich, in die Zukunft sehen zu können. Wenn sie nur den Finger ausstrecken und sich an den Zeiger einer der vielen Uhren dieser Stadt hängen könnte. Wenn sie einen Sprung in der Zeit vorwärts machen und sich selbst und Ollie glücklich und zufrieden sehen könnte, dann wäre sie bereit gewesen, ihren Gefühlen nachzugeben. Dann hätte sie diese Empfindungen genießen können, anstatt sich von ihnen erstickt zu fühlen – sie wären ihre Flügel, nicht die Gitter eines Gefängnisses.

Aber niemand konnte in die Zukunft schauen, und Wünsche wurden nur selten wahr – sie waren die leeren Taschen der Hoffnung, ein vorüberschießender Blitz von Sehnsucht oder Bedürftigkeit. Wenn Megan glauben könnte, dass in dem Mythos vom goldenen Kreuz oben auf der Karlsbrücke auch nur ein Funken Wahrheit lag, dann würde sie sofort nach oben rennen und sich von ganzem Herzen ein wenig Sicherheit wünschen. Aber ohne die absolute Zusicherung, dass sie nicht daran schuld wäre, wenn Ollie das Herz bräche, wollte sie das Risiko einfach nicht eingehen.

41

Annette fuhr mit den Fingern über die Balken des goldenen Kreuzes und sah ihre Mutter voller Staunen an. Hope hatte ihr gerade die Geschichte des heiligen Johannes Nepomuk erzählt, der von der Karlsbrücke geworfen worden war.

»Hast du dir wirklich mich gewünscht?«, erkundigte sich Annette zum zweiten Mal.

Hope nickte. »Ja, habe ich. Ich weiß, es ist dumm, aber zu diesem Zeitpunkt erschien mir das möglich.«

»Ein Jahr und ein Tag ist eine lange Zeit«, sagte Annette nachdenklich. »Ich glaube nicht, dass ich es ausgehalten hätte, mich so lange von dir fernzuhalten.«

»Ich bin sehr froh, das zu hören.« Hope legte ihrer Tochter den Arm um die Schultern und drückte sie. Wie komisch, dachte sie. Erst vor ein paar Tagen hatte sie mit Charlie an genau derselben Stelle gestanden und sich bemüht, nicht wegen Annette zu weinen, und heute war sie mit ihrer Tochter wieder hier und strengte sich an, nicht wegen Charlie zu weinen.

»Geht es dir gut, Mutter?«

Hope schluckte. »Natürlich. Ich wünschte nur, dass ...« Sie unterbrach sich, weil ihr klar wurde, wie ironisch es wäre, wenn sie sich an dieser Stelle etwas wünschte.

»Du wünschst was?«, fragte Annette.

»Ach, nichts.« Hope schüttelte den Kopf und lächelte. »Jetzt komm, lass uns gehen und bei den Karikaturenzeichnern ein bisschen Geld auf den Kopf hauen. Ich wollte immer schon eine Zeichnung haben, aber Charlie wollte nicht. Er hatte Angst, sie porträtieren ihn als hart gekochtes Ei.«

Annette grinste. »Na ja, ein bisschen wie Humpty-Dumpty sieht er schon aus. Aber keineswegs hässlich.«

Hope sah Charlie vor sich, seinen schönen glatten Kopf und sein fröhliches Grinsen. Sie vermisste ihn entsetzlich, war aber dennoch auch ein bisschen erleichtert. Die letzten beiden Tage waren für sie beide anstrengend gewesen, und sie stellte sich vor, dass er ähnlich empfand.

»Hat er dir schon eine SMS geschickt?«, fragte Annette freundlich, während sie langsam über das Kopfsteinpflaster gingen. Sie war jetzt warm eingepackt – Hope hatte darauf bestanden, ihr Mütze, Schal und Handschuhe zu kaufen, und ihr langes braunes Haar glänzte auf ihren Schultern wie poliertes Holz.

»Noch nicht.« Hope hängte sich bei ihrer Tochter ein. »Und um ehrlich zu sein, bin ich mir auch nicht sicher, ob er das tun wird. Ich glaube, er wird die Kontaktaufnahme mir überlassen.«

»Und wirst du das tun?«

Hope blieb stehen und beobachtete eine Schar Tauben, die sich in einem Sonnenfleck versammelt hatten, und von denen jede in diesem seltsamen Nick-Tanz Krümel vom Boden aufpickte.

»Ich weiß es nicht«, erwiderte sie ehrlich. »Er ist mir sehr wichtig, aber ich will ihm nicht andauernd Schwierigkeiten machen. Ich bin mit dem Kopf ständig irgendwo anders, seit ich und dein Vater ... Nun, seit das alles passiert ist.«

Annette sah auf einmal traurig aus, und Hope wusste, dass sie sich an den Abend erinnerte, an dem sie ihre Mutter im Auto ertappt hatte.

»Ich weiß nicht, warum ich das getan habe«, sagte Annette

und schaute einer Schar junger Mädchen zu, die Selfie-Sticks in die Höhe hielten. »Ich hätte nicht gleich so zu Dad rennen sollen.«

»Bitte!« Hope drückte ihren Arm. »Das muss dir nicht leidtun. Ich war diejenige, die ihn betrogen hat.« Sie hatte beschlossen, Annette nichts von Daves Sterilisation zu erzählen. Das Einzige, was jetzt noch eine Rolle spielte, war die Zukunft. Die neu gewonnene Freiheit, sich ungehindert auf Abenteuer einzulassen, machte ihr zwar Angst, aber zugleich war sie auch voller Vorfreude. Mit seinem Zauber, seiner farbenfrohen Geschichte und den vielen Uhren, denen man nicht ausweichen konnte, hatte Prag sie daran erinnert, wie wichtig es war, das Leben bis zum letzten Tropfen zu genießen. Sie wollte sich nun aufmachen und in ihrer eigenen kleinen Ecke der Welt ein Zeichen setzen.

Nachdem die Karikaturen fertig waren, stieg Hope mit Annette den Hügel hinauf zur Prager Burg. Sie kicherten über die stoischen Wachsoldaten unter ihren Pelzmützen und schnitten den Wasserspeiern, die am Dachrand der St.-Veits-Kathedrale hingen, Grimassen. Durch Zufall entdeckten sie das Goldmachergässchen und stöberten stundenlang in den winzigen Läden und Galerien. Beide schwelgten in der angenehmen Gesellschaft der anderen und im warmen Willkommen der tschechischen Ladenbesitzer.

Als der Wind stärker wurde, eilten sie von einem Sonnenfleck zum anderen, um ein bisschen Wärme zu erhaschen. Sie kauften sich Becher mit Wein, der mit Rum versetzt war, und wurden im Lauf der Stunden immer fröhlicher. Dann lud Hope Annette zu einem späten Mittagessen in das kleine Café unten hinter der Kirche ein und bestellte für sie beide große Teller mit dampfendem Gulasch, gefolgt von köstlich klebrigem Honigkuchen. Die Kellnerin begrüßte sie wie eine alte Freundin und gab gleich noch einen zusätzlichen dicken Klacks Sahne auf ihre Nachspeisen.

Wie Hope vorausgesehen hatte, war Annette von Prag absolut verzaubert und jammerte nur über die Tatsache, dass sie am nächsten Tag nach Hause fliegen mussten.

»Du bleibst doch über Weihnachten bei uns, nicht wahr?«, fragte Annette jetzt und leckte Sahne von ihrem Löffel.

»Was ist mit deinem Vater?«, wollte Hope wissen. Sie wusste, dass Annette bereit war, ihr eine Unterkunft zu gewähren, aber sie wollte nicht zwischen Dave und seiner Tochter stehen, vor allem nicht nachdem es ihre Schuld war, dass er Weihnachten möglicherweise allein verbringen musste.

»Er besucht Granny.« Annette zuckte mit den Achseln. »Offenbar kann sie es gar nicht erwarten, ihn zu verwöhnen.«

Hope verdrehte amüsiert die Augen. »Das kann ich mir vorstellen.«

»Ich habe das ernst gemeint«, fuhr Annette fort. »Du kannst bei mir wohnen, solange du es brauchst.«

Hope spürte wieder Tränen aufsteigen – sie hatte heute wirklich nahe am Wasser gebaut.

»Es tut mir leid, wenn ich dich im Stich gelassen habe«, sagte sie mit tonloser Stimme.

»Ich wünschte nur, du hättest mit mir geredet«, flüsterte Annette und spielte mit dem Rand der Tischdecke.

»Ich dachte, du hasst mich.« Hope schüttelte den Kopf, als sie begriff, wie dumm sie gewesen war. »Er ist dein Vater, und du liebst ihn. Ich wusste nicht, wie ich es dir sagen soll.«

»Jetzt ist es vorbei«, sagte Annette und beendete damit das Thema. »Und du kannst tun, was immer du willst.«

»Pah!« Hope lachte. »Dafür bin ich mittlerweile zu alt.«

»Na, na, na!«, erwiderte Annette tadelnd. »Was man so hört, ist Fünfzig inzwischen das neue Dreißig.«

»Nur, wenn man sich Botox leisten kann.«

Sie lachten, dann sah Annette sie nachdenklich an.

»Weißt du schon, dass Patricks Eltern nächsten Monat in Rente gehen?«, fragte sie.

»Tatsächlich?« Das hörte Hope zum ersten Mal.

»Nun, und sie suchen jemanden, der ihr Bed & Breakfast übernimmt – jemanden, dem sie vertrauen. Patrick dachte, du könntest vielleicht Interesse haben.«

Hopes Wangen wurden heiß. »Ich?«

»Nein, die Corgis der Queen. Natürlich du!«

»Aber ich habe doch überhaupt keine Erfahrung!«

Annette sah sie mit gespielt strenger Miene an. »Du hast jahrelang unser Haus geführt. Und Patricks Vater bringt dir alles bei, was du wissen musste. Ehrlich, Mum, wir reden hier nicht gerade von Quantenphysik – diese Arbeit kannst du blind und mit einem Arm auf dem Rücken.«

»Nein, das glaube ich wirklich nicht«, protestierte Hope erneut, aber ganz allmählich wurde sie doch aufgeregt. War das nicht genau die Chance, auf die sie gehofft hatte? Ihr eigenes Einkommen und eine Arbeit, von der sie wusste, dass sie sie gern machte ...

»Meinst du wirklich, ich würde das schaffen?«, fragte sie und konnte nicht aufhören zu grinsen, als ihre Tochter heftig nickte.

»Natürlich schaffst du das. Ich werde Patrick gleich anrufen und es ihm sagen.«

»Das kann ich gar nicht glauben.« Hopes Hände zitterten, während sie das Geld für die Rechnung abzählte und versuchte, die Handschuhe anzuziehen. »Ich kann es einfach nicht glauben.«

Annette stülpte sich die neue Mütze über ihr wirres Haar und stand auf.

»Was hast du noch mal über Prag gesagt – dass dort alle deine Wünsche wahr werden?«

Ja, dachte Hope und hängte sich wieder bei ihrer Tochter ein, um in den strahlenden Nachmittag hinauszutreten. Das war eine Stadt, in der Wunder geschahen.

42

»Ich glaube, es könnte bald schneien.«

Mit zusammengekniffenen Augen spähte Ollie auf die dicke, dunkle Wolkenbank im Osten, auf die Megan mit ausgestrecktem Finger zeigte.

»Ich glaube, du hast recht.«

»Hoffentlich fängt es an, ehe es dunkel wird«, sagte sie. »Ich würde gern Schneegestöber-Fotos machen. Die Karlsbrücke sieht bestimmt toll aus, wenn es schneit.«

»Das kann ich mir auch vorstellen.«

Den ganzen Nachmittag über gab er ihr schon so nichtssagende Antworten, und Megan wurde allmählich wütend. Sie wusste, dass er allen Grund hatte, kurz angebunden zu sein, und so schluckte sie jede sarkastische Bemerkung, die ihr auf der Zunge lag, hinunter. Was immer wieder scheußlich bitter schmeckte.

Sie hatte Ollie dazu überredet, nach dem schweren Mittagessen mit Schweineschulter, Schinkenknödeln, Kartoffelbrei und Bergen von Sauerkraut im Letná-Park spazieren zu gehen, aber auf die vielen Stufen dort war sie nicht vorbereitet gewesen. Der Aufstieg bis ganz nach oben war noch anstrengender als der hinauf zum Turm des Observatoriums. Als sie endlich auf dem Gipfel angekommen waren, machte der Ausblick über die Stadt allerdings jegliche Anstrengung mehr als wett. Mit Entzücken entdeckte Megan ein Seil, das vom Metronom zu einem nahen Baum reichte und voller abgelegter Turnschuhe hing – eine großartige Ergänzung ihrer

Fotos der letzten paar Tage. Immer wenn sie dachte, jetzt sämtliche Schönheiten Prags gesehen zu haben, bog sie um eine kopfsteingepflasterte Ecke, öffnete eine knarzende Tür oder stieg einen glatten, schneebedeckten Hügel hinauf und stand vor einer neuen Reihe wunderbarer Motive. Prag war wirklich ein ganz besonderer Ort.

Eigentlich hätte sie sich auf die Rückkehr nach London freuen sollen, wo sie sich mit den Tausenden von Fotos, die sie seit ihrer Ankunft gemacht hatte, einschließen und die für ihre Ausstellung geeigneten heraussuchen würde. Aber sie verspürte überhaupt keine Vorfreude. Stattdessen war sie von einer unbehaglichen Vorahnung erfüllt.

»Was würdest du denn gern tun?«, fragte sie Ollie. Sie konnte das Schweigen nicht mehr länger ertragen.

Er drehte sich bei seiner Antwort kaum zu ihr um.

»Ist mir egal.«

»Jetzt komm schon!« Sie zwang sich, einen gewissen Enthusiasmus in ihre Stimme zu legen. »Ich habe dieses Ziel ausgesucht, nun bist du an der Reihe.«

Ollie holte tief Luft. »Du meinst, du ziehst ernsthaft in Betracht, etwas zu machen, was ich gerne möchte?«

Megan vernahm den Anflug von Gehässigkeit in seinen Worten, war sich aber nicht sicher, was er damit bezweckte. Daher beschloss sie, sich dumm zu stellen.

»Natürlich tue ich das.« Sie lächelte angestrengt. »Warum auch nicht?«

»Ich hätte nur nicht gedacht, dass meine Meinung in deinen Augen viel zählt«, erwiderte er und sah sie abwehrend an.

Megan öffnete den Mund, um ihm zu widersprechen – und schloss ihn wieder.

»So kannst du mit mir nicht mehr umgehen«, fuhr er fort, riss ein Blatt von einem nahen Busch ab und rupfte es in winzige Stücke. »Das geht nicht mehr, Meg. Zwischen uns hat sich etwas geändert.«

»Bitte fang nicht damit an«, flehte sie. »Ich will mich nicht mit dir streiten.«

»Und was ist damit, was ich will?«, unterbrach er sie rüde, und seine Stimme wurde eine Oktave höher, während die Reste des zerzupften Blattes zu Boden rieselten. »Ist dir eigentlich jemals in den Sinn gekommen, dass ich auch Wünsche haben könnte?«

»Ich dachte, du willst, dass wir Freunde sind«, stammelte sie und folgte ihm, während er mit knirschenden Schritten über die frostige Wiese zum Weg marschierte.

»Das dachte ich auch.« Er blieb stehen und sah sie an. »Aber inzwischen bin ich mir nicht mehr so sicher, ob das für mich noch möglich ist.«

So wie jetzt, mit solcher Betroffenheit, hatte er sie noch nie angesehen, und Megan fühlte sich, als hätte er ihr eine Ohrfeige versetzt.

»Was geschehen ist, tut mir sehr leid«, sagte sie, obwohl das nicht stimmte. Sie hatte es genauso dringend gewollt wie er.

Ollie riss die Augen noch weiter auf. »Wenn du es so bedauerst«, murmelte er, »warum hast du es dann überhaupt getan?«

»Ich bedaure es doch nicht!«, beschwor sie ihn. »Du weißt, dass ich das nicht tue. Ich kann nur ...« Sie schwieg, weil ihre Gedanken in einem Treibsand der Angst zu versinken drohten. Das war der Punkt, an dem sie ehrlich mit ihm sein musste. Sie musste ihre eigenen Schwächen offenbaren und ihm gestehen, dass nicht er es war, dem sie nicht traute, sondern sie selbst. Aber sie fand einfach nicht die richtigen Worte.

Ollie blinzelte hinter seiner Brille, und seine Wangen wurden rot, während er darauf wartete, dass sie weitersprach.

»Ich will dich nicht verlieren«, sagte sie schließlich so leise, dass Ollie einen Schritt auf sie zugehen musste, um sie zu verstehen.

»Was war das?«

»Ich habe gesagt, ich will dich nicht verlieren«, wiederholte sie, und es gelang ihr nicht, den flehenden Ton aus ihrer Stimme herauszuhalten. Sie wusste nicht mehr genau, was sie für Ollie empfand, aber sie wusste, dass sie ihn in ihrem Leben behalten wollte – das wusste sie mit absoluter Sicherheit. Es war eines der wenigen Dinge, derer sie sich noch sicher war.

Ollie seufzte und verschränkte die Arme.

»Haben dir denn die letzten Tage überhaupt nichts bedeutet?«, fragte er dann, und sie wusste genau, was er wissen wollte. Die vielen Blicke, die sie getauscht hatten, das ständige Knistern in der Luft und endlich die Berührungen, die Küsse, das Zusammensein.

»Du fragst das so, als glaubtest du, dass mir das alles völlig egal war«, murmelte sie. »Ich bin doch nicht gefühllos, Ollie – ich empfinde genauso stark wie du.«

»Aber warum denn dann?« Er rang verzweifelt die Hände.

Darauf wusste Megan keine Antwort, und sie schüttelte nur den Kopf.

»Ich mochte dich vom ersten Moment an«, gestand Ollie. Seine Stimme war fest trotz der Gefühlswirren, die sich auf seinem Gesicht abzeichneten. »Als du dich beim ersten Mal wieder zurückgezogen hast, dachte ich, du brauchst nur ein bisschen Zeit. Ich habe angenommen, dass du in der Vergangenheit etwas Schreckliches durchgemacht hast, und wollte dich nicht bedrängen. Und dein Freund zu sein war herrlich,

Meg – wirklich. Aber in den letzten Tagen habe ich sehr viel intensivere Gefühle für dich entwickelt, viel stärker, als es einem Freund zusteht.«

Megan sah auf und suchte seinen Blick. Er sprach all das aus, was sie ihm nicht sagen konnte, und neben der Wärme, die sie bei seinem Geständnis fühlte, glühte auch Scham in ihr.

»Ich will nicht nur dein bester Freund sein, Megan«, sagte er und trat auf sie zu, bis er nur noch wenige Zentimeter entfernt war. »Ich will, dass wir zusammen sind. Weißt du, ich …«

»Nicht!« Megan hob eine Hand, weil es nicht ertragen könnte, wenn er ihr seine wahren Gefühle gestand. Nach einer mit Tequila durchzechten Nacht war das eine Sache, aber von einem absolut nüchternen Ollie zu hören, dass er sie liebte? Das war etwas vollkommen anderes.

Mit erschrockener Miene wich er zurück.

»Es tut mir so leid«, sagte sie und blickte auf den Boden, anstatt ihn anzusehen. Hier unter den Bäumen lag der Schnee so hoch, dass man das Gras darunter nicht sehen konnte. »Du verdienst einfach jemand Besseren als mich.«

»Wovor hast du denn solche Angst?«, fragte Ollie. Seine Stimme war sanft, als er sah, dass ihr die Tränen über die Wangen liefen. »Was auch immer es ist, Meg, wir kriegen das hin. Bitte gib nicht einfach auf, nur weil du Angst hast.«

Megan schloss die Augen und versuchte sich vorzustellen, wie es wäre, Ollies Freundin zu sein. Jeden Tag an seiner Seite aufzuwachen, wie hier in Prag. Ihn zu küssen, wann immer sie wollte, und das warme Glühen seiner Liebe zu ihr zu genießen. Dann versuchte sie sich vorzustellen, wie es wohl für Ollie war, der sich bemühte, einen Weg zu finden, mit ihr glücklich zu sein. Mit ihr, die so sehr von Ehrgeiz zerfressen war, von Misstrauen erfüllt und geplagt von der Furcht, ihn im Stich zu lassen. Es war nicht Ollie, den sie nicht genug liebte, sondern sich selbst.

»Ich kann das nicht«, erklärte sie und verschränkte die Arme zum Zeichen, dass sie nicht mehr weiterdiskutieren wollte. »Es tut mir wirklich leid.«

Es war qualvoll, dazustehen und sein Gesicht zu betrachten, als er nach und nach begriff, was sie da sagte: Dass es keine Hoffnung für sie beide gab und dass alles, was sie in den vergangenen, so wunderbaren Tagen füreinander empfunden hatten, überhaupt keine Rolle spielte. Megan wusste, dass sie sich diesen Moment niemals verzeihen würde.

Als Ollie diesmal davonging, folgte sie ihm nicht. Am Beginn des Weges, der den Hügel hinabführte, blieb er stehen und drehte sich noch einmal zu ihr um.

»Ich gehe zurück zum Hotel, um nach Sophie zu sehen«, sagte er. »Außerdem brauche ich Zeit für mich, ohne dich. Ich muss meinen Kopf klar kriegen.«

Sie nickte und biss sich fest auf die Unterlippe, um nicht vor ihm loszuheulen. Kurz sah Ollie aus, als wollte er noch etwas sagen, aber dann schaute er sie nur eine gefühlte Ewigkeit lang an, schüttelte schließlich den Kopf und verschwand aus ihrem Blickfeld. Megan wartete, bis sie seine knirschenden Schritte nicht mehr hören konnte, dann ließ sie ihren Tränen freien Lauf – nur um sie gleich darauf ärgerlich wegzuwischen. Daran war sie ganz allein selbst schuld, sie hatte überhaupt kein Recht, in Selbstmitleid zu verfallen.

Sie wollte nicht denselben Weg nach unten nehmen wie Ollie. Auf der Suche nach einer anderen Route wanderte sie durch den verlassenen Park. Schnee drang durch die Naht in ihre Stiefel, und sie bekam kalte Füße. Am liebsten hätte sie jemanden angerufen, der ihr sagte, was sie jetzt tun sollte, um sich besser zu fühlen – aber ihr fiel niemand ein. Ihren Freundinnen ging das Thema Ollie längst auf die Nerven, und sie konnte sich auch nicht vorstellen, dass ihre Mutter sonderlich mitfühlend sein würde.

Flüchtig fiel ihr Hope ein, die bei dem Gespräch über Ollie vor ein paar Tagen so nett zu ihr gewesen war. Sie fragte sich, wo in der Stadt sie und Charlie wohl gerade waren und was sie vorhatten. Dann sah sie Sophie vor sich, so schmal und bescheiden, und doch so sicher in ihrer Liebe zu ihrem Verlobten Robin. Ollie hatte gesagt, er werde nach ihr sehen, und schuldbewusst gestand Megan sich ein, dass sie den ganzen Tag noch nicht an das Mädchen gedacht hatte. Sophie war so krank gewesen, war vor ihnen zusammengebrochen und all das, und Megan war so mit sich selbst beschäftigt gewesen, dass es ihr völlig egal gewesen war. Was war sie nur für ein ekelhaftes Weib geworden.

Wann war das eigentlich passiert?, fragte sie sich und trat so fest gegen einen halb zusammengefallenen Schneemann, dass ihm der Kopf abflog. Warum mochte Ollie sie überhaupt, liebte sie sogar? Wie konnte er verliebt sein in jemanden wie sie? Sie hatte seine Gefühle ausgenutzt, genau das hatte sie getan. Sie hatte ihn gewollt und gewusst, dass er zu haben war, und dabei hatte sie nicht eine Sekunde daran gedacht, was das für ihn bedeutete. Sie hatte nicht nur ihn, sondern auch sich selbst im Stich gelassen.

Als ihr schließlich klar wurde, dass sie nicht weit kommen würde, wenn sie immer nur Kreise im Schnee zog, kehrte Megan zu dem Weg zurück, über den sie heraufgekommen waren, und machte sich an den Abstieg. Er fiel ihr um Längen leichter als der Aufstieg. Über der Moldau waren noch mehr Wolken aufgezogen, und die Sonne hing mittlerweile schwer am Himmel. Über der Stadt lag ein seltsam gelber Schein, so als hätte jemand an einem riesigen Dimmerschalter gedreht, und die grünen Dächer der Türme der St.-Nikolaus-Kirche wirkten in der aufziehenden Dämmerung schlammfarben.

Auf halber Höhe blieb Megan stehen, atmete tief durch und bemühte sich, alles, was sie sah, in sich aufzunehmen – jedes ziegelrote Dach, jeden Rauchfaden aus einem Schornstein, jede dunkle Turmspitze und jeden Lichtfleck auf dem Wasser. Manchmal fand sie die enorme Größe der Welt erschöpfend – es gab so viel zu sehen und einfach nicht genug Zeit dafür. Sie musste wohl oder übel akzeptieren, dass sie manche Winkel dieser Erde niemals genauer kennenlernen würde, aber am liebsten hätte sie die Zeit angehalten. Vielleicht lag es an Prag mit seinen vielen Uhren an jeder Ecke, die ihr bewusst machten, wie schnell die Zeit verstrich.

Anstatt die Kamera zu heben und den Anblick vor sich einzufangen, hielt Megan den Apparat auf Armeslänge von sich und starrte selbst in den dunklen Spiegel des Objektivs. Dann drückte sie den Auslöser. Als sie endlich unten in der Stadt war, betrat sie die nächstgelegene Bar und bestellte sich einen heißen Grog mit Honig. Sie hielt das Glas mit beiden Händen umklammert, bis ihre Finger endlich nicht mehr taub waren.

Der Grog war scharf und duftete, und er entzündete in ihrem Bauch genau die richtige Menge an Feuer, um ihre Stimmung zu dämpfen und über die widersprüchlichen Emotionen, die in ihrem Innern miteinander rangen, einen Deckel zu legen. Der Alkohol beruhigte ihren Herzschlag und besänftigte die rasenden Gedanken, und Megan war froh, endlich wieder schmerzfrei durchatmen zu können.

Sie suchte sich einen Platz am Fenster und griff nach ihrer Kamera, um das Foto zu betrachten, das sie gerade gemacht hatte. Sie forschte in ihrem Gesicht nach Zeichen, ohne genau zu wissen, wonach sie suchte. Aber alles, was sie entdecken konnte, war ein kummervoller Blick. Ihre Haut war fleckig, weil sie sich mit den kratzigen Wollhandschuhen die Tränen abgewischt hatte, und ihre Lippen waren aufgesprungen vom langen Aufenthalt in der Kälte. Der reichliche Alkoholgenuss der letzten Tage und die daraus folgende Dehydrierung hatten die Fältchen um und zwischen den Augen vertieft, und auch auf der Stirn, soweit sie nicht von der Mütze verdeckt war. Ihr Haar war zerzaust, die Spitzen splissig, und ihre Mundwinkel hingen herab. In ihrem Gesicht stand keine Freude, keine Liebe. Stattdessen fand sie jede Menge Bedauern, Traurigkeit und eine auffällige Erschöpfung, die Megan bisher nicht bewusst gewesen war. Sie war sowohl körperlich als auch emotional ausgelaugt. Das war deutlich in ihrem Gesicht abzulesen.

In kleinen Schlucken trank sie ihren Grog und verzog jedes Mal das Gesicht, wenn die als Medizin gedachte Flüssigkeit ihre Kehle traf und brennend in ihren Magen floss. Sie sollte aufstehen und ins Hotel zurückgehen, Ollie suchen und ihn bitten, ihr zu verzeihen, sich entschuldigen. Aber sie rührte sich nicht. Sie konnte sich nicht bewegen, und die dahintickende Zeit schwamm wie im Nebel vorbei. Als ihr Telefon vor ihr auf dem Tisch plötzlich zu surren begann, wäre sie vor Schreck beinahe vom Stuhl gefallen.

Es war Ollie. Er hatte ihr vergeben. Bestimmt rief er an, um sich wieder zu versöhnen. Schnell nahm sie das Gespräch an und begann sofort, Entschuldigungen zu plappern, noch ehe er einen Ton sagen konnte. Sie hörte erst auf, als sie realisierte, dass er sie richtiggehend anschrie.

»Was? Was ist los?«, keuchte sie.

»Du musst kommen und uns helfen«, sagte Ollie. In seiner

Stimme schwang schreckliche Angst. »Es geht um Sophie. Es ist etwas passiert. Im Hotel. Wo bist du?«

Megans Herz klopfte bereits wieder rasend gegen ihre Rippen.

»Schon unterwegs.«

43

Es wurde schon dunkel, als Hope mit Annette zum Hotel zurückkam. Sie hatten den Nachmittag damit verbracht, sich so viel wie möglich von Prag anzusehen, aber irgendwann wurde die Sehnsucht nach einem heißen Bad einfach zu stark – zumal Hope davon überzeugt war, dass es bald schneien würde. Sie hatte Annette alles über Megan, Ollie und Sophie erzählt, und dass der Verlobte der jungen Frau inzwischen eingetroffen sein müsste. Wenn sie sich lange genug in der Hotelbar herumtrieben, erklärte sie ihrer Tochter, würden sie jedem von ihnen sicherlich irgendwann begegnen.

»Was wirst du ihnen über Charlie erzählen?«, fragte Annette, als sie ihre Mäntel, Mützen und Schals ablegten und sich einen Tisch nahe dem Eingang suchten.

Hope rutschte auf ihrem Stuhl herum. »Die Wahrheit. Wenn ich in diesen letzten Monaten irgendetwas gelernt habe, dann das: Die Wahrheit ist immer die beste Wahl.«

Annette lächelte. »Na, wenn das so ist: Die Wahrheit ist, dass ich gern einen Cocktail hätte. Was ist mit dir?«

Hope grinste und griff nach der Getränkekarte. »Ich wüsste nicht, was dagegen einzuwenden wäre.«

Sie waren bereits beim zweiten Glas einer bunten, rumhaltigen Mischung, als Ollie auf der Schwelle erschien. Hope erfasste seine Miene mit einem Blick und sprang auf.

»Was ist passiert?«

Ollie starrte sie an, aber es schien einen Moment zu dauern, bis er sie erkannte.

»Entschuldige, ich ...« Er hielt inne und fuhr sich mit der Hand durchs Haar. »Hast du Sophie gesehen?«

»Seit vorgestern nicht mehr.« Hope schwieg einen Moment. »Warum? Was ist los?«

»Sie war krank.« Einen Moment lang geriet er ins Stocken, als er Annette bemerkte, und wirkte verwirrt.

»Das ist meine Tochter Annette«, erklärte Hope. »Sie ... und Charlie ... Ach, das ist eine längere Geschichte.«

»Oh. Hallo!« Ollie hob eine Hand, und Annette winkte ihm schüchtern zu.

»Du wolltest etwas über Sophie sagen?«, erinnerte ihn Hope. Ollies Miene war jetzt sehr besorgt, und sie spürte, wie Panik in ihr aufstieg.

»Sie ist gestern auf der Karlsbrücke in Ohnmacht gefallen.« Er seufzte und blickte hinter sich in die Lobby. »Ich habe sie zurück ins Hotel gebracht und ihr gesagt, sie soll sich ausruhen, aber seitdem habe ich sie nicht mehr gesehen. Gerade wollte ich nach ihr sehen, aber sie ist nicht in ihrem Zimmer.«

»In Ohnmacht gefallen?« Hope war entsetzt. »Wir haben gestern Abend hier auf euch alle gewartet, aber es ist keiner aufgetaucht. Ich dachte, sie hätte einfach etwas anderes vorgehabt.«

»Ich hätte nach ihr sehen sollen«, gestand Ollie und sah plötzlich sehr verlegen aus. »Aber ich und Megan, wir ...« Er unterbrach sich, weil er in Hopes Miene offenbar las, dass er nicht weiterreden musste.

»Was, wenn sie in der Dusche umgefallen ist oder so etwas?«, überlegte er beklommen. »Ich wusste, dass es ihr nicht gut ging. Ich hätte mich besser um sie kümmern sollen. Aber ich war mit den Gedanken ganz woanders.« Wieder schwieg er und betrachtete Hopes Hand, die seinen Arm umklammerte.

»Mach dir doch keine Vorwürfe«, versuchte sie, ihn zu besänftigen. »Ich bin sicher, dass es ihr gut geht. Ihr Verlobter sollte heute kommen, vielleicht ist sie mit ihm unterwegs.«

Ollie verzog zweifelnd das Gesicht. »Ich weiß nicht. Ich glaube, irgendwas stimmt da nicht. Das geht mir schon den ganzen Tag im Kopf herum. Ich bin hergekommen, um nach ihr zu sehen, weil ich dieses ungute Gefühl hatte – und jetzt ist sie nicht da.«

»Wo ist denn Megan?«, wollte Hope jetzt wissen, und Ollie wurde sichtbar blass.

»Sie ist irgendwo unterwegs und fotografiert«, murmelte er, ohne sie anzusehen.

»Habt ihr zwei euch gestritten?«

»Kein richtiger Streit.« Er seufzte. »Aber das spielt jetzt keine Rolle.«

»Komm und setz dich zu uns«, forderte sie ihn auf und schob ihn zu einem Sessel. »Wir behalten die Tür im Auge, falls Sophie zurückkommt.«

Ollie sank auf seinem Stuhl zusammen. Er sah vollkommen erledigt aus, und Hope warf Annette einen vielsagenden Blick zu. Der Himmel vor den Fenstern war von einem dunklen Jeansblau, und Hope fröstelte, als könnte sie die kalte Abendluft auf der Haut spüren. Es war keine schöne Vorstellung, dass Sophie, deren zarter Körper den eisigen Temperaturen in keiner Weise gewachsen zu sein schien, vielleicht allein dort draußen herumlief. Ollie so aufgeregt und sorgenvoll zu sehen, machte Hope noch zusätzlich nervös.

Ein dunkles tschechisches Bier wurde serviert, und Ollie trank es in einem einzigen langen Schluck zur Hälfte aus, während Annette berichtete, warum und wie sie nach Prag gekommen war.

»Also ist Charlie bereits abgereist?«, fragte er und wischte sich den Bierschaum von der Oberlippe.

Hope nickte.

»Ich hoffe wirklich, dass ihr beide euch wieder versöhnt«, sagte er. »Es ist nicht zu übersehen, wie sehr er dich liebt.«

»So einfach ist das nicht«, erwiderte Hope und sah zu Annette. »Da gibt es eine Menge zu bedenken.«

Ollie hob den Kopf. »Wirklich? Mir kommt das ganz einfach vor. Wenn zwei Menschen einander mögen, dann sollten sie zusammen sein. Das sollte eigentlich kein Problem darstellen.«

»Wenn das nur so einfach wäre.« Sie wusste genau, dass er in Wirklichkeit über sich und Megan sprach. »Weißt du, du solltest das tun, was dich glücklich macht«, sagte sie, auch wenn sie ein schlechtes Gewissen dabei hatte, Megan in den Rücken zu fallen. »Wenn Megan das nicht kann, dann musst du dich um deinetwillen anderswo umsehen.«

Er schüttelte traurig den Kopf. »Ich weiß, aber die Vorstellung, Meg nicht mehr zu sehen, nicht mehr mit ihr zu reden ...« Er holte tief Luft und schob sein Glas ein Stück von sich weg. »Ich weiß nicht, ob ich sie aus meinem Leben verbannen kann.«

Hope hätte ihm gerne gesagt, dass Megan sich am Ende schon noch besinnen würde, doch durfte sie das tun?

»Du hast das Recht, mit jemandem zusammen zu sein, der hundertprozentig zu dir steht«, sagte Annette jetzt und lächelte, als Ollie sie überrascht ansah. »Die Frau muss ohne jeden Zweifel wissen, dass du der Richtige für sie bist. Da darf es keine Unsicherheit geben, nicht, wenn dein Herz auf dem Spiel steht.«

»Wann bist du denn so weise geworden?« Hope schaute von ihrer Tochter zu Ollie und wieder zurück.

»Ich hatte eine gute Erziehung«, gab Annette zurück. »Genau das hast du mir gesagt, als ich mich nicht entscheiden konnte, ob ich bei Patrick einziehen soll. Irgendwann habe ich kapiert, dass ich bloß Angst hatte. Ich liebte ihn wirklich, aber ich war mir einfach nicht sicher. Das hört sich unsinnig an, ich weiß.«

Ollie stellte sein leeres Glas ab. »Nein, eigentlich nicht. Das trifft es genau. Ich bin mir bei Megan so sicher, aber ich kann diese Sicherheit nicht für uns beide aufbringen.«

»Und das sollte auch nicht nötig sein«, sagte Annette. Hope nickte zustimmend. Sie erinnerte sich, wie Sophie ihnen erzählt hatte, dass sie beinahe in dem Moment, als sie Robin kennengelernt hatte, wusste, dass er der Richtige für sie war. Die Liebe sei mit jedem Jahr ihres Zusammenseins noch gewachsen, bis sie so stark geworden sei wie heute – unzerbrechlich.

Hope blickte durch die Tür der Hotelbar in die Lobby und fuhr zusammen. Dort am Empfang stand ein Mann, die blonden Haare in den Kragen seiner Jacke geschoben und die Wangen rot von der Kälte. Das konnte nur Robin sein.

»Schau!« Sie fasste Ollies Hand und deutete auf den Mann.

Ollie musste aufstehen, um ihn zu sehen, dann eilte er hinaus. Hope folgte ihm auf dem Fuß.

Als sie näher kamen, hörte Hope, wie der Blonde die Empfangsdame fragte, ob Sophie Roberts hier wohne. Er musste es sein.

»Robin?«, fragte sie so zögernd, dass sie erst dachte, er hätte sie nicht gehört.

»Entschuldigung?« Er drehte sich zu ihnen um. Er sprach mit einem leichten Akzent und sah sehr ernst aus, aber seine blauen Augen waren voller Freundlichkeit.

»Bist du Robin?«, wiederholte Hope. »Sophies Robin?«

»Ist sie hier?«, wollte der Mann wissen und sah sie auf einmal sehr aufmerksam an. »Kennt ihr sie?«

»Sehr gut kennen wir sie nicht«, erläuterte Ollie. »Wir haben sie erst vor ein paar Tagen kennengelernt, aber sie hat von dir erzählt. Sie hat gesagt, dass du nachkommen wirst.«

Annette stand jetzt ebenfalls hinter ihnen, und der blonde Mann sah mit verwirrter Miene von einem zum anderen.

»Alles in Ordnung?«, fragte Hope schließlich und trat einen Schritt auf ihn zu. Die Hotelangestellte hielt jetzt eine Fotokopie hoch, und der Mann wandte sich ihr zu, um einen Blick darauf zu werfen.

»Ja, das ist sie«, sagte er mit brüchiger Stimme und in einer Mischung aus Erleichterung und Sorge. »Das ist Sophie.«

Ollie trat neben den Mann und warf ebenfalls einen Blick auf das Blatt Papier, dann nickte er Hope zu.

»Ich bin sicher, dass sie bald zurückkommt«, sagte Hope. »In den letzten Tagen hat sie immer wieder gesagt, wie sehr sie sich darauf freut, dich wiederzusehen.«

Ollie schüttelte den Kopf. »Er wusste nicht einmal, dass sie hier wohnt«, bemerkte er, und Hope hörte ein nervöses Hüsteln von Annette.

»Du bist doch Robin, oder?« Hope drehte sich erneut zu dem Mann um. Er hielt immer noch die Fotokopie von Sophies Pass in der Hand, doch seine Hand zitterte. Das einzige Geräusch im Raum war das Ticken der Uhr an der Wand, und Hope hielt den Atem an. Sie ahnte, dass sie gleich etwas Schreckliches hören würden. Auch in Ollies Gesicht stand Panik, und Annette hielt sich am Türrahmen fest. Alle Augen richteten sich auf den Mann, der nun den Kopf hob.

»Ich bin sein Bruder«, sagte er ganz langsam, Wort für Wort, wie mit Schmerz durchsetzt. »Robin ist vor zehn Tagen gestorben.«

44

Es war ihnen wie ein Witz vorgekommen, als der Arzt es ihnen eröffnete. Ein entsetzlicher Witz, aber doch ein Witz. Sophie hatte sogar laut aufgelacht, den Kopf geschüttelt und den Mann gebeten, keine solchen Albernheiten zu erzählen. Robin war noch keine dreißig, er würde nicht sterben. Das war unmöglich.

Aber es stellte sich heraus, dass es sehr wohl möglich war.

Wenn der Krebs eine Geisel genommen hatte, verhandelte er nicht. Auch mit noch so viel Liebe, Hoffnung oder Verzweiflung konnte man einen Menschen seinen Klauen nicht entreißen. Man konnte bloß daneben stehen und zusehen, wie der geliebte Mensch immer mehr verfiel. Zusehen, wie ihm die verzweifelten Bemühungen, die Krankheit zu besiegen, jegliche Kraft, all seine Energie und seine wunderschönen Haare raubten, wie seine verkrustete Kopfhaut kalt und von grauen Flecken übersät wurde. Sophie fuhr Robin oft mit den Händen über den flaumigen Kopf, streichelte ihn wie ein kleines Vögelchen und sagte ihm, wie hübsch er sei. Sie witzelte, dass sie nach all diesen Jahren endlich sehen könnte, wie groß seine Ohren wirklich waren.

Anfangs hatte Robin nicht glauben wollen, was die Ärzte ihm sagten, doch dann zeigte sich seine Leidenschaftlichkeit in einem zerstörerischen Wutausbruch. Schluchzend saß Sophie auf dem Fußboden ihres Schlafzimmer, während er laut brüllte, wie ungerecht alles sei. In seinen Augen glühten Angst und Zorn, er flehte, dass jemand, irgendjemand doch diese Krankheit von ihm nehmen möge. Als Sophie aufstand und versuchte, ihn zu trösten, holte Robin zornig aus und schleuderte die blaue Glasschüssel, die sie in Prag gekauft hatten, durch das Zimmer, sodass sie an der Wand in Tausende Stücke zerschellte.

Seine Wut machte Sophie Angst, aber sie konnte sie nur zu gut verstehen. Sie hatte befürchtet, dass die Krankheit Robin dieser Leidenschaftlichkeit berauben könnte, aber das geschah nicht. Das Einzige, was ihm der Krebs nicht nehmen konnte, war seine Entschlossenheit – sie blieb ihm erhalten bis zum Ende, als sie seine Hand in der ihren erschlaffen fühlte. Auch als sie so kalt geworden war wie Porzellan, ließ sie die Hand nicht los, nicht einmal, als man sie bat, sie anflehte, es ihr befahl und sie schließlich von ihm wegzog.

Sophie schloss die Augen gegen den heftigen Wind, der ihre ständig fließenden Tränen mit sich riss. Sie hatte die Innenstadt nicht in der üblichen Richtung zur Karlsbrücke hin verlassen, sondern war zur anderen Seite gegangen und erst stehen geblieben, als sich vor ihr der futuristische Žižkov-Fernsehturm erhob, an dem die gruseligen Bronzebabys hinauf und hinab krabbelten.

Sie und Robin hätten ein Kind haben sollen. Einige Monate vor seiner Diagnose hatten sie sogar darüber gesprochen. Aber Sophie wollte erst heiraten, sie wollte im Haus ihrer Eltern ihre Traumhochzeit feiern und ihren neuen Namen in den Sand schreiben. Natürlich hatte Robin, als klar wurde, dass der Krebs ihrem Glück ein Ende setzen würde, sie angefleht, ihn zu heiraten, ehe es zu spät sei. Sophie hatte sich geweigert und ihm erklärt, sie würden heiraten, wenn es ihm wieder besser ging. Jemand würde eine neue Behandlungsmethode entdecken, und er würde wieder gesund werden –

so gesund, dass er sie in die Arme nehmen und im Kreis herumschwenken konnte, wie er das früher getan hatte. Auf ihrer Hochzeit wollte sie nicht weinen, weil sie so traurig war, sie wünschte sich Tränen der Freude. Sie war noch nicht bereit, aufzugeben.

Schon vor einer Weile war es dunkel geworden. Sophie wusste nicht genau, wann. Ein Blick auf das beleuchtete Zifferblatt einer nahen Uhr verriet ihr, dass es acht Uhr abends war. Ihr blieben nur noch vier Stunden.

Robin hatte ihr damals von dem goldenen Kreuz auf der Karlsbrücke erzählt, von der Legende des heiligen Johannes Nepomuk und den Wünschen, die er in Erfüllung gehen ließ. Im Lauf der Jahre waren sie so oft zusammen in Prag gewesen, aber keiner von ihnen hatte je versucht, den Mythos auf die Probe zu stellen. Sie waren sich einig gewesen, dass sie alles hatten, was sie sich nur wünschen konnten, noch mehr zu wollen, wäre gierig und sinnlos gewesen. Daher hatten sie das Kreuz immer nur aus der Ferne bewundert. Stets voller Ehrfurcht, aber nie in Versuchung, es auszuprobieren. Bis auf ihren letzten Besuch.

Gleich nachdem der Arzt ihm die schreckliche Wahrheit eröffnet hatte, bekniete Sophie Robin, mit ihr wegzufahren. Es waren nur noch wenige Wochen bis Weihnachten, und Robin wollte bis nach dem Fest warten, ehe er seiner Familie von der Krankheit erzählte. Das war typisch Robin, der stets Rücksicht auf andere nahm und der Familie Weihnachten nicht verderben wollte. Darum flogen er und Sophie, wie sie das um diese Zeit immer taten, nach Prag. Aber dieses Mal war es nicht so wie immer. Dieses Mal bestand sie darauf, sofort zur Karlsbrücke zu gehen, um sich etwas zu wünschen. Sie dürften keine Sekunde verlieren, erklärte sie ihm und zerrte ihn durch die Gassen, um so schnell wie möglich an den magischen Ort zu gelangen. Robins Körper war bereits schwächer geworden, aber nie war auch nur eine leise Klage von ihm zu hören. Schweigend sah er zu, wie Sophie auf dem kalten Boden auf die Knie sank, die Hand fest auf das goldene Kreuz gelegt. Ohne auf die neugierigen Blicke der Passanten zu achten, flüsterte sie wieder und wieder ihren Wunsch in die eisige Luft.

Als Robin an der Reihe war, schloss er die Augen, und sie schaute mit Tränen in den Augen unverwandt auf seine sich tonlos bewegenden Lippen. Es hatte sich eigenartig, magisch angefühlt, und sie hatte gewusst, dass die Geister der Stadt sie hörten. Sie spürte es in der Luft, roch es an den Ziegelmauern. So viel Historie, so viele Geister. Vor Robin war sie sich nicht sicher gewesen, ob sie überhaupt an die wahre Liebe glaubte, und vor Prag hatte sie nichts von Magie gehalten. Jetzt war sie davon überzeugt, dass die Kraft ihres Glaubens an beides ihn zu ihr zurückbringen würde.

Das war nun ein Jahr und einen Tag her. Vor einem Jahr und einem Tag hatte sie auf dieser Brücke gestanden und sich mit all ihrer Kraft gewünscht, dass Robin immer bei ihr bleiben würde. Das war der Haken geworden, an den sie ihre Hoffnung gehängt hatte, und selbst als scheinbar alles verloren war, glaubte sie noch daran. Sie musste daran glauben. Sie konnte und würde nicht akzeptieren, dass sie ihn verloren hatte, und vor ihr nichts lag als eine unendliche Leere, eine ständige Lücke dort, wo Robin für immer hätte sein sollen.

Sie konnte es kaum ertragen, allein in der Stadt zu sein, die sie so geliebt hatte. Aber es gab niemanden, der sie hätte begleiten können. Ihre Familien kämpften noch mit ihrer eigenen Trauer, aber Sophie wusste, dass sie sich ihretwegen Sorgen machten. Seit ihrer Ankunft hatte ihr Telefon ständig geklingelt, ihre Eltern wurden allmählich panisch. Keiner von ihnen verstand sie. Nichts, was sie sagten, konnte Sophies unverbrüchlichen Glauben, dass Robin zu ihr zurückkehren würde, auch nur im Mindesten ankratzen. Und es würde hier geschehen, an dem Ort, an dem sie sich kennengelernt hatten.

Schwärze hatte sich über die Stadt gesenkt, und von der Straße hinter dem Prager Hauptbahnhof, wo Sophie jetzt stand, konnte sie ein Mosaik aus farbigen Lichtern erkennen. Dort lag ihr Ziel, die Karlsbrücke. Dort würde er auf sie warten. Sie konnte das rasende Klopfen ihres Herzens hören, das in ihrem Brustkorb tobte, und sie schwankte auf unsicheren Beinen. Die Übelkeit war nicht mehr zurückgekehrt, aber sie atmete stoßweise und musste oft stehen bleiben, um sich auszuruhen. Da war auch noch etwas anderes, ein Gefühl, das sie nicht beschreiben konnte, eine komplizierte Mischung aus Beklemmung und freudiger Erregung. In einem Moment fühlte sie sich frei, als könnte sie jederzeit vom Boden abheben und über das Kopfsteinpflaster dahinschweben, aber dann, ganz plötzlich, verwandelten sich dieselben Pflastersteine unter ihren Füßen zu Treibsand und drohten, sie in die Abwasserkanäle hinunterzuziehen.

Sie musste es einfach bis zur Brücke schaffen. Das war unabdingbar.

Sophie kannte das verwinkelte Straßensystem der Stadt gut genug, um den Weg instinktiv zu finden, und tatsächlich stolperte sie schließlich über die Trambahngleise und nach oben in den Durchgang des Altstädter Brückenturms, dessen breites Gemäuer tröstlich in der Dunkelheit aufragte. Ihr Handy-Akku war schon längst leer dank der unablässigen Anrufe, die sie in den letzten Tagen jedoch meistens gar nicht mehr angenommen hatte. Sie hatte oft nur so getan. Aber Sophie konnte sich auf die zahlreichen Uhren der Stadt verlassen, so wusste sie immer, wie spät es war. Bis Mitternacht waren es nur noch wenige Stunden – und dann gab es für sie nur noch eine einzige Möglichkeit.

Sie ging auf der rechten Brückenseite entlang und hielt an der Mauer Ausschau nach dem stillen goldenen Glanz, der ihr verriet, dass sie an ihrem Ziel angekommen war. Und währenddessen bemerkte sie, dass es zu schneien anfing.

45

»Ich verstehe das immer noch nicht.« Megan starrte Ollie an. Sein aschfarbenes Gesicht machte ihr Angst. Noch nie hatte sie ihn so sorgenvoll gesehen, so völlig außer sich.

»Die Ärmste verschließt die Augen vor der Wahrheit.« Hope war den Tränen nah. »In Prag haben sie sich kennengelernt, hier waren sie so oft miteinander. Ich nehme an, sie ist hergekommen, um sich ihm nahe zu fühlen. Toby hat berichtet, dass sie, seit es passiert ist, kaum ein Wort gesagt hat - zu niemandem.«

»Und wer ist Toby?« Megan versuchte immer noch herauszufinden, was eigentlich los war.

»Robins älterer Bruder.« Hope deutete auf die gläserne Tür des Hotels, hinter der ein blonder Mann im Lammfellmantel mit düsterem Gesichtsausdruck, sein Handy ans Ohr gepresst, auf und ab ging.

»Ich wusste, dass da etwas nicht stimmt«, sagte Ollie kopfschüttelnd. »Das habe ich einfach gespürt, tief in meinem Inneren.«

Megan erinnerte sich, was sie zu Sophie und Hope über Gefühle tief in ihrem Inneren gesagt hatte, und erblasste. Jetzt war nicht der richtige Zeitpunkt.

»Ich kann einfach nicht glauben, dass Robin tot ist«, sagte sie stotternd. »Diese ganzen Telefonanrufe, die Sophie dauernd angenommen hat. Einmal habe ich sogar sein Foto auf dem Telefon aufblitzen sehen. Wie war das denn möglich?«

»Offenbar hat sie gelogen«, erwiderte Ollie.

»Und vielleicht war es das Foto von Toby, nicht von Robin«, überlegte Hope. »Er hat auch so blondes Haar, und er hat uns erzählt, dass er in den letzten Tagen unablässig versucht hat, sie zu erreichen. Erst gestern ist ihr wohl endlich rausgerutscht, wo sie ist, und dann hat er sofort den nächsten Flug gebucht.«

Annette, die neben ihnen saß und schweigend zugehört hatte, stellte endlich die Frage, der die anderen drei bisher ausgewichen waren.

»Was befürchtet Toby eigentlich?«

In diesem Moment kam Robins Bruder durch die Hoteltür zurück in die Halle. Draußen hatte es angefangen zu schneien, und sein Haar war nass. Er hatte wettergegerbte Haut wie jemand, der sich oft im Freien aufhielt, und Megan erinnerte sich, was Sophie von Robins Surf-Leidenschaft erzählt hatte.

»Ich habe gerade mit ihren Eltern gesprochen«, sagte er, an Ollie gewandt. Megan schien er nicht wahrzunehmen, daher trat sie vor und streckte ihm die Hand entgegen.

»Mein aufrichtiges Beileid zum Verlust deines Bruders«, flüsterte sie und presste die Lippen aufeinander, als er ihr mit einem kurz aufblitzenden höflichen Lächeln fest die Hand drückte.

»Ich fürchte, wenn wir Sophie nicht finden, könnten wir einen weiteren Verlust auf dem Gewissen haben«, sagte er mit unsicherer Stimme, nun an alle gewandt. »Sophies Mutter hat einen Brief gefunden, in dem stand, dass sie entweder mit Robin oder gar nicht mehr zurückkommen wird.«

»Aber wie könnte sie …« Hope hielt mitten im Satz inne und hielt sich erschrocken die Hand vor den Mund. »O nein!«

»Sie hat in den vergangenen Tagen bestimmt nicht viel gegessen«, fügte Ollie hinzu. Megan sah an sich hinab und stellte fest, dass er ihre Hand hielt. Sie hatte nicht bemerkt, wie er danach gegriffen hatte. »Ich hätte bei ihr bleiben sollen, nachdem sie auf der Brücke in Ohnmacht gefallen war. Es tut mir leid.«

Diese Worte waren wieder an Toby gerichtet, aber Robins Bruder schüttelte den Kopf.

»Du hast nichts falsch gemacht. Woher hättest du das denn wissen sollen?«

»Das stimmt.« Ollie blickte zu Boden. »Aber ich fühle mich trotzdem schrecklich. Wenn ihr etwas geschieht ...«

Annette stand auf. »Kommt mit«, sagte sie zu den anderen und schlüpfte in ihren Mantel. »Wir gehen raus und suchen nach ihr.«

Megan war Annette nur kurz vorgestellt worden und wusste immer noch nicht, wohin eigentlich Charlie verschwunden war, aber sie sah Hopes Tochter bewundernd an.

»Annette hat recht«, stimmte sie zu und zog sich die Handschuhe an. »Die Empfangsdame hat Tobys Telefonnummer, oder?«

Toby und Ollie nickten.

»Dann kann sie uns doch sofort Bescheid sagen, falls Sophie zurückkommen sollte. Ich weiß nicht, wie es euch geht, aber mir gefällt es nicht, dass sie bei diesem Schnee allein da draußen ist.«

»Das ist wahr.« Toby marschierte bereits zur Tür. »Ich habe keine Ahnung, wo ich suchen sollte – kann ich mich euch anschließen?«

»Natürlich.« Ollie legte Toby kurz die Hand auf die Schulter. »Ich gehe voran. Wir könnten am Wenzelsplatz anfangen und uns von dort aus durch die Altstadt tasten.«

Draußen war es gespenstisch still, so wie es immer zu sein schien, wenn der Schneefall einsetzte. Megan dachte schuldbewusst, wie sehr sie sich noch vor wenigen Stunden den Schnee herbeigewünscht hatte. Jetzt konnte sie nur noch an Sophie denken, die von Trauer zerfressen irgendwo in dieser Stadt saß. Sie stellte sich vor, wie der Schnee auf ihre Wangen und Augenwimpern fiel. Was ihr gerade durch den Kopf gehen mochte, wie aufgewühlt sie war, konnte Megan sich nicht einmal im Ansatz ausmalen. Sie erschauderte, wenn sie darüber nachdachte.

Toby und Ollie liefen vor ihr her, Hope und Annette folgten hinter ihr. Mutter und Tochter hielten einander an den Händen, während sie auf beiden Seiten der beinahe menschenleeren Straße nach Sophie Ausschau hielten. Als Ollie die in Regenbogenfarben gestreifte Mütze beschrieb, die Sophie immer aufhatte, verzog Toby erneut entsetzt das Gesicht.

»Das ist Robins Mütze, die sie ihm vor vielen Jahren gestrickt hat«, sagte er mit brüchiger Stimme.

Megan hörte, wie Annette ihre Mutter zu trösten versuchte. Schon beim Verlassen des Hotels hatte Hope zu weinen begonnen. Sie tat es nicht laut – Megan vermutete, dass sie Toby nicht mehr als nötig beunruhigen wollte –, aber ihr Gesicht war tränenüberströmt. Annette sah ihr so ähnlich, mit ihren feinen Gesichtszügen und den hellen Augen. Megan hätte gern ein Foto von den beiden gemacht, aber das musste warten.

Prags endlose Ansammlung von Andenkenläden, Cafés, Kneipen und Restaurants war vor ein paar Stunden noch so bezaubernd gewesen, aber jetzt bedeutete sie nur zusätzlichen Aufwand bei ihrer immer hektischeren Suche – und eine weitere Sackgasse. Megan sah, wie Toby die Hände rang und sich immer wieder durchs Haar fuhr. Er trug weder Mütze noch Handschuhe, aber die eisige Luft schien ihn nicht zu stören, obwohl ihm, dachte Megan, bestimmt kalt war. Sie selbst spürte die Kälte bis in die äußersten Spitzen ihrer Finger und Zehen, sie biss ihr in Lippen und Wangen. Der Prager Winter nahm heute Nacht auf niemanden Rücksicht, und das machte ihre Fahndung nach Sophie nur umso dringlicher.

»Keine Spur von ihr!«, rief Ollie, als er aus einem Irish Pub auf der Südseite des Altstädter Rings trat. Inzwischen waren sie bereits eine Stunde unterwegs, und Toby stampfte immer wieder enttäuscht auf. Außerdem klingelte sein Telefon alle zehn Minuten. Beim letzten Mal hatte er in den Hörer geschrien, der Anrufer – wer immer es auch war – solle verdammt noch mal die Leitung frei halten. Megan stellte sich vor, was ihre Mutter und ihr Vater tun würden, wenn sie zu Hause festsäßen mit dem Wissen, dass sie möglicherweise den Verstand verloren hatte und allein durch eine verschneite Stadt irrte, und ein heftiger Schauder durchlief sie.

Sie mussten Sophie finden.

Die Zeiger der Uhren auf dem Platz vor dem Rathaus wanderten auf Mitternacht zu, und noch immer gab es keine Spur von Sophie. Sie waren in jeder einzelnen Kneipe gewesen, und die Frauen hatten in jede einzelne Damentoilette auf dieser Seite der Altstadt geschaut. Toby hatte auf seinem Handy ein Foto von Sophie gefunden und zeigte es jedem, der vorüberkam, von Einheimischen bis zu großen Touristengruppen, aber offenbar hatte niemand sie gesehen.

Megan musste daran denken, dass Sophie die Stadt so viel besser kannte als sie alle. Es gab so viele Orte außerhalb der Altstadt, wo sie sein konnte, Orte, die keiner von ihnen je in Betracht ziehen würde.

»Hat sie einem von euch vielleicht von einem besonderen Ort erzählt?«, fragte sie, als sie sich alle vor der Astronomischen Uhr wiedertrafen. »Einen Ort, an dem sie und Robin oft miteinander waren?«

Alle schüttelten unisono den Kopf.

»So ein Mist!« Megan warf frustriert die Arme hoch. Jetzt kamen auch ihr fast die Tränen. Alle waren erschöpft und durchgefroren und hatten doch erst etwa ein Drittel der Altstadt durchsucht. Die Musik und das Lachen aus den Kneipen und Bars rief ihnen nur umso deutlicher ins Gedächtnis, wie hoffnungslos ihre Situation allmählich wurde. Sophie hätte inzwischen längst im Hotel sein sollen.

»Vielleicht suchen wir besser auf der Kleinseite weiter«, sagte Ollie und deutete mit einem Kopfnicken hinüber zur Moldau. »Sie könnte auf den Petřín-Hügel gestiegen sein.«

»Aber da oben ist es doch jetzt viel zu dunkel.« Megan schlang die Arme um ihren Körper. Der Schnee fiel jetzt heftiger, und sie blinzelte, als ihr die Flocken ins Gesicht schlugen. Ollie spürte ihre aufsteigende Panik, trat hinter sie und legte ihr eine tröstlich feste Hand ins Kreuz.

»Wie wäre es mit der Burg?«, schlug Annette vor. »Da oben gibt es jede Menge Möglichkeiten, sich unterzustellen, und um diese Zeit ist dort bestimmt auch nichts mehr los, oder?«

Sie zuckten alle zusammen, als die Uhr über ihnen zu schlagen begann, und Megan spähte durch den Schneefall gerade rechtzeitig nach oben, um die Gestalt des Todes heraustreten und sein Stundenglas schütteln zu sehen. Eine tiefe Unruhe erfasste sie, als sie zum ersten Mal den Gedanken zuließ, Sophies Leben könnte in Gefahr sein.

Hope beobachtete den Tod ebenfalls, aber anders als Megan wirkte sie nicht verängstigt. Stattdessen sah sie, den hübschen Kopf zur Seite geneigt, nachdenklich zu, wie die Reihe der Apostel hoch über ihnen ihren Rundlauf beendeten.

»Was hast du gleich wieder über den Brief gesagt, den Sophie hinterlassen hat?«, fragte Hope und drehte sich zu Toby um.

Er war einen Moment lang ebenfalls von der Uhr abgelenkt gewesen – der heftige Schneefall konnte sich gegen ihre ehrfurchtgebietende Kraft und Schönheit nicht durchsetzen.

Dann holte er tief Luft. »Dass sie zusammen mit Robin nach Hause kommt oder gar nicht mehr.«

Eine gewichtige Pause trat ein, während sie alle die Bedeutung dieser Worte verdauten, dann griff Hope erneut das Wort.

»Sie denkt, er kommt zu ihr zurück«, sagte sie so langsam, als würde sie die Worte von den Einzelteilen einer zerbrochenen Vase ablesen, die sie mit großer Sorgfalt wieder zusammensetzen musste. »Darum ist sie dort.«

Durch den Schnee sah Megan sie aufmerksam an. »Was meinst du damit?«

»Die Brücke«, erklärte Hope mit triumphierender Miene. »Die Karlsbrücke – dort muss sie sein. Sie wartet darauf, dass ihr Wunsch wahr wird.«

Ollie mit seinem Lehrerhirn begriff es schneller als Megan und löste das Rätsel als Erster. Sie sah, wie er erst erleichtert dreinblickte, nur um im nächsten Moment erneut voller Sorge zur Uhr hinaufzusehen. Der Uhr, die gerade Mitternacht geschlagen hatte.

»Aber ihr Wunsch ist nicht wahr geworden«, sagte er, und

in seiner Miene war auf einmal Ungeduld zu erkennen. »Und ich glaube, die Zeit dafür ist gerade abgelaufen.«

Ein Moment entsetzter Stille trat ein, dann drehte sich Ollie um und rannte los.

46

Mit zitternden Beinen machte sich Sophie daran, auf die Mauer zu klettern. Sie wusste nicht, ob es von der Kälte oder von ihrer Angst kam, aber es fiel ihr zunehmend schwerer, sich aufrecht zu halten. Sie wusste, dass es schneite, sie spürte es auf ihren Wangen und sah den Schnee zwischen den runden Pflastersteinen. Beim Blick nach links, hinüber zur Kleinseite, bemerkte sie, dass sich auf den Köpfen und Schultern der vielen Brückenfiguren bereits kleine weiße Schneehügel sammelten.

Hier hatte es schon so viele Tote gegeben, so viele gefallene Seelen, die mit einer steinernen Figur geehrt worden waren. Was für eine Rolle spielte es da, wenn noch eine weitere Tote dazukam?

Sophie wollte eigentlich nicht sterben, aber sie wollte nicht ohne Robin leben. Dieser Teil hier würde der schwierigste werden, und ihr wurde bewusst, dass es wohl die Angst vor diesem Moment gewesen war, die in den letzten Tagen an ihr genagt hatte. Deshalb hatte sie kaum etwas essen und schlafen können, deshalb war sie nachts im Hotel schreiend aufgewacht. Es hatte sie regelrecht in die Knie gezwungen – aber jetzt war sie hier, und in wenigen Augenblicken würde alles vorbei sein. Der Schmerz, die Einsamkeit, die unerträgliche Sehnsucht nach ihm – mit nur einem Schritt, einem Sprung konnte sie dieses grauenvolle Leiden beenden.

Die Uhren der Stadt hatten aufgehört zu schlagen; die Stille kroch wieder über die Brücke und schlang ihre dunklen Arme um sie. Immer noch fiel lautlos der Schnee, und Sophie starrte erneut über das Geländer hinab auf das verlockend schwarze Wasser der Moldau. Der Fluss bewegte sich, schwoll an, und ein unhörbares Flüstern aus verborgenen Tiefen versprach Erlösung.

Es war so weit. Vor einem Jahr und einem Tag hatten sie und Robin hier Seite an Seite gestanden und sich ein Wunder gewünscht. Aber der Wunsch war ihnen nicht gewährt worden. Robin würde nicht zu ihr zurückkommen, und so war sie es, die zu ihm gehen musste.

Sie trat vor und hob das Bein, um über die Mauer zu steigen, als plötzlich ein Ruf ertönte.

»Sophie!«

Sie drehte sich um und sah eine Gestalt durch den Schnee auf sich zukommen. Sein blondes Haar leuchtete im sanften Licht des Mondes.

Er war es, er war gekommen.

Sophie setzte den Fuß wieder auf den Boden, ohne das steinerne Brückengeländer loszulassen. Ein paar Meter von ihr entfernt blieb die Gestalt stehen. Sophie hielt die Hand vor den Mund, um ein Schluchzen zu verbergen, das wie Erleichterung klang.

»Robin?« Ein ganz leises Flüstern.

Die Gestalt sagte nichts, und jetzt sah Sophie noch weitere Menschen hinter ihr. Verwirrt sah sie von einem zum anderen – es waren vier. Wer war das? War Robin nicht der Einzige, der heute Nacht zurückkehren durfte?

»Robin, es ist alles gut«, sagte sie, und ihre Stimme schien aus weiter Ferne zu kommen. Durch den Schnee spähte sie zu ihm hinüber. Warum kam er nicht zu ihr?

»Es ist alles gut«, wiederholte sie. »Ich bin hier. Ich bin es, Sophie. Ich bin zurückgekommen, um dich zu holen.«

Die Gestalt schüttelte den Kopf und beugte sich vor, stützte die Hände auf die Knie. Sophie hörte einen angstvollen Schrei und sah erneut die anderen Menschen auf der Brücke an. Irgendetwas an ihnen kam ihr vertraut vor, aber das verknäulte Gestrüpp in ihrem Hirn erwies sich als undurchdringlich. Was war mit ihr los?

Sophie vernahm ein hartes raspelndes Geräusch und begriff erstaunt und erschrocken, dass es aus ihrem Inneren kam. Sie schnappte nach Luft und umklammerte die Mauer noch fester, ihre Fingernägel bogen sich, so sehr bohrte sie sie in den nassen Stein. Schwarze Flecken durchdrangen das erbarmungslose Weiß des fallenden Schnees, und es wurde eng in ihrer Brust.

»Sophie, wie geht es dir?«

Eine andere Stimme, ein Mann, jemand, den sie kannte.

»Ich kann nicht ...«, setzte sie an, aber ihr fehlte die Luft, um die Worte auszusprechen. Sie blieben ihr schlaff und nutzlos in der Kehle stecken.

Sie nahm Bewegung um sich herum wahr. Die Gestalten kamen näher, und sie warf sich nach vorne, beugte sich weit über die Mauer, und die saure Flüssigkeit in ihrem Mund brannte, als sie würgte und spuckte.

»Sophie, ich helfe dir.«

Sie blickte auf, als die blonde Gestalt endlich auf sie zutrat. Liebe durchflutete sie, und sie wollte sich schon in Robins Arme werfen – aber nein. Dieser Mann war nicht Robin.

»Fass mich nicht an!« Sie wich vor ihm zurück. Der Schreck, der sie bei seinem Anblick durchfahren hatte, gab ihr die Stimme wieder. Er zögerte einen Augenblick, doch dann trat er wieder auf sie zu, aber Sophie war zu schnell für ihn. In drei raschen Bewegungen stand sie auf dem Steingeländer der Brücke, nur noch einen Schritt von der tintenschwarzen Tiefe unter ihr entfernt.

Eine Frau begann zu weinen, und Sophie sah Hope aus dem Schnee auftauchen, mit ausgestreckten Händen und angstvollem Gesicht.

»Bitte komm wieder runter«, flüsterte sie. »Du musst das nicht tun, Liebes.«

Sophie blinzelte nur und sah wieder hinunter auf die Brücke, wo immer noch Toby stand, den Blick unverwandt auf sie gerichtet.

»Es geht nicht«, sagte sie, und ihre Stimme löste sich in einem Schluchzen auf. »Ich kann das nicht mehr.«

Weinend starrte Toby zu ihr hinauf. Er sah seinem jüngeren Bruder so ähnlich, mit den Locken über den Ohren und dem markanten Unterkiefer. Dafür hätte Sophie ihn gerne geliebt, aber alles, was sie fühlte, war Abscheu, weil er und nicht Robin weiterleben durfte.

»Wir werden dir alle helfen«, sagte Hope jetzt flehentlich. »Bitte komm runter, damit wir uns um dich kümmern können.«

Sophies Beine zitterten. Sie war so müde, so unglaublich müde. Das musste endlich ein Ende haben. Es war an der Zeit.

»Es tut mir leid«, flüsterte sie, nicht zu der kleinen Gruppe unter ihr, sondern in die Luft, damit ihre Worte nach Hause flogen zu ihren Eltern, den Freunden, allen, die entsetzt sein würden, weil sie sie verlassen hatte.

Dann holte sie noch einmal tief Luft und löste sich vom Geländer.

47

Alles geschah in Sekunden.

Gerade noch hatte Sophie vor ihnen auf dem Rand der Mauer gestanden, eine winzige, zitternde Gestalt gleich einem Vögelchen, mit riesigen, furchtsamen Augen, und im nächsten Moment wurde sie von zwei kraftvollen Armen aus der Luft gerissen. Ollies Armen.

Hope hatte nicht bemerkt, wie er schweigend auf der Brücke herumgegangen war, aber wenige Sekunden, ehe Sophie sprang, sah sie, dass er geräuschlos zu ihnen zurückkehrte, die Augen unverwandt auf das Mädchen oben auf dem Geländer gerichtet.

Toby schrie laut auf, und im gleichen Moment sprang Ollie hoch, riss Sophie aus der Luft und stolperte nach hinten, zurück auf das Pflaster. Megan, die neben Hope stand, schnappte nach Luft und begann zu weinen.

Wortlos streckte Hope eine Hand nach Annette aus und wischte sich mit der anderen die Tränen aus dem Gesicht. Ihr Herz raste, und sie zitterte heftig. Ollie hatte Sophie aufs Pflaster gestellt, hielt aber die Arme fest um sie geschlungen. Sein Mund bewegte sich unablässig unter besänftigenden, beruhigenden Worten. Wieder hörte sie Megan leise weinen.

Sophie war nun ganz still, ihre Augen blickten weit und starr. Hope sah, dass der erschütterte Toby mit offenen Armen auf die junge Frau zuging in dem verzweifelten Bemühen, sie ebenfalls zu trösten. Für einen kurzen Augenblick war es still, während Sophie ihn ansah, dann begann sie zu schreien.

Unfähig, diese Qualen noch länger mit anzusehen, hob Hope den Blick zu den sorgenvollen steinernen Gesichtern, die aus der Dunkelheit auf sie herabschauten. Die Brückenfiguren rührten sich nicht, ihre Mienen würden auf ewig nachdenklich bleiben. Obwohl sie in Stein gehauen waren, strahlten sie unendliches Mitleid aus.

Sophie schrie noch immer, lang gezogene Klagetöne äußerster Verzweiflung und unvorstellbaren Schmerzes. Es war Hope, als müsse ihr das Herz zerspringen, aber sie konnte nichts tun. Erregt und bestürzt klammerte sie sich an Annette, beide stützten sich gegenseitig. Megan hatte sich zu einer kleinen, festen Kugel zusammengerollt und saß gegen die Mauer gelehnt mit nassen Wangen, die Hände fest auf die Ohren gepresst.

Auch Ollie schien mit sich zu kämpfen, er verlor allmählich die Fassung, während Sophie ihren gequälten Leib hin und her warf. Ihre heiseren Schreie zerrissen die Stille.

»ROBIN!«, brüllte sie wieder und immer wieder, Speichel flog ihr aus dem Mund, und nach und nach wandelten sich die Schreie in ein einziges elendigliches Geheul.

Ollie ließ sie schreien, bis sie nur noch wimmerte, behielt sie aber fest in seinem Griff. Die Brille war in den Schnee zu seinen Füßen gefallen, seine Wollmütze saß schief, und sein Gesicht war gerötet. Toby kniete vor den beiden und hielt noch immer die Arme nach Sophie ausgestreckt, das Gesicht vor Kummer verzerrt.

»Wo ist er?«, rief Sophie plötzlich. »Wohin ist er gegangen?«

Nun gelang es Toby nicht mehr, sein gedämpftes Schluchzen zu verbergen.

Er antwortete: »Ich weiß es nicht, Sophie. Ich weiß nicht, wo er ist.«

Sophie heulte erneut auf, mit geschlossenen Augen und offenem Mund. »Nein«, wiederholte sie mehrmals, zog das Wort immer länger. Und dann, wieder und immer wieder: »Es geht nicht. Ich kann nicht mehr.«

»Es tut mir so leid«, stotterte Toby. »Ich wünschte, ich wäre an seiner statt gestorben. Ich wünsche mir jeden Tag, an seiner Stelle zu sein.«

Hope gestattete sich die Überlegung, wie sie sich wohl fühlen würde, wenn Annette krank wäre. Sie würde alles tun, um ihr die Schmerzen zu nehmen, auch wenn sie sie selbst auf sich nehmen müsste. Der Tod war eine Sache, die Trauer eine ganz andere. Während der eine so endgültig und unabdingbar war, schien die andere ein viel tödlicherer Feind zu sein. Trauer hielt sich im Hintergrund, wartete auf den richtigen Moment, um zuzuschlagen, dann packte sie einen am Hals, bis man keine Luft mehr bekam. Diese brennende Wut über ein Geschehen, das man nicht begreifen konnte. Im Vergleich zu dem brutalen, erbarmungslosen und allumfassenden Gefühl der Trauer kam einem der Tod wie ein netter Verwandter vor.

»Es tut so weh!«, schluchzte Sophie. »Ich kann es nicht ertragen. Der Schmerz ist zu stark. Es geht einfach nicht.«

»Ich weiß, wie weh das tut«, sagte Toby und streckte die Hand aus, um sie zu berühren. »Es tut mir auch so weh. Manchmal bekomme ich vor Schmerz keine Luft mehr.«

»Ich will nicht ohne ihn leben.« Sie sagte das so überzeugt, dass Hope zusammenzuckte, als hätte sie einen Schlag erhalten.

Hopes Blick wanderte zu Megan, die noch immer still an der Mauer saß. Sie hatte den Kopf jetzt auf die Knie gelegt und die Arme um ihre Beine geschlungen. Seit Ollie sie alle einfach hatte stehen lassen und zur Karlsbrücke gerannt war, hatte sie kein Wort mehr gesprochen. Hope fragte sich, was wohl in ihr vorging. Erinnerte auch sie sich an das Echo einer lange vergrabenen Trauer in sich? Sie dachte an das, was Ollie in der Bar gesagt hatte, und wie sachlich er seine Gefühle für sie beschrieben hatte. Es schien eine Ewigkeit her zu sein.

»Ich weiß, dass du das nicht willst«, sagte Toby, der jetzt Sophies Hand hielt. »Aber du musst es tun. Du musst – für Robin. Er würde nicht wollen, dass du dein Leben wegwirfst, das weißt du genau.«

Sophie riss ihre riesigen Augen noch weiter auf. Endlich ließ der Schneefall nach, und Hope konnte die Röte um ihre Iris erkennen.

»Ich weiß«, sagte Sophie schließlich ruhig und bewegte den Kopf vor Ollies Brust auf und nieder. »Aber ich funktioniere nicht ohne ihn. Ein Teil von mir fehlt. Ich fühle mich ...« Sie suchte nach Worten. »Ich fühle mich so hoffnungslos.«

Bei diesen Worten begann sie zu weinen, als hätte diese Erkenntnis sie völlig unerwartet getroffen. Die Trauer duckte sich an diesem Abend auf der Brücke nicht in die Ecken – sie tanzte voller Schadenfreude um sie alle herum und rieb sich die Hände angesichts dieses Schlachtfestes der Qual.

Ganz langsam löste Ollie seinen Griff und überließ Toby den Platz auf dem nassen Pflaster. Erst zögerte Sophie, dann schlang sie die Arme um Tobys Rücken, verschränkte die Finger ineinander, und die beiden klammerten sich aneinander und weinten.

Ollie stand auf und blieb einen Moment lang stehen. Zunächst sah er Hope und Annette an, dann schaute er hinüber zu Megan. Er sah erschöpft aus, und Hope sah, wie Megan sich aufrappelte. Aus der Ferne blickten die beiden einander an. Megan öffnete den Mund, um etwas zu sagen, doch Ollie schüttelte den Kopf, damit sie schwieg. Es gab einfach nichts zu sagen, dachte Hope. Sie konnten nur für Sophie und für Toby da sein – und auch füreinander.

Als sie hinaufblickte in die letzten Flocken, entdeckte sie dort den gelben Kieselstein des Mondes. Wie winzig mussten sie doch von dort oben aussehen – wie klein und unbedeutend angesichts des vielfarbigen Gewebes der sich ständig drehenden Erde. Aber dieser Moment war keineswegs klein und auch überhaupt nicht unbedeutend. Sie alle waren nach Prag gekommen, um Antworten zu finden, und die Stadt hatte sie ihnen gegeben, auf die einzige Art, die sie kannte – indem sie sie zusammengeführt hatte.

48

Megan konnte sich nicht erinnern, schon jemals so gefroren zu haben.

Ihre Finger in den Handschuhen pochten, und die Füße in den Stiefeln fühlten sich an, als könnten sie bei dem kleinsten Stoß zerbrechen. Solange sie am steinernen Brückengeländer gekauert hatte, hatte sie gezittert, aber seit sie sich wieder bewegte, war ihr Körper wie taub. Die Kälte war ihr bis in die Knochen gedrungen und ließ sie aus dem Inneren heraus frieren. Sie ging vornübergebeugt und hatte die Schultern hochgezogen. Ihr tat der Rücken weh.

Ollie vor ihr hielt diskret Abstand zu Toby, der Sophie im Arm hielt. Hope und Annette gingen gleich hinter ihr, sie hatten die Arme ineinander verschränkt, und ihre Mienen verrieten noch das Ausmaß dessen, was sie gerade erlebt hatten. Megan ließ das Geschehen immer wieder vor ihrem inneren Auge ablaufen – wie Ollie Sophie aufgefangen hatte, als sie gesprungen war, und der entsetzliche Sekundenbruchteil, als sie geglaubt hatte, auch er würde über das Brückengeländer in die Tiefe stürzen. Ollie zu verlieren war das Schrecklichste, was sie sich vorstellen konnte, und sie mochte kaum glauben, wie unendlich dumm und kurzsichtig sie gewesen war.

Mit einem schmerzhaften Ziehen im Bauch dachte sie an Sophie und hörte wieder die verzweifelten Schreie. Nur ganz vage konnte sie sich vorstellen, welche Qualen die Ärmste durchmachte, aber auf eine seltsame Weise war sie froh, dass sie Zeugin gewesen war. Sophie liebte Robin mehr als alles auf der Welt, mehr noch als sich selbst, und sie hatte ihn verloren. Wie konnte Megan Ollie aus ihrem Leben verbannen, wenn er doch bei ihr war und noch dazu bereit, bei ihr zu bleiben? Wie konnte sie so dumm sein zu glauben, es könnte etwas Wichtigeres geben als die Liebe zu ihm, die sie unzweifelhaft empfand?

Beinahe hätte sie ihm das auf der Brücke gesagt. Sie hatte bereits den Mund aufgemacht, um ihm zu eröffnen: »Ich liebe dich.« Aber er hatte sie daran gehindert, hatte den Kopf geschüttelt – und er hatte recht gehabt, es war nicht der richtige Augenblick. Aber war nicht jeder Moment ein guter Moment, wenn man jemandem seine Liebe erklären wollte? Wollte das nicht jedermann hören? Sogar wenn man den anderen selbst nicht liebte, war es doch schön, es zu hören, oder?

Megan wusste, dass Ollie sie liebte, auch wenn sie ihm vor so vielen Stunden oben im Park nicht erlaubt hatte, es auszusprechen. Und nun, endlich, hatte sie sich selbst durch Verwirrung, Angst und Unsicherheit hindurchgearbeitet und war dort angekommen, wo er schon längst war. Wenn Sophie sie etwas gelehrt hatte, dann dass jeder Augenblick kostbar war, und Megan wollte von nun an jeden Augenblick mit Ollie zusammen sein.

Die Empfangsdame des Hotels bemühte sich nach Kräften um sie. Sie rief jemanden herunter, der ihnen heiße Getränke machen, Decken auftreiben und einen Teller mit Sandwichs besorgen sollte. Das war nett gemeint, aber keiner von ihnen konnte einen Bissen hinunterbringen. Beim Anblick der dicken Schinkenscheiben zwischen zwei grob geschnittenen Scheiben dunklem Brot drehte sich Megan der Magen um. Sophie hatte sich an Toby gelehnt zusammengerollt, die Wangen nass von Tränen, die unaufhörlich weiterflossen. Megan hätte so gerne etwas getan oder gesagt, um ihr den Schmerz wenigstens ein klein wenig zu lindern, aber sie wusste, dass sie in keiner Weise helfen konnte.

Hope hielt mit beiden Händen einen Glühweinbecher umklammert. Sie schien in Gedanken versunken zu sein, und Megan fing Annettes Blick auf, die ebenfalls zu ihrer Mutter hinübersah. Sie hatte immer noch keine Ahnung, was mit Charlie geschehen war, aber sie konnte unmöglich fragen. Im Raum war es still, Unausgesprochenes hing schwer zwischen ihnen in der Luft.

»Sollten wir nicht ins Bett gehen?«

Die Frage kam von Annette, und alle außer Sophie zuckten überrascht zusammen.

Toby nickte. »Ich glaube, sie ist eingeschlafen«, flüsterte er und deutete mit dem Kinn auf Sophie.

»Ich zeige dir, wo ihr Zimmer ist«, bot Ollie mit leiser Stimme an. »Sicher gibt es beim Empfang einen Ersatzschlüssel.«

Ehe er den Raum verließ, drehte er sich noch einmal um und sah Megan an.

»Wir sehen uns oben«, sagte sie.

Hope trank ihren Glühweinbecher aus und stand auf.

»Wollen wir uns morgen zum Frühstück verabreden?«, fragte sie. »Wann geht euer Flug?«

»Wir müssen um zehn weg«, erwiderte Megan, der es seltsam vorkam, ein normales Gespräch zu führen, so als wären die letzten Stunden niemals geschehen und ihrer aller Leben nicht unwiederbringlich auf den Kopf gestellt worden.

Hope nickte. »Wir brechen um die Mittagszeit auf – aber ich schaue, dass ich um neun Uhr unten bin.«

Sie stiegen nebeneinander die Treppe hinauf, und im ersten Stock zog Hope Megan in ihre Arme.

»Pass auf dich auf«, sagte sie und fuhr mit dem Daumen über Megans Wange. »Und auf Ollie auch.«

»Mache ich«, versprach Megan.

Im Zimmer hängte sie ihre nasse Jacke auf und schälte sich aus der Jeans, die sie auf den Koffer warf. Dann griff sie nach ihrem Pyjama. Sie hatte schließlich den hässlichsten eingepackt, den sie finden konnte, aus Fleece und mit einem Muster aus Schneemännern. Es kam ihr jetzt so lächerlich vor, dass sie versucht hatte, Ollie auf diese Weise abzuwehren – und noch lächerlicher zu glauben, eine elegante Pyjamahose würde irgendetwas an seinen Gefühlen zu ihr ändern.

Ihr Haar war so wirr und flach gedrückt, dass sie sich nicht überwinden konnte, es zu kämmen. Stattdessen band sie es zu einem Knoten oben auf dem Kopf zusammen, wusch sich die verlaufene Wimperntusche von den tränenverschmierten Wangen und putzte sich die Zähne. Sie war gerade unter die Bettdecke geschlüpft, als die Tür aufging und Ollie hereinkam. Die Hitze der Heizung ließ seine Brillengläser sofort beschlagen, er nahm sie ab und rieb sich mit Daumen und Zeigefinger die inneren Augenwinkel.

»Alles in Ordnung?«

Er blickte auf und schien sie erst jetzt wahrzunehmen, aber er lächelte nicht.

»Nein, nicht so ganz.«

»Was du da auf der Brücke gemacht hast«, begann sie und sah zu, wie er seinen Mantel auszog und auf eine Stuhllehne warf, »das war sagenhaft. Du warst heute Nacht ein richtiger Held.«

Ollie stieß ein verhaltenes Brummen aus.

»Sei doch nicht so bescheiden«, tadelte sie ihn. »Du hast Sophie das Leben gerettet – das haben wir alle gesehen.«

Er zuckte mit den Schultern. »Ich stand eben am nächsten. Jeder von uns hätte das getan.«

»Nein, da irrst du dich. Du warst der Einzige dort auf der Brücke, der noch klar denken konnte. Wäre ich mit ihr allein gewesen, wäre sie vermutlich übers Geländer gesprungen.«

»Sag so etwas nicht.« Seine Stimme klang müde, und Megan runzelte die Stirn. »Sie ist in Sicherheit«, setzte er hinzu, »das ist alles, was zählt.«

»Aber ich glaube nicht, dass damit alles gut ist«, rutschte es Megan heraus. »Wahrscheinlich wird sie noch sehr lange damit zu kämpfen haben.«

Ollie rieb sich erneut die Augen und hielt den Blick gesenkt. »Da hast du vermutlich recht«, erwiderte er. »Aber sie ist noch da, sie lebt. Wo Leben ist, ist Hoffnung – und ich weiß, dass Toby sich um sie kümmern wird. Ich habe oben noch ein bisschen mit ihm geredet. Seine ganze Familie liebt Sophie. Alles, was sie uns über Robin und sich erzählt hat, stimmte.«

»Nur nicht, dass er noch lebt.«

Das klang etwas gefühllos, aber sie hatte es mitfühlend gemeint. Ollie warf ihr einen unergründlichen Blick zu.

»Ja, nur das nicht.«

Er ging ins Badezimmer und schloss die Tür. Megan hörte das Rauschen der Dusche und kurz darauf der Toilettenspülung, dann spuckte Ollie Zahnpasta und danach Mundwasser ins Waschbecken. Als er herauskam, lag ihm sein nasses Haar flach auf dem Kopf, und sie roch Pfefferminzduft. Statt der Boxershorts, die er sonst immer zum Schlafen trug, hatte Ollie eine saubere Jeans und ein T-Shirt angezogen.

»Warum bist du angezogen?«, fragte sie mit einer unbehaglichen Vorahnung.

»Ich gehe nach unten und schlafe in der Hotelbar«, sagte er und vermied erneut, sie anzusehen.

»Warum denn das, um Himmels willen?«

»Ich muss jetzt einfach allein sein.« Er nahm einen Pullover aus seinem Koffer und zog ihn über den Kopf. Megan sah zu, wie er die Blumen, die er ihr am Morgen gekauft hatte, in den Papierkorb warf. »Ich weiß ohnehin nicht, ob ich überhaupt schlafen kann. Nach allem, was heute passiert ist.«

»Bitte tu das nicht.« Megan hörte, wie furchtsam ihre Stimme klang, und Ollie sah sie überrascht an.

»Du willst, dass ich hierbleibe, bei dir? Dich tröste? Mich um dich kümmere?«

»Ich will ...« Sie unterbrach sich, konnte auf einmal nicht mehr weiterreden. Er war offenbar immer noch wütend auf sie.

»Das ist es aber, stimmt's?« Er verschränkte die Arme. »Es geht immer darum, was du willst.«

Damit hatte sie nicht gerechnet.

»Es tut mir leid ...«, begann sie, aber er fuhr dazwischen.

»Das sagst du immer«, erklärte er. »Aber weißt du eigentlich, was das bedeutet? Hat dir die Art und Weise, wie du mich behandelt hast, jemals wirklich leidgetan?«

»Das weißt du doch!«

»So? Weiß ich das?«

Megan zog sich die Bettdecke hoch bis unters Kinn, ein improvisierter Schutz gegen seine wütenden Vorwürfe.

»Ich kann so nicht weitermachen«, sagte er und wirkte jetzt eher verzweifelt als ärgerlich. »Wir haben doch gesehen, was ein gebrochenes Herz mit einem Menschen anstellen kann – ich will mich diesem Schmerz und diesem Mist einfach nicht länger aussetzen.«

»Das will ich auch nicht!«, rief sie. Was sie meinte, war, dass sie keine Spielchen mehr spielen und wirklich mit ihm zusammen sein wollte – aber Ollie zuckte bei ihren Worten zusammen.

»Vor dieser Reise dachte ich, ich könnte einfach dein Freund sein«, fuhr er fort. »Mich so in dich zu verlieben, damit habe ich nicht gerechnet, aber es ist geschehen, und ich kann das nicht mehr ändern. Aber du hast mich jetzt zweimal zurückgewiesen, Meg. Du kannst mich nicht einfach dann, wenn dir danach ist, aus dem Schrank holen, um deine eigenen Bedürfnisse zu befriedigen – dieser Mensch in deinem Leben will ich nicht mehr sein.«

»Ich will auch nicht, dass du das bist«, sagte sie. »Ich will, dass du ...« Sie hielt erneut inne. Vor Zorn über ihre Feigheit schlug sie mit der Faust auf die Matratze.

»Du willst, dass ich was?« Ollie hatte immer noch die Arme vor der Brust verschränkt, sein Kinn war abwehrend nach oben gestreckt. »Du willst, dass ich dich umschwirre wie ein junges Mädchen sein Boygroup-Idol? Du willst, dass ich dir jeden Tag sage, wie toll du bist, damit du dich damit brüsten kannst? Du willst, dass ich mit dir ins Bett hüpfe, sobald du mit den Fingern schnipst, und dann so tue, als würde es mir nichts ausmachen, wenn du am nächsten Morgen davonläufst?«

Megan öffnete den Mund. Aber alles, was herauskam, war ein empörtes Schniefen. Sie wollte es ihm sagen, die Worte lagen ihr auf der Zunge und warteten ungeduldig darauf, ausgesprochen zu werden, aber mit jedem seiner schneidenden Kommentare spürte sie, wie sie sich tiefer in ihre Kehle und ihre Brust zurückzogen. Er hatte sie geliebt, aber sie hatte mit ihrem Zaudern alles zerstört, und nun hatte er gesehen, was mit einem Menschen geschah, dessen Herz tatsächlich gebrochen war. Kein Wunder, dass er Angst hatte.

»Es tut mir leid, dass ich davongelaufen bin«, sagte sie stattdessen, was er lediglich mit einem weiteren Brummen beantwortete. »Ich war verwirrt. Ich musste einfach nachdenken.«

»Es geht immer um dich«, sagte er. »Um das, was du brauchst, was du fühlst – was ist mit dem, was ich brauche und will? Was ich fühle?«

»Ich bin eine Idiotin«, erklärte sie mit einem bemühten Lächeln. »Ich weiß, dass ich eine selbstsüchtige Kuh bin, und ich habe mich dir gegenüber schrecklich verhalten. Es tut mir leid, und das stimmt wirklich. Bitte glaube mir.«

Ollie schüttelte den Kopf. »Es ist zu spät«, sagte er. »Ich kann nicht länger dein emotionaler Boxsack sein, Meg. Das geht über meine Kräfte. Ich weiß, dass du Angst hast, jemandem zu vertrauen, nach dem, was dieser Mistkerl Andre dir angetan hat, aber ich bin nicht er. Das weißt du genau. Ich will nicht so enden wie die arme kleine Sophie. Ich muss versuchen, über dich hinwegzukommen, und dafür muss ich mich eine Weile von dir fernhalten.«

»Das meinst du doch nicht ernst, oder?«, flüsterte sie, aber sie konnte an seinem Gesicht ablesen, dass es ihm absolut ernst damit war. »Ich will dich nicht verlieren.«

Für einen Augenblick entspannten sich seine Züge, und er trat ans Bett und legte ihr eine Hand auf den Kopf.

»Das weiß ich«, sagte er. »Aber das ist jetzt einfach nötig. Dieses Mal muss ich mich selbst an erste Stelle stellen. Es tut mir leid.«

Es gab nichts mehr zu sagen. Nichts außer den drei Worten, die sie einfach nicht herausbrachte. Und jetzt war es zu spät. Selbst wenn sie die Kraft fände, Ollie zu sagen, was sie fühlte, würde er ihr vermutlich doch nicht glauben. Und so ließ sie ihn gehen und sah ihm schweigend nach, als er zur Tür trat und sie öffnete. Einen kurzen Moment lang blickte Ollie ihr direkt in die Augen, dann schloss er die Tür hinter sich und war verschwunden.

49

Fünf Monate später

Der Frühling war in diesem Jahr spät gekommen, der letzte Gast auf dem Fest, mit dem der Winter verabschiedet wurde. Obwohl es bereits Mai war, schoben die Gänseblümchen gerade erst die Köpfe durch den weichen, nassen Boden, der mit den Blütenblättern der Bäume übersät war.

Sophie lehnte ihren Kopf gegen die Scheibe und sah die Landschaft in grünen, braunen und gelben Schlieren an sich vorüberziehen. Das sanfte Ruckeln des Zuges hatte sie in eine angenehme Stille gewiegt, ihre Kopfhörer hingen unbenutzt auf der Vorderseite ihres Pullovers. Zum letzten Mal war sie vor dem Flug nach Prag nach London gefahren, und sie hatte sich die heutige Reise schwieriger vorgestellt. Stattdessen fühlte es sich gut an, aus der heimischen Einfriedung herauszukommen. Heraus unter der Decke der Zuneigung ihrer angstvollen, besorgten Eltern, die so liebevoll gemeint, aber zugleich so erstickend war. Es war das erste Mal seit Monaten, dass sie Sophie aus ihrer Umarmung entließen, das erste Mal, dass sie ihr wieder Vertrauen schenkten, und das allein genügte schon, ihr ein Lächeln aufs Gesicht zu zaubern.

Der Frühling war schon immer Sophies liebste Jahreszeit gewesen, mit seinem hellen Licht der Neugeburt, des Neuanfangs und der neuen Möglichkeiten. Im Winter fielen die Blätter und lagen als Laub tot auf dem Boden, die Tiere zogen sich in ihre Höhlen zurück, und die Vögel machten sich in wärmere Gegenden auf, um anderswo ihre fröhlichen Lieder zu singen. Doch dann breitete der Frühling seine

Arme aus, um alle wieder willkommen zu heißen und erneut auf eine Jahresreise zu schicken. Sophie wusste, dass sie am Beginn eines neuen Lebens stand, eines Lebens ohne Robin an ihrer Seite, und inzwischen fühlte es sich nicht mehr so an, als würde sie in tiefe Dunkelheit starren. Jetzt schimmerte ein schwaches Licht am Horizont ihres Schmerzes.

Megans Ausstellung bot ihr die wunderbare Möglichkeit, die neu gewonnene Stabilität und Sicherheit auf die Probe zu stellen. Sie wusste, noch lag ein langer, holpriger Weg vor ihr, vielleicht würde sie diesen ständig ziehenden Schmerz von Trauer und Verlust nie wieder ganz loswerden, aber diese Reise nach London bewies, dass sie doch noch aufbrechen und ihr Leben leben konnte. Es war wichtig, dass ihre Eltern ihr wieder vertrauten, aber noch viel wichtiger war ihr wiedergefundenes Vertrauen zu sich selbst.

Sophie griff in ihre Handtasche und zog den Brief heraus. Inzwischen hatte sie ihn so oft gelesen, dass sie ihn Wort für Wort aufsagen konnte, aber sie sah so gerne Robins unordentliche Buchstaben. Dieses wie zufällig wirkende Gekritzel war etwas ganz Persönliches, es hatte so sehr zu ihm gehört, dass sie beim Lesen im Kopf seine Stimme hören konnte.

Toby hatte ihr in Prag diesen Brief übergeben und ihr erklärt, er habe sich in einer Sammlung von Dingen gefunden, die das Krankenhaus der Familie nach seinem Tod übergeben hatte. In dem Durcheinander und der Trauer der darauf folgenden Tage war die Tasche in eine Ecke gestellt und dann vergessen worden. Erst als Sophies Eltern anriefen und mitteilten, Sophie werde vermisst und sie seien alle in Panik, war Toby diese Tasche wieder eingefallen.

Am Ende war Robin es gewesen, der sie gerettet hatte. Seine Worte hatten sie wieder ins Leben zurückgebracht.

Sophie zog das Blatt Papier aus dem Umschlag und las.

Mein liebstes Käferchen,
ich weiß, du hasst es, wenn ich dich so nenne, aber jetzt kannst du ja nichts mehr dagegen tun. Entschuldige, das ist vermutlich nicht der beste Zeitpunkt für einen Witz, aber du kennst mich doch – ich war schon immer ein Idiot. Außerdem schaust du mit deinen lächerlich riesigen Augen wirklich wie ein Käferchen aus.
Was ich beim Schreiben dieses Briefes besonders schlimm finde, ist die Vorstellung, dass du ihn lesen wirst, wenn ich nicht mehr bei dir bin. Ich glaube, ich habe mich an den Gedanken, dass ich fortgehe, allmählich gewöhnt, aber ich weiß, bei dir ist das nicht so. Manchmal wache ich nachts auf, und du bist noch wach, hast dich auf der Bettdecke zusammengerollt und an mich geschmiegt. Du siehst mich an, und da ist so viel Hoffnung in deinen Augen. Bitte vergiss nicht, dass ich nicht sterben wollte. Ich wollte leben. Ich wollte die Aussicht haben, mit dir alt zu werden und zusehen zu können, wie deine Augen immer noch größer werden, wenn dein Kopf zusammenschrumpelt (ups, noch mal Entschuldigung!).
Ich muss dir jetzt etwas sagen, und du musst mir versprechen, nicht wütend zu werden. Versprochen? Okay. Als wir letztes Jahr in Prag waren und uns auf der Karlsbrücke jeder etwas gewünscht haben, da habe ich dich angelogen. Ich habe mir an diesem Tag nichts gewünscht, sondern nur so getan, als ob.
Ein paar Tage später habe ich mich dann, als du geschlafen hast, hinausgeschlichen und bin wieder zur Karlsbrücke gegangen. Aber auch da habe ich mir nicht gewünscht, wieder gesund zu werden. Ich habe mir nicht einmal ein Wunder gewünscht. Stattdessen habe ich mir von ganzem Herzen gewünscht, dass du die Kraft findest, wieder glücklich zu werden, und dass du findest, was du brauchst, um ohne mich weiterzuleben.
Weißt du noch, wie es am Anfang war, wenn wir in der Dunkelheit zusammen lagen und einander unsere Geheimnisse erzählten?
Du hast zu mir gesagt, ohne mich sei dein Leben nicht lebenswert,

und das, Käferchen, hat mir immer schon Angst gemacht. Du bist doch so voller Leben! Du trägst so viel Liebe in deinem Herzen und musst Menschen finden, mit denen du sie teilen kannst. Meine Geschichte geht jetzt zu Ende, aber du hast noch so viele Kapitel vor dir. Da gibt es noch die Ehe und Mutter zu werden und, o Mann, vielleicht sogar Großmutter. Ich will, dass du das alles erleben kannst. Und du sollst dein Leben so führen, als wäre ich noch immer an deiner Seite und würde dich bei jedem Schritt anfeuern. Denn glaube mir, das werde ich tun.

Und darum habe ich mir an diesem frühen Morgen auf der Karlsbrücke – jenem Ort, an dem ich dich kennengelernt habe – für mein Käferchen, meine Sophie, gewünscht, sie möge glücklich werden und ein langes Leben voller Liebe führen. Das ist mein letzter Wunsch, und selbstsüchtig, wie ich bin, werde ich dich darauf festnageln. Du warst mein ganzes Leben, und jetzt musst du das, was wir miteinander hatten, dazu nutzen, um weiterzumachen. Nutze diese Liebe, um Gutes zu tun, dir selbst und anderen. Schau dir noch mehr von der Welt an und erlebe neue Abenteuer. Das wünsche ich mir.

Ich liebe dich so sehr, mein wunderschönes Käferchen.

Jetzt und bis in alle Ewigkeit,

Robin xxxx

Eine einzelne Träne rollte Sophie über die Wange und fiel auf ihren Handrücken. Nie konnte sie Robins Brief durchlesen, ohne zumindest eine Träne zu vergießen, aber auf ihren Lippen lag auch ein leises Lächeln. Stark zu sein, das hatte er ihr gewünscht, und dass sie glücklich sein sollte, darauf hatte er sie sogar eingeschworen. Und sie würde ihn nicht im Stich lassen. Jetzt nicht und bis in alle Ewigkeit nicht.

Als sie eine Stunde später aus der Waterloo Station trat, wurde Sophie von Sonnenschein und einem frischen Mailüftchen empfangen. Es war noch nicht so warm, dass man schon ohne Jacke draußen sein konnte, aber die Wintermäntel waren bereits bis zum Spätherbst in den Schränken verstaut.

Megans Ausstellung fand nahe der Tate Modern statt, in einem großen Raum mit Blick über die Themse. Gemächlich spazierte Sophie an der South Bank entlang und sah den Skateboardern unter dem Dach des Betonparks bei ihren eindrucksvollen Sprüngen zu. Kinder zerrten am Arm ihrer Mütter und bettelten um ein Eis von einem improvisierten Verkaufsstand. Wie immer hatte die Sonne die Menschen vor die Tür gelockt. Die Gesichter der Passanten wirkten fast ein wenig überrascht, so als wären sie gerade erst aus einem langen Winterschlaf erwacht.

Am Flussufer herrschte ein einziges Durcheinander von Lärm und Farben, Gesichtern und Geschrei, Glück und Fröhlichkeit, und eine Weile lang schlenderte Sophie mitten hindurch und sog die Atmosphäre auf wie Limonade mit einem Strohhalm. Sie fragte sich, warum sie die Stadt in so schlechter Erinnerung hatte, warum sie ihre Schönheit nicht gesehen hatte. Nun, das konnte sie jetzt nachholen.

Sie wühlte in ihrer Tasche nach der Einladung, die Megan versandt hatte. Die Ausstellung trug den Titel »Aufgesperrt«, geschrieben in fetten schwarzen Lettern. Darunter prangte ein hellrotes Schloss, sehr ähnlich dem, das sie und Robin oben am Petřín-Hügel angebracht hatten. Dieses hier war allerdings nicht verschlossen, sein Metallbügel stand offen. Auf der anderen Seite der Karte befand sich ein Foto der Karlsbrücke bei Sonnenaufgang, und bei diesem vertrauten Anblick verspürte Sophie ein Prickeln auf der Haut. Sie hatte Megan seit der Nacht auf der Brücke, in der sie so kurz davorgestanden hatte, ihrem Leben ein Ende zu setzen, nicht mehr gesehen. Die Erinnerung daran kam Sophie jetzt seltsam vor, so als dächte sie zurück an eine Szene aus einem Film und nicht aus ihrem eigenen Leben. Sie konnte die Einzelheiten dieser Szene immer noch nicht genau erkennen, aber ihr Therapeut hatte ihr versichert, das sei normal, denn die Psyche schütze sich davor, alles noch einmal zu erleben und sich so noch mehr zu verletzen. Toby hatte ihr irgendwann erzählt, was geschehen war, und es war ihr unendlich peinlich gewesen. Aber dazu bestand natürlich kein Anlass. Keiner von denen, die in jener Nacht mit ihr auf der Brücke gewesen waren, verspürte etwas anderes als Erleichterung darüber, dass es ihr gut ging. Genau wie Robin wünschten sie sich nichts anderes für sie, als dass sie glücklich wurde. Sophie hatte nicht vergessen, was sie für sie getan hatten. Und sie würde es auch niemals vergessen.

»Sophie, bist du das?«

Sie drehte sich um und sah Hope, die sich energisch durch die Menge kämpfte und auf sie zukam, ein breites Lächeln im Gesicht und einen Strauß gelber Rosen in der Hand.

»Hallo!« Sophie rannte zu ihr, und die beiden Frauen schlossen einander fest in die Arme. Hope hatte ihre blonden Haare heute zu Ringellocken gedreht und ähnelte damit einem aufgeregten Cupido. Sie sah lebhaft und wach aus und versprühte Frühlingslaune, und Sophie merkte, dass sie gar nicht aufhören konnte zu lächeln.

»Du siehst so gut aus!«, rief Hope und streckte die Hand aus, um durch Sophies bis über die Ohren reichenden Bob zu fahren. Was für einen Anblick sie in Prag geboten haben musste, dachte Sophie, mit ihren sackartigen Kleidern, dem kurz geschorenen Haar und Robins alberner, abgetragener

Mütze. Als sie ihm vorgeschlagen hatte, sich die Haare ebenfalls radikal abzuschneiden, um sich mit ihm solidarisch zu zeigen, war er entsetzt gewesen und hatte sie angefleht, es nicht zu tun, aber sie hatte sich nicht davon abbringen lassen. Eines hatte Sophie dabei über sich gelernt: Sie tat in der Regel, was sie wollte – und diesen Charakterzug hatte Robin an ihr am meisten geliebt.

»Du aber auch!«, erklärte sie Hope und meinte es auch so. Ihre Freundin sah aus, als wollte sie vor Freude gleich platzen.

»Das ist mein erstes freies Wochenende seit Weihnachten«, erklärte Hope. »Sonst bin ich Tag und Nacht in diesem Bed & Breakfast. Ich will mich natürlich nicht beklagen, aber weil ich dort auch wohne, fühlt es sich manchmal an, als käme ich überhaupt nicht mehr raus.«

»So wird es auf der Farm auch allmählich«, stimmte Sophie ihr zu. »Das ist das erste Mal, dass ich das Haus verlassen habe seit ... seit Prag.«

Sie tauschten einen Blick, in dem viele ungesagte Worte standen, und dann schüttelte Hope den Kopf.

»Wie geht es dir denn? Ich meine, in deinen E-Mails hast du geschrieben, dir ginge es gut, aber das sagt man ja immer. Wie geht es dir wirklich?«

Sophie dachte einen Moment lang über die Frage nach, ehe sie antwortete. »Ich komme voran«, sagte sie dann wahrheitsgemäß. »Jeden Tag einen kleinen Schritt.«

Hope legte ihr eine warme Hand auf den Arm. »Mehr kannst du auch nicht tun, Liebes. Ich bin jedenfalls sehr stolz auf dich.«

Sophie grinste sie an und kämpfte wieder mit den Tränen.

»Na, dann komm«, sagte Hope. »Gehen wir auf die Party, ehe der ganze kostenlose Wein weg ist. Seit Weihnachten habe ich auch kaum etwas getrunken, und ich bin fest entschlossen, das nachzuholen.«

In den zehn Minuten, die sie bis zur Ausstellung laufen mussten, verkündete Hope ihre aufregende Neuigkeit: Sie wurde Großmutter. Eigentlich hatte Annette vorgehabt, sie nach London zu begleiten, aber – Hope lachte, als sie Sophie davon erzählte – Patrick war so wild entschlossen, seine Frau in Watte zu packen, dass er sie schon kaum am Wochenende aus dem Haus ließ, geschweige denn auf eine Reise nach London. Hope erzählte auch, dass sie und ihr Exehemann Dave jetzt besser miteinander auskamen, und dass sie demnächst Geld aus dem Verkauf des gemeinsamen Hauses bekommen werde.

»Ich habe ihm gesagt, er soll es behalten, aber offenbar will er lieber etwas Kleineres. So ein Haus sauber und aufgeräumt zu halten ist doch mühsamer, als er gedacht hätte. Er hat es mir ja nie geglaubt.«

Charlie erwähnte sie mit keinem Wort, und Sophie verkniff sich, nach ihm zu fragen. Wenn Hope das Thema ansprechen wollte, würde sie es zu gegebener Zeit schon tun.

»Weißt du, ob Ollie kommen wird?«, erkundigte sie sich stattdessen.

Hope schüttelte den Kopf. »Megan sagt, sie hätten seit dem Rückflug aus Prag nicht mehr miteinander gesprochen. Ich glaube, sie hat es ein paarmal versucht, aber er hat sich nicht gemeldet.«

»Das ist wirklich schade«, sagte Sophie. In ihren Augen war Ollie ein wahrer Held, und sie hatte sehr darauf gehofft, ihn zu sehen, um ihm endlich richtig danken zu können. Außerdem hatte sie ihn und Megan zusammen gesehen, und selbst in ihrem weggetretenen Zustand hatte sie gespürt, wie stark die Gefühle der beiden füreinander waren.

Dieser Kuss, dessen Zeuge sie auf der Hoteltreppe geworden war, erinnerte sie an die Küsse zwischen ihr und Robin. Ein solcher Kuss entsprang einer tiefen Liebe.

»Bist du sicher, dass du das ertragen kannst?«, wollte Hope wissen, als sie vor der Tür standen. »Fotos von Prag zu sehen, nachdem ... du weißt schon ...«

Sophie zuckte mit den Achseln. »Wer weiß? Aber ich bin bereit, da reinzugehen und zu sehen, was passiert.«

Hope hängte sich bei ihr ein. »So ist es recht!«

Das Erste, was Sophie beim Eintreten in die Augen stach, war ein riesiges Foto von ihrem und Robins Schloss. Megan hatte es so bearbeitet, dass alles andere auf dem Bild gleichmäßig grau war, was das Rot des Schlosses noch viel deutlicher hervorstechen ließ. Für einen Moment schloss sie die Augen und erinnerte sich an den Tag, als sie und Robin ihre Initialen eingeritzt und dabei kichernd festgestellt hatten, wie schlau es war, das Schloss oben am Berg zu verstecken, weit weg von all den anderen Liebesschlössern in der Stadt. Damals hatten sie sich unbesiegbar gefühlt, und die Erinnerung zauberte ein Lächeln auf ihr Gesicht.

Hope schnaufte und starrte auf die Initialen. »Ist das ...?«

»Ja.« Sophie nickte. »Ich hatte keine Ahnung, dass Megan es gefunden hat.«

»Ich hoffe, es macht dir nichts aus?«

Sie drehten sich beide um und sahen Megan hinter sich stehen. Ihr langes blondes Haar war zu einer extravaganten Frisur hochgesteckt, und die roten Lippen passten zu ihrem eng anliegenden dunkelroten Kleid.

»Megan!« Hope trat vor, um sie zu umarmen, und Sophie lächelte sie über Hopes Schulter hinweg an.

»Natürlich macht es mir nichts aus«, erwiderte sie, als Megan wieder frei war und Hopes Strauß gelber Rosen in einer Hand hielt. »Ich fühle mich geehrt. Und ich bin sicher, Robin würde das genauso sehen.«

Jetzt war es Megan, die lächelte. »Du siehst so gut aus!«, sagte sie genau wie Hope kurz zuvor.

»Du auch!« Sophie zwinkerte ihr zu. »Ich meine, das da ist der Wahnsinn. Du lässt es wirklich krachen.«

»Ach.« Megan errötete und strich sich das rote Kleid glatt. »Dieses alte Ding?«

»Kommt Ollie auch?« Hope konnte es einfach nicht lassen.

Megan runzelte die Stirn. »Ich habe ihn eingeladen, aber er hat nicht geantwortet. Ich hoffe es. Ich habe ihm noch eine Nachricht geschickt, dass ihr beide kommen werdet, da wird er es vermutlich schon versuchen.«

Sie bemühte sich, vage zu bleiben, aber Sophie sah die Sehnsucht in ihren Augen. Was Megan sich wünschte, war nicht zu übersehen, und Sophie drückte ihr voller Solidarität die Daumen.

Sie plauderten noch ein wenig, dann überließ Sophie Hope das Feld, die Megan alles über Annettes Schwangerschaft erzählte, und ging hinüber zur Bar, um sich ein Mineralwasser zu holen. An jeder Wand waren Fotos von Prag zu sehen, weitere hingen an Säulen, die unregelmäßig in dem großen, offenen Raum verteilt waren. Als Sophie genauer hinsah, wurde ihr klar, dass viele der Fotos noch ein weiteres Motiv zeigten. Immer wieder ein und dasselbe Motiv.

»Sie liebt ihn«, sagte sie laut und blieb vor einem postergroßen Foto von Ollie stehen. Er stand am Ufer der Moldau, ein Lächeln im Gesicht und eine Taube auf der Schulter. Dabei sah er glücklich und sorglos aus, und bei genauerer Betrachtung konnte Sophie die Karlsbrücke ausmachen, die sich in den Gläsern seiner Brille spiegelte.

»Wer liebt wen?«

Sie wandte sich zu dem Mann um, der neben ihr stand. Er war groß, viel größer als sie, hatte dunkle Haare, die ihm etwas ins Gesicht hingen, und eine große Nase. Seine Miene war sehr ernst, aber in seinen braunen Augen konnte Sophie leichten Spott aufblitzen sehen.

»Megan liebt Ollie«, sagte sie und deutete auf das Foto. »Das ist Ollie.«

»Ach ja.« Der Mann tat, als würde er das Foto zum ersten Mal wahrnehmen. »So ist es. Wir in der Schule kennen ihn als Mr. Morris.«

»Sie sind Lehrer?«

»Ich bekenne mich schuldig.«

Sie lächelten einander an, aber Sophie verspürte einen Anflug von Schuldgefühl. Mit geübter Hand griff sie nach dem Anhänger, der warm auf ihrer Brust lag, und fuhr mit der Hand über die Kette.

»Woher kennen Sie Ollie?«, fragte er jetzt, offenbar ohne zu ahnen, was für eine schwierige Frage er ihr da stellte.

»Wir haben uns in Prag kennengelernt«, erwiderte sie leise und nahm einen Schluck von ihrem Wasser.

Eine Pause trat ein, und Sophie sah in seinem Gesicht erst eine Erkenntnis und dann sofort Mitleid aufscheinen.

»Sind Sie Sophie?«, riet er.

Sie nickte und versteckte sich erneut hinter ihrem Glas.

Er wurde wieder ernst. »Was mit Ihrem Verlobten geschehen ist, tut mir sehr leid. Ollie und ich, wir sind ziemlich gute Freunde. Ich hoffe, es stört Sie nicht, dass er mir davon erzählt hat?«

Sie schüttelte den Kopf. »Natürlich nicht. Was er für mich getan hat ... Er ist einfach ... Ja, einfach sagenhaft.«

Der Mann sah erneut das Foto an. »Offenbar sind Sie

nicht die Einzige, die so denkt«, sagte er. »Ich bin übrigens Adam. Adam Clarke.«

Sie schüttelten einander die Hand, da Sophie ihm nicht mehr sagen musste, wer sie war. Dann gingen sie weiter zum nächsten Bild. Es war auf dem Petřín-Hügel aufgenommen worden, und Ollie rannte mit einem Gesicht voll tropfendem Schnee auf die Kamera zu.

»Was für ein tolles Foto!«, rief sie. Je länger sie es betrachtete, desto mehr glaubte sie, Ollies und Megans begeisterte Schreie zu hören und die Kälte des Prager Winterwinds auf ihren Wangen zu spüren. Es war so lebendig, so voller Vitalität und voller Liebe. Ollie war auf jeder Wand in dieser Ausstellung zu sehen – es war ein einziger, riesiger, visueller Liebesbrief.

»Kommt Ollie denn heute?«, fragte sie Adam, doch der blickte in sein Weinglas und drehte es zwischen den Fingern.

»Ich bin mir nicht sicher«, gab er zu. »Er schien nicht sonderlich erpicht darauf zu sein, als ich mit ihm darüber gesprochen habe, aber das ist schon ein paar Tage her. Vielleicht hat er inzwischen seine Meinung geändert.«

»Ich hoffe es sehr«, sagte sie und ging einen Schritt weiter, um das nächste Foto zu betrachten, das Ollie auf der Karlsbrücke zeigte, wie er sich vor einer Möwe in Sicherheit zu bringen versuchte, die ihm seine Breze stehlen wollte. »Es wäre wirklich eine Schande, wenn er das hier versäumen würde.«

Sie spazierten weiter durch die Ausstellung und begegneten schließlich der völlig aufgedrehten Hope, die es, wie versprochen, gründlich ausnutzte, dass die alkoholischen Getränke kostenlos waren. Außerdem war sie, was Adam betraf, längst nicht so schüchtern wie Sophie und erfuhr, noch ehe sie eine Runde gedreht hatten, dass Adam zweiunddreißig war, Single, begeisterter Tennisspieler und ein heimlicher Fan von Céline Dion.

Während Hope vor einem Foto von Kindern auf dem Wenzelsplatz, die Seifenblasen hinterherjagten, in ekstatische Begeisterung ausbrach, gelang es Sophie endlich, Adam zu fragen: »Sind Sie schon viel gereist?«

Er verzog das Gesicht. »Nicht so viel, wie ich mir gewünscht hätte, aber lustig, dass Sie das fragen. In diesem Sommer mache ich tatsächlich eine große Reise, nach Indien.«

»Ach?« Jetzt war Sophie ganz Ohr, denn über Indien hatte sie in letzter Zeit ebenfalls nachgedacht.

»Dort gibt es so eine Organisation, die Kinder aus den ärmsten Gegenden unterstützt, damit sie eine ordentliche Ausbildung bekommen. Sie suchen ständig zusätzliche Lehrer, und ich dachte, das wäre doch eine gute Sache.«

»Das klingt großartig!« Sophie strahlte ihn an. »Wirklich großartig.«

Jetzt wurde Adam rot, und einen Moment lang schienen ihm die Worte zu fehlen.

Eilig trank er sein Glas leer. »Kann ich Ihnen noch etwas zu trinken holen?«, fragte er.

Sie verbiss sich das Lachen und nickte. »Das wäre sehr nett. Ich hätte gern einen Weißwein.«

Sie sah ihm nach, wie er sich durch die Menschenmenge im Raum schlängelte. Er war mindestens einen Kopf größer als alle anderen. Es fühlte sich seltsam an, sich mit einem Mann zu unterhalten, den sie gar nicht kannte, aber es gab keinen Grund, der dagegen sprach. Sophie wusste, dass sie längst noch nicht so weit war, sich mit jemandem zu verabreden, aber es war gut zu wissen, dass es, wenn der Schritt anstand, durchaus annehmbare Kandidaten gab.

»Du hast Adam kennengelernt?«

Das war Megan, ein bisschen verschwitzter als noch vor einer Stunde. Ihr Lippenstift hatte sich verabschiedet – er befand sich nun auf den Wangen der Gäste, die sie begrüßt hatte.

Sophie nickte. »Ein netter Mann.«

»Das stimmt. Tatsächlich war er der Einzige von Ollies Freunden, der mir nach unserer Rückkehr aus Prag eine Nachricht geschickt hat, um zu fragen, wie es mir geht. Das hat nicht einmal meine eigene Mutter getan.«

»Ist sie da?«, wollte Hope wissen, die zu ihnen trat.

Megan deutete auf die andere Seite des Raumes, wo eine schlanke, lässig gekleidete Frau mit einem gut aussehenden männlichen Begleiter lachte.

»Sie ist Künstlerin«, sagte sie, als würde das alles erklären. »Ich glaube, sie findet das, was ich mache, eher seltsam. Ihrer Meinung nach sind nur Malerei oder Bildhauerei richtige Kunst. Ich vermute, insgeheim hält sie die Benutzung einer Kamera für Schummelei, aber das würde sie mir gegenüber niemals zugeben.«

»Ich bin sicher, sie ist sehr stolz auf dich«, sagte Hope.

Megan grinste. »Vielleicht.«

»Hör mal ...« Sophie stieß sie leicht mit dem Ellbogen an. »Diese ganzen Fotos von Ollie – gibt es da etwas, was du uns verschweigst?«

Megan holte tief Luft und sah sich um. Da war Ollie mit einer Katze auf der Schulter und nachdenklicher Miene, eine Tasse Kaffee in der Hand, dort blickte er im strahlend weißen Schnee von einer gruseligen Babyskulptur herab, und hier stand er neben Megan im Spiegelkabinett, beide mit lächerlich verzerrten Gesichtern, aber nicht so sehr, dass man sie nicht gemeinsam laut lachen sah – so lebhaft, dass es fast durch das Glas des Rahmens tönte.

»Ja«, sagte sie schließlich und senkte den Blick. »Ich liebe Ollie. Ich bin wie eine absolute Idiotin verliebt in ihn. Ich liebe ihn mehr als irgendjemanden oder irgendetwas zuvor in meinem Leben.«

Hope quietschte begeistert und klatschte in die Hände.

»Aber was spielt das schon für eine Rolle?«, stöhnte Megan und wies mit großer Geste auf das versammelte Publikum. »Jetzt weiß es die ganze Welt, nur er nicht.«

Sophie hob die Hand, um sie zum Schweigen zu bringen.

»Da wäre ich mir nicht so sicher«, sagte sie.

50

Ollie war unmittelbar an der Eingangstür stehen geblieben und blickte sich verwirrt um. Seine Miene verriet pure Fassungslosigkeit, als er die zahllosen gerahmten Fotos von sich selbst sah, die an jeder einzelnen Wand hingen. Er war beim Friseur gewesen, stellte Megan fest, und hatte sich für den Anlass ein neues Hemd angezogen. Es war dunkelblau und hatte deutliche Knickfalten an den Ärmeln, die verrieten, dass es bis vor Kurzem noch eingepackt gewesen war. Ihn dort stehen zu sehen, ganz und gar der Mann, von dem sie seit Monaten geträumt hatte, zauberte ein breites Lächeln auf ihr Gesicht. Er war tatsächlich gekommen.

Hope, die immer noch neben ihr stand, stieß einen hörbar freudigen Seufzer aus, als sie bemerkte, wen er mitgebracht hatte. Charlie wirkte nervös. Er sah aus wie ein neues Huhn in einem Hühnerstall, in dem die Hackordnung längst geklärt war. Seine Augen sprangen von einem Gesicht zum anderen, bis er endlich das gefunden hatte, was er suchte. In diesem Moment hörte Megan von Hope ein unverständliches Gemurmel, das sehr nach Freude klang.

»Sie sind gekommen.« Das war die Stimme von Sophie, die jetzt die Hand hob und die beiden zu sich winkte. Megan, die den ganzen Nachmittag lang wie eine Katze vor dem Mauseloch an der Eingangstür gewartet hatte, wurde plötzlich von einem heftigen Schüchternheitsanfall erfasst und eilte zur Bar.

»Rotwein bitte«, sagte sie zu dem Barmann, der eigentlich der älteste Sohn ihrer Chefin in der Galerie war. Sie hatte ihm dreißig Pfund und einen Haufen hübscher weiblicher Gäste versprochen, wenn er ein paar Stunden lang aushalf, und er hatte das Angebot erfreut angenommen. Als er jetzt allerdings mit ihr plaudern wollte, konnte Megan sich kaum konzentrieren. Sie konnte den Blick nicht von Ollie abwenden, der inzwischen den Raum durchquert hatte und Sophie umarmte. Seine sichtliche Freude, sie so wohlauf zu sehen, verursachte in Megans Innerem ein wildes Rumoren.

Sophie sagte etwas zu ihm, und er lachte, offen und mit großer Zuneigung, aber als sie hinter sich auf ein Foto an der Wand deutete, auf dem Ollie vor dem Karussell am Altstädter Markt stand und hinter ihm die Farben ineinanderflossen, schien er zu erstarren. Megan beobachtete, dass er seine Brille auf der Nase nach oben schob, wie er das immer tat, wenn er nervös war oder sich unbehaglich fühlte, und mit der Einladung herumspielte, die er noch in der Hand hielt. Ob er wohl inzwischen verstanden hatte, was sie mit dem Titel der Veranstaltung – »Aufgesperrt« – meinte? Würde sie es ihm erklären müssen, und würde er die Erklärung überhaupt hören wollen?

Das Eintreffen eines Reporters des *Evening Standard* riss sie aus ihren Gedanken. Er wollte sie für einen Artikel über neue Reisefotografie unbedingt interviewen und auch ein paar Fotos machen. Froh, dass sie sich auf diese Weise noch ein wenig vor Ollie verstecken konnte, ließ sie sich von dem Mann in eine entfernte Ecke des Raumes führen.

All die Ängste, die sie vor der Ausstellungseröffnung gehabt hatte, waren unbegründet gewesen. Ihre alten Freunde aus Fotografenkreisen waren zahlreich erschienen, um ihr zur Seite zu stehen. Große Aufregung hatte das Erscheinen von Clara Flynn hervorgerufen, eines Models, das Megan vor mehr als zehn Jahren bei einem Fotoshooting kennengelernt hatte und das jetzt einer der großen Stars auf den internationalen Modenschauen war. Sobald Clara durch die Tür kam, tänzelte sie auf Megan zu, schlang die langen, schlanken Arme um sie und erklärte ihr in ihrem herrlichen irischen Akzent, wie stolz sie auf sie sei. Dann erzählte sie, dass sie bald Tante werde und dass Megan unbedingt als Nächstes ein Projekt über die griechische Insel Zakynthos machen müsse. Ihr älterer Bruder lebe dort mit seiner Freundin, und Clara versicherte, es gebe keine besseren Fremdenführer als diese beiden.

Warum nicht?, hatte Megan gedacht. Stand nicht auch auf ihrer To-do-Liste, dass sie die Welt kennenlernen wollte? Da konnte sie ohne Weiteres in Griechenland anfangen. Wenigstens war es dort warm. Sie fröstelte immer noch, wenn sie daran dachte, wie eisig es in Prag gewesen war.

Die Ausstellung sollte um sechs Uhr abends schließen, und bis zu diesem Zeitpunkt hatte Megan dem Reporter etwa zwei Drittel ihrer Werke erläutert. Allerdings wich sie seinen zunehmend neugierigen Fragen über ihr männliches Hauptmotiv geschickt aus. Der Raum leerte sich allmählich, und sie hatte Ollie seit fast einer halben Stunde nicht mehr gesehen. Mittlerweile fürchtete sie, er könnte bereits gegangen sein. Vielleicht war es doch nicht so gut gewesen, so viele Fotos von ihm in ihre Auswahl aufzunehmen – insbesondere diese heimliche Aufnahme, die sie auf dem Turm des Observatoriums gemacht hatte: Ollie, wie er mit vorgebeugtem Kopf mit dem alten Ehepaar sprach, das ihnen den Tipp mit dem Spiegelkabinett gegeben hatte.

Sie hatte die Farben zurückgenommen, um dem Bild noch mehr Tiefe zu verleihen, und die Szene hatte etwas geradezu Hypnotisches: das eingefrorene Lachen auf seinen Lippen, die halb gehobene Hand mitten in der Geste, die Spuren von Schnee auf seiner Mütze – ein Überbleibsel von ihrer Schneeballschlacht auf dem Petřín-Hügel –, und im Hintergrund die sich unter ihnen ausbreitende Stadt, verschwommene Kirchturmspitzen und Türme, Brücken und Flusswasser. Megan liebte dieses Bild nicht nur, weil es sie an einen schönen Augenblick erinnerte, sondern auch weil es zeigte, was Prag für sie war: Ein Zusammentreffen verschiedener Generationen, von Geschichte und Schönheit und – was ihr am wichtigsten war – Magie.

Megan machte sich auf den Weg zum Eingang. Unterwegs dankte sie den aufbrechenden Besuchern für ihr Kommen, küsste Wangen und schüttelte Hände. Ihre Pub-Quiz-Kollegen Magda und Neil blieben stehen und plauderten eine Weile mit ihr. Die beiden hatten Ollie ebenfalls erspäht, und sie versicherte ihnen aufrichtig, ja, sie habe vor, mit ihm zu reden. Ihre Mutter und ihr Vater versprachen ihr, sie am nächsten Morgen anzurufen, und erklärten, wie stolz sie seien, und Megan musste heftig blinzeln, um die lächerlicherweise aufsteigenden Tränen zu vertreiben. Ihre Mutter hatte der Versuchung, Ollie zu erwähnen, irgendwie widerstanden, auch wenn Megan wusste, dass ihr das Thema garantiert auf der Zunge brannte, und sie war froh, dass ihre Familie sie gut genug kannte, um zu wissen, wie bedeutsam diese Ausstellung für sie war.

Die Leute hatten auf jeder verfügbaren Oberfläche ihre Gläser hinterlassen, und Megan wanderte durch den Ausstellungsraum und sammelte sie ein. Wenn sie in jedes Glas einen Finger steckte, konnte sie vier mit einer Hand tragen. Sie hatte gerade die zweite Ladung zur Bar gebracht, als sie ihn entdeckte. Er stand mit dem Rücken zu ihr, aber sie sah, dass er die Arme verschränkt und den Kopf schräg gelegt hatte, während er eine Fotoserie betrachtete, die sie von der John-Lennon-Mauer gemacht hatte. Es waren einige der wenigen Bilder, auf denen er nicht abgebildet war. Megan holte tief Luft und trat hinter ihn.

»›Bob liebt sein Käferchen – jetzt und für immer‹«, las sie laut vor. »Darüber muss ich immer noch lächeln.«

»Robin hat das geschrieben«, sagte Ollie, ohne den Blick von der vielfarbigen Graffitiwand vor ihm zu lösen. »Das hat mir Sophie gerade erzählt. Wegen ihrer großen Augen hat er sie Käferchen genannt.«

»Tatsächlich?« Megan war sofort fasziniert. »Davon hatte ich keine Ahnung.«

»Man könnte auch sagen, du hast einen Blick für solche Details«, fuhr er fort. Er sah sie noch immer nicht an.

»Jedes dieser Fotos kostet zweihundert Pfund, falls du interessiert bist. Zufällig kenne ich die Künstlerin. Für dich könnte ich vielleicht einen Nachlass heraushandeln.«

Ollie wandte sich ein ganz kleines Stück zu ihr um, zeigte ihr aber noch immer nicht das Gesicht.

»Das hoffe ich doch«, meinte er. »Schon angesichts der Tatsache, dass ich auf den meisten Fotos zu sehen bin.«

»Das da drüben ist allerdings unverkäuflich, fürchte ich.« Sie deutete auf ihr Lieblingsfoto.

»Ach ja?«

»Ja, tut mir leid. Die Künstlerin mag es einfach zu gern.«

Sie fasste Mut und trat einen weiteren Schritt vor, sodass sie neben ihm stand. Nun roch sie den vertrauten Duft seines Rasierwassers und den etwas zu süßlichen Geruch des Gels, das er sich in die Haare geschmiert hatte.

»Danke, dass du gekommen bist«, sagte sie. Im Ausstellungsraum war noch immer lautes Geplauder zu vernehmen, aber niemand befand sich in Hörweite. Megan stellte sich vor, dass sie von einer Blase umgeben waren – einem unsichtbaren Kraftfeld, das ein flehentliches »Bitte nicht stören!« flüsterte.

Ollie fuhr mit der Fußspitze über den Boden. »Beinahe wäre ich nicht gekommen.«

Ihr Herz sank nach unten, als hätte jemand an der Schnur eines Ballons gezogen.

»Aber dann hat Charlie angerufen. Er war extra aus Manchester angereist und hatte zu viel Angst, allein herzukommen. Ich glaube, Hope hat ihm eine Einladung geschickt, aber sie haben sich seit Prag nicht mehr gesehen.«

»Tatsächlich?« Das überraschte Megan.

»Ich weiß.« Ollie warf ihr einen Blick zu. »Ein erwachsener Mann, der sich fürchtet, einer Frau gegenüberzutreten. Hört sich lächerlich an, stimmt's?«

Während er das sagte, begriff Megan, dass er eigentlich von sich selbst sprach. Daher schluckte sie ihre nächste Bemerkung hinunter und hustete lieber.

»Das ist überhaupt nicht lächerlich«, erwiderte sie. »Nicht lächerlicher als eine erwachsene Frau, die sich vor einer Beziehung mit einem Mann fürchtet, der ganz eindeutig der großartigste Mensch der Welt ist.«

Ollie nickte langsam und sah wieder nur auf die Bilder an der Wand. Seine Augen wanderten über die Abzüge, suchten nach Sätzen, an die er sich erinnerte, und nach den Sprüchen, über die sie gemeinsam gelacht hatten. Da waren die Botschaft der Wolfsbande: »Verliert den Glauben nicht«, und das schwarz-weiße Gesicht von John Lennon. Und die Worte, die Megan so gut gefallen hatten: »Möge das Beste in deiner Vergangenheit das Schlimmste in deiner Zukunft sein.« War es übertrieben zu hoffen, es würde wahr werden?

Endlich antwortete Ollie. »Du hast recht«, sagte er. »Das ist absolut lächerlich.«

Eine Pause trat ein, während Megan vergeblich versuchte, in dem verknoteten Knäuel ihres Hirns die richtigen Worte zu finden.

»Du hast mir gefehlt«, sagte Ollie, hielt den Blick aber abgewandt. »Ich dachte, es wäre leichter, wenn wir uns nicht sehen, aber stattdessen war es noch schwerer. Jeden Tag ist etwas passiert, von dem ich dir unbedingt erzählen wollte, weil ich wusste, dass du es witzig gefunden hättest. Du bist immer bei mir, ständig.«

Er hielt inne und atmete tief durch. Megan sah, wie sich ihre Hand unwillkürlich auf seine zubewegte. Sie hätte ihn so gerne berührt, aber selbst jetzt hatte sie noch Angst, er könnte es nicht wollen.

»Ich habe dich so sehr vermisst«, sagte sie zu ihm, und er zuckte zusammen. »Die ganze Zeit über dachte ich, wenn ich mit dir zusammen bin, könnte ich nicht kreativ sein. Ich dachte, du würdest meine Fähigkeit stören, gute Fotos zu machen, das alles hier ...«, sie deutete auf die Wände, »zustande zu bringen. Ich dachte, du lenkst mich ab. Ich wollte meine Träume verwirklichen, ohne einen Mann an meiner Seite zu haben.«

»Was hat sich verändert?«, fragte Ollie leise.

»Als wir in Prag waren, hast du mich inspiriert. Die Stadt war so wunderschön, und ich wusste, dass ich etwas Besonderes einfing, aber die kraftvollsten Bilder habe ich von dir gemacht. Du warst meine Inspiration.« Ihre Stimme brach, und endlich drehte sich Ollie zu ihr um.

»Bist du sicher, dass du das wirklich willst?«, fragte er mit ernstem Gesicht. »Uns beide, meine ich.«

»Noch nie war ich mir einer Sache so sicher.« Sie lächelte.

»Ich wollte dir zeigen, wie viel du mir bedeutest, daher das alles.«

»Das ist allerdings nicht ohne.« Er hob eine Augenbraue, und sie lachte vor Erleichterung, weil die Spannung nachließ. »Aber hättest du mir nicht einfach eine E-Mail schicken können?«

Sie schnitt eine Grimasse, aber er lachte nicht.

»Ich wollte etwas Romantisches machen«, murmelte sie. Vor Scham brachte sie die Worte beinahe nicht heraus.

»Ich mache mir nur Sorgen, dass das alles hier …«, er deutete ebenfalls auf die Fotos, »dass das nur Teil einer großen Sache ist, die du dir ausgedacht hast. Was, wenn du morgen früh aufwachst und feststellst, dass du mich doch nicht willst?«

Megan dachte darüber nach. »Ich weiß nur«, sagte sie und hörte die Verzweiflung in ihrer eigenen Stimme, »dass ich, seit wir aus Prag zurück sind, jeden Tag in der Hoffnung aufgewacht bin, du würdest neben mir liegen. Und dass es nicht so war, hat mich fertiggemacht. Ich weiß, ich habe dich sehr verletzt, aber glaube mir, seitdem habe ich das oft genug bereut. Ich hatte Angst und war völlig durcheinander. Ich hatte mir das alles so schön ausgedacht, aber natürlich hatte ich keine Ahnung.«

»Ich weiß nicht, Meg.« Er schüttelte den Kopf. »Ich bin mir nicht sicher, ob ich es ertragen kann, wenn du mir noch mal wehtust.«

»Das Schloss, auf der Einladung«, sagte sie plötzlich. Beide sahen die Karte an, die er in der Hand hielt. »Das soll bedeuten …« Sie unterbrach sich erneut.

»Was?« Ollie trat einen Schritt näher und legte einen Finger unter ihr Kinn, hob ihren Kopf so an, dass sie nicht anders konnte, als ihm in die Augen zu sehen. Es war so angenehm, von ihm berührt zu werden.

»Diese ganzen Schlösser, die wir in Prag gesehen haben, mit den Initialen darauf«, sagte sie.

»Ich erinnere mich.« Er nickte.

»Nun, sie waren alle verschlossen, genau wie ich. Ich hatte mein Inneres versperrt, um nichts für dich zu empfinden. Ich hatte mir vorgenommen, mich nicht zu verlieben, und war davon überzeugt, dass es nicht sein durfte, wenn ich erreichen wollte, was ich mir mit meiner Arbeit vorgenommen hatte. Ich dachte, ich könnte nicht beides haben – aber ich habe mich geirrt. Das war so unendlich dumm!«

Ollies Augen hinter seinen Brillengläsern weiteten sich. Sein Blick war so weise und so voller Hoffnung. Wie sehr hatte Meagan diese Augen vermisst – seine Augen und seine Hände und seine Lippen und seinen Geruch und seine Fähigkeit, ihr das Gefühl zu geben, der allerwichtigste Mensch auf diesem Planeten zu sein. Und mehr noch, sie hatte die Person vermisst, in die sie sich verwandelte, wenn sie mit ihm zusammen war.

»Deshalb ist das Schloss auf meiner Einladung offen«, sagte sie. »Weil mein Herz es auch ist.«

Mehr musste Ollie gar nicht hören, er fuhr bereits mit den Händen von ihrem Kinn in ihren Nacken. Sein Mund war nur noch Zentimeter von ihrem entfernt. Als er sie küsste, war es Megan, als würde jeder Teil ihres Körpers laut singen, und sie zog ihn an sich. Alles, was sie jetzt empfand, war Wärme, ihr Herz war erfüllt von Liebe. Das war der Ort, an den sie gehörte, wo sie erblühen würde, und sie wusste es mit einer Sicherheit, die in ihrer Einfachheit geradezu überwältigend war. Die Zukunft war nicht mehr ein langer, dunkler Tunnel, sondern eine weite Wiese voller Möglichkeiten, voller Glück, Lachen, Gemeinsamkeit und vielleicht, ganz vielleicht, auch irgendwann eigenen Kindern. Sie und

Ollie gehörten zusammen, sie hatten immer schon zusammengehört.

Neben ihnen ertönte ein höfliches Hüsteln, und Megan löste sich von Ollie. Sie wurde rot, als sie drei Gestalten vor sich sah. Hopes Hand lag fest in der von Charlie, der sie beide mit größter Zufriedenheit betrachtete, und daneben lächelte Sophie breit. Sie hatte eine Hand an ihre linke Brustseite gedrückt, so als könnte sie nachempfinden, dass Megan am liebsten vor Glück geplatzt wäre.

»Schön zu sehen, dass ihr beide euch nicht streitet«, bemerkte Hope mit leuchtenden Augen.

»Das Gleiche könnte ich über euch sagen«, gab Megan zurück und grinste, als sie Hopes Blick auffing.

Hope ließ Charlies Hand los und trat näher, dabei winkte sie auch Sophie heran. Mit fast übermenschlicher Mühe riss Megan sich ebenfalls von Ollie los und ließ sich von den beiden Frauen in eine Ecke ziehen.

»Kaum zu glauben, dass sie beide gekommen sind, nicht wahr?«, flüsterte Hope, und die Freude ließ ihre Wangen glühen.

»Ich wusste, dass Ollie kommen würde«, sagte Sophie und sah über ihre Schulter auf ein großes gerahmtes Foto des erwähnten Mannes, wie er eine Skulptur im Kampa-Park betrachtete. »Das alles da durfte er doch unmöglich verpassen, oder?«

»Vermutlich nicht.« Megan lachte erleichtert und wandte sich dann an Hope. »Was ist denn mit dir und Charlie passiert?«

Hope wurde noch eine Spur röter im Gesicht. »Ich hätte nie gedacht, dass er tatsächlich auftaucht«, gestand sie. »Ich glaube, ich habe ihm nie genau erklärt, was in mir vorging, und dann habe ich zugelassen, dass er mich in Prag einfach verließ. Ich konnte mit der Situation überhaupt nicht umgehen.«

»Aber jetzt ist er ja hier«, stellte Sophie fröhlich fest.

Hope strahlte und sah voller Zuneigung hinüber zur Bar, wo Ollie und Charlie jetzt standen, jeder mit einer Flasche Bier in der Hand. »Ich muss einfach lernen, auf meine eigenen Ratschläge zu hören. Weißt du noch, Megan«, fuhr sie fort, »wie ich dir erklärt habe, dass du tun sollst, was dich glücklich macht, und dass du selbst für dich an erster Stelle stehen musst?«

Megan nickte zustimmend.

»Nun, inzwischen weiß ich, was ich tun musste, um glücklich zu werden: Ich musste herausfinden, wer ich wirklich bin. Bisher war ich immer nur Ehefrau und Mutter gewesen, aber ich wollte mehr – ich wollte ein eigenes Leben. Die Übernahme des Bed & Breakfast hat mir wirklich die Augen geöffnet, das kann ich euch sagen. In meinem ganzen Leben habe ich noch nie so viel gearbeitet, aber ich kriege das richtig gut hin.«

»Das ist wirklich super!« Megan war begeistert.

»Aber trotz dieser befriedigenden Arbeit und trotz der bevorstehenden Geburt eines Enkelchens hat mir etwas gefehlt«, sagte Hope. »Ich habe kaum zu hoffen gewagt, dass Charlie bereit ist, mich wiederzusehen – und schon gar nicht, dass er mich noch liebt.«

»Und, tut er das?«, fragte Sophie, obwohl sie alle die Antwort bereits kannten.

»Ja, das tut er.« Hope lächelte, und ihre Augen strahlten. »Er liebt mich wirklich noch. Und ich liebe ihn auch.«

Es war so ein schöner Augenblick, dass Megan sich nicht wehrte, als Hope sie beide umarmte, auf die Wangen küsste und sich mit dem Handrücken die Freudentränen abwischte.

»Wie findest du Adam?«, fragte Megan Sophie, als sie sich voneinander lösten. Sie gab sich alle Mühe, nicht zu viel Gewicht in diese Frage zu legen.

»Er ist nett.« Sophie zögerte. »Er hat mir seine Telefonnummer gegeben, aber nur, weil ich schon mal in Indien war und er demnächst hinfährt. Ich weiß noch nicht, ob ich mich bei ihm melden werde, aber ...« Ihre Stimme verklang.

»Das ist doch klar.« Megan drückte ihr die Schultern. »Alles zu seiner Zeit.«

Die drei Frauen sahen einander an, und in diesem gemeinsamen Augenblick der Freundschaft feierte jede von ihnen ihren eigenen Sieg. Dann blickte Hope zur Decke hinauf.

»Sie drehen allmählich die Lichter aus«, sagte sie. »Ob das vielleicht heißt, wir sollten gehen?«

»Stimmt. Das ist mir noch gar nicht aufgefallen.« Megan sah sich in dem schnell dunkler werdenden Raum um.

Sie gingen durch das Studio zurück zu den anderen, und Megans Knie wurden weich, als Ollie ihr den Arm um die Schultern legte.

»Ich kann immer noch nicht glauben, dass du wirklich gekommen bist«, sagte Hope und lehnte sich glücklich an Charlie. »Ich dachte wirklich, ich hätte dich für immer verloren.«

»Allerdings musste ich ihm dabei schon die Hand halten«, bemerkte Ollie, und Hope kicherte.

»Ach, tatsächlich?«, sagte sie. »Und ich habe gedacht, du wärst derjenige, der sich nicht getraut hat, allein zu kommen.«

Ollie wollte antworten, aber Charlie kam ihm zuvor.

»Diese wunderschöne Dame hat angeboten, mit mir auszugehen«, sagte er. »Aber nur wenn ihr alle mitkommt. Wir dachten, es wäre nett, unten am Fluss etwas essen zu gehen.« Seine Wangen wurden rot, als er hinzufügte: »Es sei denn natürlich, ihr beide habt etwas anderes vor?«

Auch Megan wurde rot, als sie an das dachte, was sie und Ollie mit Sicherheit in ein paar Stunden tun würden. Aber für den Moment war sie völlig damit zufrieden, zu genießen, was sie füreinander empfanden. Und wie konnte man das besser tun als in Gesellschaft von Freunden?

»Ich bin dabei!« Sie wandte sich an Ollie.

»Ich auch«, sagte er und lächelte erst die anderen und dann Megan an. Dann beugte er sich vor und küsste sie erneut, bis Hope schließlich in die Hände klatschte.

»Jetzt komm«, sagte sie zu Megan und hängte sich bei ihr ein. »Ich glaube, wir haben die Jungs lange genug auf uns warten lassen.«

Die Sonne ging gerade unter, als sie ans Ufer der Themse kamen. Einer nach dem anderen bemerkte, wie schön London doch in so einem Licht aussah. Die cremefarbenen Bögen der Waterloo Bridge vor ihnen wurden bereits grau in der aufsteigenden Dunkelheit. Dahinter stand groß und stolz Big Ben vor dem House of Parliament, dessen großes, rundes Uhrengesicht sie alle an die Stadt erinnerte, in der sie sich kennengelernt hatten.

Das London Eye leuchtete in verschiedenen Rosa- und Blautönen, und Megan wusste, wenn sie jetzt ein Foto machen würde, könnte sie mit der Kamera die Begeisterung und Ehrfurcht auf den Gesichtern hinter den Kabinenscheiben festhalten. Menschen jeden Alters und jeder Nationalität sammelten ihre eigenen Erinnerungsbilder von London, ohne sich bewusst zu sein, dass diese Augenblicke eingewoben wurden in den Teppich einer langen und reichen Stadtgeschichte.

Aber das Bedürfnis, dies alles einzufangen, verspürte sie heute nicht, und ausnahmsweise machte sie sich deshalb keine Sorgen. Alles, was sie für ihre Inspiration brauchte, war Liebe – sie hatte nur eine Weile gebraucht, um das herauszufinden.

Hinter ihnen in dem bereits geschlossenen Ausstellungsraum flackerte plötzlich ein einzelner Scheinwerfer auf. So hoch über dem Panorama der Fotos sah er fast aus wie der Mond – ein schöner gelber Kiesel, der klar und rein in der Dunkelheit leuchtete. Ein vorbeikommendes Paar blieb stehen und spähte durch die Scheiben, und ihre Blicke folgten dem Strahl des Scheinwerfers dorthin, worauf er fiel – das Foto eines in Stein eingelassenen goldenen Kreuzes, das an jedem seiner fünf Arme einen Stern trug.

Während sie das Kreuz betrachteten, spürte jeder von ihnen tief in der Brust eine unbekannte Sehnsucht. Der Scheinwerfer flackerte noch einmal und ging dann aus. Aber auch in dem unbeleuchteten Raum konnten sie das Kreuz noch erkennen. Golden und hell strahlte es wie von innen beleuchtet, so wie immer.

Danksagung

Ich habe tatsächlich einen weiteren Roman geschrieben! Mein erster Dank gilt dir, liebste Leserin, weil du das Buch gekauft und dich mit mir auf diese Reise begeben hast. Ich hoffe sehr, du hast sie genossen. Bitte komm doch auf einen Chat zu Twitter und plaudere mit mir darüber (@Isabelle_Broom). Ich würde mich sehr freuen.

Hannah Ferguson, du grandiose Agentin, was würde ich ohne dich tun? Ich staune täglich über deine unermüdliche Unterstützung, deine guten Ratschläge, deinen Enthusiasmus, deine Klugheit und die harte Arbeit, die du leistest. Ich übertreibe nicht, wenn ich sage: Du allein hast dafür gesorgt, dass meine Träume in Erfüllung gegangen sind. Die Leute bei Hardman & Swainson sowie The Marsh Agency haben einen legendären Ruf – Camilla und Fray, wir haben es geschafft! Ein ganz großes Dankeschön an jede und jeden Einzelnen von euch.

Ach, Miss Kimberley Atkins von Penguin Michael Joseph, wo soll ich bloß anfangen? Am besten so: Du bist unzweifelhaft die allerbeste Lektorin, die es jemals gegeben hat. Ich danke dir von Herzen für deine unerschöpfliche Energie, die ständige Ermutigung, deine wirklich meisterlichen redaktionellen Fähigkeiten und deine absolute Professionalität. Ich glaube, du ahnst noch nicht einmal, wie sehr ich dich verehre und bewundere. Ohne dich hätte ich mit all dem gar nicht erst anzufangen brauchen – ich bin dir unendlich dankbar. Und was Maxine Hitchcock, Claire Bush, Jenny

Platt, Sarah Bance, Emma Brown und alle anderen bei Penguin angeht, die mitgeholfen haben, dieses Buch-Baby auf die Welt zu bringen – ihr seid alle großartig! Jess Hart, mit diesem Cover hast du dich erneut übertroffen. Dein Können macht mich immer wieder sprachlos.

Autorin zu sein ist zweifellos der allerbeste Beruf und zwar nicht zuletzt, weil man sich in einer Welt bewegt, in der es die allertollsten Menschen gibt. Ich danke meinen Schriftstellerkolleginnen und -kollegen Katie Marsh, Stella Newman, Paige Toon, Ali Harris, Giovanna Fletcher, Rosie Walsh, Kirsty Greenwood, Cesca Major, Cressida McLaughlin, Lisa Dickenson, Jo Thomas, Miranda Dickinson, Milly Johnson, Louise Candlish, Penny Parkes, Hannah Beckerman, Dani Atkins, Kate Eberlen, Fanny Blake, Katie Fforde, Adele Parks, Tasmina Perry, Victoria Fox, Jennifer Barclay, Dorothy Koomson, Rosanna Ley, Julie Cohen, Rowan Coleman, Lindsey Kelk und Victoria Walters für Freundschaft, Rat und Unterstützung. Ihr seid alle einfach überwältigend. Ein riesiges Dankeschön auch an Claire »Frosty« Frost, Francesca Brown, Francesca Russell, Georgina Moore, Ben Willis, Sophie Ransom, Jenny Stallard, Nina Pottell, Sara-Jade Virtue, Fran Gough, Anne Cater, Sharon Wilden, Vicki Bowles, Linda Hill, Effrosyni Moschoudi und all die anderen Blogger, Buchliebhaberinnen und Leser, die sich die Zeit genommen haben, Kommentare zu posten. Dank euch finden Romane den Weg zu neuen Lesern, und darum geht es doch in erster Linie!

Oh, ich muss unbedingt noch meinem Buch-Engel Annette Hannah danken. Einerseits, weil sie mir erlaubt hat, ihren Vornamen für eine der Romanfiguren zu klauen, aber vor allem, weil ich bei jedem unserer Treffen irgendwann vor Lachen auf dem Boden liege.

All meine Lieben von *heat*, die früheren und die jetzigen – ihr seid einfach super. Ich danke euch, dass ihr mich immer unterstützt habt, und weil ihr einfach sagenhaft witzig seid, jeden einzelnen Tag. Was auch immer geschieht, wir werden zueinander stehen!

Ich habe wahnsinniges Glück, so viele großartige Freunde zu haben. Wenn ich jeden Einzelnen von euch hier auflisten dürfte, würde ich es tun, aber offenbar ist Papier echt teuer. Verdammt. Dennoch möchte ich meiner schönen, mutigen, klugen und irrsinnig komischen besten Freundin Sadie Davies danken, ohne die mein Leben so viel weniger lustig und abenteuerlich wäre. Danke auch an Ian Lawton, der von allen das größte Herz und die beste Lache hat, und an Tom Harding, Dominic Morgan, Ewan Bishop, Sarah Holmes, Corrie Heale, Jamie Green, Matt Hurrell, Lisa Howells, Daniel Tang, Alex Holbrook, Charlotte McKeggie, Vicky Zimmerman, Molly Haynes, Mark Tamsett, Lindsey Perkins, Richard Perry, Jonathan Paul Gunson, die KMC Massive – alias Tamsin Carroll und Gemma Courage – und meine Crew von der Uni: Ranjit Dhillon, Colette Berry, Sarah Beddingfield, Chad Higgins, Jim Morris, Carrie Wallder und Sue Pigott. Ihr seid alle absolut unglaublich.

Was meine Familie angeht – da gehen mir jetzt die Worte aus. Was soll ich schon sagen außer: Danke, dass ihr immer für mich da seid und mich aus den Kulissen heraus anfeuert. Mum, du hast mir damals, als ich sechs war, dieses große blaue Schreibheft gekauft, in das ich Geschichten schreiben durfte, und heute liest du die ganze Nacht durch, wenn ich dir die Erstfassung eines Romans gebe. Immer warst du mein Fels, meine engste Freundin, meine Inspiration. Jedes einzelne Wort schreibe ich vor allem für dich.

Manchmal weiß man nicht, dass etwas fehlt, bis man es gefunden hat ...

Isabelle Broom, *Olivensommer*
ISBN 978-3-453-35909-3 · Auch als E-Book

Seit dem Tod ihrer Mutter ist Holly Expertin darin, Menschen auf Abstand zu halten. Doch als sie einen unerwarteten Brief ihrer Tante aus Zakynthos erhält, beginnen die sorgfältig errichteten Mauern zu bröckeln. Holly reist auf die griechische Insel und versucht, den Spuren ihrer Familie zu folgen – einer Familie, von deren Existenz sie zuvor nichts wusste. Warum hat ihre Mutter nie von ihrer Schwester erzählt? Und was hat es mit der handgezeichneten Karte auf sich, die Holly und ihr Nachbar Aiden in dem alten Haus finden?

Leseprobe unter diana-verlag.de
Besuchen Sie uns auch auf herzenszeilen.de

DIANA